KB013547

민들레
왕조 연대기

제왕의
위엄

THE GRACE OF KINGS:
The Dandelion Dynasty #1
by Ken Liu

민들레 왕조 연대기 1

제왕의 위엄 下

켄 리우 장편소설 | 장성주 옮김

The Grace of Kings

황금가지

하늘을 질주하는 구름

사슴을
쫓는 모험
(하)

제29장

늑대발섬 전투

늑대발섬

선무 4년 10월

늑대발섬은 키시 해협을 끼고 이탄티 반도 맞은편에 자리 잡은 섬이었다. 섬 동쪽과 북쪽은 망망대해를 마주한 깎아지른 절벽이어서 안전한 항구로 쓸 만한 땅이 거의 없었다. 반면에 해협을 마주보는 서쪽과 남쪽 해안은 바다를 향해 완만하게 낮아져서 매력적인 항구가 여러 곳 있었다. 이 항구들이 바로 한때 늑대발섬을 비롯하여 게지라 평원의 비옥한 충적 평야와 활기 넘치는 여러 도시를 거느렸던 예전 간 왕국의 심장부였다.

늑대발섬에서 가장 번화한 항구 도시는 토아자였다. 별명이 '잠들지 않는 항구'였던 토아자는 간의 예전 수도이기도 했다. 섬의 남쪽 해안 깊숙이 자리 잡은 데다 이름 모를 해류 덕분에 수온 또한 높아서, 토아자의 부두는 혹독한 겨울 날씨에도 얼지 않았다. 간의 대담한 상인들은 이곳에서 돛을 올리고 다라 제도 전역으로 뻗어나가 다른 어떤 티로 국가도 능가하지 못할 해상 무역망을 구축했다. 다라의 항구 도시라면 어디든 간의 억양을 쓰는 선원과 상인이 우글거리는 여관을 볼 수 있었다. 돈벌이를 경멸하는 학자들은 그들의 억양을 가리켜 '지저분한 동전이 짤랑거리는 소리'라고 묘사하곤 했다.

간의 상인들은 그런 말을 들으면 웃으며 칭찬으로 받아들였다. 고담준론을 좋아하는 하안 사람들은 철학에 힘을 쏟고 화려한 것을 좋아하는 아무 사람들은 우아하고 세련된 유행을 만들라고 하면 그만이었다. 간 사람들은 오로지 번쩍이는 황금만이 안전과 권력을 가져다준다는 사실을 잘 알았으므로.

그러나 키시 해협을 건너는 일은 타주 신 때문에 위험했다.

타주 신은 지름이 40리나 되는 소용돌이의 형상으로 인간 세상에 나타나서, 가장자리에 닿는 모든 것을 거친 물속으로 빨아들여 바닥없는 심연으로 끌고 들어간다고 알려졌다. 그 소용돌이는 온 방을 뒹굴며 떼를 쓰는 어린애처럼 키시 해협을 종횡으로 누비고 다녔다. 소용돌이의 이동 경로는 아무도 예측할 수 없었다. 그야말로 전설 속의 무법자 타주 신의 의지처럼 변덕스럽기 짝이 없어서였다. 소용돌이에 걸려든 선박은 벗어날 가망이 없었다. 오랜 세월 동안 셀 수 없이 많은 배가 타주 신의 채울 길 없는 허기를 달래기 위해 바쳐졌다. 제물은 보물일 때도 있었고, 수많은 사람의 목숨일 때도 있었다.

1년 내내 안전한 유일한 항로는 키시 해협을 피해 늑대발섬의 남부 해안으로 접근하는 길뿐이었다. 그 말은 곧 늑대발섬의 항구 도시는 토아자를 빼면 대부분 장거리 해상 운송에 부적합하다는 뜻이었지만, 겁 없는 선주들은 항해 기간을 줄여서 운송료를 더 빨리 받으려는 욕심에 타주 신의 경로를 피해 해협을 횡단하는 위험한 도박을 벌이곤 했다. 그리고 가끔은, 그 도박에서 이기는 이들도 있었다.

마지 반도 동쪽 해안의 나수. 마타 진두는 이곳에 있는 자기 부대의 야영지에 앉아 생각에 잠겨 있었다.

키코미 공주의 배신에 격노한 이후, 마타의 마음속에는 어떠한 감정도 남아 있지 않았다. 그야말로 타주 신이 휩쓸고 간 키시 해협 같았다. 난파선의 잔해가 흩어진 수면은 잔잔했지만, 그 아래의 깊숙한 물속에는 죽음이 도사리고 있었다.

마타는 어리석은 자신을 자책했고, 어리석은 숙부를 원망했다. 그들은 여자에 홀려 계략에 빠졌다. 사랑에 눈이 멀어서.

키코미는 어떻게 자신의 고귀한 혈통을 배신할 수가 있었을까? 백성들에게 진 의무를 저버리는 짓을, 어떻게 할 수가 있었을까? 아무에는 제국에 맞설 힘을 불어넣어 줄 지도자가 필요했다. 그런데도 키코미는 킨도 마라나를 위해 기꺼이 암살자가 되었던 것이다. 마라나를 사랑한다는 이유로.

키코미가 한 짓을 생각하면 마타는 분노에 손이 덜덜 떨릴 지경이었다. 키코미가 살아 있기만 하면 그 손으로 목을 졸라 버릴 수도 있을 것만 같았다.

그럼에도, 이때껏 속삭인 말과 보여 준 감정이 거짓임을 알면서
도, 마타는 키코미를 향한 그리움을 부정할 수 없었다. 마타는 마음
속에 감추었던 소중한 것을 꺼내어 기꺼이 키코미에게 건넸다. 그
리고 키코미는 그것을 갈가리 찢어서 바람결에 뿌렸다. 흔적 없이
사라져 버리도록. 그러나 마타는 그것을 다시 돌려받고 싶지 않았
다. 그저 키코미에게 한 번 더 주고 싶다는 생각뿐이었다. 그리고 또
한 번 더.

한편으로는 자신이 숙부에게 했던 행동을 떠올리며 죄책감에 몸
부림치기도 했다. 유일하게 살아남은 혈육이었던 핀은 마타에게 아
버지와 가장 비슷한 존재였다. 마타에게 진두 일족의 영광스러운
과거를 부활시키겠다는 꿈을 심어 준 사람은 핀이었고, 위대한 선
조들의 무위(武威)를 재현하도록 힘을 불어넣어 준 사람 또한 핀이
었다. 마타에게 핀 진두는 스스로를 가늠하는 척도인 동시에 의무
와 명예에 관한 한 누구보다 더 소중한 가르침을 전해 주는 스승이
었다. 마타를 과거와 이어 주는 하나뿐인 끈이자, 미래로 이끌어 주
는 가장 믿음직한 길잡이였다.

그런데도, 마타는 키코미를 놓고 하마터면 숙부와 주먹다짐을 벌
일 뻔했다. 미친 사람처럼, 질투에 눈이 먼 비천한 농민처럼. 수치심
의 무게는 차마 고개를 들 수가 없을 정도로 무거웠다.

마타는 부디 전장에서 속죄할 수 있기를 간절히 원했다. 피와 영
광으로 그 수치심을 씻어 버릴 수 있기를.

핀이 죽고 나서 마타는 투노아 공이 되었다. 자랑스러운 진두의

이름을 이을 마지막 후계자였다. 예상대로라면 지금쯤은 코크루군의 원수가 되어 늑대발섬 전투를 지휘해야 했다. 그러나 하루가 지나고 이틀이 지나도록 수피 왕도, 늑대발섬 원정군의 총지휘관인 로마 장군도, 마타에게 신분에 걸맞은 직책을 맡기지 않았다.

마타는 여전히 나수에 잔류한 후위대 병력 2000명의 지휘관에 지나지 않았다. 그의 임무는 오로지 나수에서 대기하다가 반란군이 제국의 총공세를 극복하지 못하고 퇴각할 경우에 뒤를 엄호하는 것뿐이었다.

마타가 보기에 토아자와 사루자의 침묵은 자신을 향한 모욕이자, 비난이었다. 의기소침한 마타는 술과 번민에 빠져 지냈다.

이제 마타의 부관이 된 세카 키모는 매시간 늑대발섬의 상황을 전하는 최신 보고서를 가져왔지만, 마타는 거들떠보지도 않았다.

반란군의 군사(軍師)이자 고문인 토룰루 페링은 회의실에 들어서기가 무섭게 무언가 잘못되었음을 눈치챘다. 늑대발섬에 집결한 동맹군의 총사령관인 파시 로마 장군이 다탁에 놓인 척후병의 보고서를 내려다보고 있었다. 로마 장군의 미간에는 깊은 주름이 패어 있었고, 손가락은 초조하게 탁자를 두드리고 있었다.

페링은 곧장 본론에 들어가기로 마음먹었다.

"오게 군도에서 안 좋은 소식이라도 들어왔습니까?"

로마는 움찔 놀라 고개를 들었다.

"아예 최악이오."

"배를 몇 척이나 잃은 겁니까?"

"거의 다요. 귀환한 배는 두 척뿐이오."

페링의 입에서 한숨이 새어 나왔다. 늑대발섬 북쪽의 여러 작은 섬으로 이루어진 오게 군도는 루피조 신이 흘린 땀방울로 만들어졌다고 전해지는 곳으로, 로마는 이곳에 반란군 수군을 배치하여 이동 중인 제국 함대를 공격하도록 명령했다. 페링은 처음부터 그 작전에 반대했다.

페링은 원래 본섬과 늑대발섬 사이의 해상 운송로를 오가던 상인 출신으로, 마피데레 황제가 정복 전쟁 후에 거의 다 불태운 고대 병법서에 관한 해박한 지식으로 수피 왕과 핀 진두 원수를 모두 감탄시킨 고전 교사이기도 했다. 페링은 바다가 어떤 곳인지, 또 그 바다에서 벌어지는 해전의 독특한 어려움이 무엇인지 훤히 알았다.

한편 로마 장군은 정복 전쟁이 벌어지기 전까지 코크루군의 병참 부문에서 잔뼈가 굵은 군인이었고, 사루자 방어전을 빼면 변변한 실전 경험이 없었다. 그러한 까닭에 로마는 모든 군사 작전을 수성전의 변주로 생각하는 경향이 있었다. 오게 군도가 늑대발섬의 성문과 같다고 여긴 로마는 조그만 섬들 사이에 반란군의 함선을 복잡하게 배치하면 실제 전력을 감추고 제국 함대의 허를 찌를 수 있으리라 믿었다. 이는 성벽을 무방비하게 노출한 채 공격 부대를 깊숙이 유인했다가 낙석과 끓는 기름으로 기습하는 전법과 같은 이치였다.

그러나 페링은 함선을 숨기는 것과 병력을 숨기는 것이 전혀 다른 일임을 잘 알았다. 항공 지원이 없으면 마라나가 거느린 비행함대의 감시를 피해 수군을 매복시키기가 불가능했던 것이다. 그럼에도, 당장은 그러게 제가 뭐랬습니까 같은 말을 꺼낼 때가 아니었다.

"우리가 탁상공론을 하는 동안에도 제국 함대는 토아자를 노리고 늑대발섬 동부 해안을 돌아 진격하는 중이오. 이제 우린 끝장이오!"

"장군, 토아자 항구에 아직 우리 수군 절반이 남아 있습니다. 제국군을 해안 가까이 끌어들이면 육지의 투석기와 쇠뇌 포대가 아군을 지원할 수 있는 데다, 항구 앞바다는 수심이 얕고 암초까지 있으니 적 함대의 크고 무거운 배들은 기동하기도 어려울 겁니다."

"마라나에게는 비행함대가 있는데 그게 다 무슨 소용이오?"

로마는 내뱉듯이 말했다. 페링은 그런 로마의 멱살을 잡아 흔들고 싶은 충동을 가까스로 억눌렀다. 늙은 장군은 자만과 절망 사이에서 정신없이 흔들렸다. 장군은 전에는 제국군 비행함대의 전력을 무시했지만, 이제는 비행함대가 무적이라는 확신에 빠져 있었다.

차분한 목소리로, 페링이 대답했다.

"비행함대는 유용할지는 몰라도 무적은 아닙니다. 육국의 수군은 모두 비행함에 대적할 전법을 계발해 왔습니다. 예컨대 우리 코크루 수군은 나무 틀에 소가죽을 팽팽하게 덮어서 북처럼 만든 방어막으로 갑판을 엄폐합니다. 이렇게 하면 비행함이 투하한 화염탄이 무력하게 튕겨 나가지요."

로마는 미심쩍어하는 눈으로 페링을 흘겨보았다.

"그래도 토아자에는 화염탄을 투하할 수 있지 않소. 온 도시를 방어막으로 뒤덮을 수도 없는 노릇이니."

"설령 그리한다고 해도 폭격을 오래 지속할 수는 없을 겁니다. 비행함은 무장 능력이 매우 제한적이라 폭격 몇 번으로는 큰 피해를 입히지 못합니다."

"하지만 왕궁을 집중 폭격하면 달로 왕이 전의를 완전히 상실하고 말 텐데."

"그렇습니다. 허나 제게는 비행함을 상대할 계책이 있습니다."

제국 함대는 마침내 늑대발섬 남쪽 해안에 도착했다.

뒤이어 벌어진 토아자 항구 전투에서 육지 포대의 지원을 받은 반란군 함대는, 공중과 해상에서 집요하게 협공하는 제국 함대를 상대로 전함 여섯 척을 격침시키며 무려 사흘이나 버텼다.

로마 장군이 예견한 대로 킨도 마라나는 전술을 바꾸어 토아자 공습을 명령했고, 달로 왕이 기거하는 왕궁에 폭격을 집중했다.

비행함 편대가 토아자에 접근하는 사이, 대나무로 만든 열기구 등롱 수천 개가 도시의 상공으로 날아올랐다.

"이런 광경을 본 적이 있나?"

마라나는 자신의 기함인 '키지의 혼'의 조종사에게 물었다.

조종사는 고개를 저었다.

"편대에게 등롱을 피하라고 명령하는 게 좋겠다."

"하지만 등롱의 숫자가 너무 많아서 우회 기동을 하기가 어렵습니다. 어차피 등롱의 공기를 데우는 불꽃이 저렇게 작으니 비행함의 선체에 별 해를 입히진 못할 겁니다."

그러나 마라나는 만일에 대비하여 '키지의 혼'을 정지시키라고 명령했다. 나머지 비행함은 계속 전진했다.

하늘에 동동 떠 있는 등롱 사이를 헤치고 지나가는 비행함의 자태는 잔고기 떼 사이를 통과하는 고래 같았다. 등롱들은 마치 빨판상어처럼 하나둘 비행함에 들러붙는 것처럼 보였다.

잠시 후, 마라나의 귀에 픽 하는 폭발음이 들려오는가 싶더니, 이내 똑같은 소리가 연거푸 들려왔다. 여러 비행함의 선체에 눈부신 화염이 번쩍였고, 비행함과 비행함 사이의 햇빛으로 물든 허공 또한 선체에 들러붙지 않은 등롱이 폭발하면서 내뿜은 불꽃으로 가득 찼다.

"퇴각하라! 전군에 퇴각 명령을 내려라!"

마라나가 외치자 장교들은 필사적으로 신호용 깃발을 휘저었다.

그러나 이미 엎질러진 물이었다. 일부 대형 비행함의 깃털 노는 힘없이 축 늘어져 있었고, 노잡이들은 등롱 폭탄의 파편에 몰살당한 후였다. 다른 비행함들은 기낭에 구멍이 뚫려 고도를 잃고 추락하는 중이었다. 기낭의 뼈대와 선체 모두 불이 번져 활활 타면서.

등롱 폭탄은 페링의 발명품이었다. 페링은 달로 왕의 왕실 수장고에서 중요한 의식과 신년 하례를 위해 소중하게 아껴 둔 얼마 안되는 화약을 모조리 긁어모은 다음, 살상력을 높이기 위해 날카로운 금속 조각 여러 개와 함께 대나무 관에 넣고 밀봉했다. 이렇게 만든 폭탄은 느리게 타는 심지를 붙여 기구 등롱에 실었고, 등롱 자체에는 끈끈한 송진을 골고루 발랐다.

'키지의 혼'은 하늘에 빽빽하게 떠 있는 기구 등롱을 피해 무사히 해상으로 탈출했다. 살아남은 나머지 비행함들도 만신창이가 된 채 그 뒤를 따랐다. 추락한 제국 비행함은 총 네 척이었고, 남은 비행함

가운데 두 척도 기낭이 많이 파손돼서 간신히 떠 있는 지경이었다. 이들은 더 이상 작전에 투입하지 못하고 다른 함에 부양 기체를 충전해 줄 예비용으로 남겨두는 수밖에 없었다.

마라나 원수는 반란군의 화약 보유량에 한계가 있는 만큼 결국에는 제국 함대가 승리하리라고 자신했지만, 그때까지 치러야 할 희생이 막심하리라 예상했다. 결국 그는 토아자 항구에서 철수하기로 마음먹었다.

토아자에서는 승전을 축하하는 행사가 성대하게 열렸다. 로마 장군과 달로 왕은 토룰루 페링을 늑대발섬의 구원자, 전술의 천재, 인간의 모습으로 현신한 루소 신이라고 격찬했다.

그러나 로마 장군은 철수하는 제국 함대를 추격하라는 명령은 내리지 않았다. 반란군의 잔여 함선은 모두 토아자 항구에 남아 대기했다. 첫 승리를 거두기는 했지만, 로마 장군은 제국 함대의 위력에 깊은 인상을 받았다. 반란군 병력을 늑대발섬에서 퇴각시키려면 많은 함선을 가까운 곳에 두고 있어야 했다. 만에 하나 퇴각해야 할 상황이 벌어진다면.

파시 로마 장군은 반란군의 각 부대 사령관과 참모진을 모두 한자리에 소집했다.

"마라나의 최신 침공 계획은 방어가 약한 늑대발섬 북부 해안에 상륙한 다음, 육로로 토아자까지 진격하는 것으로 보이오. 여러분 생각은 어떻소?"

여러 티로 국가에서 온 지휘관들은 서로 얼굴만 쳐다볼 뿐, 아무도 입을 열지 않았다.

군사 토룰루 페링은 그런 지휘관들을 경멸하는 눈으로 바라보았다. 그자들이 발언하기를 꺼리는 이유는 이 전쟁 연맹을 일종의 정치 놀음으로, 자리 따먹기 정도로 여겼기 때문이었다. 먼저 발언하는 사람은 남들에게 비판받을 것이 뻔했고, 완벽한 작전을 내놓지 않으면 본인이 대표하는 티로 국가의 체면에 먹칠을 하는 셈이었다.

페링이 앞으로 나섰다.

"늑대발섬의 북쪽 해안은 사람이 사는 곳이 적어서 쓸 만한 항구가 없습니다. 그러므로 마라나는 전투함의 공격에 취약한 소형 수송선으로 군사를 상륙시킬 것입니다. 전통적인 전술을 따르자면 해상에서 교전을 벌여 상륙을 저지해야 합니다."

다른 참모들이 이의를 제기하려 했지만 페링은 손을 들어 그들의 말을 막았다.

"허나 그곳에는 포대도 해안 요새도 없으니, 우리 수군의 함선만으로는 해상에서 제국 함대를 대적하기가 난망합니다."

로마 장군은 페링의 말에 고개를 끄덕였다.

"지당한 말씀이오. 이번에는 마땅한 대책이 보이질 않는구려."

페링은 고개를 저었다.

"눈앞의 길이 막혔다고 해서 더 나은 길이 없는 것은 아닙니다. 저는 북쪽 해변을 적에게 내주고 육지에서 싸울 것을 제안하는 바입니다. 이는 애초부터 수피 왕 전하의 계책이었습니다."

"해변을 놈들한테 내주자니!"

이렇게 외친 사람은 후예 노카노, 간군의 사령관이었다.

"코크루군의 군사인 그대에게 무슨 자격이 있기에 간의 영토를 내주자는 말을 하는 거요?"

"게다가 킨도 마라나는 2만이나 되는 병력을 거느리고 있습니다. 이제 곧 탄노 나멘의 병력까지 합세할 겁니다."

이번에는 파사군 연합 부대의 사령관인 오위 아티가 끼어들었다.

"숫자로 따지면 적군이 압도적으로 우세합니다. 페링 군사, 군사께서 토아자 항구의 공중전과 해전을 단 한 차례 승리로 이끄신 것이 곧 지상전에까지 통달하셨다는 증거가 될 수는 없습니다. 적이 상륙하도록 놔두는 것은 섣불리 결정할 일이 아닙니다. 병법서에 적힌 전략과 현실 세계의 상황은 다릅니다."

그 말에 페링은 빙긋이 웃었다. 이처럼 호들갑스러운 반발이야말로 그가 의도한 바였기 때문이었다. 이자들은 머릿속에 자기 생각이라고는 티끌만큼도 없는 주제에 남의 의견이라면 무턱대고 깎아내렸다. 페링은 화를 꾹 참으며 대답했다.

"저는 적이 원하는 곳에 마음대로 상륙하게 놔두자고 한 적은 없습니다. 북부와 동부 해안을 따라 병력을 배치하되, '엄지발톱'만 비워 두는 겁니다."

엄지발톱은 늑대발섬의 최북단에 위치한 곳으로, 섬 중심부에서 불룩 튀어나온 형상을 하고 있었다.

"하지만 엄지발톱 곳은 마라나의 병력이 모두 상륙하고 남을 만큼 넓지 않소. 적에게 그렇게 편한 기지를 넘겨줄 이유가 뭐란 말이오?"

"바로 그겁니다, 로마 장군님. 엄지발톱 곳은 마라나에게 이상적인 상륙 지점입니다. 따라서 우리가 일부러 방어하지 않고 비워 두면 마라나는 그 미끼를 덥석 물지 않고는 못 배길 겁니다. 하지만 엄지발톱에서 본섬으로 진입하려면 좁다란 지협(地峽)을 거쳐야 하므로 제국군은 수적 우세가 무력화될뿐더러, 양쪽에서 퍼붓는 협격을 상대해야 합니다. 만약 아군이 방어진을 겹겹이 쳐 놓으면, 지협의 산지는 난공불락의 요새가 될 겁니다. 엄지발톱은 마라나와 나멘을 가두는 덫이 될 것입니다. 우리는 적의 대군이 보급 부족을 못 견디고 어쩔 수 없이 후퇴할 때까지 맷돌처럼 자근자근 갈아 버리면 됩니다."

페링이 예견한 대로 마라나는 엄지발톱 곶에 상륙했다. 그 무렵 나멘이 이끄는 정예 병력 2만은 이미 본섬을 가로질러 시나네 산맥과 해안이 만나는 지점에 도착해 있었다. 마라나의 보급용 수송선은 쉬지 않고 왕복한 끝에 나멘 부대 전체를 엄지발톱 곶까지 실어 날랐다. 처음부터 함대와 함께 그곳에 전개된 신병 2만에 더하여, 마지막 총공격을 앞두고 엄지발톱 곶에 머무는 제국군 병력은 이제 4만에 이르렀다.

곶의 남쪽에 자리 잡은 지협의 산지에는 코크루군 1만이 두터운 방벽 뒤에 참호를 파고 숨어 있었다. 파사군 5000명은 코크루군 뒤편에 제2 방어선을 구축하고 대기 중이었다. 간과 리마를 비롯하여 다른 티로 국가에서 파견한 여러 부대는 간의 수도 토아자를 둘러싸고 최종 방어선을 구축했다.

"놈들이 꾸물거리는 이유가 뭐요? 마라나와 나멘이 상륙한 지 벌

써 한 달째요. 그런데 적군은 엄지발톱 곶에 진을 치고 하루하루 군
량만 축내고 있지 않소. 제아무리 제국이라고 해도 그토록 많은 양
의 보급 물자를 감당하기는 힘들거늘."

로마 장군이 참모진에게 물었다. 먼저 입을 연 사람은 이번에도
토룰루 페링이었다.

"마라나의 보급선은 길게 늘어져 있고 병사들은 고향에서 멀리
떨어져서 싸우고 있습니다. 마라나가 평소 하던 대로 무슨 계략이
나 속임수를 꾸미는 중이라면 모를까, 아군으로서는 더 기다릴 이
유가 없습니다. 더 시간을 끌 것 없이 먼저 공격해서 적을 바다로
쓸어 버려야 합니다."

그러나 로마는 조심성이 투철한 사람이었다. 군문에 들어선 이후
거의 내내 병참 부문에서 경력을 쌓았기에, 로마는 실제로 전투를
수행하는 보병보다는 공병에 더 가까운 군인이었다. 로마의 임무는
사루자의 성벽을 쌓는 것, 리루강의 제방과 둑을 보수하는 것, 코크
루 육군이 건널 튼튼한 다리와 매끈한 길을 닦는 것이었고…… 자
나 제국이 천하를 통일한 후에는 제국군의 주둔지를 건설하는 것이
었다. 그에게는 천변만화하는 전세의 흐름을 읽을 직감이 거의 없
었다.

로마는 먼저 행동하기보다 상대의 행동에 반응하기를 좋아했다.
그래서 몇 시간씩 시간을 들여 심사숙고하며 참모 한 명 한 명에게
의견을 구했고, 그러고 나서는 한 번 더 참모들에게 조언을 구했다.
몇 시간은 며칠이 되기 일쑤였고, 며칠은 다시 몇 주가 되곤 했다.

로마 장군은 제국군 진영을 공격하라는 명령을 세 번이나 내릴

뻔했지만, 그때마다 번번이 마음을 고쳐먹었다.

그렇게 로마는 계속 기다렸다.

파사의 실루에 왕에게 마라나의 밀사가 전한 제안의 내용은 다음과 같았다. '황제 폐하께서는 반란의 주역이 코크루인 것을 잘 아신다. 파사를 비롯한 여타 티로 국가는 억지로 동맹에 가입했거나, 기껏해야 분위기에 휩쓸려 소극적으로 동조했을 뿐이다. 만약 임박한 늑대발섬 전투에서 파사군이 중립을 지킨다면, 폐하께서는 반란군의 예정된 패배 이후 파사에 일정 수준의 자치권을 허용하실 생각이시다.'

마라나의 밀사는 실루에 왕에게 나직이 소곤거렸다.

"파사의 젊은이들이 어째서 간과 코크루를 위해 목숨을 바쳐야 합니까? 지금 이 순간에도 간은 오게 군도가 파사의 영토가 아니라 자기네 땅이라고 우기고 있습니다. 만약 전하께서 이번 제안을 수락하신다면, 황제 폐하께서는 전투가 끝난 후에 벌어질 영유권 분쟁에서 기꺼이 파사의 편을 들어 주실 것입니다."

실루에 왕은 깊은 생각에 잠긴 채 고개를 끄덕였다.

* * *

한편 간의 달로 왕은 토아자 근교에서 마라나의 밀사와 만났다. 로마 장군이 거느린 첩보원들의 눈을 피해 상인으로 변장한 두 사람은 허름한 여인숙에서 매실주와 매운 양념을 뿌린 오징어 튀김을 사이에 두고 마주 앉았다.

"전하, 외람된 말씀이오나 솔직히 아뢰겠습니다. 전하의 영토는 이미 코크루에 점령당했습니다. 임박한 전투가 벌어지는 곳은 간의 영토인데도 늑대발섬에 주둔한 군대의 태반은 코크루군이며, 총사령관은 코크루의 로마 장군입니다.

설령 반란군이 훨씬 우세한 제국군을 천우신조로 이긴다 할지라도, 로마 장군이나 수피 왕이 늑대발섬을 얌전히 떠날 거라 생각하십니까? 외국의 군대를 자기 땅에 맞아들이기는 쉽습니다만, 그들을 평화롭게 배웅하기는 매우 힘듭니다."

달로 왕은 코크루의 수피 왕이 시늉뿐인 선거를 통해 스스로 맹주가 되었다는 소식을 들었을 때부터 이미 심기가 편치 않았다. 토아자 해전에서 승리한 간은 무적이라 일컬어지던 제국 함대를 꺾은 유일한 티로 국가였다. 제국군의 원수인 마라나조차도 먼저 밀사를 파견하여 협상을 청할 만큼 달로 왕 앞에서 스스로를 낮추었다. 그런데도 코크루군의 사령관인 로마 장군은 달로 왕과 상의도 않고 섬의 방어 계획을 일방적으로 통보했다. 대신들은 코크루군과 파사군을 먹여 살리는 비용이 얼마나 큰지 이미 여러 차례 보고했건만, 로마 장군은 코크루 측에서 비용을 치르겠다는 얘기를 한 번도 꺼낸 적이 없었다.

마라나의 밀사가 건네는 말은 확실히 일리가 있었다.

밀사의 얘기는 계속 이어졌다.

"황제 폐하의 성지(聖旨)와 마라나 원수의 천재적인 지략을 꺾을 수 있다고 믿는 것은 코크루의 미치광이들뿐입니다. 원수께서는 간

24

이 지금 당장 정식으로 동맹을 탈퇴하고 황제 폐하께 충성을 맹세하기가 불가능하다는 것을 잘 아십니다. 허나 임박한 전투에서 간의 군대가 제국군에 대적하지 않고 슬며시 토아자로 물러나기만 하면, 마라나 원수께서는 전하를 대신하여 코크루군의 진퇴 문제를 해결해 주실 것이며, 간의 처우 문제에 관해서도 황제 폐하께 잘 말씀해 주실 것입니다.

혹시 또 모르지요, 간이 용기 있게 행동한 보상으로 오게 군도의 영유권을 인정받을지도."

* * *

"나는 총사령관이 아니오."

"허나 지금은 코크루와 모든 티로 국가의 운명이 장군께 달렸습니다."

마타에게 이렇게 말한 사람은 토룰루 페링이었다.

"제가 나수에 온 까닭은 우선 로마 장군이 너무 늙고 심약하다고 믿었기 때문이며, 다음으로 그런 그가 하루하루 기다릴수록 마라나의 승산이 그만큼 더 커진다고 믿었기 때문입니다."

"그게 나랑 무슨 상관이오? 수피 왕과 로마 장군은 내게 뱃사공 노릇을 맡겼소, 그러니 나는 노만 저으면 그만이오."

토룰루 페링은 한숨을 내쉬었다. 마타는 토라진 어린애처럼 굴고 있었다.

"저는 늙었고, 전사도 아닙니다. 허나 권력자들의 흥망을 오랫동안 지켜보며 깨달은 바가 있다면, 위대한 인물은 남들이 자신의 위대함을 알아줄 때까지 기다리지 않는다는 것입니다.

만약 장군께서 사람들에게 존경받기를 그토록 갈망하신다면 길은 단 하나, 자신의 손으로 존경을 거머쥔 다음, 다른 말을 하는 자들과 싸워서 격퇴하는 것뿐입니다. 공작이 되기를 바라신다면 공작처럼 행동하십시오. 총사령관이 되고 싶으시다면 총사령관처럼 행동하셔야 합니다."

어릴 적의 마타 진두였더라면, 모든 인간에게는 세상의 질서 속에서 정해진 분수가 있다고 확신하던 그 시절의 마타였더라면, 끌리지 않았을 이야기였다. 그러나 마타는 페링의 말에 움찔 놀라며 깨달았다. 자신의 생각이 변한 것을.

쿠니 가루는 공작처럼 행동했기 때문에 공작이 되지 않았던가? 후노 크리마는 스스로 왕이라고 선언한 것만으로 왕이 되지 않았던가? 마타는, 다라 제도에서 가장 자랑스러운 성을 물려받은 마타 진두는, 그 둘보다 훨씬 위대한 전사였다. 그런데 그런 마타가, 지금 여기 웅크리고 앉아 있었다. 남들이 찾아와 이끌어 달라고 애걸하지 않았다는 이유로 부루퉁해하며.

반란군의 선두에 선 자신의 모습을 상상하는 동안 마타는 깨달았다. 이제 더는 키코미 공주가 그립지 않았고, 핀 숙부에 대한 죄책감 때문에 괴롭지도 않았다. 레피로아와 함께 전장을 질주하며, 나아로엔나와 고레마우를 휘두르며, 피와 죽음을 먹물 삼아 자신의 전기를 쓰는 것. 그것이 마타의 운명이었다. 사내들은 그의 발 앞에 무릎을 꿇고 여자들은 서로 독차지하려고 다툴 터였다. 그의 눈길을,

그의 손길을.

이런 곳에서 실의에 빠져 있었다니, 나란 놈은 어찌 이리 어리석단 말인가. 싸워야 할 전장이 기다리고 있는데.

* * *

방금 전까지도 정적에 휩싸여 있었던 제국군 진영에서, 느닷없이 밍겐 수리가 그려진 하얀 깃발이 일제히 솟아올라 순식간에 고지를 뒤덮고 펄럭거렸다.

코크루군 병사들은 부리나케 방벽으로 달려갔다. 흙을 다져 만든 보루와 나무를 쌓아 만든 울타리 뒤에서, 그들은 몰려오는 제국군 병사들을 향해 일제히 화살을 발사했다.

그러나 마라나와 나멘은 로마 장군이 우물쭈물하며 허비한 한 달이라는 시간을 영리하게 활용했다. 천막과 방책 뒤편 깊숙이, 제국군 진영 안쪽에서부터, 그들은 비밀리에 코크루군 방벽 밑으로 땅굴을 팠다. 바닥날 줄 모르는 계략의 소유자인 마라나가 평소 수법대로, 즉 가족의 목숨을 위협하는 동시에 장래의 보상을 약속함으로써, 정복당한 리마의 광부들로 하여금 특기를 발휘케 했던 것이다.

제국군 선봉대가 땅굴 깊숙이서 참호의 버팀대를 잡아당기자 코크루군 병사 수백 명이 쩍 벌어진 구멍 속으로 굴러 떨어졌다. 그 안에서 그들은 무슨 일이 벌어졌는지도 모르는 채 도륙당했다. 반란군이 그토록 오랫동안 공들여 세운 방어 시설은 순식간에 산산이 무너졌다.

땅이 무너지면서 모습을 드러낸 제국군 병사들이 지상으로 돌격했다. 이와 동시에 방벽 너머에서 제국군의 총공세가 시작되자 충격에 빠진 코크루군 병사들은 어찌할 바를 몰라 우왕좌왕했다. 로마 장군은 용기를 끌어모아 부하들에게 싸우라고 독려했지만, 코크루군의 방어선은 물밀 듯이 밀려오는 제국군 앞에서 허망하게 무너지고 말았다.

"퇴각하라!"

로마 장군이 명령했다. 이제 제2 방어선으로, 파사군이 주둔한 곳으로 물러나 쇄도하는 제국군에 맞설 때였다.

파사군 진영에 도착했을 때 아군이 이미 방어선을 포기하고 달아난 것을 발견한 코크루군의 충격은, 이루 형용할 수 없을 정도였다. 파사군의 새 진지는 동쪽 고지에, 제국군의 진로에서 멀찍이 벗어난 곳에 있었다.

로마 장군은 파사군에 전령을 보내어 코크루군과 함께 현 방어선을 사수하라고 명령했지만, 되돌아온 전령이 전한 것은 전황의 추세를 지켜보며 기다리는 편이 더 현명하겠다는 파사군 사령관 오위아티 장군의 통보였다.

로마 장군은 그제야 패배한 것을 깨달았다. 티로 국가들은 하나하나 추풍낙엽처럼 쓰러질 운명이었다. 하나로 뭉쳐 싸우는 데에 실패했으므로.

절망에 빠진 로마 장군은 토아자까지 퇴각하라는 명령을 전군에 전파했다. 그곳에서 마지막 항전을 벌일 작정으로.

그러나 토아자에는 이미 패전의 분위기가 짙게 깔려 있었다. 달로 왕은 로마 장군이 패했다는 소식이 전해지기가 무섭게 해군 함정의 무장을 해제하고 수송선으로 개조하라고 명령했다. 왕궁의 보물을 실어서 무거워진 배들은 흘수선이 부쩍 높아진 채로 느릿느릿 움직였다.

간의 병사들은 구해 달라고 애원하는 민간인들을 쫓아내며 서둘러 배에 올랐다. 군대는 상선과 고깃배를 남김없이 징발했다. 절박해진 백성들은 문짝과 가구를 뜯어서 만든 뗏목을 부두 앞바다에 띄웠다. 그토록 허술한 '배'가 본섬으로 향하는 기나긴 우회 항로를 어떻게 견딜지는, 따질 겨를조차 없었다. 왕실의 배에 타는 행운을 잡지 못한 하급 귀족들은 군인들에게 갑판에 올려 주기만 하면 거금을 주겠노라고 약속했다. 몇몇은 바다에 뛰어들어 선착장에서 멀어지는 배와 뗏목을 향해 무턱대고 헤엄치기 시작했다. 그렇게 해서 따라잡은 이들이 제발 끌어올려 달라고 애원하면 배에 탄 사람들은 그들을 노로 밀어냈다.

그러다가 누군가, 토아자 항구 쪽으로 접근하는 함대가 보인다고 외쳤다. '제국군 함대다!' 이로써 전전긍긍하는 사람들로 혼잡하던 항구는 순식간에 아비규환의 수라장으로 변했다.

로마 장군은 분노와 후회가 뒤섞인 심정으로 달로 왕의 배신을 지켜보았다. 토룰루 페링의 조언에 귀를 기울여 킨도 마라나에게 동맹을 분열시킬 틈을 주지 않고 공격했더라면 좋았을 거라는 후회가 들었다. 이제 남은 전략은 아무것도 없었다. 오로지 적의 무자비한 힘과 공포, 그리고 달아나고 싶다는 욕구뿐이었다.

'함대'는 알고 보니 마타 진두의 병력 2000명이 나누어 탄 수송선 20척이었다.

마타는 수라장이 된 토아자 항구를 혐오스럽다는 듯이 바라보았다. 그러다가 선단의 대형을 부채꼴 모양으로 펼쳐 항구를 봉쇄했다. 달아나려고 안달하던 배들은 곧장 부두로 돌아가라는 명령을 받았다.

달로 왕을 태운 왕실 선박은 마타의 엄명을 거스르고 선단을 돌파하려 했다. 이에 마타는 즉시 세카 키모의 배에 왕실 선박을 들이받으라고 명령했다.

"왕실의 배를 감히 어떻게 건드린단 말입니까?"

간 출신 선원들은 허세와 두려움이 섞인 목소리로 외쳤다.

"나는 이미 왕 한 명을 죽였다."

키모가 말했다. 그가 헤벌쭉 웃으면서 얼굴의 문신이 꿈틀거리자 간 선원들은 공포에 질렸다.

"너희 왕을 후노 왕 곁으로 보내 주는 것 정도는 일도 아니지."

선원들은 키모의 부하들이 왕실 선박으로 건너가 검을 휘두르는 데도 말리지 않았다. 그러는 대신 왕실 선박을 키모의 배에 묶어 토아자 항구로 끌고 왔다.

탈출하려던 다른 배들이 그 뒤를 따랐다.

선착장에 집결한 간의 병사들이 악을 쓰며 우왕좌왕하는 동안,

마타 부대를 태우고 온 빈 수송선들은 그들 코앞에 둥둥 떠 있었다. 희미하게, 항구 쪽으로 다가오는 제국 육군의 발소리가 들려왔고, 동쪽 하늘 멀리, 제국 공군의 비행함 편대가 보였다. 비행함 편대는 늑대발섬 동부 해안을 돌아 토아자로 진격하는 수군 함대를 호위하는 중이었다. 비행함이 조심스레 기동하는 이유는 단 하나, 페링이 띄운 등롱 산탄에 당한 경험이 있기 때문이었다. 만약 그들이 토아자 항구 상공으로 날아와 화염탄을 일제히 투하하며 맹공격을 벌였다면, 반란군은 이미 전멸하고도 남았을 터였다.

"아주 잘했네."

로마 장군은 후위대 지휘관으로서 임무를 다하고자 총사령관인 자신을 구하러 온 마타를 보고 기뻐서 어쩔 줄을 몰랐다.

"어서 우리 병사들을 대피시키세, 간의 배신자들은 자기들끼리 마라나를 상대하도록 내버려 두고."

총사령관의 말에 마타는 고개를 저었다.

"지금 즉시 반격에 나서야 합니다."

로마는 믿을 수 없다는 표정으로 마타를 응시했다.

"반격이라니 무슨 소리를 하는 건가, 바보같이! 이번 전투는 이미 졌어!"

마타는 다시금 고개를 저었다.

"진짜 싸움은 아직 시작하지도 않았습니다."

로마는 젊은 마타의 눈을 가만히 들여다보았다. 마타가 디무에서 저지른 잔악한 행위의 소문이 어렴풋이 떠올랐다. 성격이 포악하고 다혈질이라는 이야기도 함께 기억났다. 마타는 피를 원하고 있었다. 오로지 피만을.

수피 왕 전하와 진두 원수께서 이 남자가 아니라 나를 총사령관에 임명하신 이유가 바로 이거였구나.

로마는 등을 꼿꼿이 펴고 한껏 위엄 있는 목소리로 말했다.

"귀관에게 퇴각을 명한다. 귀관의 유일한 임무는 아군을 본섬으로 무사히 실어 나르는 것이다!"

마타는 나아로엔나를 검집에서 뽑아 단 한 번 휘둘러서 로마의 목을 날려 버렸다. '의심을 종결짓는 자'는 투지를 잃고 우물쭈물하는 사령관을 용서치 않았다.

마타가 서 있는 자리를 중심으로 침묵과 정적이 파문처럼 서서히 퍼져나갔고, 이내 토아자 항구에 있는 모든 사람이 경외감에 물든 눈으로 마타의 거구를 바라보았다.

사람들이 지켜보는 동안 마타는 부하들에게 뗏목과 조각배와 수송선에 모조리 불을 지르라고 명령했다. 자신의 부대가 타고 온 배들 역시 예외가 아니었다. 채 몇 분도 안 돼서 항구 앞의 수면은 이글거리는 불바다로 변했다.

"배는 모두 불타 버렸다. 배에 실려 있던 식량도 함께 타서 없어졌다. 이제 후퇴할 방법은 없다. 남은 식량은 너희가 뱃속에 담고 있는 것이 전부다. 밥이 먹고 싶거든 제국군 병사를 죽이고 그의 식량을 빼앗아야 할 것이다."

레피로아에 올라탄 마타는 피투성이가 된 검을 모두가 볼 수 있도록 머리 위로 높이 쳐들었다.

"이 검의 이름은 나아로엔나, '의심을 종결짓는 자'라는 뜻이다. 나는 이번 전투의 승패가 한 점의 의심도 없이 확실해질 때까지 이 검을 검집에 꽂지 않을 것이다. 우리는 오늘 이 자리에서 승리하든 가, 모두 함께 죽을 것이다."

마타는 제국군 쪽으로 말머리를 돌려 질주하기 시작했다. 혼자서, 목이 터져라 함성을 지르며.

라소 미로는 마타의 뒤를 쫓아 맨 먼저 달리기 시작한 병사 중 한 명이었다. 마타 진두 장군과 똑같이 함성을 지르면서. *인생이란 모름지기 도박이지.* 이 땅의 수호신인 타주 신이라면 그렇게 말하지 않았을까?

병사 몇 명이 그 뒤를 따르기 시작했고, 뒤이어 몇 명이 더 합류하더니, 졸졸 흐르던 시냇물이 마침내 밀물 같은 홍수로 바뀌었다. 마타를 따라 늑대발섬으로 건너온 병사 2000명은 이제 넘실거리는 물결이 되어 자신들보다 훨씬 거대한 제국군의 파도를 향해 돌격했다.

마타 진두는 껄껄 웃고 있었다. 그의 부하들도 마찬가지였다.

이길 가망은 아예 없었지만, 그게 무슨 상관일까? 이제 전략이나 계략 따위는 아무 소용도 없었다. 저마다의 마음속에서 그들은 이미 죽은 사람이었다. 후퇴나 구원 같은 희망으로부터 자유로웠다. 그들에게는 잃을 것이 없었다.

라소 미로는 제국군 병사에게 달려들었다. 상대의 검을 쳐낼 생각도, 스스로를 지킬 생각도 하지 않았다. 그저 공격할 뿐이었다.

적의 검이 어깨에 박히는 것도 아랑곳하지 않고서, 라소는 검을 쥔 상대의 팔을 단칼에 잘라 버렸다. 피가 끓어오르는 듯한 흥분 속에서 고통은 조금도 느껴지지 않았다. 라소는 함성을 지르며 검을 들어 제국군 병사를 또 한 명 쓰러뜨렸다.

다피로 형이 보면 바보 같다고 여길 거라는 생각이 들었지만, 한편으로는 형이 자신을 자랑스러워하리라는 생각도 들었다.

나도 진두 장군님처럼 싸우고 있어. 라소는 주디 성벽의 상공 높이 날아올라 더 이상 대적할 자나군이 올라오지 않을 때까지 싸우던 진두 장군의 모습을 떠올렸다. 그때 진두 장군의 기분이 어땠을지, 라소는 이제야 알 것 같았다. 이보다 더한 쾌감은 세상에 없었다.

코크루군은 살을 뚫고 들어간 화살처럼 제국군의 대오를 파고들었다. 화살촉은 마타 진두 본인이었다.

레피로아가 날아오를 듯이 도약하면 마타는 나아로엔나를 휘둘렀고, 적군은 잡초처럼 쓰러졌다. 레피로아가 돌진하고 회피하면 마타는 쳐부수고 박살 냈고, 고레마우의 앞길을 막는 적은 산산조각으로 흩어졌다. 스스로 전투의 희열에 사로잡힌 레피로아는 입을 한껏 벌려 몰려드는 보병들의 살을 물어뜯으며 입가에 붉은 거품을 뚝뚝 흘렸다. 마타는 얼마 못 가 온몸이 검붉은 피로 뒤덮였다. 앞을 보려면 자꾸만 눈으로 흘러드는 적의 피를 닦아야 했다.

더, 더, 더 많은 죽음을!

제국군 병사들이 보기에 코크루군은 인간이 아니었다. 그들은 아픔을 느끼지 못했고, 자기 몸을 지킬 생각 또한 눈곱만큼도 없었다. 그들의 검은 내려치는 일격마다 온몸의 힘을 실은 듯 강력했다. 그들은 살고 싶은 생각이 없었다. 오로지 죽이겠다는 일념뿐이었다.

그런 자들과 무슨 수로 싸운단 말인가? 제정신인 사람이 정신을 놓은 사람을 상대할 수는 없는 노릇이었다.

서서히, 파도의 방향이 바뀌기 시작했다. 진격하던 제국군의 걸음은 느려지다가, 정지하더니, 뒷걸음으로 바뀌었다. 마타 진두가 이끄는 2000명은 이제 제국군 4만 명에 완전히 포위되어 있었지만, 전세는 그야말로 거대한 구렁이가 순순히 죽지도 항복하지도 않는 고슴도치를 집어삼킨 형국이었다. 제국군 병사들은 주춤주춤 물러서다가 대열에서 이탈하더니, 이내 자기네 군대 한복판에서 피 맛에 취해 날뛰는 미친 자들로부터 달아나기 시작했다.

해변에 남아 있던 코크루군 병사들은 그제야 로마 장군의 목이 달아난 충격에서 벗어난 듯했다. 함성을 지르며, 그들은 전우들의 뒤를 따랐다. 소탕전이 시작되었다.

이제 제국군의 패색이 짙어지자 간군의 사령관인 후예 노카노는 자기 안에 숨어 있던 반란군의 정신을 다시금 발견했다. 노카노는 부하들에게 소탕전에 가담하라고 명령했다.

"코크루의 동지들에게는 우리가 필요하다!"

이제 마라나 원수가 약속을 지킬 가망이 사라지자 파사군의 사령관 오위 아티는 제국에 대한 증오심이 다시금 타올랐다. 아티는 부하들에게 추격에 가담하여 후퇴하는 제국군을 도륙하라고 명령했다.

"파사가 제국을 거꾸러뜨릴 것이다!"

늑대발섬 전투에서 전사한 황제의 병사는 2만 명이었다. 나머지

2만은 투항했다. 제국군은 아홉 차례 전열을 가다듬고 반격했지만, 마타 진두가 이끄는 미친 전사들은 이를 아홉 번 모두 무너뜨렸다. 전투는 열흘 동안 이어졌으나 승패는 그 첫날에 이미 결정되었다.

제국 수군의 함대는 항구 앞바다에서 불타는 선단에 막혀 토아자에 상륙하지 못했다. 혼란에 빠진 함대가 바다에서 우왕좌왕하는 사이에 지상에서는 제국군의 패배가 확실해졌다. 제국 함대는 엄지발톱 곶에서 재결집하리라는 희망을 품고 늑대발섬 동부 해안을 따라 후퇴했다.

비행함 편대는 지상군 수뇌부를 구출하기 위해 착륙을 시도했지만, 달아나는 제국군의 후미에는 살육의 흥분에 취한 마타의 부하들이 반드시 붙어 있었기에 번번이 실패할 수밖에 없었다. 이륙하려고 발버둥 치다가 선체에 매달린 아군 병사들 때문에 뜨지 못하고 붙잡힌 비행함만 무려 다섯 척이었다. 겁에 질린 제국군 병사들은 인간을 엮어 만든 닻사슬처럼 앞사람의 발을 붙잡고 늘어졌다.

제국 함대가 엄지발톱 곶의 제국군 진영에 도착했을 무렵, 그곳에는 구출할 사람이 아무도 없었다. 전장에서 무공을 세우겠다는 꿈에 부풀어 마라나와 나멘을 따라서 제국의 영토를 가로질러 이곳까지 찾아온 자나의 젊은이들은 모두 죽거나, 포로가 되어 반란군 앞에 무릎 꿇고 있었다.

이제 텅 비어서 가벼워진 제국의 함선들은 정처 없이 북해로 나아갔다. 살아남은 비행함들은 지상의 의기양양한 반란군을 향해 화염탄 몇 개를 던져 공허한, 의미 없는 공격을 감행한 후, 함대의 뒤를 따랐다.

앞서 탄노 나멘과 킨도 마라나는 전례 없는 대승리를 축하하겠다는 희망에 들떠 비행함에 탑승하지 않았다.

이제 그들은 그 선택을 후회했다. 반란군은 제국군의 마지막 잔당을 포위했고, 나멘과 마라나는 퇴각하는 제국 함대의 희미한 꽁무니를 애타는 눈으로 바라보았다.

나멘은 루이섬의 집에 남아 있는 토지를 떠올렸다. 그 늙은 개가 절룩거리는 발로 추운 겨울을 어떻게 날지 걱정스러웠다.

먼저 말을 꺼낸 사람은 마라나였다.

"오랜 벗이여, 가잉만에 있는 귀공의 집에 제가 찾아가지 않았더라면 좋았을 것. 이제 구기자나무 덤불을 다듬고 낚싯배를 타는 대신 포로가 되어 만년을 보내시게 되었군요. 우리가 어쩌다 오늘의 싸움에서 졌는지, 저로서는 도무지…… 정말 면목이 없습니다."

나멘은 사과하는 마라나를 보며 무뚝뚝하게 고개를 저었다.

"나는 자나가 다른 모든 티로 국가들 위에 군림하는 날을 보기 위해 평생을 바쳐 싸웠네. 늘그막에 다시 한번 제국을 섬길 기회를 얻은 것은 내게 영광이었어.

허나 우리는 신들의 자비로 살아가는 목숨이야. 빠른 자가 반드시 경주에서 이기는 것도 아니고, 강한 자가 반드시 전투에서 승리하는 것도 아닐세. 우리는 있는 힘을 다해 싸웠네. 나머지는 운이 좌우할 뿐이야."

마라나는 주위를 둘러보고 한숨을 쉬었다.

"저를 탓하지 않으시다니, 장군님은 어진 분이시군요. 이제 항복할 준비를 해야겠습니다. 병사들이 이 이상 쓸데없이 죽게 하는 것은 어리석은 짓이니까요."

나멘은 고개를 끄덕였다. 그러고는 입을 열었다.

"원수, 항복 명령을 내리기 전에 소인의 청을 하나 들어주겠소?"

"뭐든 말씀만 하십시오."

"혹시 기회가 닿으면 내 옛 집에 들러서, 우리 개 토지가 잘 지내는지 한번 살펴봐 주시오. 가끔 새끼 양 꼬리를 던져 주면 신이 나서 씹는 녀석이오."

마라나는 빙긋이 웃는 노전사의 얼굴을 바라보았다. 무슨 말이든 생각해 내서 시간을 끌고 싶었지만, 마라나는 이미 늦었다는 것을 알고 있었다.

"내 마지막 허세에 귀를 기울여 줘서 고맙소. 내 사전에 항복이라는 말은 없소."

나멘은 검을 뽑아 예리한 날로 자신의 야윈 목을 그었다. 나멘의 몸은 참나무처럼 육중한 소리를 내며 쓰러졌다. 잠시 동안, 나멘의 억센 심장은 몸에 남은 피를 쉬지 않고 내뿜었고, 핏빛 웅덩이가 그의 몸을 둘러싸고 점점 퍼져 나갔다.

마라나는 자나를 그토록 사랑했던 심장이 마침내 멈출 때까지 주검 곁에 무릎을 꿇고 애도했다.

마라나와 부하들은 나멘의 주검을 그가 마지막에 서 있던 자리에 남겨두었다. 나중에, 정식으로 항복의 예를 갖춘 후에 다시 돌아와 수습하기 위해서였다.

거대한 그림자가 그들 위로 지나갔다. 마라나는 고개를 들었다.

하늘이 밍겐 수리의 날개로 뒤덮여 있었다. 수십 마리, 아니, 수백 마리였다. 루이섬에 있는 키지산의 아리수소 호숫가라면 모를까, 이토록 멀리 떨어진 장소에 그토록 많은 밍겐 수리가 한꺼번에 출현한 적이 있다는 말은 누구도 들은 적이 없었다.

밍겐 수리 무리가 일제히 급강하했다. 그들은 홀로 고고히 살아가는 본성을 타고난 맹금이 아니라 찌르레기 떼처럼, 제각각 거대한 전체의 한 부분인 것처럼 행동했다. 한 덩어리가 되어 지면으로 내려온 새들은 탄노 나멘의 주검을 들어 올렸다. 그러고는 방향을 틀어 서쪽 바다 위로 날아갔고, 마침내 수평선 너머로 사라졌다.

마라나와 부하들은 서쪽을 향해 절을 올렸다. 전설에 따르면 전쟁터에서 큰 공을 세우고 쓰러진 자나 전사의 유해는 모든 새들의 신인 키지 공이 데려간다고 했다. 천상에서 영원한 휴식을 누릴 수 있도록.

엄지발톱 곶 끄트머리. 쑥대밭이 된 제국군 야영지 한복판에, 마타가 서 있었다. 몰수한 제국군의 식량으로 만든 죽을 맛보는 중이었다. 마타는 부하들과 마찬가지로 온몸이 피투성이였다. 굳이 피를 씻어야겠다고 생각한 사람은 아무도 없었다.

"나를 맨 먼저 따라나선 게 너였지."

마타가 라소 미로에게 말했다. 라소는 고개를 끄덕였다.

마타는 손을 뻗어 라소의 팔을 잡았다.

"앞으로는 내 곁에 붙어 있어라. 내 개인 수행원으로."

라소는 알고 있었다. 나중에, 방망이질하는 심장이 차분해지고 투지에 들떠서 어지러운 머릿속이 마침내 가라앉으면, 다시금 이 남자를 보며 두려움에 젖으리라는 것을. 그러나 당장은, 이 위대한 장군과 어깨를 나란히 하는 기분이 들었다. 라소는 그 기분을 가슴 속 깊이 간직했다.

아쉬움이라면 단 하나, 다피로 형이 곁에서 이 순간을 지켜보지 못한 것뿐이었다.

마라나가 마타 앞으로 끌려왔다. 자나군의 원수인 그는 무릎을 꿇은 채 두 손으로 검을 높이 쳐들고서, 시선을 땅으로 내리깔았다. 그렇게 자신과 부하들의 운명을 마타의 결정에 맡겼다.

마타는 실망한 표정으로 마라나를 내려다보았다. 관료인 마라나의 검술 실력은 농사를 짓다가 군인이 된 평민보다 나을 것이 조금도 없었다. 나멘은 마타와 결투할 엄두조차 내지 못한 노인이었다. 그들은 계략으로 싸우는 데에는 능했지만, 마타가 원하는 이상적인 상대는 아니었다. 자나가 보유한 최고의 인재가 고작 이 정도일까? 마타에게 걸맞은 무예를 지닌 호적수는 어디에 있단 말인가?

마라나의 뒤편에는 파사군 및 간군의 사령관인 오위 아티와 후예 노카노, 그리고 달로 왕도 무릎을 꿇고 있었다. 모든 이의 시선이, 경외감을 가득 담고서, 마타 한 사람에게 못 박혀 있었다. 마치 인간의 모습으로 나타난 피소웨오 신을 바라보기라도 하듯이.

이제 반란군을 통틀어 마타 진두의 위에 설 사람은 아무도 없었다. 심지어 수피 왕조차도.

제30장

판의 주인

판

선무 4년 11월

마피데레 황제가 자기 제국의 수도를 판으로 정한 까닭은 그곳에 살고 싶어서가 아니었다. 그는 그곳에서 죽고 싶어 했다.

마피데레는 자신이 죽은 후에 묻힐 묘와 그 묘를 둘러싼 황릉이 거대한 화산의 지맥에 닿기를 원했다. 바로 카나산과 라파산, 피소웨오산이었다. 그는 산이 영원토록 젊음을 유지하는 것은 사납게 끓어오르는 용암을 통해 쉬지 않고 재생되기 때문이라고 여겼다. 그래서 그 힘을 빌려 황족의 원기와 활력을, 더 나아가 제국 자체를 계속 재생시키고자 했다.

만약 마피데레의 넋이 여전히 이승을 떠돈다면, 지금쯤 틀림없이 자신의 계획이 왜 실패했는지 궁금해할 터였다.

쿠니 가루는 침대 위에서 태아처럼 몸을 잔뜩 옹송그린 에리시 황제의 항복을 받아들였다. 황제의 이불과 옷은 소변으로 축축하게 젖어 있었다.

* * *

루안 지아는 작별 인사를 하러 쿠니를 찾아갔다.

"나랑 같이 있기로 한 거 아니었어요? 난 루안 선생이 곁에 없으면 게피카의 왕 같은 거 못하는데."

쿠니는 어린 시절 하늘 높이 날아오르는 암살자를 목격했던 바로 그 순간부터 루안을 존경했다. 게다가 이번의 판 점령 작전처럼 대담한 발상을 내놓을 사람이 다라 제도에 루안 말고 또 있을 것 같지도 않았다.

재주 있는 친구들을 끌어모으는 것은 쿠니가 가장 즐기는 취미였다. 그리고 루안 지아는 쿠니가 얻은 인재들 중에서도 군계일학이었다.

"가루 공, 공께서는 신들이 준비해 둔 자격을 이미 갖추셨습니다. 평민들 사이에서 도는 입소문을 저도 들었습니다. 에르메 산맥에서 거대한 흰 구렁이를 단칼에 베셨다지요? 수배자가 되셨을 때에도 무지개가 공의 주위를 둘러싸지 않았습니까? 그리고 이제는 크루벤을 타고 바다를 건너서 모든 섬의 지배자인 황제를 발 앞에 엎드려 떨게 하셨습니다. 공께서는 훌륭한 군주이자 지배자이십니다. 이 이상 제가 보필할 필요가 없습니다. 제 소원은 하안을 위해 일하는 것입니다. 작고, 약하고, 육국 가운데 아직 자유를 되찾지 못한 유일한 나라입니다만, 그래도 제 고향이니까요."

길을 나서기 전, 루안은 쿠니와 마주 앉아 고량주를 연거푸 들이켰다. 눈물이 흐르는 것은 그저 술이 독하기 때문이라고 둘이 한목소리로 둘러대면서.

루안은 과거 하안 국의 수도였던 긴펜에 도착했다.

판이 점령당했다는 소식은 이미 긴펜에까지 전해졌다. 거리는 새 시대가 왔다며 흥분해서 떠드는 하안의 젊은이들로 가득했다. 자나 군 기지에 주둔하는 제국 병사들은 폭발 직전의 군중이 두려웠던 나머지 막사에 틀어박혀 코빼기도 비치지 않았다.

털끝 하나 다치지 않은 채로, 루안은 지아 일족이 대대로 물려받은 장원이 있던 자리로 돌아갔다. 그가 아버지를 마지막으로 목격하고서 일생의 목표가 된 맹세를 한 곳이었다.

화려한 기하무늬 타일과 대리석 바닥으로 이루어진 복도도, 벽을 가득 덮은 칠판에 아버지와 함께 방정식을 적어 놓고 해를 구하던 서재도, 다라 제도 전역에서 수집한 고서가 빽빽이 꽂혀 있던 개인 도서관도, 창문으로 비쳐드는 따사로운 햇볕 속에 별과 조석(潮汐)과 시간과 자연계를 연구하는 장비가 빼곡하던 실험실도, 이제는 없었다.

그 대신 부서진 돌과 무성한 잡풀이 불에 타 무너진 장원의 자리를 차지하고 있었다.

루안은 폐허 한복판에 무릎을 꿇었다.

"아버지, 저 돌아왔습니다. 이제 자나 제국이 무너졌거든요. 코수기 왕께서도 곧 돌아오실 테고, 그러면 저는 왕을 도와 우리 조국 하안을 다시 일으켜 세울 겁니다. 하안이 제자리를 찾을 수 있게요. 저는 맹세를 지켰습니다. 기쁘신가요? 이제는 아버지의 혼백도 편히 쉬실 수 있을까요?"

이에 대답하듯, 산들바람이 잡풀을 흔들고 지나갔다. 멀리서 새 한 마리가 외로이 우짖었다.

루안은 그 자리에 한참 동안 무릎을 꿇은 채 가만히 귀를 기울였다. 해가 지고 달이 뜰 때까지, 신들의 의도를 점치며, 죽은 선조들이 들려준 뜻 모를 대답을 골똘히 곱씹으며.

쿠니는 항복한 후에도 판에 남아 있는 제국군 병사 수천 명 때문에 가시방석에 앉은 기분이었다. 쿠니가 거느린 병력은 고작 500명이었다. 만약 제국을 지지하는 극렬분자들이 포로가 된 에리시 황제를 희생시키고 봉기하기로 결심이라도 했다가는, 쿠니와 몇 안 되는 부하들은 단칼에 목이 달아날 판이었다.

쿠니는 참모진을 모두 불러 모아 조언을 구했다.

코코 옐루가 먼저 입을 열었다.

"판이 점령당했다는 소식이 곧바로 퍼지도록 놔두면 안 됩니다. 게피카 평원의 다른 지역에 있는 제국군 사령관들이 우리 병력의 수를 간파하면 득달같이 판으로 몰려올 테고, 그렇게 되면 우리는 죽은 목숨입니다."

"그럼 지금 당장 성을 봉쇄해야겠군. 하지만 제국의 잔당이 이미 전서구를 띄웠으면 어떡하지?"

"그건 제가 벌써 손을 써 놨습니다." 이렇게 말한 사람은 린 코다였다. "비둘기 통구이는 맛이 기가 막히지요. 소금 간을 잘하면 더더욱."

쿠니는 웃음을 터뜨렸다.

"다들 나 대신 머리를 굴려 줘서 참 다행이야. 그럼 맨 먼저 내 형제 마타 진두한테 전령부터 보내야겠군, 되도록 빨리 지원군을 보내 달라고 말이지."

"비행함이 우리 수중에 남아 있다면 그게 최선이겠지요." 코고가 말했다. "하지만 애석하게도 뒤에 남아서 비행함을 지키려던 루안 지아를 공께서 데려가시는 바람에, 비행함은 근위대가 죄다 부숴 버렸습니다."

"진두 장군과 연락하는 임무는 제가 맡겠습니다." 이번에는 린이었다. "저한테는 제국 정찰병의 눈을 피해 연락을 취할 경로가 있으니까요."

쿠니는 고개를 끄덕였다. 린에게 떳떳이 밝히기 힘든 뒷세계와 연을 유지하도록 한 자신의 선견지명이 고마울 지경이었다.

"하지만 눈앞에서 집이 불타는데 멀리서 흐르는 강이 무슨 도움이 되겠어. 투항한 판의 제국군 병사들이 우리한테 칼을 돌리면 안 되는데, 뭐 뾰족한 수 없을까?"

린 코다는 나지막한 목소리로 한 가지 제안을 내놓았다. 이 잔혹하고 비열한 계책에 뮌 사크리와 샌 카루코노는 한목소리로 반대했다. 쿠니 가루 역시 거절하려 했지만, 코고는 린에게 찬성하며 목소리를 높였다.

"폭동의 조짐이 완연합니다, 가루 공. 게다가 우리는 도박을 걸어서 이겼습니다. 그러니 판돈도 챙길 만큼 챙겨야 합니다."

그럼에도, 쿠니는 망설였다.

"코고, 너 진심이야? 투항한 제국 병사들을 길들이자고 꼭 그렇게까지 해야 돼?"

"위대한 자리에 오르려는 사람은 모든 면에서 탁월해야 합니다. 거기에는 잔인성도 포함됩니다."

코고의 논리는 당혹스러웠지만, 쿠니는 언제나 참모들의 조언에 귀를 기울이는 주군이었다. 떨떠름한 표정으로, 쿠니는 린의 계획에 동의했다.

판은 대제국의 수도로서 조금도 손색이 없는 도시였다. 인구수이든 (마차 열여섯 대가 나란히 달릴 만큼 널따란) 도로의 폭이든, 화려한 건물이든, 시장에서 파는 상품의 종류이든, 사람이 아는 어떠한 척도를 들이대도 그 사실은 변하지 않았다. 상인뿐 아니라 각계각층의 사람들이 황제의 발밑에서 한몫 잡을 기회를 노리고 판으로 몰려들다 보니, 심지어는 에코피섬에서 코끼리로 사느니 판에서 쥐로 사는 것이 낫다는 말까지 돌았다.

항복한 제국군 병사들 사이에서는 가루 공에게 복종하는 대가로 판을 약탈해도 좋다는 허가가 내려올 거라는 소문이 돌았다. 단, 아무도 죽이지 않는다는 조건하에. 배짱 있는 병사 몇 명은 그 소문이 사실인지 확인하려고 거리로 나갔다. 쿠니의 부하들은 그들을 가만히 지켜보기만 할 뿐 말리지 않았다. 그날 오후, 얼마 전까지 제국군이었던 병사들의 막사는 텅 비었다.

병사들은 온 도시를 제 집 안방처럼 누볐다. 판은 점령당한 도시처럼 다루어졌다. 다만 점령군 한 명 한 명은, 원래 이 도시를 지키기로 맹세한 병사들이었다. 그들은 도로를 따라 늘어선 부자들의 저택에 쳐들어가 마음에 드는 물건을 모조리 약탈했고, 집 안에서 찾은 남자와 여자를 마음껏 유린했다. 죽는 사람이 나오지 않도록 주의하기는 했으나 세상에는 죽음 말고도 여러 유형의 고통이 존재했다.

꼬박 열흘 동안 판의 거리는 지상에 펼쳐진 지옥이었다. 주민들은 지하실에 숨어서 자신들보다 운이 없는 이웃의 절규와 비명을 들으며 몸서리쳤다. 무궁성은 공포와 피와 탐욕과 비겁함으로 얼룩지고 말았다.

그 열흘 동안, 쿠니 가루는 부하들을 황궁 안에 가둬 놓고 거리에서 벌어지는 아비규환으로부터 격리시켰다. 그러나 코고 옐루는 부하 몇 명을 빼돌려 황실 문서고로 향했다. 문서고는 제국의 통계 자료와 세금 장부를 비롯하여 행정 관료들이 작성한 모든 서류가 보관된 곳이었다.

"문을 잠가라, 노략질하는 무리는 한 놈도 들이면 안 된다."

"이렇게 낡은 두루마리랑 종이 쪼가리가 그렇게 중요합니까?"

다피로는 코고에게 그렇게 묻고는 목소리를 낮추어 소곤거렸다.

"혹시 황제가 제일 값진 보물을 숨겨 놓은 곳이 여깁니까? 사람들이 거들떠도 안 볼 곳에다 숨겨 놓다니, 영리하네요. 저기…… 나중에 저랑 둘이서 한번 둘러보지 않으시렵니까?"

다피로의 말에 코고는 큰 소리로 웃고 말았다.

"이 안에서 금이나 보석 같은 것은 못 찾을 것이다."

"그럼 무슨 예술품 같은 겁니까?"

다피로는 조금 실망한 눈치였다. 예술 작품 중에 값진 것이 있다는 정도는 다피로도 알았지만, 아름다운 여인을 그린 것이 아니면 그림에는 별 흥미가 없어서였다.

"어찌 보면 정치야말로 가장 수준 높은 예술이지. 언젠가는 너도 그 말이 무슨 뜻인지 깨닫게 될 거다."

제국군 출신 병사들이 판의 시내를 약탈하는 동안, 쿠니는 자신이 초래한 수라장을 피해 있어야 했다. 그는 황궁의 적막한 회랑과 텅 빈 방들을 거닐며 시간을 보내기로 했다.

황궁 안은 숨이 막힐 정도로 화려했다. 모든 방의 천장은 높이가 최소한 50척이었다. 벽이란 벽은 하나같이 정교한 조각과 황금 세공으로 뒤덮여 있었다. 바닥에 놓인 방석은 새끼 오리 수천 마리의 보드라운 솜털과 새끼 양의 털로 속을 채우고 비단과 고급 목면을 씌운 것이었다. 방의 벽에는 값을 매길 수 없이 귀한 그림과 육국을 정복하고 빼앗은 서예 족자도 걸려 있었다.

어디를 보아도 세련된 가구와 장난감과 장식품이 쿠니의 눈길을 잡아끌었다. 간의 특산품인 진주와 산호로 만든 벽화, 리마의 명물인 백단향으로 만든 조각상, 파사에서 진상한 비취상, 하안의 귀갑 탁자, 아무의 특산품인 깃털로 만든 걸그림, 그리고 금괴. 산더미처럼 쌓인 금괴는 코크루의 노동자들을 죽도록 쥐어짜서 채굴한 금으로 만든 것이었다. 그 보물들은 권력이 무엇인지 이야기하고 있었다. 그것은 마피데레 황제가 제국 전역에 휘두르던 권력이자, 쿠니가 지금 보물들을 어루만지며 생생히 느끼는 권력이었다.

어린 시절 주디 현 외곽의 도로에서 마피데레 황제의 순행 행렬을 구경하던 기억이 쿠니의 머릿속에 떠올랐다. 그때 느꼈던 경외감과 두려움이 뒤섞인 감정이, 지고의 권력 앞에서 느꼈던 전율이 다시금 되살아났다. 쿠니는 완전히 변해 버린 상황에 어안이 벙벙할 지경이었다.

"황제. 왕. 장군. 공작. 그런 건 다 꼬리표에 지나지 않아."

쿠니는 혼잣말처럼 중얼거렸다. 그러나 꼬리표에 적힌 이름은 사람이 어떻게 행동하느냐에 따라 바뀌었다. 쿠니는 이미 주디 공으로 행세하는 데에 익숙했고, 이제는 게피카의 왕이라는 칭호에도 점점 익숙해지는 중이었다. 어쩌면 또 다른 꼬리표에도 익숙해질 만큼 성장할 수 있지 않을까? 어쩌면 경외와 찬탄뿐 아니라…… 공포와 증오의 대상으로까지 성장하지는 않을까?

황궁 동물원과 수족관의 동물들이 먹이를 달라고 울었다. 아름답고 쓸쓸한, 스스로의 운명을 통제할 힘이 조금도 없는, 우리에 갇힌 짐승들이었다.

그중 한 곳에서 잘생기고 위풍당당한 수사슴 한 마리가 불안한 듯 이리저리 돌아다니고 있었다. 그런데 사슴을 가둬 놓은 우리 앞의 팻말에는 말이라고 적혀 있었다. 쿠니가 어리둥절한 표정으로 사슴을 바라보자 사슴도 쿠니를 마주 보았다.

"사슴을 쓰러뜨리는 자는 누구일까? 이제 사냥을 끝낼 때가 된 걸까?"

쿠니는 혼자 중얼거리며 걷다가 황궁 뒤편에 줄지어 서 있는 조그만 집들 앞에 도착했다. 그곳은 후궁이었다. 이미 죽은 마피데레 황제와 어린 에리시 황제의 비빈(妃嬪)이 기거하는 곳이었다. 그들은 앞날이 어찌될지 몰라 불안에 떨었다. 그러다 쿠니가 나타나자 곱게 화장을 하고 달려 나와 제각각 자신이 사는 집 앞에 섰다. 몸에 두른 것이라고는 고혹적인 미소뿐이었다. 요염하고 가엾은 존재들, 쿠니의 눈에는 동물원에 갇힌 동물들과 별 다를 바 없는 대상이었다.

쿠니는 지쳐 있었다. 쉴 새 없이 싸우고 달려온 시간이 몇 년처럼 느껴졌다. 지아와 헤어져 있는 동안 쿠니는 다른 여성에게 한눈을 판 적이 한 번도 없었다. 그러나 육체는 나름의 욕구를 지니는 법이었고, 죽음과 등을 맞대고 지내는 동안 쿠니의 욕구는 점점 더 예민해졌다. 색색의 살빛이 늘어서서 욕망을 부채질하는 이 조색판(調色板) 앞에서, 쿠니는 저항하고 싶지 않았다. 저항할 도리가 없었다. 저항이라니, 안 될 말이었다.

조금은 보상을 받아도 좋지 않을까? 조금은 휴식을 취할 자격이, 쿠니에게는 있지 않을까?

"용감한 남자는 절세의 미녀를 얻을 자격이 있지요."

여성들 중 한 명이 말했다. 쿠니가 아는 어떤 여성보다도 아름다웠고, 몸에 걸친 것이라고는 상어 이빨로 만든 목걸이뿐이었다. 쿠니는 기묘하고 야만스러운 그 장신구가 왠지 자신에게 어울리는 듯

싶었다. 그리고 그 여성의 미소에 빨려드는 것만 같았다. 한순간, 그 여성의 아름다운 얼굴이 해골로 변한 것 같았지만, 눈을 깜박이자 그 환상은 사라졌다.

쿠니는 그 여성의 집에서 그날 밤을 보냈고, 다음날 밤도 그곳에 머물렀다. 그는 열흘 동안 그 집에서 나오지 않았다.

린 코다가 쿠니를 찾으러 왔다.

린은 쿠니가 가루 공이 되기 전부터, 아니, 옥지기가 되기 전부터, 심지어 쿠니가 사람 구실을 하리라고 기대하는 이가 아무도 없던 시절부터 알고 지낸 사이였다.

그런 친구는 다른 부하의 입에서 나왔다가는 용서받지 못할 말도 스스럼없이 건넬 수 있었다.

"쿠니, 이제 작작 좀 해."

린의 목소리를 들었으면서도, 쿠니는 머릿속에 떠오른 린의 얼굴을 대뜸 지워 버렸다. 심사숙고 끝에 가장 마음에 든다고 결정한 여성 둘에게서 안마를 받느라 바빠서였다. 한 명은 하안 출신으로, 검은 살갗이 광을 낸 칠기처럼 반질반질하고 요리용 돌판처럼 따뜻했다. 허벅지는 힘이 세면서도 나긋나긋해서 자꾸만 시험해 보고 싶은 마음이 치솟았다. 두 눈에는 쾌락과 위로를 약속하는 빛이 감돌았다.

다른 한 명은 파사 출신으로, 살결이 어찌나 하얀지 웃다가 홍조를 띠면 핏줄을 따라 퍼지는 붉은 기운이 보일 정도였다. 머리카락은 진홍색, 분화하는 화산처럼 정열적인 색이었다(그러고 보면 지아의 머리 색과 다른 것도 아니었다.). 가슴이 너무도 풍만하고 탐스러워서, 쿠니는 복숭아를 쓰다듬는 게 아닌가 하는 생각이 들었다. 달콤한 과즙이 가득한 복숭아였다.

"쿠니, 나 좀 봐. 너 우리가 여기 왜 왔는지 잊어버린 거야?"

린의 목소리가 커졌다. 쿠니는 짜증이 나서 눈살을 찌푸렸다. 린은 지금 쿠니의 백일몽을 방해하는 중이었다. 이곳에서 영원토록 살고 싶다는 꿈을. 쿠니는 이제야 알 수 있었다. 에리시 황제가 어째서 황궁을 벗어나려 하지 않았는지를, 황궁 바깥에서 벌어지는 일에 어째서 조금도 신경을 쓰지 않았는지를.

쿠니는 황제처럼 살고 싶었다. 황금 그릇에 담긴 음식을 벽옥 수저로 먹고 싶었다. 산호로 만든 담뱃대로 천상의 맛이 나는 담배를 피우고 싶었다. 특별히 훈련시킨 원숭이들이 절벽을 타고 올라가서 이슬을 먹고 자란 담뱃잎을 따오면, 100번이나 썰고 체로 쳐서 곱게 골라 만든 담배였다. 세상에서 가장 보드라운 찻잎으로 만든 차도 마시고 싶었다. 어린잎을 부러뜨려 향이 날아가는 일이 없도록, 아직 손가락이 덜 여문 어린아이들이 따서 만든 차였다. 또한 밤마다 새 여자를 침실에 들이고 싶었지만, 여자 갈아치우기에 질렸을 때 즐길 수 있도록 지금 이 둘은 항상 곁에 둘 작정이었다.

"나를 부를 땐 '가루 공'이라고 해야지. 아니면 아예 '전하'라고 하든가."

민들레 꽃씨가 마침내 싹틔울 자리를 찾았다, 이거야. 독수리가 드디어 위엄에 걸맞은 높이까지 날아오른 거지.

다급해진 린은 마지막으로 친구에게 호소하기로 했다.

"쿠니, 지아가 지금 네 꼴을 보면 어떤 기분일지 생각해 봐."

"닥쳐!" 쿠니는 벌떡 일어나 침대에서 내려섰다. "너 너무 건방져, 린. 지아는 내 마음속에 생생하게 살아 있어. 이건 그냥, 긴장을 좀 푸는 것뿐이야. 누구 안전에서 입을 놀리는지 명심하는 게 좋을 거다."

"네가 누군지 잊어버린 사람은 내가 아닌 것 같은데."

"다시는 내 앞에 나타나지 마라, 린."

린 코다는 못 말리겠다는 듯이 고개를 저었다. 그러고는 도와줄 사람을 찾으러 갔다.

코고 옐루는 커다란 대야를 들고 왔다. 코고는 뮌 사크리와 샌 카루코노에게 쿠니가 안고 있는 두 여성을 붙잡아 침대에서 끌어내라고 명령한 다음, 장빙고에서 꺼내온 얼음과 차가운 물이 가득한 대야를 쿠니의 알몸 위에서 휙 뒤집었다.

쿠니는 괴성을 지르며 침대에서 펄쩍 뛰어내렸다. 열흘 만에 처음으로 정신이 말짱해진 기분이 들었다. 이 자리에서 당장 코고 옐루의 목을 치라고 명령하고 싶을 정도로 말짱했다.

"이게 무슨 짓이야?"

"그럼 이건 무슨 짓인데?"

코고는 손가락을 들어 차례로 가리켰다. 축축하게 젖은 비단 자리와 망사 이불이 덮인 침대를. 침실 바닥에 나뒹구는 술잔을. 쿠니가 황궁 구석구석에서 모아다가 침실에 아무렇게나 쌓아놓은 미술품과 보물 더미를.

"코고, 그냥 잠깐 재미 좀 본 거야. 쌍둥이 여신께 맹세컨대 나한 텐 그럴 자격이 있다고!"

"해저 땅굴에서 죽어간 사람들을 잊은 거냐? 배를 곯다 길가에 쓰러져 죽어간 아이들을 잊은 거야? 황릉에 돌 한 개를 더 쌓기 위해 부역 감독관의 손에 억지로 헤어진 어머니와 아들들을 다 잊어버렸어? 그 모든 비극에 종지부를 찍으려고 싸우다 죽어간 남자들을, 그 남자들을 영원토록 추모할 여자들을 잊어버린 거냐? 날마다 네가 무사하기만 기도하는 아내마저 까맣게 잊어버렸어? 네가 위대한 사람이 돼서 다라의 모든 백성에게 평안을 가져다주길 꿈꾸는 네 아내마저?"

쿠니는 대꾸할 말이 없었다. 꿈에서 깨어난 기분이 들었다. 희미한 자괴감을 느끼게 하는 꿈에서. 쿠니는 얼음물을 한 번 더 뒤집어쓴 것처럼 몸이 부르르 떨렸다.

"이런 꼴을 보게 되다니 참으로 부끄럽습니다, 가루 공."

코고는 쿠니 가루의 벌거벗은 몸에서 눈을 돌리며 말했다. 샌 카루코노와 뮌 사크리도 함께 눈길을 돌렸다.

쿠니는 코고를 똑바로 마주 보았다.

"네가 감히 내 앞에서 설교를 해? 나더러 항복한 제국군 병사들을 시켜서 판을 무법 지옥으로 만들라고 조언한 사람은 너야. 네가 나를 부추겼잖아, 모든 면에서 탁월해지라고. 잔인성에서도, 탐욕에서도. 그래야 권력의 고삐를 거머쥘 수 있다면서. 난 네가 맡긴 배역을 맡아서 즐기고 있을 뿐이야."

쿠니의 말에 코고는 고개를 가로저었다.

"크게 착각하신 겁니다, 가루 공. 제가 공께 권력을 쥐라고 조언한 의도는 그 권력으로 선행을 하시라는 것이었지, 권력을 멋대로 휘두르는 일 자체를 목적으로 삼으라는 것이 아니었습니다. 만약 공께서 그 차이를 알아보지 못하는 분이라면, 그렇다면 저야말로 이때껏 눈뜬장님이었던 것이겠지요."

쿠니 가루는 침대에 걸터앉아 이불로 몸을 가렸다. *깨기 전까지는 참 멋진 꿈이었는데.*

"미안하다, 코고. 내 옷 좀 갖다줘." 쿠니는 잠시 망설이다 한마디 덧붙였다. "지아한테는 말하지 마."

그러나 침실로 돌아온 린 코다가 건넨 것은 쿠니의 낡은 겉옷이었다. 지아가 손수 바느질해서 지은 옷이었고, 이제는 땀을 흘려서 생긴 얼룩과 해져서 기운 자국이 가득했다.

"고맙다. 그리고 미안해, 못 볼 꼴을 보여 줘서. 오랜 친구랑 낡은 옷은 닮은 구석이 있어. 둘 다 나한테 제일 잘 맞으니까."

가루 공은 판에서 벌어지는 약탈 행위를 당장 금할 것이며 앞으로는 관대한 정책으로 판을 다스릴 것이라고 선언했다. 이로써 제국의 잔인하고 까다로운 법은 모두 폐지되었고, 돈을 받고 복잡한 소송을 대리하던 송사(訟師)들도 직업을 잃게 되었다. 백성들은 기쁨의 함성을 지르며 환호했다. 이제 부역은 사라지고 세금도 예전의 10분의 1로 줄어들었다.

이날부로, 가루 공이 다스리는 판에서는 단 세 조항으로 이루어진 형법이 시행되었다. 첫째, 살인자는 사형에 처했다. 둘째, 남을 다치게 한 자는 배상금을 지불해야 했다. 셋째, 절도범은 훔친 재화를 주인에게 돌려주고 벌금을 내야 했다.

거리에서는 새 정책을 칭찬하는 목소리가 드높았고, 백성들은 이제 쿠니 가루를 '해방자'로 칭송했다.

"가루 공, 이제 린의 제안이 얼마나 효과적이었는지 아시겠지요? 우리는 시한부 약탈을 허용함으로써 항복한 제국군 병사들의 충성을 얻었을 뿐 아니라, 그자들을 판 시민의 철천지원수로 만들었습니다. 만에 하나 그자들이 반란을 꾀한다 하더라도 백성들은 결코 힘을 보태지 않을 겁니다. 제국군에 몸담았던 자들은 판의 백성이 자신들을 증오하는 걸 아는 이상 가루 공의 방패가 되기를 택하는 수밖에 없습니다. 공께서는 그들이 부지불식간에 공의 편에 서도록 하신 겁니다.

그리고 이제는 어진 정책으로 판을 지배하시니 백성에게 가루 공은 꽁꽁 언 겨울을 보내고 맞는 봄바람이요, 들불을 꺼 주는 시원한 강물입니다. 처음부터 관대하게 다스리셨다면 백성은 공의 측은지심을 유약함으로 여겼을지도 모릅니다. 허나 열흘 동안 고초를 겪었기 때문에 공의 친절에 열 배는 더 감사하는 것입니다."

"자네 참 모질고 음흉한 사람이었군, 코고."

부하들을 거느리고 거리를 행진하며 사람들에게 손을 흔드는 동안 쿠니는 빙긋이 웃었지만, 그 웃음은 입가에만 머물 뿐 눈가에까지 닿지는 못했다.

"백성은 버릇없는 어린애와 같습니다. 날마다 사탕을 주면 더 많이 받아야 마땅하다고 생각하게 마련이지요. 허나 따귀를 힘껏 치고 나서 사탕을 주면 기어 와서 손을 핥습니다."

"자네는 아내를 개 취급하는 자들과 나를 동급으로 보는군. 때리고 나서 쓰다듬어 주라니 말이야."

"잔혹하고 불쾌하게 들리시겠지요. 허나 세상에는 잔혹하고 불쾌지만 해야 하는 일들이 잔뜩 있습니다. 독수리처럼 높이 날아오르고 싶은 사람에게는 더더욱 많지요."

쿠니는 잠시 뜸을 들이다 입을 열었다.

"필시 코고 자네 말이 옳겠지. 하지만 내 이름으로 저지른 짓이 하도 많다 보니, 당분간은 거울도 보기 싫을 지경이야."

코고 옐루의 입에서 한숨이 흘러나왔다. 코고는 가루 공이 언제부턴가 자신을 *자네*라고 칭하는 것을 눈치챘고, 문득 예전의 허물없는 말투가 그리워졌다. 세상이 어떤 곳인지 곧이곧대로 설명하는 부하가 반드시 윗사람의 사랑을 받는 것은 아니었다.

쿠니는 주디 현을 다스릴 때와 똑같이 판도 너그럽게 다스렸다.

반란군 특공대에 정복당하고 뒤이어 제국군 병사들에게 약탈당한 도시가 조금이나마 정상을 되찾도록, 쿠니는 날마다 몇 시간씩 사소한 문제 하나하나까지 직접 챙겼다. 그는 항복한 제국군 부대들을 재편성하고 각 부대의 지휘관과 안면을 익혀 갔다. 또한 도시와 인근 농촌의 명망 있는 원로들을 만나서 여론과 민원에 귀를 기울였다.

한편 린 코다는 평소 하던 대로 범죄자들이 우글대는 판의 암흑가에 연을 대려고 움직였다.

"가루 왕 전하와 나는 장차 판에서 사업을 하는 모든 이의 지원이 필요할 것이오. 그중에서도 특히 여러분이 도와주셔야 하오."

린은 판에서 가장 호화로운 여관의 별실에 모인 남자들 앞에서 건배를 청하며 말했다. 그들 가운데에는 밀수 조직의 두목이나 비밀 결사의 우두머리, 심지어 '합법적인' 사업을 하면서 이익은 대부분 뒤가 구린 다른 방법으로 벌어들이는 상인도 있었다.

"왕께서 도리를 지켜 주시면, 저희도 도리를 지킬 것입니다."

이름을 '전갈'이라고 밝힌 남자가 말했다. 전갈은 판에서 가장 번창한 비밀 도박장 두 곳의 주인이라고 했다. 전갈의 귓불에는 상어 이빨로 만든 귀걸이가 두 개가 달랑거렸다.

"그나저나 왕께서는 왜 소코 협곡의 방비를 강화하지 않으시는 겁니까?"

린은 전갈을 보며 고개를 끄덕였다. 할 말이 있거든 계속해 보라는 뜻이었다. 전갈은 좌중이 입을 다물고 자신의 말에 귀를 기울이도록 일부러 나직한 목소리로 말했다.

"제가 몸담은 업계에서는 말입니다, 수익의 대부분이 약속을 지키는 데서 나옵니다. 도박장을 예로 들면, 업주에게 금화 1000냥을 빌려 주면 다음 판에 이겨서 하루 만에 다 갚겠다고 약속하는 손님도 있습니다."

린은 고개를 끄덕였지만, 속으로는 전갈이 무슨 소리를 하는지 파악하려고 바쁘게 머리를 굴렸다.

"저야 사람들이 약속을 지킬 거라 믿고 싶습니다만, 확실한 담보

만큼 좋은 것도 없지요. 그리고 가장 확실한 담보는 빚을 진 사람에게 이해시키는 것입니다, 혹시라도 약속을 어기면 끔찍한 꼴을 당하게 할 힘이 저한테 있다는 것을 말입니다."

린은 목소리에서 짜증을 감추려고 애쓰며 말했다.

"멋진 조언이구려, 전갈 대인. 전하도 나도 명심해 두겠소."

린의 말에 전갈은 빙긋이 웃었다.

"동맹의 맹주인 수피 왕은 에리시 황제를 생포한 사람은 누구든 새 티로 국가인 게피카의 왕으로 추대하겠다고 약속했습니다. 하지만 제가 보기에 그 약속이 지켜지려면 쿠니 왕 전하께서 그럴 만한 실력이 있음을 세상에 보여 주셔야 합니다. 선언은 무력이 뒷받침할 때 더욱 신뢰를 얻는 법이니까요.

그리고 어느 나라의 군대든, 게피카로 진격하려면 소코 협곡을 거치지 않으면 안 됩니다."

이튿날, 린 코다는 비밀리에 소코 협곡으로 군대를 파견했다.

쿠니는 린에게 지체 없이 마타 진두에게 전령을 보내어 판으로 와서 함께 승리를 축하하고 도시를 방어하자고 전하도록 분명히 명령했지만, 린은 언제나 자립이 최고라고 믿는 사람이었다. 혼자 다 알아서 할 수 있는데 왜 굳이 남에게 도움을 청한단 말인가?

게다가 판은 린 자신이 마련한 계획 덕분에 이미 안전했다. 그런데 쿠니와 충성스러운 부하들이 오롯이 누려야 할 영광을 마타와 함께 나눌 이유가 뭐란 말인가? 그냥 쿠니가 게피카 왕이 되는 것이 더 낫지 않을까? 신들은 자신을 먼저 챙기지 않는 자를 좋아하지 않는 법이었다.

린은 나중에 쿠니도 동의할 거라고 믿어 의심치 않았다.

변덕쟁이 타주여, 쿠니 가루와 동침하면서 재미 좀 봤나?

이런, 다 봤나 보군, 루소. 여장한 내 모습도 꽤 예쁘지?

생각보다는 홀리느라 애를 먹은 것 같더군, 안 그런가? 가만히 보니까 그대를 애첩으로 뽑지도 않던데.

여자 취향이 글러먹은 인간이라 그래. 뭐, 어쨌거나 나도 재미는 있었으니까, 그거면 됐지.

폭풍의 주인인 키지는 어디 있지? 얼음과 불의 쌍둥이는, 전쟁광 피소웨오는 또 어딜 간 거야? 이번 전쟁에 제일 많이 투자한 건 그 패거리일 텐데.

그 날짐승 세 마리하고 들개 한 마리는 토라졌어. 자기네가 내세운 투사들이 딴 데서 싸우는 동안, 이 근본 없는 인간이 굴러 들어와서 무대를 독차지하는 바람에.

필멸자들을 인도하다 보면 그런 위험이 있게 마련이지.

순진한 척하지 말게, 꾀주머니 늙은 거북이 양반. 그대가 오랫동안 꾸민 계책이 아닌가. 나는 줄곧 궁금했다네, 그대를 섬기는 필멸자가 언제 실행에 나설지가.

큰 고기를 잡으려면 낚싯줄을 길게 늘여야 하는 법이야.

아직 끝난 게 아니야, 알겠나? 승리하기는 쉽지만 승자로 남기는 어려운 법이니까.

옳은 말이야. 하지만 모든 것은 그대가 무엇을 승리로 여기느냐에 달렸어.

나는 내 보금자리인 늑대발섬으로 갈 작정일세. 거기서 재미를 다 본 게 아니라서 말이지.

제31장

학살자

늑대발섬

선무 4년 11월

제국 수군 함대의 필로 카이마 제독은 오로지 한 가지 생각에 골몰했다. 자신이 거느린 함대를 미치광이 마타 진두에게서 되도록 멀찍이 떨어뜨려 놓는 것이었다. 광기에 젖은 반란군이 피에 굶주린 악귀 떼처럼 지평선을 까맣게 뒤덮고 돌격해 오는 광경은 눈을 뜨고 있든 감고 있든 사라지지 않고 제독을 괴롭혔다.

실제로는 아군의 전력이 더 우세한 것을 카이마 제독이 깨닫기까지는 며칠이라는 시간이 걸렸다.

마타 진두가 토아자 항구에서 배를 모조리 불태워 버리는 바람에, 이제 반란군에는 늑대발섬에서 벗어날 수군 함선이 한 척도 남아 있지 않았다. 반란군 놈들이 뭘 어쩌겠는가, 헤엄쳐서 바다로 나와 싸우기라도 할까?

이제 제국군의 최고위 장교가 된 카이마는 실의에 빠진 아군의 함선과 비행함을 모아서 항로를 변경했다. 늑대발섬의 북부와 동부 해안에 봉쇄망을 치기 위해서였다. 타주 신의 현신인 거대한 소용돌이 때문에 키시 해협을 건너기가 불가능한 이상, 이렇게 하면 어떤 배도 늑대발섬을 오갈 수 없었다.

제국은 지상전에서는 졌을지도 모르지만, 판에서 지원군이 도착할 때까지 섬 전체를 포위하고 마타 진두와 반란군 전력을 통째로 가둬 놓을 여력은 있었다.

진두 놈은 제 부하들의 목숨을 죄다 걸고 도박을 벌일 작정인가? 뭐, 좋을 대로 하라지.

마타 진두는 코크루군의 원수를 자칭했다. 선언문은 토룰루 페링이 작성했고, 늑대발섬의 왕과 귀족들 가운데 이 선언에 반대하는 사람은 아무도 없었다.

마타는 사루자에 있는 수피 왕의 명령을 기다리지 않았다. 그 양치기 소년은 마타와 숙부가 없으면 아무것도 아니었다. 가치로 따지면 레피로아 한 마리가 수피 왕 열 명 몫이었다. 반란군을 예정된 패전에서 구해낸 것은 파시 로마가 아니라 *마타*였다. 무적의 킨도 마라나를 꺾은 사람도 수피 왕이 아니라 *마타*였다. 다른 누구도 아닌 *마타*가, 미쳐 날뛰는 전사 2000명을 데리고 제국군 4만을 쳐부수었다. 마타는 계략이나 전략에 매달리지 않았다. 오로지 용기와 투지만으로 승리했다.

그것은 세상에서 가장 공정한, 따라서 가장 달콤한 승리였다.

수피 왕은 장식품에 지나지 않았다. 그리고 마타에게는 그 장식품이 필요치 않았다. 토룰루 페링의 말이 옳았다. 무엇을 원하든, 또 자신에게 어울린다고 생각하는 것이 무엇이든, 마타는 스스로 쟁취해야 했다. 자기 연민에 빠져 허우적대는 것은 어리석은 짓이었다. 세상은 스스로를 귀하게 여기는 자를 귀하게 여기는 법이므로.

마타는 자신을 둘러싼 유약하고 줏대 없는 패거리 때문에 구역질이 날 지경이었다. 배신자, 겁쟁이, 아예 귀족이라고 불릴 자격조차 없는 자들이었다. 고귀한 이름을 달고 태어났을지는 몰라도 그들의 용기는 마타의 수행원인 시골 출신 라소 미로의 10분의 1도 따라가지 못했고, 기백으로 따지면 마타의 의형제이자 농부의 아들 출신인 쿠니 가루의 100분의 1에도 미치지 못했다.

마타는 간의 달로 왕을 토아자에서 추방하고 왕궁을 차지했다. 늑대발섬 전투에서 마타 부대의 승리가 확실해지고 나서야 도우러 왔던 파사군 사령관 오위 아티와 간군 사령관 후예 노카노는 항명죄로 법정에 설 때까지 가택 연금에 처해졌다. 이미 이긴 싸움을 미적지근하게 거들러 온 그들에게 속을 마타가 아니었다.

그러나 제국군의 수뇌인 나멘과 마라나에게는 예우를 갖추었다. 마타의 기준에서 보면 위대한 전사라고 할 수는 없었지만, 그럼에도 마타는 그들의 지위를 존중했다. 임무를 다하려고 애썼으나 본인의 능력이 부족해서 승리를 거두지 못한 것은 수치가 아니기 때문이었다. 게다가 피소웨오의 현신인 마타 진두를 감히 누가 이긴단 말인가? 나멘의 주검은 서쪽 하늘로 사라지고 없었기 때문에 마타는 대신 그의 검을 매장하며 공작에 걸맞은 장례를 치러 주었고, 심지어 마라나에게도 원수의 검을 계속 차도 좋다고 허락해 주었다. 마라나의 볼품없는 체격을 보고 깜짝 놀란 마타는 키코미 공주가 왜 자신이 아니라 이 깡마르고 약해 빠진 남자를 택했는지 이해가 가지 않았다. 어쩌면 이 점 역시 키코미에게 판단력과 진정한 왕족의 자질이 부족했다는 증거인지도 몰랐다. 이토록 열등한 남성성의 표본 앞에서, 마타는 문득 자신이 키코미의 사랑을 놓고 경쟁한 '연적'에게 질투심조차 느끼지 못한다는 것을 깨달았다. 마라나는 마타의 질투를 누릴 자격조차 없는 인물이었다. 고대의 영웅들이 패배한 적장에게 그러했듯이, 마타는 언젠가 마라나에게 자신을 섬기는 아량을 베풀지도 몰랐다. 다만 아직은 거기까지 생각하지 않았을 뿐이었다.

나야말로 맹주다. 마타는 속으로 생각했다. *동등한 자들 가운데 으뜸인 것이다.* 아니, 그걸로는 부족했다. 용기와 무력으로 그와 어깨를 나란히 할 필멸자가 어디에 있단 말인가? 그는 판으로 진군하여 에리시 황제의 목을 밟아 버릴 작정이었다. 반란군의 으뜸가는 영웅이 될 작정이었다. 그는 정복자, 아니, 패왕이었다. 그것이야말로 전설과 신화 속의 영웅에게 걸맞은 칭호였다.

진두 일족의 이름은 그때 비로소 명예를 되찾을 터였다.

그러나 당장은 부대를 이끌고 늑대발섬을 벗어나 게지라 평원으로 건너가야 했다. 그곳에서 소코 협곡을 지나 무궁성에 입성할 작정이었다.

늑대발섬의 해로를 봉쇄한 제국 함대는 사소한 걸림돌에 지나지 않았다. 마타는 새 선박을 건조하라는 명령을 부대에 하달했다. 나무가 울창한 늑대발섬의 푸른 산은 머잖아 벌거숭이가 될 운명이었다.

노파 한 명이 코크루군 원수에 새로 취임한 마타 진두를 만나러 왔다. 노파는 지팡이에 의지하여 힘겹게 걸음을 옮겼고, 머리는 온통 백발이었다. 그러나 상어 가죽으로 만든 숄과 상어 이빨 목걸이 위의 얼굴은 생기와 활력을 띠고 빛났다.

"나는 타주 신과 이야기를 나눌 수 있소."

덜덜 떨리면서도 귀를 찢을 듯이 날카로운 노파의 목소리에 사람들은 흠칫 놀랐다.

타주 신전의 사제들은 격분해서 소리쳤다.

"타주 신의 사자는 저희입니다!"

"저 여자는 사기꾼에 지나지 않습니다, 몽매한 촌사람들을 속여 먹는 마녀입니다!"

"절벽에서 던져 버리십시오, 타주 신을 직접 찾아가서 이야기를 나누도록!"

그러나 마타는 심드렁한 손짓 한 번으로 사제들의 입을 막아 버렸다. 자신들의 권위를 눈곱만큼이라도 의심받게 되자 어린애처럼 빽빽거리는 그들을 보며, 마타는 음험한 쾌감을 느꼈다. 마타가 보기에 이 사제들은 요즘 들어 그가 경멸해 마지않는 유약하고 탐욕스러운 귀족이나 왕과 다를 바 없는 족속들이었다.

반면에 이 노파에게는 용기가 있었다. 반란군의 최고 권력자인 마타 앞에 조금도 떠는 기색 없이 꼿꼿이 서서, 눈을 똑바로 마주 보고 있었던 것이다. 마타는 그 점이 마음에 들었다.

"타주 신이 나한테 무슨 말을 전하고 싶다던가?"

"타주 신은 그대가 늑대발섬을 떠나도록 도와줄 용의가 있소. 허나 그 전에, 제물을 바쳐야 하오."

노파는 측근들을 알현실에서 모두 내보내기 전에는 자세한 사항을 설명하지 않겠노라고 버텼다. 그리하여 둘만 남았을 때, 노파는 마타의 귀에 대고 소곤거렸다.

마타는 눈이 휘둥그레졌다. 심지어 움찔 물러서기까지 했다.

"당신, *정체*가 뭐요?"

"어리석은 질문을 하는군."

노파가 말했지만, 이제는 늙은 여성이 하는 말처럼 들리지 않았다. 노파의 목소리는 걸걸하고 우렁우렁했다. 말하는 동안 알현실의 벽이 울릴 정도였다. 그 목소리는 방파제를 때리는 파도 소리 같았고, 심해에서 소용돌이치는 물살 소리 같았다.

노파는 등을 꼿꼿이 펴고 서서 지팡이를 무기처럼 쳐들었다. 슬며시 웃는 얼굴이 상어처럼 사나워 보였다.

"답은 이미 알잖아."

마타는 노파를 멍하니 바라보았다.

"너무 무리한 요구를 하는군."

마타는 침착하게 말하려고 기를 썼지만, 목소리가 떨렸다.

"아니, 무리한 요구를 하는 건 *너야*. 난 그냥 배가 고픈 거고."

마타는 노파에게서 눈을 떼지 않았다. 그러면서 고개를 저었다.

"그럴 수는 없소. 나는 못 하오."

그 말에 노파는 쿡쿡 웃었다.

"내가 시키는 대로 하면 쿠니 가루가 너를 어떻게 볼지 걱정하는 게지?"

마타는 대꾸하지 않았다.

노파는 알 바 아니라는 듯이 어깨를 으쓱했다.

"내 용건은 여기까지야. 나머지는 네가 알아서 해."

뒤이어 노파는 순식간에 늙고 쇠약한 모습으로 되돌아가 알현실을 나섰다.

함대 하나를 이룰 만큼 많은 배가 20일 만에 완성되었다. 튼튼한 용골과 견고하고 매끈한 선체를 지닌 배들이 토아자 항구 선착장 앞에 둥둥 떠 있었다. 갓 칠한 도료에 햇볕이 반사되어 반짝였다. 마타의 부하들은 싸울 때와 마찬가지로 목숨을 걸고 배를 만들었다.

"진두 원수님은 훌륭한 조선공이시군요! 원수님께서 남보다 백 배 더 잘하지 못하실 일이 세상에 있을까요?"

"어찌 감히 진두 원수님을 범용한 인간들과 비교한단 말이오? 원수님은 신들이 우리에게 보내 준 장군이시거늘!"

"지금 진두 원수님을 한낱 필멸자라고 하는 거요? 원수님은 타주신의 현신 그 자체요, 바다와 파도의 지배자이시오!"

진두 원수는 앞다투어 아부 실력을 뽐내는 귀족과 대신의 말을 귓등으로 흘려들었다. 어리석은 자들인 줄 알면서도, 그런 말을 듣다 보면 마음이 흐뭇해지는 것만은 어쩔 도리가 없었다. 그들의 말에 마음이 들뜬 마타는 구름을 타고 둥둥 떠다니는 기분이 들었다.

"그만." 마타를 둘러싸고 재잘거리던 소리가 뚝 그쳤다. "우리는 내일 본섬을 향해 출항한다. 카이마는 바다에서 덤비라고 해라, 나멘과 마라나를 육지에서 쳐부쉈던 것처럼 단번에 박살 낼 것이다!"

그 말에 모두가 환호했다.

그날 밤, 살아 있는 자들이 기억하는 한 가장 거대한 폭풍이 토아자 항구를 휩쓸었다.

바닷가에 가장 가까이 사는 자들은 서로 부딪혀 울부짖는 바람소리에 귀가 멀 지경이었다. 해안을 때리는 파도는 너무나 높아서 왕궁이 다 잠길 정도였다. 토아자의 거리는 수로로 바뀌었고, 그 물길에서 헤엄치는 상어들은 이튿날 아침 3층 창문으로 거리를 내다보는 시민들만큼이나 어찌할 바를 모르는 듯했다.

새로 건조한 함대는 사라지고 없었다. 남은 것은 부러진 돛대 몇 개와 부서진 널빤지 몇 장뿐이었다. 조종법을 익히고 경비를 설 목적으로 미리 승선해 있던 병사 1000명은 고스란히 수장당했다.

그 소식을 들은 마타 진두는 전 부대에 명령하여 자신을 만나러 왔던 노파를 찾도록 했다. 그러나 토아자를 아무리 뒤져도 노파의 종적은 결코 찾을 수 없었다.

"이것이 신들을 거스른 대가란 말인가?"

마타는 겁에 질린 대신들을 무시한 채 혼자 중얼거렸다.

"그게 아니라면, 혹시 내게 역사의 무게를 일깨워 주는 계시일까?"

이윽고 마타는 큰 소리로 말했다.

"배가 부서졌으면 더 만들어야 할 것 아니냐."

마타는 새 명령을 내렸다.

투항한 제국군 병력은 모조리 포로로 잡아 두기에는 그 수가 너무나 많았다. 그들은 풀려날 예정이었다. 단, 마타 진두의 휘하에 들어오겠다고 동의하는 조건으로.

포로들은 그 기회를 냉큼 붙잡았다.

새 병력이 합류하여 더욱 커진 군대의 첫 번째 임무는 부서진 함대를 대체할 새 선박을 건조하는 것이었다.

제국군 출신 병사는 대부분 황제의 거대 공사 현장에서 감독관으로 일하며 부역 노동자에게 채찍을 휘두른 자들이었다. 반면에 코크루군 병사는 대부분 부역 노동자 출신이거나, 부역에 끌려간 가족과 친구를 둔 자들이었다.

이제 한때 고문을 가하던 자들과 동료가 된 상황에서, 코크루 출신 병사들은 갖가지 방식으로 원수를 갚았다. 변소 청소는 언제나 제국군 출신자의 몫이었고 취사와 세탁, 불침번 근무도 마찬가지였다.

제국군 출신 병사들이 배를 만드느라 비지땀을 흘리는 낮 동안 코크루 출신 병사들은 주위에 둘러서서 더 열심히, 더 빨리 일하라며 야유했다. 앞서 건조한 함대가 죄다 침몰했는데도 마타의 부하들은 오히려 사기가 높아졌다. 자나 출신 병사들을 괴롭히면서 정의를 구현한다는 확신을 누린 덕분이었다.

라소 미로 역시 동료들과 마찬가지로 제국의 쓰레기들에게 호령을 내리는 즐거움을 톡톡히 만끽했다. 투항한 자들에게 원수의 개인 수행원이 하는 말은 곧 법이었다.

라소가 가장 좋아하는 놀이는 제국군 출신 병사들에게 아름드리 참나무를 메고 산에서 항구까지 옮기도록 하는 것이었다. 라소는 나무 한 그루당 열여섯 명씩 배정한 다음, 산에서 내려오는 동안 나무가 땅에 한 번도 닿지 않게 하라고 명령했다. 기진맥진한 병사들이 목적지에 닿기 전에 도저히 버티지 못하고 나무를 떨어뜨리면, 라소는 그들에게 나무를 그 자리에 두고 산으로 돌아가 새 나무를 날라 오라고 명령했다. 라소에게는 몇 번을 되풀이해도 질리지 않는 오락거리였다.

"너희 자나의 쓰레기들이 우리 아버지한테 한 짓에 비하면 이건 그냥 안마 수준이야."

라소가 채찍을 휘두르며 한 말이었다.

"투항한 병사들 사이에 불만의 목소리가 높습니다. 모반이 일어날까 봐 우려하는 장교도 적지 않습니다."

"마음껏 불평하게 둬라."

마타 진두가 라소에게 말했다. 목소리는 차분하기 그지없었다.

"원수님 덕분에 목숨을 부지한 자들 아닙니까! 매일 절을 하며 감사 인사를 올려도 부족할 텐데."

"라소, 가끔은 신들을 저주하기에는 너무 늦고 인간에게 감사하기에는 너무 이른 때가 있는 법이다."

라소는 진두 원수의 말이 무슨 뜻인지 이해가 가지 않았다. 그저 투항한 자나군 병사들이 배은망덕하다는 생각밖에 들지 않았다. 라소는 나직이 중얼거렸다.

"돼지한테 진흙탕에서 뒹굴지 말라고 해 봤자 소용없겠지요."

혼신의 힘을 다한 끝에, 진두 원수의 포로 출신 부하들은 지난번의 절반밖에 안 되는 기간 동안 새 함대를 건조하는 데에 성공했다. 고작 열흘 만이었다.

그러나 학대당한 병사들이 불만을 품고 억지로 만들어낸 결과물은 무겁고 느리고 조잡한 수송선이었다. 간의 숙련된 선원들은 실망한 표정으로 그 선단을 둘러보았다. 항해 중의 돌발 상황을 버텨내는 내항성(耐航性)이나 안정성, 조작의 편의성 따위는 전혀 고려하지 않은, 커다란 상자를 급하게 대강 붙여 놓은 듯한 배들이었다.

보다 못한 토룰루 페링이 입을 열었다.

"이 배들이 먼바다에 나간 후에 저절로 산산이 분해되지 않으면 그게 오히려 기적일 겁니다. 아무리 생각해도 제국 함대의 봉쇄망을 뚫기는 불가능합니다."

마타는 짜증스러운 듯이 손을 내저어 페링의 말을 막았다.

"안 될 거라는 말은 이미 지겹도록 들었소."

진두 원수의 진노는 바다보다 무서웠기에, 그 이상 입을 여는 자는 아무도 없었다. 병사들은 나지막이 소곤거렸다.

"원수님은 다 진 싸움에서도 승리를 거머쥐신 분이잖아. 원수님의 호승지심만으로도 신들을 위협해서 기적을 일으키기에 충분할 거야. 아마 타주 신이라고 해도 우리 진두 원수님하고는 싸울 엄두를 못 낼걸."

마타가 승선 명령을 내렸을 때, 아무도 거부하지 않았다.

배의 널따란 선창은 사람보다는 곡식이나 생선을 실어 나르기에 적합해 보였다. 병사들이 줄지어 들어가는 동안 초병들은 선창으로 내려가는 계단을 지키고 서서 쉬지 않고 등을 떠밀었고, 선창 안은 마침내 누구 한 명 몸을 돌리기도 힘들 만큼 가득 찼다. 선창이 그야말로 바늘 하나 꽂을 틈도 없이 빽빽이 찬 것을 확인한 초병들은 흡족한 표정으로 입구의 문을 닫았다.

선단은 돛을 올리고 토아자 항구를 벗어났고, 어두운 선창에 갇힌 남자들은 숨죽인 채 제국 함대의 공격을 기다렸다. 그러나 아무 일도 일어나지 않았다. 선단은 항해를 계속했다. 제국 함대가 진두 원수의 무시무시한 소문에 겁을 먹고 꽁무니를 뺀 걸까?

숨 막히는 어둠 속에 갇힌 남자들은 요람처럼 부드럽게 흔들리는 배의 움직임에 홀려 서서히 졸음에 빠져들었다. 앉지도 못하고 서서, 동료에게 기댄 채로.

그렇게 몇 시간이 흐른 후, 덜컹거리는 충격과 함께 몇몇 병사가 선잠에서 깨어났다. 사방이 쥐 죽은 듯 고요했다. 머리 위의 갑판은 삐걱거리기만 할 뿐, 발소리는 전혀 들리지 않았다. 일부라도 갑판에 올라가 맑은 공기를 마실 수 있게 선창의 문 정도는 열어 둬야 하는 게 아닐까?

입구 근처에 있던 병사들이 문을 두드렸다. 응답이 없었다.

"문만 닫아 놓은 게 아니야. 우릴 아예 가둬 놨어!"

문틈으로 바깥을 엿보던 병사가 소리쳤다. 선창 문 바깥에는 묵직한 상자가 층층이 쌓여 있어서 안쪽의 병사들이 아무리 밀어도 열릴 가망이 없었다.

"여기 코크루 출신 있나? 처음부터 진두 원수 밑에서 복무한 사람, 혹시 있어?"

아무도 대답하지 않았다. 화물 선창에는 오로지 투항한 제국군 병사들만 가득했다.

"배는 누가 조종하는 거지? 어이, 위에 아무도 없어?"

또다시 침묵이 흘렀다.

선원들은 이미 구명정을 타고 탈출한 지 오래였다. 모든 배의 키는 고정된 항로로 나아가도록 묶여 있었다. 삐걱거리고 물이 새는 배들은 투항한 제국군 병사 2만 명을 가득 싣고서, 북쪽의 키시 해협을 향해 나아가는 중이었다.

그들 앞에 타주의 굶주린 아가리가 커다랗게 벌어졌다.

산 제물을 배불리 먹고 기운을 차린 타주는 이제 더욱 거칠고 강력해졌다. 북쪽으로 방향을 튼 그 소용돌이는 키시 해협을 쏜살같이 빠져나와 엄지발톱 곶을 빙 돌며 제국 함대의 절반을 바닥없는 아가리 속으로 집어삼켰다.

잠시도 쉬지 않고서, 타주는 늑대발섬의 동부 해안을 따라 내려와서 단 몇 시간 만에 섬을 한 바퀴 돌았다. 토아자 남쪽 바다, 해변에서 육안으로 보일 만큼 가까운 곳에서, 타주는 제국 함대의 나머지 절반을 먹어 치웠다. 필로 카이마 제독과 부하들은 바다 밑바닥에서 앞서 떠났던 동료들과 재회했다.

거대한 물기둥 여러 개가 소용돌이 한복판에서 하늘 높이 치솟았다. 흡사 잠자리를 노리고 뻗어 나오는 두꺼비의 혀를 보는 듯했다. 위태롭게 날아가던 제국군의 마지막 비행함 몇 척은 피하려고 용을 썼지만 물기둥에 휘말려 소용돌이 속으로 끌려 들어갔고, 거친 물살에 부딪혀 비눗방울처럼 뻐끔거리다가 소리 없이 사라져 갔다.

타주는 다시 키시 해협으로 돌아갔다. 임무를 다 마치고서.

저물녘의 흐릿하고 음산한 하늘, 구름 속에서 벼락이 뻗어 나와 폭풍우가 치는 바다를 때리면서 귀가 먹을 듯한 굉음이 진동했다. 폭풍의 신이자 자나의 수호신인 키지가 화를 터뜨리며 바다를 건너 늑대발섬 북쪽으로 다가오는 중이었다.

덤벼라, 타주! 너는 신들끼리 맺은 협정을 깼다. 자나의 피 값은 반드시 받아내고 말 것이다! 네놈의 이빨을 하나도 남김없이 뽑아 주마.

그러나 타주의 소용돌이는 벼락이 닿는 거리 바깥에 머물고 있었다. 춤추듯 바다를 누비는 소용돌이는 배가 잔뜩 부른 상어처럼 느긋하기 그지없었다.

형제여, 그대의 분노는 과녁을 잘못 잡았어. 날마다 이 바다를 쏘다니는 것은 나의 본성이야. 혹시라도 앞을 막아서고자 하는 필멸자가 있을 때 마음대로 처분하는 것은 나의 정당한 권리라네.

그딴 궤변은 집어치워!

가까운 파사의 수호신이자 치유의 신인 루피조의 차분하고 부드러운 목소리가 끼어들었다.

키지, 타주의 말이 옳은 것은 자네도 알지 않나. 나 역시 타주의

수법을 혐오하지만, 그래도 협정의 범위를 벗어나지는 않았어. 타주는 마타 진두가 이번 제물을 바치도록 구워삶았을 뿐이야.

폭풍우는 몇 시간 동안 거칠게 몰아쳤지만, 결국에는 떠오르는 해와 함께 사그라졌다.

"마음에 안 드는가 보군."

마타는 참모진에게 말했다. 목소리는 일부러 나직하고 차분하게 유지했다. 모두가 귀를 기울이도록.

차갑게 웃는 토룰루 페링만 빼고 참모들은 모두 눈을 내리깔고 있었다. 마타와 눈을 마주칠 엄두가 나지 않아서였다.

"이미 투항한 자들을 그토록 많이 죽이는 것은 옳지 않다고 여기기 때문이겠지."

회의실에 모인 참모들은 여전히 말이 없었다. 그저 소리가 나지 않도록 입을 다물고 코로 숨을 쉬느라 바쁠 뿐이었다.

"항복한 자들에게 자비를 베풀어 살려 둔 결과, 우리는 이 섬에 갇히고 말았다. 그러다 폭풍이 몰아쳐서 우리 장병들의 목숨을 앗아갔다. 전장에서 영광스럽게 죽을 자격이 있는 젊은이들이었다, 물고기 밥이 될 운명이 아니라.

그러나 내가 타주 신의 진짜 전령인 그 노파의 말을 따르기로 결심했을 때, 그리하여 타주 신의 입맛에 맞는 제물을 바치기로 했을 때, 우리의 승리는 확실해졌다. 신들이 우리에게 그렇게 하라고 말을 걸었던 것이다, 알겠는가?

그동안 나는 지나치게 자비로웠다. 아마도 사람 좋은 내 의형제 쿠니 가루에게서 나도 모르는 새에 너무 큰 영향을 받은 탓일 게다. 어쨌거나 쿠니는 위대한 전사는 아니니까. 나는 적에게 자비로운 자는 곧 아군에게 잔인한 자라는 진실을 되새기는 수밖에 없었다. 타주 신은 피를 원했다. 그러니 나로서는 그것을 바치는 수밖에.

그대들 중에는 그토록 많은 자나군 포로를 몰살시켰다는 생각에 치를 떠는 사람이 있을지도 모르지만, 이번 일은 신의 뜻에 따른 인과응보라는 것을 명심하라. 오래 전 내 조부이신 다주 진두 원수께서는 자나군의 간계에 빠져 전투에 패하셨다. 그때 자나의 개 고타 톤예티는 투항한 코크루군 병사들을 모조리 생매장했다. 그때의 피값을 이제야 되갚아 준 것이다."

제국 함대가 바닷속으로 자취를 감춘 후, 코크루의 수많은 상선과 어선이 마타와 그의 군대를 데리러 왔다. 병사들은 이제 오로지 마타에게만 복종한다는 사실을 굳이 감추지도 않는 눈치였다.

수피 왕은 배편으로 승전 축하문을 보내 왔지만, 마타는 펼쳐 보지도 않고 내던져 버렸다.

그는 마타 진두, '늑대발섬의 학살자'였다. 그는 2만 명을 검으로 베어 죽였고, 다시 2만 명을 물에 빠뜨려 죽였다. 수피 왕 같은 범용한 인간의 수준을 아득히 초월한 인물이었다. 그는 죽음의 신이었고, 스스로 만든 규칙에 따라 전쟁을 했다.

이제 마타는 본섬으로 돌아가서 소코 협곡을 지나 판에 입성할 작정이었다. 에리시 황제를 쳐부수고 마땅히 그의 소유여야 할 것을 손에 넣기 위하여.

제32장

하녀장

사루자 외곽

선무 4년 12월

지아 부인은 기진맥진한 상태였다.

귀족 태생이 아니었던 지아는 사루자의 사교계에 도저히 발을 붙이지 못할 것만 같았다. 남편인 쿠니는 *진짜* 세습 귀족 및 왕족, 외교관 같은 부류와 어울리기에는 너무나 조야하고 세속적이었고, 이 점은 아내인 지아가 받는 대우에 고스란히 반영되었다. 핀 진두가 살아 있는 동안에는 코크루군 원수인 그가 특별히 챙겨 준 덕분에 지아도 웬만큼 높은 지위를 누렸지만, 핀이 세상을 뜨자 그때껏 친구인 줄 알았던 몇 안 되는 귀족 부인들도 차갑게 돌변하여 지아에게서 멀어졌다.

이따금 마타가 집에 들러서 지아와 아이들에게 물질적으로 부족한 점이 없는지 살펴보기는 했지만, 그런 보살핌은 지아의 사교 활동에는 별 도움이 되지 않았다. 궁정의 조신과 귀부인 중에는 무뚝뚝하고 냉담한 마타를 좋아하는 사람보다 무서워하는 사람이 더 많아서였다.

사루자에서 열리는 연회에 이를 악물고 혼자서 찾아간 적도 몇 차례 있었지만, 지아는 도저히 떨칠 수가 없었다. 잘나신 귀부인들에게 무시당하는 기분을. 자신의 너무 큰 웃음소리가, 상인 집안에서 자라며 익힌 소탈한 말투가, 느슨하고 편안하고 스스럼없는 행동거지가, 조롱당하는 느낌을.

그래서 지아는 사교계를 떠나 아들에게서 위안을 얻으려 했다.

하지만 아들인 토토티카는 체질이 허약해서 걸핏하면 병을 앓았고, 날이면 날마다 울다가 지쳐 잠들기 일쑤였다. 토토티카가 원기를 차려 살아남도록 하기 위해 지아는 자신이 아는 약학의 기술과 지식을 모조리 동원해야 했다. 게다가 지아는 둘째까지 임신한 몸이었다. 배 속의 아기 또한 첫째와 마찬가지로 손이 많이 가는 아이인지, 밤이면 잠을 못 이룰 만큼 요동을 쳐서 엄마의 기운을 빼앗았다. *생각해 보면 그럴 만도 해.* 지아는 속으로 중얼거렸다. *사슴의 해에 태어날 아이잖아. 그러니까 벌써부터 새끼 사슴처럼 신이 나서 엄마 배 속을 뛰어다니는 거야.*

두 아이 때문에 진이 빠질 지경이었던 지아는 이따금 아이들이 전설에 나오는 곤로기 사막의 유령과 비슷하다는 생각이 들었다. 여행자들을 붙잡아서 빈껍데기가 되어 쓰러질 때까지 피를 빤다고 전해지는 유령이었다.

자식을 둔 어머니가 할 만한 생각이 아닌 줄은 잘 알았지만, 지아는 그런 것에 신경 쓸 상태가 아니었다.

집에는 하인이 꽤 여럿 있었으나 하녀들은 대부분 지아가 동정심에 거둬들인 전쟁고아였다. 그 소녀들은 아직 어려서 정작 본인도 보살핌을 받아야 할 처지였다. 지아는 가끔 둥우리에서 떨어진 어린 새나 밥을 달라고 우는 길 고양이를 돌보는 사람이 된 기분이었다. 아이들이 곁에 있어서 흐뭇한 한편으로, 가끔은 자신의 동정심이 스스로도 부담스러웠다.

그나마 집사인 오소 크린이 있어서 천만다행이었다. 오소는 근면하고 싹싹했고, 무슨 일에서든 지아의 칭찬을 갈구하는 것처럼 보였는데…… 이런, 차라리 손바닥으로 하늘을 가리는 게 쉽지 않을까? 지아는 자신이 갈구하는 것의 정체를 정확히 알았기에 오소의 관심에 마음이 들떴다. 솔직히 말하면, 지아는 가끔 오소의 깡마른 몸과 숫기 없지만 귀여운 눈을 지그시 보며 밀회를 상상하다가…… 재빨리 자신을 다그치며 죄책감에 얼굴을 붉혔다.

어쨌거나 오소는 실제로 하인과 마부를 통솔하는 수완이 뛰어났기 때문에, 집을 관리하고 유지하는 업무는 빈틈없이 돌아갔다. 그 덕분에 지아는 집안 살림만큼은 걱정할 필요가 없었다. 그럼에도, 남자인 오소가 도와줄 수 없는 온갖 자잘한 일들이 지아를 둘러싸고 날마다 일어났다.

밤. 토토티카가 잠들자 집은 마침내 고요해졌다. 지아는 휑한 침대 옆자리를 보며 가슴이 시렸다. 눈을 감고서, 자신과 쿠니 사이의 아득히 먼 거리를 넘어 생각으로나마 그에게 닿으려고 애썼다.

전선에서 날아드는 믿을 만한 소식이 다 그렇듯이, 쿠니의 편지는 어쩌다 한 번씩 드물게 도착했다. 쿠니가 누구에게도 목적지를 밝히지 않은 채 주디 현을 떠난 이후로 지아는 그에게서 아무런 연락도 받지 못했다. 지아는 그것이 자신들의 삶에서 예외가 아니라 일상사임을 깨달았다. 가슴 뛰는 미래를 공유하기로 하고 결혼한 사이였건만 쿠니는 하고한 날 집을 비우고 모험에 뛰어들었고, 그러는 동안 지아는 아이들과 함께 집에 남아 나날의 자질구레한 일들을 챙겼다. 지아 몫의 '가장 재미있는 일'은 다 어디에 있는 걸까?

남편, 어디서 뭘 하고 있는 거야? 내 생각을 하기는 해?

몇 시간 후면 다시 일어나서 웃는 낯으로 온종일 활기차게 떠들어야 했다. 모두가 지아를 찾았고, 모두가 지아에게 의지했다. 지아는 씩씩하고 현명한 안주인이어야 했다. 그러다가 어느 날 꼼짝없이 진이 다 빠진 빈껍데기가 되어, 서 있던 자리에서 그대로 쓰러져 버릴 신세이기도 했다.

지아는 너무나 외로웠다. 마음 한편에서는 자신을 이렇게 버려둔 쿠니에 대한 분노가 불같이 치솟았다. 지아는 곧바로 후회하며 그 생각을 지우려고 했지만, 그럴수록 화는 더 깊어지기만 했다.

쉬운 길이 아니란 걸 알았잖아. 알면서도 택한 길이잖아.

지아는 울기 시작했다. 처음에는 나직하게, 그러다가 점점 크게. 울음소리가 복도로 새어 나가지 않도록 베개를 깨물었다.

왜 이렇게 무력한 기분이 드는 걸까?

지아는 베개를 세게 쳤다. 잠이 잘 오는 약초와 씨앗을 넣어 만든 베갯속 깊숙한 곳의 야자 껍데기에 주먹이 부딪혀 찌릿한 느낌이

들 정도로, 힘껏. 그러자 뜻밖에도, 그 찌릿한 통증 덕분에 기분이
한결 나아졌다.

지아는 베개를 몇 번 더, 야자 껍데기의 단단한 모서리가 느껴진
곳을 겨냥하여 두들겼다. 고통에 얼굴이 찌푸려졌다. 조금 옆으로,
씨앗과 찌부러진 약초에 주먹이 꽂히는 곳으로 과녁을 옮겼다. 기
분이 한결 개운했다. 삶에서 적어도 이 정도는 마음대로 할 수 있다
고 생각하니 눈물로 얼룩진 얼굴에 쓴웃음이 번졌다. 주먹으로 베
개를 두들기면서 느끼는 통증의 크기 정도는 마음대로 조절할 수
있었다.

지아의 웃음이 얼어붙었다.

난 지금껏 내 삶을 스스로 팽개치고 있었던 거야.

지아는 소용돌이 한복판에 있었다. 금방이라도 바닷물 속으로 빨
려들 판이었다. 이제는 돛대를, 하다못해 널빤지라도, 붙잡고 늘어
져야 했다. 그러면 다시 물 위로 올라와 빠져나갈 길을 찾을 수 있
을 듯싶었다.

이제 다시 선택을 해야 했다. 스스로가 자기 운명의 주인인 것을
실감하기 위하여.

문이 열리고, 지아가 침실에서 소리 없이 걸어 나왔다. 살금살금
복도를 지나서, 모퉁이를 돌아서, 앞채로 들어서서, 지아는 어느 방
의 문을 열었다. 소리가 나지 않게 살며시.

지아는 어둠 속에 누워 있는 사람의 어깨를 톡톡 두드렸다. 잠들
어 있던 사람이 움찔하더니, 뭐라고 웅얼거리다가 다시 잠들었다.

지아는 그의 어깨를 더 세게 두드리며 어둠에 대고 속삭였다.

"오소, 일어나."

오소 크린은 눈을 비비며 소리가 들리는 쪽으로 몸을 틀었다.

"며…… 몇 시야, 지금?"

"나야, 지아."

오소는 허겁지겁 일어나 앉았다.

"지아 마님! 여기서 뭐 하시는 겁니까?"

지아는 숨을 깊이 들이마신 다음, 두 팔을 벌려 오소를 힘껏 끌어안았다. 오소는 놀라서 꼼짝도 못했다.

"긴장할 것 없어." 지아는 목소리에 점점 자신감이 붙었다. "난 내가 행복해지는 길을 택하기로 결심했어. 누구도 아닌 나 혼자만을 위해서."

"그러셨군요."

오소는 웅얼거리는 목소리로 말했다.

지아는 나직이 웃었다. 얄궂게도, 어쩌면 제정신이 아니어서인지, 더는 쿠니 때문에 화가 나지 않았다. 지아는 살아 있는 느낌이 들었다. 자신의 운명을 통제하는 느낌이 들었다. 돛대를 향해 헤엄쳐 가는 느낌이었다. 희미한 희망을 향해.

지아는 뒤로 물러나서 어둠 속에 앉아 있는 오소의 옷을 벗기기 시작했다.

"이러시면 안 됩니다!"

오소는 지아의 손을 붙잡았다. 그러나 저항은 오래가지 못했다.

"이건 분명 꿈이겠지요." 오소가 중얼거렸다. "라파 여신께서 상으로 내리신 멋진 꿈이겠지요?"

"꿈이 아니야. 설명은 나중에 할게. 지금은 그냥, 사람들은 가끔 서로에게 힘껏 매달려야 한다는 것만 명심하면 돼. 안 그러면 잊어버리거든. 우리가 살아 있다는 걸, 신들이 준비한 계획이 뭐든 간에 우리 운명은 우리가 선택한다는 걸."

그리하여 두 사람은 어둠 속에 나란히 누워서, 서로의 몸을 애타게, 절박하게 탐했고, 다급하게 포개진 두 입은 유한한 시간과 무한한 영원을 함께 찾아 헤맸다.

"하녀장을 구하는 중이라고 소문을 내야겠어."

"하녀장이라뇨?"

오소 크린 집사가 지아 마님에게 물었다. 이날 아침 지아는 어딘가 달라 보였다. 간밤의 일이 꿈이 아니었다는 또 하나의 증거였다.

지아는 오소의 눈을 마주 보았다. 지아의 눈에는 쭈뼛거리는 기색도, 당황한 빛도 보이지 않았다. 지아는 빙긋이 웃고 있었다.

"난 지금까지 내내 고립된 기분이 들었어. 그래서 곁에 있어 줄 사람이 필요해. 여자들끼리만 아는 일을 도와주면서 친구가 돼 줄 사람."

오소 크린은 고개를 끄덕였다. 지금 눈앞에 있는 사람이야말로 그가 한눈에 반한 지아였다. 그에게 외경심을 느끼게 하고 그가 이 세상에서 할 수 있는 일이 무엇인지 보여 준, 그 지아였다. 그는 언제까지나 입이 무거운 하인으로서 지아에게 충성할 작정이었지만, 그럼에도, 주군의 아내인 지아와 하룻밤을 보냈다. 그것은 사실이었다. 그리고 그 사실 덕분에 그의 가슴은 이루 형용할 수 없는 기뿜으로 가득했다.

오소는 고개를 숙여 절을 하고 물러갔다.

문간에 서 있던 중년 여성은 머리카락 한 올 삐쳐 나오지 않게 단정히 묶은 머리 꼭대기부터 줄지어 행군하는 개미 떼처럼 꼼꼼하게 수를 놓은 자수 신발의 발등까지, 그야말로 온몸에서 유능한 인재의 기운이 느껴졌다.

"쉰네는 소토라고 합니다."

"큰 집의 살림을 맡은 경험이 있나요?"

"저는 어릴 적에 아주 커다란 저택에서 자랐답니다. 몇 가지 요령 정도는 보고 익혔지요." 소토는 지아가 어떤 사람인지 파악하려는 듯 지그시 바라보았다.

언뜻 들으면 평민의 말투와 다를 바 없었지만, 지아는 소토의 세련된 억양과 단정한 몸가짐을 놓치지 않았다. 주인마님이 될지도 모르는 사람의 환심을 사려고 굽실거리고 알랑대는 기색은 조금도 없었다.

지아는 그런 소토가 대번에 마음에 들었다.

"사루자에는 귀족 가문이 잔뜩 있어요. 그중 태반은 나를 무시하는 사람들이죠. 나중에 내 추천서를 받아서 더 나은 일자리를 구할 생각이라면, 우리 집은 썩 좋은 발판이 아니에요."

"나이가 많아서 볼기도 못 때리는 응석받이들을 주인으로 모시고 싶었다면, 처음부터 그런 집을 찾아가 문을 두드렸겠지요."

그 말에 지아는 깔깔 웃었고, 소토 역시 입가가 살며시 올라갔다.

사루자의 귀족 사회를 비꼬는 것으로 보아 소토는 아마도 코크루의 한미한 귀족 집안 출신으로 힘든 시절을 보낸 모양이었다.

"가루 공의 집에 잘 왔어요. 오소 크린 집사랑 잘 지내면 좋겠네요. 난 정말 쓰러지기 직전이거든요."

알고 보니 소토는 야무지면서도 싹싹한 하녀장이었고, 그 덕분에 지아의 집은 오래지 않아 기름을 빈틈없이 칠한 기계처럼 매끄럽게 돌아가기 시작했다.

소토는 지아가 낮에 다른 일을 할 수 있도록 가장 믿음직한 하녀들을 골라 순번을 정해 주고 돌아가며 아기를 돌보게 했다. 소토는 하녀들에게 훗날 일자리를 구할 때 도움이 될 쓸모 있는 살림 기술을 가르쳐 주는가 하면, 마부와 하인에게서는 친절한 말씨와 빈틈없는 눈썰미로 환심을 얻었다. 소토 하녀장은 크린 집사가 무심히 넘어가는 것들을 세심하게 챙겼다. 이를테면, 잔칫날 일하는 사람 모두에게 달걀이 한 알씩 더 돌아가게 신경을 쓰는 식으로.

게다가 하녀장이 들려주는 정복 전쟁 이전의 옛날이야기는 어쩌면 그리도 재미가 있던지! 소토가 주방에 모인 하인들을 즐겁게 해 주려고 오래전 코크루의 귀족 사회에 관해 이야기보따리를 풀어 놓으면, 가끔은 지아조차도 홀린 듯이 빠져들어 귀를 기울이곤 했다. 지아가 보기에 십중팔구는 지어낸 이야기들이었지만 요소요소에 맛깔스럽고 자극적인 내용을 잔뜩 집어넣어서, 차라리 진짜였으면 하는 마음이 들 정도였다.

지아와 소토는 함께 코크루의 전원을 거닐었다. 해변을 따라서,

들판을 건너서, 때로는 산을 오르내리면서. 소토는 지아가 모은 약초에 관심을 보이며 예지가 돋보이는 질문을 던졌고, 이에 지아는 갖가지 해초와 꽃, 풀, 덤불 등을 기꺼이 보여 주며 저마다 지닌 다양한 효용을 설명해 주었다. 소토는 지아와 쿠니의 지난날에 관해서도 물었다. 그러면 지아는 흐뭇한 마음에 쿠니의 덜 유명한 업적까지 소상하게 들려주었다.

이에 대한 답례로 소토는 지아에게 코크루의 역사가 담긴 슬픈 이야기와 진지한 이야기, 낭만적인 이야기를 여럿 들려주었다. 이름난 시인이자 재상이었던 루루센의 이야기도 그중 하나였다. 루루센은 토토 왕에게 자나의 평화 협정 제안을 믿으면 안 된다고 조언했다가 기각당하자 스스로 리루강에 몸을 던졌다.

세상은 술에 취했는데 나만 홀로 맑은 정신이구나
세상은 잠들었는데 나만 홀로 깨어 있구나
이 눈물은 그대를 위한 것이 아니오, 토토 왕이여
다만 코크루의 백성을 생각하며 흐르는 것일 뿐.

"정말로 충직하고 선한 사람이었구나."

지아는 한숨을 섞어 중얼거렸다. 그러고는 쿠니가 들려준 그 시의 독창적인 해석이 떠올라 입꼬리가 슬며시 올라갔다.

"루루센이 정치에 전혀 뜻이 없었다는 걸 아시나요? 원래는 산속에 은거하는 시인이 되려고 했다더군요."

"어쩌다가 마음을 고쳐먹었을까?"

"아내인 지 부인 때문이었지요. 지 부인은 남편보다 훨씬 더 열렬한 애국자였습니다. 그래서 여흥보다 더 고상한 목적에 문학적 재능을 바치라고 남편을 격려했던 겁니다. '정치는 가장 고상한 예술이다.' 지 부인은 입버릇처럼 그렇게 말했고, 결국 아내의 말에 마음이 움직인 루루셴은 코크루가 더 늦기 전에 자나에 선전포고를 해야 한다는 결기 넘치는 호소문을 여러 편 썼습니다. 토토 왕이 루루셴을 재상 직에서 해임하고 자나와 평화 협정을 맺으려 하자 루루셴과 지 부인은 항의의 뜻으로 함께 리루강에 몸을 던졌습니다."

지아는 잠시 침묵하다가 입을 열었다.

"루루셴이 아내 말을 따르지 않았다면 산속으로 들어가 오래오래 함께 살 수도 있었을 텐데."

"그리고 무명씨로 죽었겠지요. 하지만 오늘날 코크루의 모든 어린이는 루루셴의 시를 암송하며 그의 이름을 칭송한답니다. 마피데레 황제조차도 그의 책을 금하지 못했습니다. 책 갈피갈피에 자나를 향한 모욕이 아로새겨져 있는데도."

"그래서 루루셴이 아내에게 감사했을 거라고 생각해?"

"저는 그 두 사람이 함께 결정을 내리고 결과도 함께 받아들여서 행복했을 거라고 생각하고 싶군요."

지아는 그 대답을 곰곰이 생각했다. 소토는 그 이상 아무 말도 하지 않았다. 두 사람은 조용히 산책을 계속했다.

다시금, 지아는 소토의 정체가 궁금해졌다. 소토는 과거에 관한 질문을 받으면 교묘하게 둘러댔고, 지아는 캐묻는 기분이 드는 것이 싫었다.

그럼에도 지아는 소토가 마음에 들었다. 소토가 자신의 마음을 이해하는 것 같아서였다. 가끔은 그저 누군가 곁에 있어 주기를, 함께 나란히 산책해 주기를, 그럼으로써 혼자가 아니라는 것을 일깨워 주기를 바라는 자신의 마음을. 지아는 사소하고 이기적인 불평을 늘어놓을 때도 있었고 귀부인답지 않게 큰 소리로 웃을 때도 있었지만, 소토는 그런 지아의 행동을 못마땅하게 여기는 눈치가 전혀 없었다.

"가루 공께서 집을 비우신 지도 꽤 오래됐군요."

어느 날 아침, 지아에게 그날의 업무 지시를 받으러 온 소토가 한 말이었다. 지아는 또다시 가슴 한구석이 아릿했다.

"정말로 오래됐지. 아마 우리 둘째가 태어나기 전에는 돌아오기 힘들 거야."

소리 내어 말하고 보니 왠지 그 말에 실체를 부여한 느낌, 정말로 실현되게 한 느낌이 들었다. 밝힐 수 없는 임무 때문에 주디 현을 떠난다는 쿠니의 편지를 받았을 때 지아는 남편의 경솔한 행동에 화가 났다. 하지만 쿠니와 살다 보면 얼마간의 가슴앓이는 피할 수 없을 거라고 몽롱초가 분명히 가르쳐 주지 않았던가? 그 정도는 놀랄 일도 아니었다.

소식이 끊긴 채 시간이 흐르는 동안, 지아는 점점 더 불안해졌다. 핀 진두가 숨을 거두고 마타가 늑대발섬으로 떠난 후로 지아에게는 믿을 만한 소식을 전해 줄 사람이 아무도 없었다. 수피 왕을 비롯한 다른 귀족들에게 지아는 없는 사람이나 마찬가지였다.

"가루 공과 진두 원수는 가까운 친구 사이인 것 같더군요."

"맞아. 두 사람은 함께 싸운 전우야. 형제나 다름없는 사이지."

"남자들 사이의 우정은 한쪽이 크게 성공하거나 실패하면 끝을 맞는 경우가 많습니다."

소토는 그렇게 말하고는 입을 다물었다. 말을 더 이어야 할지 말아야 할지 망설이는 눈치였다.

"마님께선 그 마타 진두라는 사람을 어떻게 생각하시는지요?"

지아는 소토의 말투에 흠칫 놀랐다. 마타 진두는 늑대발섬 전투의 승자로서 제국을 파멸시킬 장본인이자, 온 다라에서 가장 위대한 전사였다. 지금 그는 게지라 평원을 휩쓸며 예전 간의 영토였던 여러 도시에 잔존하는 제국군 저항 세력을 소탕하는 중이었다. 수피 왕마저도 마타의 이름을 입에 올릴 때에는 조심스러워하는 눈치였다. 그런데도 소토는 그의 이름을 아무렇게나 불렀다. 마치 어린애를 부르듯이. 소토의 집안과 진두 가문 사이에 무슨 사연이라도 있는 걸까?

지아는 말을 골라 신중하게 대답하기로 했다.

"진두 원수가 반란군의 대들보라는 건 의심할 것도 없는 사실이야. 그 사람이 없었으면 우린 교활한 마라나와 용맹한 나멘을 절대 못 이겼을걸."

"과연 그럴까요?" 소토의 목소리에는 흥미로워하는 빛이 묻어났다. "그 말씀은 거리의 선전꾼들이 날이면 날마다 떠드는 소리와 다를 게 없군요. 그들은 자기네가 입을 다무는 순간 우리가 의심하기 시작할까 봐 두려워하는 것처럼 필사적으로 떠들지요. 전 그저 마타 진두가 수많은 사람을 죽였다는 것만 알 뿐입니다."

지아는 그 말에 뭐라고 대꾸해야 좋을지 알 수가 없었다. 그래서 자리에서 일어섰다.

"정치 얘기는 그만하는 게 좋겠어."

"영원히 피하실 수는 없을 겁니다, 지아 마님. 마님께선 정치인의 아내이시니까요. 원하든 원치 않든."

소토는 허리를 숙여 지아에게 절을 하고 물러났다.

지아의 방에서 복도를 조금만 내려가면 소토의 방이었다. 그리고 소토는 잠을 얕게 자는 체질이었다.

모두가 잠든 깊은 밤, 소토는 지아의 방문이 열리는 소리를 들었다. 그 방문이 동트기 직전에 다시 열리리라는 것 또한 소토는 이미 알고 있었다.

주위에 보는 사람이 없다 싶을 때 집사인 오소 크린이 지아 부인을 어떤 눈으로 바라보는지, 소토는 이미 눈치채고 있었다. 부인의 마차를 몰 때 부인 곁에 바짝 붙어 있는 집사의 모습도 놓치지 않았다. 소토는 지아 부인이 크린 집사의 미소에 남몰래 웃는 얼굴로 화답하는 모습과 집사가 집안 살림에 관해 보고할 때 귀 기울여 듣는 모습 또한 목격했다.

무엇보다도, 남들이 주위에 있을 때 조심스레 서로를 피하는 두 사람의 행동에서 소토는 모든 사정을 미루어 짐작할 수 있었다.

소토는 어둠 속에 뜬눈으로 누워 곰곰이 생각했다.

소토가 가루 공의 집을 찾아온 까닭은 마타 진두와 쿠니 가루를 둘러싼 터무니없는 소문이 마음에 걸렸기 때문이었다. 코크루군 원수와 산적 출신이라는, 세상에서 가장 안 어울리는 두 사람이 둘도 없는 친구가 되었다. 그리고 제국군의 탄노 나멘 장군에 맞선 둘의 업적에 감화되어 수많은 백성이 반란에 가담했다. 두 사람을 주인공으로 한 가극이 만들어졌고, 두 사람이 신들의 가호를 받는다고 자신 있게 말하는 이도 적지 않았다.

소토는 소문에 가려진 진실을 직접 확인하고 싶었다. 그래서 쿠니 아내의 눈을 통해 쿠니가 어떤 사람인지 이해하고 싶었다. 세상 사람들의 눈에 아무리 위대해 보이는 인물일지라도 그 아내의 눈에는 반드시 본모습으로, 또는 실제보다 더 작은 크기로 보이는 법이기 때문이었다. 그런데 뜻밖에도, 소토는 지아가 마음에 들었다. 원래는 목적을 이루기 위한 수단일 뿐이라고 여겼던 지아가. 소토는 쿠니가 사랑하는 여자를 통해 쿠니라는 남자의 그릇을 가늠했다.

지아는 무시할 수 없는 힘이 될지도 몰랐다. 반란의 향방을 결정하는 힘, 그리하여 이상적인 과거에만 집착할 뿐 지저분한 현실을 보지 못하는 마타 진두 같은 인물만이 아니라, 더 많은 이들에게 달콤한 결실을 선사할 힘이. 소토는 지아가 스스로에게 예정된 길로 나아가도록 넌지시 이끌어 주고 싶었고, 그러려면 소토 자신의 과거에 얽힌 진실을 밝혀야 할지도 몰랐다. 그러나 이제 지아의 삶에 잡힌 주름을 목격해 버린 이상, 소토는 그것이 뜻하는 바를 곰곰이 생각해야만 했다.

세상에는 사랑을 낭만적인 것으로 보면서 그 자체를 숭배하려 하는 이들이 있었다. 시인들은 사랑을 대장간의 용광로에서 나온 쇠

막대기처럼, 시뻘겋게 달궈져서 영원토록 뜨겁게 달아오를 것처럼 묘사했다. 소토는 그런 식의 낭만에는 별 관심이 없었다.

남자는 여자와 사랑에 빠져 결혼을 하고 나면 열정이 식게 마련이었다. 그때가 되면 바깥으로 나돌면서 다른 여자를 만나 다시 사랑에 빠지고, 그 여자를 둘째 아내로 맞고, 그다음은 또다시 열정이 식을 차례였다. 어쨌거나 모든 티로 국가에서 한 남자가 아내를 여럿 두도록 허가하는 세상이었다. 남자가 아내들 전원을 설득해서 동의를 얻기만 하면, 가능한 일이었다.

그러나 성실한 남자일 경우에는 열정이 식더라도 깜박거리는 잔불은 남게 마련이어서, 풀무질을 하면 언제라도 다시 불길이 이글거리곤 했다. 일찍이 위대한 현자 콘 피지가 말하길 좋은 남편은 모든 아내를 오래도록 사랑하지만, 좋은 남편이 되려면 엄청난 노력이 필요한 법인데 세상의 남편들은 대부분 게으름뱅이였다.

같은 이치로 남편에게서 멀리 떨어져 외로움에 시달리는 아내는 정부에게서 위안을 얻곤 했다. 다만 그런 아내들은 대부분 남편을 여전히 사랑한다는 거짓말을 하지 않는다는 점이 달랐다.

소토는 사랑이란 남자에게나 여자에게나 똑같이 음식 같은 것이라고 믿었다. 똑같은 음식은 입맛을 질리게 했다. 다양성은 곧 양념이었다.

세상은 아내가 저지르는 그러한 배신을, 만약 그것이 배신이라면, 용납하지 않았다. 남편이 저지르는 똑같은 배신은 용납하면서도. 그러나 이는 세상의 착각이었다. 예측할 수 없는 마음의 변화는 남자뿐 아니라 여자에게도 허락되어야 마땅했다.

그러므로 지아는 마음의 문제에 관한 한 인습에 얽매이지 않는 여성이었다. 소토는 지아가 자신의 열정과 마찬가지로 자신의 지위와 영향력 또한 과감하게 이용하기를 바랐다. 이는 지아 본인의 행복뿐 아니라 코크루 백성들의…… 더 나아가 온 다라 백성들의 행복을 위한 바람이었다.

소토는 다시 잠을 청했다. 그리고 자신이 알게 된 사실을 결코 입 밖에 내지 않았다.

제33장

판의 진짜 주인

게지라 평원

원수정 원년(元年) 1월

제국이 킨도 마라나 원수와 탄노 나멘 장군 같은 장수를 잃은 후, 게지라 평원에 남아 저항하던 제국군의 몇몇 거점은 마타 진두의 군대 앞에서 짚단처럼 쓰러져 갔다. 개중에는 아예 싸워 보지도 않고 항복하는 곳도 적지 않았다.

그러나 몇몇 도시는 본격적으로 싸움에 나섰고, 반란군 지휘관들은 저마다 마타에게 능력을 인정받으려고 그 도시들을 정복할 전략을 앞다투어 내놓았다. 그중 긴 마조티라는 깡마르고 조그마한 남자는 유독 틈만 나면 마타를 찾아왔다.

"저한테 병사 50명만 주십시오. 원수께서 도착하시기 한참 전에 상인으로 변장하고 성 안에 잠입해 있다가 도착하시면 성문을 열어

드리겠습니다."

"이 지점에 바다로 나가는 하수관이 있습니다. 하수도를 따라가면 성 안으로 진입할 수 있을 겁니다."

"판이 너무 조용합니다. 이건 상당히 이상한 조짐입니다. 섭정 피라는 어째서 게지라 평원으로 출정할 군대의 새 지휘관을 임명하지 않는 걸까요? 원수님, 뭔가 일이 벌어지는 중입니다. 게피카 평원 쪽의 첩보원 수를 두 배로 늘려야 합니다."

마타는 콧방귀도 뀌지 않고 마조티를 내보냈다. 마조티 같은 부류는 진정한 용기가 아니라 속임수에 의지하려 했다. 일고의 가치도 없는 족속들이었다.

저항하는 도시를 무자비한 힘으로 차례차례 정복하면서, 마타는 부하들에게 주민을 상대로 무슨 짓을 해도 좋다는 사흘간의 자유를 주었다. 이에 더하여 정복당한 지역이 후에 봉기를 일으키지 못하도록 게지라 평원의 산업을 초토화하기로 마음먹었다. 소나루강을 따라 늘어선 수차들은 파괴당했고, 논밭에 관개용수를 공급하던 풍차는 거대한 횃불처럼 불탔다.

마타 진두의 포로 신세가 되어 끌려다니던 달로 왕은 게지라 지방의 백성들을 위해 이따금 마타를 만류하려고 했다. 정복 전쟁 이전까지 게지라는 간의 영토였기 때문이었다. 이제는 진두 원수가 이끄는 반란군의 '객장(客將)'이 된 마라나조차도 달로 왕 편에 서서 몇 번인가 자비를 베풀어 달라고 탄원했다.

모두가 조언을 하려고 안달했다. 마타는 신물이 날 지경이었다.

"이 도시들을 본보기로 삼으면 게지라의 다른 지역이 저항을 포기하도록 기를 꺾을 수 있고, 그리되면 장기적으로 더 많은 인명을 구할 수 있소. 특히 내 부하들의 목숨을. 물론 그 정도는 다 알고 계시겠지만."

마타의 말에 달로 왕은 대꾸할 말이 없었다. 마라나는 얼굴이 빨개질 정도의 염치는 있었다. 그 역시 한때는 똑같은 논리에 따라 움직였기 때문이었다.

그러나 마타의 머릿속에서는 게지라의 백성들 또한 겁쟁이이자, 배신자였다. 일찌감치 반란에 힘을 보탤 기회가 있었는데도 떨치고 일어서지 않았기 때문이었다. 그가 보기에 정복당한 게지라 도시를 유린하는 병사들의 야만적인 행위는 어떤 의미에서는 정당한 것이었다.

늑대발섬 전투 이후, 마타는 자비심 때문에 자신을 따르는 병사들의 목숨을 대가로 치르는 일만큼은 절대로 피하고 싶었다.

다른 티로 국가의 군대는 명분상으로는 여전히 독립된 지휘권을 유지했지만, 파사군 사령관 오위 아티와 간군 사령관 후예 노카노는 차츰 꼭두각시 신세로 전락했다. 그들 휘하의 부대는 진두 원수의 독자적인 지휘 계통 하에 철저히 편입되었다. 수피 왕도 이따금 진두 원수에게 '제안'을 담은 서신을 보내곤 했지만, 마타는 그런 서신을 흘깃 훑어보기만 하고 그대로 버렸다.

이제 마타 진두는 누가 봐도 진정한 원수였다. 아니, 원수를 넘어선 패왕이었다. 이는 모든 티로 국가가 숙지하는 바였다.

게지라 평원은 한 달 만에 결국 평정되었다. 그러나 산맥 너머 제국의 심장부인 게피카 평원의 사정에 관한 믿을 만한 소식은 좀처럼 전해지지 않았다. 소코 협곡을 오가는 대상의 행렬은 끊겼고, 그곳에 침투한 마타의 첩보원들은 한 명도 돌아오지 않았다. 제국의 잔당은 무궁성에 단단히 틀어박혔는지, 게지라 쪽으로 원군을 보낼 기미가 보이지 않았다.

마타가 주디 현에 파견한 전령 역시 빈손으로 돌아왔다. 가루 공은 종적을 감추었고, 그의 행방은 아무도 알지 못했다. 마타는 크게 걱정하지는 않았다. 마지막 총공세를 준비하는 동안 쿠니를 곁에 두고 싶은 마음은 있었지만, 쿠니 같은 꾀주머니라면 보나마나 제 앞가림 정도는 할 수 있기 때문이었다.

새해가 밝자 마타는 반란군을 소코 협곡으로 이동시켰다. 소코 협곡은 반란군이 제도 판과 어린 에리시 황제를 향하여 진군을 시작할 출발점이었다.

드디어. 마타는 속으로 중얼거렸다. *다라 제도 해방의 꿈이 이제 곧 실현된다.*

마타는 깃털처럼 홀가분했고, 어린애처럼 들떠 있었다.

눈 쌓인 봉우리와 깎아지른 절벽으로 이루어진 시나네 산맥과 위소티 산맥은 오로지 새와 산양만이 넘을 수 있는 두 개의 거대한 장벽이었다.

두 산맥의 동쪽에 펼쳐진 게지라 평원에서 서쪽의 게피카 평원으로 건너가는 방법은 소코 협곡을 통과하는 것뿐이었다. 길이가 장장 80리에 이르는 소코 협곡의 남쪽에는 카나산과 라파산이, 북쪽에는 피소웨오산이 우뚝 솟아 있었다. 좁고 캄캄한 협곡에는 아름드리나무가 하늘을 찌를 듯이 높다랗게 자라서, 가파른 산 틈새를 뚫고 비친 얼마 안 되는 햇빛마저 틀어막았다. 남북으로 자리 잡은 거대한 화산이 시시때때로 우르릉거리며 낙석을 굴려 보내는 탓에 협곡을 지나려면 돌무더기부터 치워야 했다. 그야말로 매복 공격을 위한 천혜의 장소였다.

오랜 세월 동안 인근의 여러 티로 국가는 소코 협곡을 지키는 일련의 요새를 차지하려고 부단히 싸웠다. 누구든 이곳을 차지하는 자가 곧 본섬의 등뼈를 틀어잡는 셈이기 때문이었다.

동쪽에서 진입할 경우에 마주치는 소코 협곡의 첫 번째 관문은 고아, 200년 전에 지어진 거대한 석조 성채였다.

* * *

진두 원수의 군대는 조심스레 고아를 향해 접근하면서 정찰대를 여럿 파견했다. 제도 판을 지키는 마지막 장벽에 걸맞게 소코 협곡의 방어 태세는 물샐 틈이 없었다.

정찰대 대장인 도루 솔로피는 고아의 성벽에 코크루의 붉은 깃발이 나부낀다는 놀라운 소식과 함께 돌아왔다.

마타는 수행원 몇을 대동하고 고아 성문 앞으로 말을 달렸다.

"성문을 여세요! 우리는 반란군의 총사령관이신 진두 원수님의 부하입니다. 이곳 사령관은 누굽니까?"

라소 미로가 외쳤다. 수비대 병사들은 성벽 너머로 살그머니 고개를 내밀었다.

"가루 공의 명령 없이는 아무도 들여보낼 수 없소."

"가루 공이라뇨? 주디 공작인 쿠니 가루 말입니까?"

"그렇소. 하지만 가루 공께서 에리시 황제를 생포하셨으니, 이제 곧 게피카 왕이 되실 거요!"

마타는 레피로아를 몰고 앞으로 나섰다.

"쿠니가 뭘 어쨌다고? 당장 성문을 열어라, 내가 직접 만나서 이야기해야겠다!"

원래 제국군이었다가 쿠니에게 투항한 고아 요새의 수비대는 새 주군에게 자신들의 열의를 보여 주고 싶었다. 그래서 마타 진두와 수행원들을 향해 일제히 화살을 날렸고, 의기양양하게 관문을 통과하여 자기네 왕과 대면할 수 있으리라고 생각한 이 주제넘은 자를 비웃었다.

라소는 방패를 들어 마타를 가렸으나 마타는 그 방패를 빼앗아 멀리 던져 버렸다. 화살 한 대가 어깨에 박혔지만, 마타는 아픈 기색조차 보이지 않았다.

그러나 라소는 마타의 마음에서 솟아나는 피가 보이는 것만 같았다. 가루 공이 어떻게 친구인 진두 원수에게 창칼을 들이댄단 말인가? 그 많은 역경을 함께 헤쳐 나온 친구이면서.

"뭔가 착오가 있었을 거다."

마타 진두는 그렇게 중얼거렸다.

쿠니는 언젠가 내게 말하지 않았던가, 판을 차지하여 수피 왕이 약속한 상을 받을 만한 용기와 힘을 겸비한 사람은 나뿐이라고?

내가 쿠니에게 들려주지 않았던가, 황금빛 폭풍으로 제도를 뒤덮으리라는 내 꿈을? 국화의 파도로, 그리고 할 수만 있다면, 민들레도 함께?

우리는 언제나 서로의 등을 지켜 주기로 맹세한 형제가 아니던가? 사리사욕이 아니라 같은 이상을 위해 싸우기로 맹세하지 않았던가?

마타는 도무지 영문을 알 수가 없었다. 자신이 늑대발섬에서 반란의 명운을 걸고 싸우는 동안, 쿠니가 어떻게 도둑처럼 판에 기어들 수가 있단 말인가? 그리고 지금은 또 어떻게 자신에게 검을 들이댈 수가 있단 말인가, 마치 제 구역을 지키는 불량배처럼? 있을 수 없는 일이었다. 이는 틀림없이 쿠니 행세를 하는 사기꾼의 소행이었다.

"모두가 나를 배신하는구나. 키코미 같은 계집이나 쿠니 가루 같은 무뢰배는 눈곱만큼의 명예도 모른단 말인가."

마타가 중얼거렸다. 아무리 사람을 믿으려고 해도, 사람들은 늘 가장 비열한 방식으로 그를 배신했다.

한편 토룰루 페링이 보고하길, 로 미노세라는 쿠니 가루의 부하가 고아 요새에서 탈영하여 투항하러 왔다고 했다. 마타 진두가 거느린 부대의 위용을 보고 마타 편에 붙는 편이 낫겠다고 마음먹었다는 것이었다.

"가루 공이 어떻게 성공했는지 얘기해 봐라."

마타는 태연한 표정과 차분한 목소리를 유지하려고 기를 썼다.

미노세는 쿠니 가루가 크루벤을 타고 루이섬까지 간 사연과 판을 기습한 이야기, 투항한 제국군을 교묘하게 조종한 이야기, 그 후에는 판을 어질게 다스려서 게피카 지방 백성들에게 존경을 받는다는 이야기 등을 상세히 들려주었다.

"백성들은 가루 공을 존경합니다. 소문에 따르면 가루 공이 판의 정복자가 된 것은……"

"계속 말해라."

"신들의 가호가 가루 공에게 있기 때문이라고 합니다, 진두 원수님이 아니라요. 가루 공의 부하들은 디무에서 벌어진 학살을 입에 올리곤 합니다. 제국군의 탈영병들 역시 늑대발섬과 게지라 평원에서 무슨 일이 벌어졌는지 퍼뜨리고 있습니다. 백성들 중에는 가루 공이 자기들만의 왕이 아니라 아예 온 다라의 새 황제가 되기를 바라는 자도 있습니다."

마타 진두의 분노는 즉각적이었고, 처절했고, 불같았다.

마타는 우리에 갇힌 짐승처럼 날뛰며 자신의 천막 안을 배회했다. 천막 안의 물건들은 이미 모두 산산이 부서져 있었고, 부서진 조각들은 옮기는 걸음걸음에 짓밟혀 진흙땅에 박혔다.

나와 내 부하들이 늑대발섬에서 제국의 가장 강대한 군대를 쳐부수기 위해 목숨을 걸고 싸우는 동안, 쿠니는 아무도 지키지 않는 뒷문으로 도둑놈처럼 숨어들었다.

내가, 오로지 용기와 힘으로, 일찍이 세상에 없었던 승리를 거두는 동안, 쿠니는 내 것이어야 마땅한 명예와 보상을 훔쳤다.

그런데 지금은? 지금은 또 어떤가? 그 도둑놈은 나와 마주 앉아서 사정을 설명할 만큼의 염치도 없다. 쿠니 가루. 나는 너를 형제로 여겼건만. 너는 내 앞에서 문을 걸어 잠그는구나. 전리품을 독차지하고 싶어서 전전긍긍하는 도적처럼.

"내 눈에 흙이 들어가기 전에 그놈이 게피카 왕이 되는 일은 없을 거다!"

마타 진두가 부르짖었다. 마타는 자신보다 부하들 생각에, 그 젊디젊은 병사들 생각에 더 분통이 터졌다. 이제 막 소년티를 벗은 그들은 투노아에서부터 마타를 따라와 불굴의 의지로 마타를 위해 싸웠다. 그들은 세상 사람들에게 용맹을 인정받을 자격이 충분했다.

온 세상이 쿠니 가루를 제국의 심판자로 기억하도록 가만히 놔둘 수는 없다.

다른 귀족과 지휘관들은 얌전히 고개를 숙인 채 한 걸음 한 걸음 천막 입구 쪽으로 물러나더니, 이내 인사말을 웅얼거리고 서둘러 천막을 나섰다.

남은 사람은 토룰루 페링뿐이었다.

"원수님, 마음을 가라앉히고 차분히 생각해 보십시오."

"생각을 하라고? 지금은 행동을 할 때요! 당장 고아 요새를 공격해야 하오, 그래야 판에 도착해서 사기꾼 쿠니 가루를 붙잡을 수 있으니까. 나는 그 배신자의 낯짝을 봐야겠소. 뻔뻔하기 이를 데 없는 놈이니 십중팔구 나한테 미안한 짓을 저지른 것조차 모르고 있겠지만."

"원수님, 분명 쿠니 가루는 원수님께서 제국을 상대로 외톨이 늑대처럼 분투하시는 동안 교활한 독수리처럼 에리시 황제를 낚아챘을지도 모릅니다. 허나 그가 수피 왕이 내건 조건을 고스란히 충족한 이상 원수님께서 시기심에 사로잡힌 어린애처럼 그와 싸운다면, 세상 사람들의 눈에 꼴사납게 비칠 것입니다. 제국이 이미 무너졌다고는 하나 반란군의 거두끼리 이렇게 일찍부터 드러내놓고 다투는 것은 우리 모두에게 불명예스러운 일입니다."

"그놈은 왕이 될 자격이 없소! 마땅히 내 것이어야 할 칭호를 훔쳐간 놈이란 말이오!"

"쿠니 가루가 스스로 왕의 자리를 차지했다고 생각하게 놔두는 편이 나을지도 모릅니다. 원수님께서는 그자가 왕위를 찬탈하는 것에 동의하십시오. 그렇게 일단 접근하는 겁니다. 그러다 그자가 경계를 늦추고 부하들에게서 멀어지면, 원수님께서 붙잡아서 그자의 사기 행각을 세상에 낱낱이 밝히십시오. 원수님께서 게피카 평원에 세워질 새 티로 국가의 왕좌에 당당히 앉으실 방법은 오로지 그것뿐입니다."

마타 진두 원수는 고아 요새에 전령을 보내어 게피카의 쿠니 왕처럼 위대한 군주를 섬기는 장병들의 노고를 치하했다. 그러면서 왕께 다음과 같은 서신을 전해 줄 수 있겠냐고 부탁했다.

코크루군 원수 마타 진두는 옛 친구가 판에서 거둔 눈부신 승리를 경하하는바, 이에 쿠니 왕 전하께 삼가 알현하는 은혜를 베풀어 주시기를 청하나이다.

물론 마타 진두에게 '쿠니 왕 전하'라는 글자를 제 손으로 쓰기란 불가능한 일이었다. 페링이 쓰지 않으면 안 된다고 해서 꾹 참고 써 보려 했지만, 화가 머리끝까지 치솟아 밀랍 덩어리를 어찌나 세게 쥐었던지 밀랍이 녹아서 뚝뚝 떨어질 정도였다.

마타는 자리를 박차고 일어나 페링에게 자기 대신 서신을 마저 쓰라고 명령했다.

"나는 사냥을 나가야겠소, 지금 당장 죽여야 직성이 풀릴 것 같으니까. 사람이든, 짐승이든."

쿠니는 신랄하게 비꼬는 마타의 편지를 읽어 내려가는 동안 얼굴이 하얗게 질리고 말았다.

"소코 협곡에서 진두 원수를 막아서기로 한 건 누구 생각이지? 판에서 거둔 승리를 함께 축하하자고 내 의형제한테 초대장을 보냈는데, 전령들은 어떻게 된 거야?"

쿠니의 목소리는 덜덜 떨렸다. 린 코다가 앞으로 나섰다.

"진두 원수는 일련의 잔인한 행각으로 악명이 높습니다. 아군의 승전보가 동쪽으로 전해지지 않게 막고 소코 협곡을 봉쇄한 것은 제가 한 짓입니다. 그리하면 판에서 우리 군의 입지를 다지고 백성들의 지지를 얻을 시간을 벌 수 있을 거라 생각했습니다."

코고 옐루는 낭패한 표정으로 고개를 저었다.

"아아, 린, 너 도대체 무슨 짓을 벌인 거냐? 진두 원수에게 대놓고 도전한 꼴이 아니냐, 우리가 동지가 아니라 적인 것처럼! 이렇게 된 이상 설령 가루 공의 전언이 저쪽에 닿는다고 해도 아무도 공의 선의를 믿지 않을 것이다.

마타 진두의 병력은 우리 군의 열 배가 넘고, 그의 명성은 한낮의 태양처럼 높다. 모든 티로 국가가 그를 떠받들고 있으니 그가 지지해 주지 않으면 가루 공은 게피카의 왕좌에 오를 방법이 없단 말이다. 진두 원수를 판으로 성대하게 맞아들였다면 가루 공의 기습 공격이 원수가 세운 작전의 일환인 것처럼 꾸밀 수 있었을 테고, 그랬더라면 원수의 지지에 힘입어⋯⋯"

"*꾸밀* 필요는 없어." 쿠니가 코고의 말을 끊었다. "내 계획은 처음부터 형제와 더불어 승리하는 거였으니까."

"하지만 이제는 다 물거품이 됐습니다." 코고는 탄식하듯 말했다. "이 실수는 바로잡기 힘들 겁니다."

발 빠른 전령들이 루안 지아를 데리러 즉시 하안으로 출발했다. 쿠니에게는 루안의 조언이 필요했다.

"승리라는 게 기대했던 만큼 달콤하지는 않더군요."

쿠니의 말에 루안은 고개를 끄덕였다. 그러면서 속으로는 긴펜에 있는 옛 장원의 폐허에서 아버지의 영령이 위로해 주기를 기다릴 때 느꼈던 쓸쓸하고 덧없는 기분을 되새겼다.

"인간의 변덕스러운 마음은 신들의 의지만큼이나 점치기 힘든 법이지요."

철학에 관한 토론 말고도 두 사람에게는 처리해야 할 시급한 문제가 있었다. 쿠니는 이미 고아 요새에서 군대를 철수시켰고, 그 뒤를 마타의 군대가 바짝 따라오는 중이었다.

루안 지아와 코고 옐루는 판에서 쿠니 가루의 군대를 철수시키기 위해 세심한 작전을 짰다. 그들은 황궁의 출입구를 봉쇄하고 제자리에 돌려놓을 수 있는 보물은 모조리 돌려놓았다. 코고는 황실 문서고의 기록들을 우마차에 실어 쿠니 곁으로 옮겨 놓았다. 이를 본 다피로는 그 속에 아무도 모르는 보물이 숨겨져 있다고 확신했지만, 코고는 마차를 샅샅이 뒤지는 다피로를 보며 슬픈 표정으로 고개만 저을 뿐이었다.

뒤이어 쿠니는 코크루 출신 부하들과 투항한 제국군 가운데 그를 따르고 싶어 하는 자들을 모두 모은 다음, 판에서 서쪽으로 40리 떨어진 투투티카 호숫가로 가서 새 진영을 차렸다.

판의 유지들은 몇 리가 넘게 쿠니를 따라왔다. 그들은 가루 공의 어진 정치를 반가워했다. 무거운 세금을 물리고 가혹한 징집을 일삼던 에리시 황제에 비하면 가루 공이 백배 더 나았던 것이다. 그들은 디무와 늑대발섬에서, 또 게지라 평원에서 피로 얼룩진 악명을 쌓은 진두 원수를 새로운 정복자로 받아들일 엄두가 나지 않았다. 그래서 쿠니 가루에게 제발 머물러 달라고 애원했다.

"진두 원수와 나 사이에 오해가 생겼소. 내가 이곳에 있으면 그 오해가 더 깊어질 뿐이오."

말은 그렇게 했지만, 쿠니는 일찍이 단말마의 비명과 함께 죽어간 디무 시민들을 기억하고 있었다. 그는 판의 백성들마저 저버린다는 죄책감을 떨칠 수가 없었다.

쿠니는 널따랗게 펼쳐진 투투티카 호수를 바라보았다. 지평선에서 하늘과 맞닿은 호수는 바다처럼 넓었지만, 파도가 치지 않아서 수면이 거울처럼 매끄러웠다.

"이제 우린 마타가 어떻게 나오는지 보면서 기다리는 수밖에 없어. 마타가 우리 우정을 기억하고 모욕당했다는 생각을 버리면 좋을 텐데."

판에 입성한 마타 진두는 약탈을 통해 도시를 대청소하라고 명령했다. 부하들은 이미 제도의 부를 차지해도 좋다고 약속받은 상태였고, 마타는 그들의 즐거움을 막을 생각이 없었다. 그로서는 성의를 다해 자신을 환영한 판의 시민들을 학살하라고 부추기고 싶지는 않았지만, 그렇다고 굳이 막고 싶은 것도 아니었다.

차가운 겨울비가 쏟아지는 동안, 겁에 질린 시민들은 군인들의 칼을 피해 비에 젖어 미끄러운 길을 달려 달아났고, 제도의 개울은 서서히 붉은 빛으로 물들어갔다.

쿠니와 부하들은 판을 떠날 때 어린 에리시 황제를 황궁에 남겨두었다.

"나도 데리고 가 주시오. 그 학살자와 대면하고 싶지 않소."

소년 황제는 애걸했다. 쿠니는 한숨을 쉬며 자기도 어쩔 수 없노라고 말했다. 마타 진두는 이제 모든 티로 국가의 패왕을 자칭하는 인물이었다. 황제의 운명은 패왕의 손아귀에 있었다. 쿠니는 소매를 붙들고 늘어지는 에리시의 손을 떼어내고 돌아섰지만, 어린 황제의 가엾은 울음소리는 그 후로도 오랫동안 쿠니의 뇌리를 떠나지 않았다.

마타 진두의 부하들은 황궁의 보물 가운데 옮길 수 있는 것은 모조리 수레에 싣고 갔다. 그러고 나서 황제와 심복 몇 명을 안에 가둔 채 궁전의 문을 봉해 버렸다.

마타 진두는 자나 제국이 육국의 백성들에게 지은 죄를 소리 높여 열거한 다음, 황궁에 불을 질렀다. 치솟는 불길을 피할 곳이 없어진 소년 황제는 가장 높은 누각에서 뛰어내리는 모습이 마지막으로 목격되었다. 성난 불길은 더욱 크게 넘실거렸지만, 판의 백성들은 불길이 아무리 번져도 절대로 끄지 말라는 명령을 받았다. 황궁의 불은 결국 온 제도로 번져 나갔고, 화염은 무려 석 달 동안이나 타올랐다. 파괴된 제도에서 피어오른 재와 연기는 아득히 먼 하안에서도 하늘을 찌르는 검은 창처럼 보일 정도였다.

무궁성은 이제 흔적도 찾아볼 수 없었다.

"에리시 황제가 죽었으니 이제 제국은 멸망했다. 오늘부로 원수정(元首政)의 원년을 선포한다."

마타가 선언했다. 군중의 환호성은 시들했고, 열의도 느껴지지 않았다. 이 때문에 마타는 기분이 언짢았다.

마타 진두는 마피데레 황제의 능에도 부하들을 파견했다. 반란군 병사 가운데 황릉 공사에 끌려간 가족이나 친구를 두지 않은 사람은 없다시피 했다. 그렇게 끌려간 사람들은 대부분 부역 기간을 다 마치지 못하고 도중에 목숨을 잃었다. 복수심에 불타는 병사들은 너 나 할 것 없이 마피데레의 마지막 휴식처를 파괴하고 싶어 안달이 난 눈치였고, 마타가 보기에 이는 더없이 적절한 복수였다.

황릉은 위소티 산맥의 산 하나를 깊숙이 파고 들어가 땅속을 통째로 비우고 건설한 지하 도시였다.

마타 진두의 부하들은 도시로 들어가는 문을 재빨리 부쉈다. 티끌 한 점 없이 새하얀 대리석으로 만든 문이었다. 그 문 너머, 산의 지하에, 정교한 조각 장식으로 뒤덮인 구불구불한 통로가 미로처럼 펼쳐져 있었다. 함정이나 막다른 곳으로 이어지는 통로가 많았던 탓에 안전한 길이 어딘지 모르는 채로 횃불과 곡괭이를 들고 뛰어든 병사들 중에는 다치거나 목숨을 잃은 이가 많았다.

제대로 연결된 몇 안 되는 통로 끝에서, 지하 도시가 전모를 드러냈다. 옥으로 바닥을 깔고 수은을 채워 만든 수로와 웅덩이는 다라의 강과 바다를 본떠 만든 것이었고, 그 위로 다라의 여러 섬과 똑같이 조각한 금덩이와 은덩이가 솟아 있었다. 이 모형 섬들에는 주요한 지형지물이 비취와 진주, 산호, 그 밖의 여러 보석으로 재현되어 있었다.

본섬 한복판에 높다랗게 지은 받침대 위에, 마피데레 황제의 석관이 자리 잡고 있었다. 석관 주위를 둘러싼 조그만 관 여러 개의 주인은 황제가 총애한 애첩과 하인이었다. 내세에서 황제를 섬기도록 목이 졸려 살해당한 후 이곳에 순장된 이들이었다. 지하 도시의 천장에도 빛나는 보석들이 박혀 천체와 별들의 운행을 재현하고 있었고, 곳곳의 등불은 앞으로도 수천 년간 지하 도시를 환히 비추도록 땅속 깊숙한 곳에서 천천히 스며 나오는 기름으로 불을 밝히고 있었다.

지하 도시의 보석을 모조리 뽑아내고 실어 나를 수 있는 것은 남김없이 부수어 옮긴 다음, 병사들은 마피데레 황제의 시신을 석관에서 꺼내어 판 한복판의 텅 빈 키지 광장에서 채찍질을 했다. 채찍질이 끝난 후에는 분노한 군중이 시신에 달려들어 형체도 남지 않도록 갈가리 찢어발겼다.

한편 마타 진두의 병사들은 판의 시민과 인근 농촌의 주민들을 상대로 약탈을 계속했다. 고통에 찬 비명 소리와 살려 달라고 애원하는 소리가 메아리 쳤지만 귀를 기울이는 사람은 아무도 없었다.

마타 진두는 말을 타고 거리를 거닐며 폐허가 된 판을 둘러보았다. 원수를 갚고 나서 느낀 달콤한 기분은 연이은 배신으로 인한 실망감 때문에 씁쓸한 뒷맛을 남기며 바래졌다. 핀 진두가, 키코미 공주가, 그리고 이제는 형제처럼 여겼던 쿠니 가루마저 그를 배신했다.

판의 주인이 되었다는 기쁨은 공허하기만 했다. 결국 이 도시는 쿠니가 넘겨준 곳이지, 마타가 자신의 무력으로 정복한 곳이 아니었다. 원래 상상했던 기분하고는 하늘과 땅 차이였다.

마타는 길가에서 만가(挽歌)를 부르는 여성의 목소리를 듣고 말의 걸음을 늦추었다. 이즈음 판에서는 여성들의 곡소리가 심심찮게 들렸지만, 이 여성이 부르는 애달픈 노래는 어딘가 달랐다. 그 노래의 가락은 마타의 귀에서 가슴으로 이어지는 길을 익숙하게 달려갔다. 그가 어릴 적에 자주 듣던 노래였다.

언제나 마타의 곁을 지키던 라소 미로가 사연을 물으러 갔다가, 슬피 우는 여인을 데리고 마타 앞으로 돌아왔다.

"여인이여, 그대는 투노아 출신인가?"

날씬하고 키가 큰 그 여성은 지저분하고 구불구불한 앞머리를 쓸어 넘기고 마타를 응시했다. 마타는 그 여성의 검은 피부를 신기한 듯이 바라보았다. 피부색은 하안 사람 같았지만, 노랫소리는 분명 투노아 토박이였기 때문이었다.

"제 이름은 미라입니다. 투노아 사람이 맞습니다."

이 말에 반박하고 싶거든 해 보라는 듯, 미라는 당당하게 마타를 응시했다.

"제 부모님은 하안에서 고기잡이로 생계를 꾸리셨는데, 어느 날 다이란 한 마리가 우연히 아버지의 그물에 걸렸습니다. 현지에 주둔하던 자나군의 사령관은 아버지가 신성 모독을 저질렀다고 했습니다. 다이란이 황제의 어머니인 다사 황태후를 상징하는 신성한 물고기라는 이유로요. 분노한 신들을 달랜다는 명목으로 아버지는 사령관에게 금 열 냥을 바쳐야 했습니다. 저희 가족은 그 빚에서 빠져나오려고 투노아로 달아났지만, 그곳에서도 환영받지는 못했습니다. 하지만 제 오빠와 저는 둘 다 바인섬에서 태어났습니다. 투노아 군도에서도 가장 작고 외진 섬이지요."

마타는 고개를 끄덕였다. 투노아의 어부들은 인습에 연연하는 본섬의 코크루 농민들과 마찬가지로 외지 사람을 경계했으니, 빚을 못 갚아서 도망쳐 온 가족이라면 보나마나 경멸을 당했을 터였다. 설령 그 빚이 부당한 이유로 짊어진 것이라 할지라도. 마타는 낯선 땅을 고향 삼아 자라는 동안 마을 사람들의 손가락질을 받는 남매의 모습이 머릿속에 선히 그려졌다.

"이곳에는 어쩌다 오게 됐는가? 또 누구의 죽음을 추모하는 중이었는가?"

"제 오빠는 당신을 따라 바다를 건넜습니다. 이름은 마도 기로라고 합니다."

마타가 그 이름을 알아듣는 기색이 보이지 않자 잠시나마 기대를 품고 반짝이던 미라의 검은 눈은 다시 어두워졌다.

"오빠는 반란에 동참하라는 호소를 듣고 마을에서 맨 먼저 나선 사람이었습니다. 이 집 저 집 돌아다니며 부모들에게 아들을 군대에 보내 달라고 설득했지요. 당신이 조부이신 다주 원수보다 더 위대한 전사라면서, 당신이 코크루에 영광을 가져다줄 거라면서요. 열여섯 명이 오빠를 따라 파룬으로 떠났습니다."

마타는 고개를 끄덕였다. 그렇다면 이 여인의 오빠는 마타와 숙부를 따라 후노 크리마와 조파 시긴의 군대에 가담하기 위해 맨 처음 바다를 건넌 팔백 투노아 자제 가운데 한 명이었다. 그들은 마타가 무명이던 시절, 반란이 실패할 거라는 예상이 팽배하던 시절에 마타를 믿고 따른 부하들이었다.

"저는 고향에서 오빠를 기다렸습니다. 하지만 오빠의 편지는 어쩌다 한번 드물게 도착할 뿐이었지요. 오빠는 당신의 업적을 자랑스러워했습니다만, 당신의 눈에 들 만큼 출세하지는 못했던 것 같습니다. 물론 언제나 누구 못지않게 용감하게 싸웠을 테지만요. 어린 시절 다른 아이들이 괴롭힐 때 저를 지켜 줬던 것처럼."

마타는 이 여성의 오빠에 관해 뭐든 기억해야 마땅하다는 생각이 들었다. 하얀 사람의 용모를 지닌 병사라면 부대 안에서 눈에 띌 만도 했기 때문이었다. 그러나 마타의 머릿속에는 그의 얼굴도, 계급도, 하다못해 이름조차도 떠오르지 않았다.

마타는 오로지 자신의 무훈에만, 자신의 무력으로 세운 공적에만 정신이 팔려 있었다. 진두 일족의 이름에 영광을 돌려야 한다는 생각에 사로잡힌 나머지, 자신을 믿고 목숨을 맡긴 사람들이 누구인지 알아보려고도 하지 않았던 것이다. 수치심에 휩싸인 마타는 미라의 시선을 피해 눈을 돌렸다.

"저는 집에 남아 부모님을 보살폈지만, 지난 겨울에 카나 여신이 두 분을 모두 데려갔습니다. 그 후로 혼자 지내다가 마도 오빠에게서 편지를 한 통 받았지요. 거기에는 당신이 드디어 판에 입성했고 전쟁도 끝났다고 적혀 있었습니다. 그래서 짐을 꾸려 오빠를 찾아왔지요."

그러나 행복한 재회 대신, 미라가 마주한 것은 천으로 감싸인 채 커다란 구덩이에 던져진 오빠의 주검이었다. 마도는 황릉을 도굴하러 파견된 부대에 속해 있었다. 그는 함정과 연결된 석궁의 화살에 목숨을 잃었지만, 그 덕분에 동료들은 더 깊숙이 들어가 측면 묘실에 감춰진 보물을 찾을 수 있었다.

"운명이란 불공평한 법이지."

마타가 중얼거렸다. 그는 스스로도 놀랄 만큼 이 미라라는 여성에게 연민을 느꼈다. 어쩌면 고향에서 더 평탄한 삶을 살던 시절의 기억을 떠올리게 하는 미라의 억양 때문인지도 몰랐다. 어쩌면 얼굴 때문일 수도 있었다. 먼지와 말라붙은 눈물 자국으로 얼룩져 있었지만, 마타의 눈에 미라의 얼굴은 아름다워 보였다. 어쩌면 그토록 오랫동안 자신에게 충성한 부하를 조금도 기억하지 못하고 당황한 데서 비롯된 책임감 때문일 수도 있었다. 어쩌면, 죽은 병사에게 공감을 느꼈기 때문인지도 몰랐다. 용기 있게 나서서 위험한 임무를 떠맡았으나 결국에는 자신이 세운 공을 동료들에게 바친 그 병사에게.

마타의 눈에 뜨거운 눈물이 차올랐다.

"여인이여, 지금부터 내 곁에 머물도록 하라. 내가 보살펴 줄 테니 앞으로는 무엇 하나 부족함이 없을 것이다. 그대의 오라버니는 내가 승리할 가망이 조금도 안 보이던 때에 누구보다 먼저 나를 따라나선 용사였다. 내 그를 위해 용사에게 걸맞은 장례를 치러주겠다."

미라는 허리를 깊숙이 숙여 절을 한 다음, 조용히 행렬의 맨 뒤에 서서 마타의 진영까지 걸어갔다.

거리 한쪽에 움푹 들어간 공터에서, 걸인 한 명과 여승(女僧) 한 명이 마타와 미라의 대화를 말없이 지켜보았다.

아무도 그 둘을 눈여겨보지 않았다. 시체가 산을 이룰 지경이었던 판에는 장례식을 주관하려고 모여든 떠돌이 탁발승이 발에 채일 정도로 많았고, 마타의 부하들 때문에 집을 잃은 시민들은 구걸에 나서는 길밖에 없었기 때문이었다.

여승은 여느 탁발승과 마찬가지로 종파를 알아보기 힘든 검은색 승복 차림이었고, 머리 덮개 아래로 엿보이는 얼굴 또한 나이를 가늠하기 힘들었다. 그 뒤로 보이는 공터의 담장 위에는 커다랗고 시커먼 까마귀 한 마리가 앉아서 거리를 두리번거렸다.

"새 변장이 꽤 잘 어울리는군. 그 흰 옷은 망해 버린 제국을 추모하려고 입었나 보지?"

여승이 걸인에게 한 말이었다. 기분 나쁜 목소리, 날이 서 있으면서도 침울한, 그러면서도 비꼬는 목소리였다.

겉으로 드러난 걸인의 살갗은 벗어진 머리까지 포함하여 온통 그을음으로 뒤덮여 있었지만, 어깨에 걸친 여행용 망토는 이상하게도 티끌 한 점 없이 새하얬다. 만약 공터를 지나던 행인이 눈여겨보았다면 지팡이를 쥔 걸인의 왼손에 손가락이 한 개 부족한 것을 눈치챘을지도 몰랐다. 걸인은 한 걸음 뒤로 물러서서 차가운 회색 눈으로 여승을 가만히 바라보았다.

"그래, 이번 전쟁은 내 뜻대로 풀리지 않았어." 걸인이 여승의 말에 맞장구를 쳤다. "허나 결정타를 날린 주인공은 그대의 투사가 아니야. 우리 모두 속아 넘어간 셈이지."

한순간 여승의 얼굴이 붉어진 듯했지만, 머리 덮개의 그늘에 가려 알아보기가 힘들었다.

"쿠니 가루가 코크루의 아들인지는 몰라도, 나는 그에게서 이미 손을 뗐어. 내 자매 라파는 그를 마음에 들어 하는 모양이지만."

걸인은 입꼬리가 슬며시 올라가더니 어느새 히죽거리고 있었다.

"쌍둥이 여신과 피소웨오 사이에 불화가 싹트는 건가? 어쩌면 전쟁은 아직 안 끝났는지도 모르겠군."

여승은 걸인이 내민 미끼를 물지 않았다.

"마타에게서 떨어져. 그대가 늑대발섬에서 죽은 자나 군인들의 복수에 혈안이 된 건 나도 알아. 하지만 마타에게도 나름의 명분이 있었어."

"만약 피값을 치르는 것으로 모든 일이 해결된다면, 역사를 쓰는 것도 쉬운 일이었겠지. 허나 걱정할 것 없어, 내가 먼저 협정을 깨지는 않을 테니."

"그대가 마타 같은 필멸자에게 직접 해를 끼치는 일은 없을지도 모르지. 하지만 갑자기 불어닥친 돌풍이 마타 주위의 헐거운 깃대를 쓰러뜨리지 말라는 법은 없잖아? 아니면 지나가던 독수리가 마타의 머리를 바위로 착각하고 그 위에 거북이를 떨어뜨린다거나?"

걸인은 즐거워하는 기색 없이 쿡쿡 웃었다.

"누이여, 내가 그토록 저급한 술수에 의지할 거라고 생각하다니, 실망스럽군. 나는 타주하고는 달라. 그렇게 걱정이 되면 어미 닭처럼 계속 마타 주위를 맴돌아 보든가."

걸인은 공터를 떠나 멀어졌지만, 모퉁이를 돌아 사라지기 전에 고개를 돌리고 이렇게 말했다.

"나도 필멸자들을 지켜보면서 배운 게 꽤 많다네."

우리에
갇힌 늑대

제34장

위험한 연회

판

원수정 원년 3월

마타 진두가 제국의 통치에 종지부를 찍은 이상, 이제는 모든 반란군 지도자가 제각각 공에 걸맞은 상을 받을 차례였다. 진두 원수는 승전 축하연을 개최한다고 선포했다.

"이번 연회야말로 주디 공과 결판을 지을 기회입니다."

토룰루 페링의 말이었다.

쿠니의 참모진은 마타 진두가 보낸 초대장을 면밀히 검토했다.

샌 카루코노가 먼저 입을 열었다.

"진지하게 참석을 고려하시는 것은 아니겠지요, 설마. 진두 원수는 이때껏 면회조차 사양했습니다, 틀림없이 공께서 자신을 앞질러

판을 차지했다고 화가 나 있을 겁니다. 이번 연회는 함정입니다. 갔다가는 두 번 다시 돌아오지 못하실 겁니다."

"어차피 가루 공께는 선택의 여지가 없어." 코고 옐루의 말이었다. "참석을 안 하면 모두가 공의 불참 통보를 진두 원수에 대한 모욕으로 여길 테고, 앞서 판을 차지한 것 또한 원수를 고의로 욕보인 것처럼 비칠 거다. 그리고 이를 핑계로 원수가 가루 공을 배신자로 선포하면 모든 티로 국가는 그의 뜻을 따르겠지."

"난 우리가 왜 쩔쩔매고 있는지 도저히 모르겠는데. 판에 먼저 입성해서 에리시 황제를 생포한 사람은 가루 공이야. 수피 왕의 약속은 지켜져야 하는 거 아닌가?"

린 코다의 말이었다. 루안 지아가 물었다.

"코다 경은 전장에서 마타 진두를 이길 자신이 있습니까?"

"아니오."

"그럼 수피 왕의 약속 따위는 아무 의미도 없습니다. 지금 세상에서 통하는 화폐는 오로지 무력뿐이니까요. 가루 공이 갈 수밖에 없는 것은 공의 무력이 약하기 때문입니다. 주도권을 쥔 사람은 마타 진두입니다.

허나 연회에 모인 귀족들 앞에서 어떻게든 우리 처지를 상세히 밝힌다면 가루 공은 세상 사람들의 눈에 선량하고 충직한 사람으로 비칠 테고, 그렇게 되면 마타 진두는 공을 용서하는 수밖에 없습니다. 만약 그렇게 안 된다면, 우리는 다 끝장입니다."

쿠니는 참모들의 토론을 묵묵히 듣기만 했다. 그러다 결국에는 참모들의 의견도 바닥을 드러냈다.

"마타랑 나는 형제 사이야." 쿠니의 목소리는 나지막하고 침울했다. "난 아무 잘못도 안 했어. 그런데 왜 다들 나더러 핑계를 지어내서 내가 한 일을 변명하라는 식으로 이야기하는 거야? 그냥 진실을 있는 그대로 말하면 되잖아."

"공께서 말씀하시는 진실이란 뭡니까?" 코코 옐루가 물었다. "사람의 행동은 여러 가지 방식으로 해석할 수 있습니다. 관건은 그 행동이 남의 눈에 어떻게 비치는가이지, 행동한 사람의 의도가 무엇인가가 아닙니다."

"게피카 왕이 되고 싶다고 생각하신 적이 단 한 번도 없다고 진심으로 말씀하실 수 있습니까?" 루안 지아는 쿠니에게 물었다. "그 생각에 끌리신 적이 없습니까, 단 한 번도?"

쿠니는 황궁에서 한 짓들을 떠올리고 한숨을 쉬었다.

"루안 지아의 말이 맞아, 나한텐 선택의 여지고 뭐고 없어. 가서 마타 앞에 납작 엎드리고 용서해 달라고 빌 거야. 그다음은 기도나 하는 수밖에."

자신이 진심으로 잘못을 뉘우치고 있으며 마타에게 어떠한 위협도 가할 의사가 없었음을 보여 주기 위하여, 쿠니는 루안 지아와 뮌 사크리만 대동하고 연회에 참석하기로 했다.

"머리와 주먹을 나란히 고르셨군요." 뮌은 껄껄 웃으며 말했다. "됐습니다, 다른 사람은 안 가도 됩니다."

쿠니는 투투티카 호수에 차린 진영의 지휘권을 코고 옐루에게 맡기고 자신이 그날 저녁까지 돌아오지 않으면 부하들을 모두 챙겨서 주디 현으로 출발하도록 명령했다.

마타의 진영은 판의 바로 바깥쪽, 성으로 흘러드는 개울 옆의 언덕 위에 자리 잡고 있었다. 대화재로 잿더미가 된 판에서는 연기가 쉬지 않고 흘러왔고, 이 때문에 마타 진영의 축하 분위기에는 그늘이 드리워졌다.

진영으로 들어서는 길에 새 군복을 차려입은 병사들이 도열해 있었다. 반짝이는 창과 튼튼한 새 활은 그들이 점령한 제국의 무기고에서 방금 막 꺼내온 것이었다. 쿠니와 두 수행원을 바라보는 병사들의 눈에는 경멸하는 빛이 감돌았다. 쿠니는 목덜미의 털이 바짝 서는 느낌이 들었다. 쿠니의 본능은 그에게 지금 당장 줄행랑을 쳐서 투투티카 호숫가로 돌아가라고, 가서 모두에게 말에 올라 부리나케 달아나라는 명령을 내리라고 소곤거렸다.

그러나 루안 지아가 곁에서 어깨를 잡아 주었다. 쿠니는 숨을 깊이 들이쉰 다음, 마타 진두의 연회장으로 향하는 먼 길을 꿋꿋이 걸어갔다.

마타의 병사들은 진영에서 가장 커다란 천막을 개조하여 연회장을 마련했다. 줄지어 놓은 낮은 상 앞에는 육국의 모든 귀족과 지휘관이 앉을 자리가 마련되어 있었다. 천막 안쪽 끄트머리, 살짝 높게 지은 좌대 위에는 진두 원수와 최고의 귀빈들을 위한 상이 따로 차려져 있었다. 수피 왕은 본인 대신 참석할 특사를 파견했으나 특사의 자리는 얄궂게도 좌대 위가 아니었다.

쿠니는 자신과 루안의 자리가 천막 출입구 바로 앞인 것을 확인했다. 귀빈석으로부터 가장 멀리 떨어진 곳이었다. 한편 뮌은 아예 좌석을 배정받지도 못했다. 뮌의 자리는 천막 바깥쪽, 여러 귀족과 장수를 따라온 경호원 및 하급 장교가 대기하는 곳이었다.

"거 참, 마타 진두는 에둘러 말할 줄을 모르는 사람이군요."

루안은 천막 안을 찬찬히 둘러보며 말했다. 쿠니는 낸들 어쩌겠냐는 듯이 쓴웃음을 짓고는 다리를 쭉 뻗은 *사크리도* 자세로 바닥에 앉았다. 내심 불안하기는 했지만, 쿠니는 불안하다는 이유로 진수성찬과 맛난 술을 마다할 사람이 아니었다. 어느새 쿠니는 주위의 귀족들과 술잔을 부딪치며 맛있는 고기 요리를 신나게 쩝쩝거리고 있었다. 그야말로 주디 현에 살던 시절 자신이 주인공을 맡은 연회에서 보여 준 모습과 한 치도 다를 바가 없었다.

마타는 술잔을 들어 첫 번째 건배를 청했다.

"다라의 가장 고귀한 귀족 여러분. 일 년 하고도 반 년 동안, 우리는 안장 위에서 낮을 보내고 별빛 아래서 잠을 청했소. 그러나 결국에는 자나 제국이라는 거악을 무너뜨렸소. 한때는 모두가 불가능하다고 여겼던 위업을 달성한 것이오!"

"옳소! 옳소!"

마타는 술잔을 단숨에 비우고 바닥으로 집어 던졌다.

"그러나 우리 모두가 한마음이 되어 싸운 것은 아니오. 내가 형제 같은 부하들과 함께 제국의 강력한 총공세를 막아내는 동안, 우리 가운데 어떤 자들은 쥐새끼처럼 행동했소. 귀빈들이 대화를 나누는 동안 연회장의 음식을 야금야금 훔쳐 먹는 쥐새끼 말이오. 그런 자들을 어떻게 하면 좋겠소?"

연회장에 모인 귀족들은 말이 없었다. 누구도 차마 쿠니 가루를 돌아보지 못했다.

쿠니는 자리에서 일어섰다.

"형제여, 우선 귀공이 거둔 대승을 축하드리는 바이오. 늑대발섬 전투는 모든 인간의 기억 속에 용기의 대명사로서, 신이 지상에 친히 발을 디딘 날로서 길이 남을 것이오. 영예로써 귀공과 어깨를 나란히 할 자는 영원토록 없을 거요. 언젠가 귀공과 함께 주디 성의 성벽 위에 선 적이 있다는 사실을 떠올리는 것만으로도, 나는 가슴이 벅차다오."

하인이 술이 담긴 새 잔을 올렸지만, 마타는 그 잔을 받지 않았다. 빈객 중에는 쿠니의 인사말을 들으며 술잔을 든 사람도 있었으나 그들도 이내 분위기를 눈치채고 잔을 내렸다. 쿠니는 멋쩍게 서서 기다리다가 혼자 술잔을 비웠다.

마침내 마타가 입을 열었다.

"쿠니 가루. 그대는 자신이 뭘 잘못했는지 아는가?"

"형제여, 혹시 내가 결례를 저질렀다면 여기 모이신 귀족 제현 앞에서 깊이 사과하겠소. 귀공이 늑대발섬에서 힘을 발휘해 준 덕분에 나는 제국의 심장부에 기습을 감행할 기회를 얻었소. 나는 반란군이 도와준 덕분에 성공할 수 있었던 거요. 귀공이 도와준 덕분에."

"형제 같은 소리 집어치워! 너는 명성과 재물에 혹한 나머지 황제가 나의 군대에 정신이 팔린 틈을 타 더러운 술수를 동원하여 판에 기어들었다. 너는 황궁의 금은보화를 제 것이라 선언했고, 판과 게피카 평원에 사는 백성들의 마음을 농락하여 왕좌에 오르려는 너의 흑심을 지지토록 했다. 너는 반란의 결실을 독차지함으로써 너보다 훨씬 더 용감하고 고결한 이들이 마땅히 누려야 할 상을 빼앗으려 했다. 또한 너는 무모하게도 소코 협곡에 군대를 주둔시켜 다른 반란군 지휘관들의 부대를 막으려 했다. 마치 네가 우리 반란군의 동등한 장수들 가운데 으뜸인 것처럼. 이 죄상들 가운데 어느 것 하나라도 부정할 수 있겠느냐?"

그 죄의 목록은 토룰루 페링의 작품이었다. 마타는 원래 쿠니가 도착하면 곧바로 붙잡아서 독대하는 자리를 마련하고 배신의 명분을 캐물을 작정이었다. 그러나 페링은 연회에 모인 귀족들 앞에서 쿠니를 심판하여 진두 원수의 정의로움과 쿠니 가루의 악함을 만천하에 보여 주는 것이 최선이라고 설명했다. 어쨌거나 쿠니는 에리시 황제를 생포한 장본인이었고, 온 세상이 수피 왕의 약속을 똑똑히 기억하기 때문이었다. 쿠니의 변명은 사람들에게 불의한 핑계로 보여야만 했다.

쿠니는 루안 지아를 흘깃 돌아보았다. 루안은 손가락으로 자기 눈을 가리키고 있었다. *중요한 것은 눈에 보이는 행동입니다, 의도가 아니라.*

쿠니는 한바탕 연극을 하는 수밖에 없다는 것을 그제야 깨달았다. 설령 그 연극을 통해 마타와 쌓은 우정이 돌이킬 수 없이 부서져 버린다 해도. 연극이라고 해서 거짓말만 늘어놓을 생각은 없었지만, 마타와 영광을 함께한다는 꿈은 물거품이 될 터였다. 쿠니는 누가 심장에 단검을 꽂고 비트는 것처럼 가슴이 아렸다.

"진두 원수님, 소인은 원수님께서 잘못된 조언에 귀를 기울이신 것 같아 걱정됩니다."

쿠니의 목소리는 차분했고, 표정 또한 겸손하고 서글퍼 보였다.

토룰루 페링은 마타에게 쿠니가 무슨 말을 해도 귀담아 듣지 말라고 했지만, 마타는 치솟는 호기심을 이기지 못했다.

"그게 무슨 소리냐?"

"원수께서 소인이 한 행동 때문에 벌을 내리신다면, 모든 용기 있는 자들의 가슴이 싸늘하게 식을 것입니다. 사실 소인은 원수의 의중을 파악하고 원수의 소원을 소중히 여겼을 따름입니다. 원수께 최고의 영예를 마련해 드릴 목적으로 그런 행동을 했던 것입니다. 소인은 그저 민들레에 지나지 않습니다, 국화가 만개하는 꿈을 이룰 수 있도록 단단하고 거친 땅을 미리 부드럽게 하는 민들레 말입니다."

마타는 그 말에 마음이 풀렸다.

"차근차근 설명해 봐라."

"제가 병사 500명을 데리고 판에 입성한 것은 원수께서 늑대발섬에서 치르신 희생을 이용하기 위해서가 아니었습니다, 오히려 원수의 공을 최대한 드높이기 위해서였습니다.

생각해 보십시오, 판과 게피카 평원에는 제국군의 정예 부대가 여럿 주둔하고 있었습니다. 그야말로 정예 중의 최정예였습니다. 진두 원수님, 원수님께서 아무리 용맹한 장수라 한들 오랜 시간과 수많은 부하들의 목숨을 대가로 치르지 않고서 과연 그 지역을 평정하실 수 있었겠습니까?"

그 말을 곰곰이 생각하던 마타는 거의 알아보기도 힘들 만큼 살짝 고개를 저었다.

"저는 제국의 목을 단칼에 쳐서 헛되이 죽을지도 모를 선량한 병사들의 수를 줄이고자 도박을 걸었던 것입니다. 원수께서 혼자 힘으로 제국군을 무찌르실 수 있다는 것은 잘 알고 있었습니다, 그렇다 하더라도 투노아에서부터 원수님을 따라온 충성스러운 부하들의 목숨을 보전하려고 애쓰는 것은 좋은 일이 아닙니까? 제가 행동에 나섬으로써 아들을 잃는 어머니가, 남편을 잃는 아내가, 형제를 잃는 누이가 한 명 덜 생기도록 할 수 있다면, 그렇다면 행동에 나서는 것이 저의 의무가 아니겠습니까?"

미라가 부르던 애도의 노래가 마타의 머릿속에 떠올랐다. 이윽고 마타의 표정에서 노여워하는 기색이 사라졌다.

"일단 판에 입성한 후에, 저희는 황궁의 보물을 지키는 임시 관리자를 자처하며 원수께서 도착하시기를 기다렸습니다. 물론 고생 끝에 승리한 자들이 다 그렇듯이 소소한 약탈을 얼마간 일삼은 것까지 부정할 수는 없을 것입니다.

제 수하인 코고 옐루는 황실 문서고를 세심하게 지켰습니다, 원수께서 판에 입성하시면 효율적으로 통치하실 수 있도록 말입니다. 저희는 제국의 국고에서 아무것도 챙기지 않았고, 제국의 병기창도 건드리지 않았으며, 판의 백성들에게서도 무엇 하나 빼앗지 않았습니다. 원수께서 개선하실 때 백성들이 반갑게 맞이할 수 있도록 준비해 놓았던 것입니다. 그런 후에 원수께서 오신다는 소식을 듣자

마자 판에서 철수했습니다.

저희는 그 모든 일을 원수님의 이름 아래 행하면서 원수님의 영광을 위해 길을 닦았습니다. 혹시라도 제가 야망을 품었다고 생각하셨다면, 그렇다면 저를 철저히 오해하신 것입니다."

쿠니 가루는 목이 메어 말을 잇지 못하더니, 울음을 삼키면서 살며시 눈물을 닦기까지 했다.

토룰루 페링은 어이가 없다는 듯이 허공을 올려다보았다. 이 쿠니 가루라는 작자는 훌륭한 배우이자 거짓말쟁이였다. 그가 판에서 한 행동이 모두 마타의 이익을 위한 것이었다니, 터무니없는 궤변이었다. 쿠니가 백성들의 환심을 사려 한 까닭은 나중에 마타 진두가 펼칠 강압적이고 잔학한 점령 통치와 비교할 거리를 미리 만들어 두기 위해서였다. 이런 식의 정치 놀음에서는 마타가 자신의 발꿈치도 쫓아오지 못한다는 사실을 무기로 삼았던 것이다.

페링은 쿠니 가루가 언변이 뛰어나기로 유명하다는 것을 잘 알았다. 검은 것을 희다고 우기고 옳고 그름에 관하여 번지르르한 주장을 펴는 능력으로 따지면, 쿠니는 전문 송사와 맞먹을 정도였다. 쿠니 가루의 입심 앞에서 마타 진두는 한 입 거리였다. 페링은 공개 재판이 쿠니의 승리로 끝날 줄 몰랐던 자신의 짧은 생각을 속으로 탄식했다.

쿠니는 말을 이어 나갔다.

"소코 협곡의 고아 요새에 주둔한 부대는 뿔뿔이 흩어진 제국군의 잔당이 판으로 돌아오지 못하게 막으라는 명령을 받았습니다. 그런데 반란의 결실을 지키려는 열의가 지나쳤던 탓에, 물론 그 결실을 거둘 자격이 누구보다 원수님께 있다는 것은 저희 모두 잘 아는 바입니다만, 아무튼 열의가 지나쳐서 그만 오해를 하고 원수님께 걸맞은 환영의 예를 갖추지 못했던 것입니다. 그 결례를 저지른 책임자는 이미 처벌을 받았습니다."

진두 원수는 미심쩍어 하는 눈치였다.

"하지만 너의 부하인 로 미노세가 나를 찾아와 말하길, 너는 스스로 왕위에 오를 준비를 하는 중이라고 했다. 아예 황제가 되려 하는지도 모른다면서. 또 너의 부하들은 악의로 가득한 소문을 퍼뜨리는 중이라고도 했다, 백성들이 내게서 마음을 돌려 너를 따르도록."

토룰루 페링은 어떻게든 마타 진두에게 입을 다물라는 말을 전하고 싶었다. 로 미노세의 이름을 꺼내다니, 쿠니의 심복들에게 보복을 하라고 아예 미노세의 등에 과녁을 그려 주는 꼴이었다. 게다가 이제 마타가 귀순자의 이름을 숨길 만큼도 조심성이 없다는 것이 드러난 이상, 장차 누가 쿠니 진영을 떠나 마타의 휘하로 들어오려고 하겠는가?

쿠니는 두 손을 펴 보이며 절절하게 호소했다.

"만약 로 미노세가 저를 배신했다면 원수님 또한 배신하지 않으리라는 보장이 있습니까? 배신자의 말에 귀를 기울여서는 안 됩니다, 그런 자들은 자신의 이익을 위해서라면 거짓말을 서슴지 않는 법입니다."

그 말에 페링은 코웃음을 쳤지만, 마타 진두는 생각을 고쳐먹는 눈치였다.

"방금 한 말이 모두 사실이라고 맹세하는가?"

"현자 콘 피지의 모든 책을 걸고 맹세합니다."

"그렇다면 내가 사과하겠소, 가루 공. 그대의 진심을 의심해서 미안하오. 자, 이제 나와 건배하겠소?"

하인이 술을 가득 따른 잔을 마타에게 올렸고, 마타는 그 잔을 받아 쿠니가 있는 쪽을 향해 들어올렸다.

쿠니는 자신의 술잔을 단숨에 비웠다. *그래도 나를 형제라고 부르지는 않는군.* 그 술은 최고로 값진 포도주였지만, 술을 들이켜는 동안 쿠니는 목구멍이 타들어가는 듯 쓰라렸다. 이제 다시는 마타와 흉금을 털어놓는 사이로 돌아가지 못하리라는 것을 깨달은 탓이었다. *중요한 것은 눈에 보이는 행동이야, 의도가 아니라.*

다른 빈객들도 분위기가 풀리는 기색을 알아차리고 앞 다투어 잔을 들었다. 이내 곳곳에서 술잔을 부딪히는 소리가 들려왔고, 연회장 천막 안은 다시금 흥겨운 분위기로 돌아갔다.

쿠니는 자리에 앉아 이마의 땀을 훔쳤다.

"아슬아슬했어."

쿠니의 말에 루안은 고개를 끄덕였다. 위기를 넘겼는지는 아직 확실치 않았다. 루안은 토룰루 페링에게서 눈을 떼지 않았다. 마타 진두 진영의 수뇌부에서 큰 그림을 볼 줄 아는 자는 아무래도 페링뿐인 듯싶었다.

한편 페링은 마타 진두의 시선을 끌려고 애썼다. 그러다 마타가 마침내 자신 쪽으로 눈을 돌리자, 페링은 상 한복판에 놓인 장식품을 들어올렸다. 발이 세 개 달린 커다란 그 옥 술잔은 고대 아노어로 *쿠니킨*이라 불리는 제사용 그릇이었다. 페링은 쿠니킨을 바닥에 던져 깨뜨리는 시늉을 했다.

마타는 고개를 젓고 시선을 다른 쪽으로 돌렸다. 페링은 마타가 다시 자기 쪽을 볼 때까지 기다렸다가 한 번 더 *쿠니킨*을 머리 위로 들고 깨뜨리는 시늉을 했다. 마타는 또다시 눈을 돌려 버렸다. 그 소리 없는 대화는 몇 번 더 반복됐고, 그때마다 마타는 고개를 가로저었다.

페링의 입에서 한숨이 흘러나왔다. 이보다 더 노골적으로 뜻을 전하기란 불가능하기 때문이었다. 쿠니의 행동거지를 실제로 목격하고 나서, 페링은 쿠니가 마타의 권위에 맞설 가장 위험한 도전자인 것을 알아차렸다. 이 자리에서 당장 처치하지 않으면 나중에 감당치 못할 위협으로 성장할 인물이었다. 진두 원수가 공개 석상에서 쿠니를 배신자로 만들었다면 좋았을 테지만 쿠니는 교활한 세치 혀로 위기를 모면했고, 이렇게 된 이상 페링은 진두 원수가 참살이라는 노골적인 수단을 동원하기를 바랐다.

페링은 쿠니 가루가 판에서 사용한 전술을 꼼꼼히 검토했다. 이 가루라는 자가 야망을 품고 있다는 것, 또한 마타 진두가 멸망할 때까지 결코 만족할 리 없다는 것은 의심할 여지도 없었다. 그러나 마타는 동정심을 떨치지 못했다. 이제 페링 스스로 힘든 결정을 내려야 할 때였다.

페링은 자리에서 일어나 빈객들과 잔을 부딪히며 천천히 로 미노세 쪽으로 다가갔다. 그런 다음 미노세를 한쪽으로 데려가 나지막이 소곤거렸다.

"진두 원수께서 너에게 특별 임무를 내리셨다. 네가 배신한 것을 알아 버린 이상, 쿠니 가루는 너를 세상 누구보다도 증오할 것이다. 진두 원수께서는 네가 충성스러운 행동으로 네 고발의 신빙성을 입증하기를 바라신다."

자신의 앞날을 걱정하느라 시무룩해 있던 미노세는 그 말을 듣고 덜컥 겁이 났다.

"원수께서 저더러 쿠니 가루를 죽이라고 하셨단 말입니까?"

페링은 고개를 끄덕였다.

"쿠니 가루는 교활한 말솜씨로 여기 모인 빈객들을 속였다. 그러니 공개적으로 참살하는 방법은 쓸 수가 없다. 사고처럼 보이도록 위장할 수 있겠느냐?"

미노세는 망설였다. 자신이 처한 상황이 영 마뜩잖아서였다. 진두 원수는 쿠니 가루의 부하들이 보복을 하도록 미노세의 정체를 노출시켰다. 게다가 원수는 쿠니의 요설에 넘어가서 앞으로도 미노세를 신용하지 않을 눈치였다. 두 진영 사이에서 꼼짝달싹 못 하게 된 미노세는 자신의 앞날을 위해 무슨 수든 쓰지 않으면 안 될 처지였다.

"만약 제가 이 임무를 맡으면, 원수께서 본인의 명예를 지키려고 제게 모든 책임을 뒤집어씌우시는 일은 없겠지요? 저는 확답을 받아야겠습니다."

"감히 어디서 거래를 하려는 것이냐!"

소곤거리는 페링의 목소리는 싸늘했다.

"하인은 두 주인을 섬길 수 없는 법. 너에게는 한쪽을 택하고 그쪽에 붙는 길밖에 없다. 원수께서 너를 돌봐 주실 거라고 믿든가, 아니면 혼자 힘으로 쿠니 가루의 분노를 떠안든가.”

미노세는 이를 악 물고 비장한 표정으로 고개를 끄덕였다.

페링이 자리로 돌아가는 사이에 미노세가 자리에서 일어서더니, 술에 취해 비틀거리는 시늉을 했다.

“귀빈 여러분, 재미난 여흥도 없이 안주와 술만 즐기시려니 지루하실 겁니다. 코크루에는 연회에서 검무(劍舞)를 즐기는 전통이 있습니다. 투박한 솜씨나마 너그러이 봐 주신다면, 오늘 만장하신 귀빈 여러분 앞에서 제가 검무로 흥을 한번 돋워 보겠습니다.”

이에 빈객들은 박수갈채와 휘파람으로 화답했고, 페링은 음악을 연주하라고 지시했다. 야자 비파를 타는 소리와 고래 가죽 북을 두드리는 소리가 어우러져 당김음을 만들면서 분위기를 고조시키는 가운데, 미노세가 검을 뽑아 들고 춤을 추기 시작했다. 훌쩍 뛰어오르고, 검을 받아 쳐내는 시늉을 하고, 머리 위로 검을 휘둘러 칼날에 반사된 검광으로 피어나는 국화처럼 번쩍이는 원을 그리면서, 미노세는 쿠니 가루가 앉아 있는 상 쪽으로 천천히 다가갔다.

빈객들이 환호하는 동안 페링은 마타 진두의 귀에 대고 뭔가 속삭였다. 마타는 착잡함이 가득한 표정을 지었지만, 미노세의 검이 서늘한 바람을 흘리며 쿠니에게 점점 더 가까워지는 동안 입을 꾹 다문 채 아무 말도 하지 않았다.

* * *

라소 미로는 미노세의 검무를 지켜보며 이맛살을 찌푸렸다.

검무라면 라소도 익히 아는 기예였건만, 미노세는 가루 공에게 어찌나 가까이 붙어서 춤을 추었던지 가끔씩 칼날이 가루 공의 몸에서 한 뼘도 안 되는 거리를 스치곤 했다. 가루 공은 억지로 웃는 듯한 표정이었고, 어느새 자리에서 일어나 미노세가 휘두르는 검을 피해 이쪽저쪽으로 어색하게 뛰고 있었다.

뭔가 잘못 돌아가고 있었다. 라소는 주디 현에서 가루 공을 따라 싸우는 동안 점점 그가 마음에 들었다. 가루 공은 평민 출신 병사들의 마음을 진심으로 이해하는 사람 같다는 이야기를 형인 다피로와 종종 나누었기에, 라소는 가루 공의 연설에 설득된 진두 원수를 보며 기뻐했다. 가루 공이 원수를 배신했을 거라고는 도저히 믿을 수 없었기 때문이었다.

그런데 지금, 이미 배신자로 밝혀진 로 미노세가, 가루 공을 살해하려는 것처럼 보였다. 만약 미노세가 성공하면 어리석은 자들은 진두 원수가 용맹스러운 친구를 질투하여 죽이도록 허락했다고 수군거릴지도 몰랐다. 고작 500명을 데리고 판을 점령한 용맹스러운 친구를!

라소는 마타 진두의 명예를 지켜야 했다.

자리에서 일어난 라소가 검을 뽑아 들었다.

"저도 코크루 출신입니다. 혼자 추는 검무는 심심하기 짝이 없지요. 제가 한 수 거들겠습니다."

라소는 음악에 맞춰 검을 휘두르기 시작하더니 순식간에 미노세 곁으로 다가갔다. 둘의 검은 부딪혔다가 호를 그리며 떨어졌고, 다시 부딪혔다. 라소는 미노세의 검이 가루 공에게 가까이 가지 못하도록 혼신의 힘을 다했다.

그러나 라소는 일개 평민 출신 병사였고, 미노세는 병사가 상대하기에는 턱없이 훌륭한 검객이었다.

루안 지아는 실례한다는 인사를 남기고 자리에서 일어섰다. 그는 서둘러 천막을 나와 바깥에 있던 뮌 사크리를 찾았다.

"사크리 공께서 도와주셔야겠습니다. 우리가 가만히 있으면 가루 공은 '사고'로 돌아가실 겁니다."

뮌은 고개를 끄덕이고 입가에 묻은 기름을 소매로 닦은 다음 한 손에는 방패를, 다른 손에는 짧은 검을 들었다. 뮌의 방패는 그가 직접 고안한 특이한 물건이었다. 방패 바깥 면에 푸줏간용 갈고리를 줄줄이 박아 놓은 덕분에 상대의 검을 쉽게 붙잡을 수 있었고, 휙 비틀면 상대는 손에 쥔 검을 놓칠 수밖에 없었다.

루안 지아가 뒤에서 종종걸음으로 쫓아가는 사이에 뮌은 커다란 천막을 향해 돌진했다. 입구를 지키던 경비병이 막아서려 하자 뮌은 분노가 이글거리는 눈을 부라렸다. 경비병들이 어쩔 줄을 몰라 머뭇거리는 사이, 뮌은 이미 그들의 등 뒤에 있었다.

천막 안으로 뛰어든 뮌은 쿠니 가루가 앉은 상 바로 옆에 우뚝 섰다. 넓게 벌린 양다리를 힘주어 디딘 채로, 뮌은 허파가 터질 기세로 힘껏 외쳤다. 돼지 떼가 꿀꿀거리는 소리를 뚫고 사람들을 부르던 소싯적의 그 목청이었다.

"멈추지 못할까!"

연회장의 빈객들은 잠시 자기 귀가 먹은 게 아닌가 하고 의심했다. 미노세와 라소는 화들짝 놀라 서로에게서 떨어졌다. 음악 소리가 뚝 끊겼다. 천막 안은 바늘이 떨어지는 소리도 들릴 것처럼 고요했다.

"거기 있는 자 누구냐?"

맨 먼저 정신을 차린 마타가 물었다.

"소인은 뮌 사크리, 가루 공의 미천한 부하입니다."

마타는 주디 현에서 뮌과 나란히 싸우던 기억이 떠올랐다.

"기억나는군. 그대는 두려움을 모르는 훌륭한 전사였지. 여봐라, 저 장수에게 고기와 술을 가져다주어라."

뮌은 자리에 앉지도 않은 채 하인이 가져온 고기 쟁반을 받아 들고 제자리에 우뚝 서 있었다. 그러더니 구운 고깃덩이를 덥석 집어서 방패 앞쪽의 갈고리에 건 다음, 검으로 고기를 잘게 썰기 시작했다. 뮌은 고기를 우걱우걱 먹어 치우면서 다른 빈객의 술잔을 빼앗아 꿀꺽꿀꺽 들이켰다. 좌중은 뮌의 우악스러운 기세에 질려 멍하니 지켜볼 뿐이었다. 그야말로 역사책에서 불쑥 튀어나온 야만인 같은 뮌 앞에서 빈객들은 하나같이 노쇠하고 약하고 왜소한 사람이 된 기분이 들었다.

"진두 원수님, 원수님께서 저를 이때껏 기억해 주시다니 깜짝 놀랐습니다. 저는 원수님께서 주디 현의 친구들을 까맣게 잊어버리신 줄 알았습니다."

마타 진두는 그 말에 얼굴을 붉힐 뿐, 말이 없었다.

"가루 공이 원수님보다 먼저 판에 입성했는지는 몰라도, 우리는 모두 같은 편입니다. 제국에 맞서 함께 싸운 전우란 말입니다. 가루 공은 원수님의 명예를 드높이고 스스로 한 일을 설명하려고 최선을 다했습니다. 그런데도 원수님께서는 여전히 가루 공을 핍박하십니다. 심지어 부하들이 가루 공을 해치려 하는데도 보고만 계십니다. 제가 원수님을 모르는 자였다면, 아마 원수님께서 가루 공이 백성들에게 누리는 인기를 질투해서 그러셨을 거라고 오해했을 겁니다."

마타 진두는 억지로 껄껄 웃었다.

"그대는 선량한 자로구나. 나는 주군을 지키기 위해 진심을 밝히는 충성스러운 부하를 늘 높이 평가했다. 가루 공과 나는 이미 오해를 풀었다. 그러니 걱정하지 마라."

마타는 미노세와 라소에게 앉으라고 손짓했고, 연회는 다시 이전의 분위기로 돌아갔다. 그러나 그 흥겨운 분위기는 몹시도 부자연스럽게 느껴졌다.

루안 지아가 귀엣말을 속삭이자 쿠니는 고개를 끄덕였다.

잠시 후, 쿠니는 배를 감싸 안고 자리에서 일어나 하인에게 측간이 어느 쪽이냐고 물었다. 천막을 나서는 쿠니의 뒤를 뮌 사크리가 따라갔다.

"가루 공은 혼자서는 볼일 보러 가는 것도 불안한가 보지요?"

페링이 이렇게 비꼬자 주위에 앉아 있던 사람들이 키득거렸다.

"가루 공께서 술과 안주를 너무 급히 드시는 바람에 그만."

페링에게 대꾸하는 루안 지아의 목소리는 차분했다.

"뮌은 천막 안에 앉아 있기가 불편해서 나갔을 뿐입니다. 다른 전사들과 함께 바깥에 머무는 것이 더 편하다는군요."

페링은 미노세와 경비병 몇 명에게 나직한 목소리로 지시를 내렸다. 그들은 쿠니를 처리할 준비를 하려고 천막을 나섰다.

물러 터진 마타 진두는 오랜 친구인 쿠니가 장차 위협이 되리라고 생각하지 않았지만, 페링은 쿠니 가루가 무사히 빠져나가도록 놔두지 않을 작정이었다. 충성스러운 심복과 병사들이 곁에 없는 지금은 쿠니를 처치할 절호의 기회였다. 일단 쿠니 가루의 머리를 높이 매달아 놓으면 그의 부하들에게 남은 길은 항복뿐이었다.

반시간쯤 지났을 무렵, 페링은 슬슬 조바심이 났다. 쿠니 가루와 뮌 사크리의 자리는 여전히 비어 있었다. 그리고 그 둘을 처리하러 간 미노세 역시 코빼기도 보이지 않았다.

"루안 지아, 가루 공은 어디에 갔는가?"

마타 진두가 물었다. 루안은 일어서서 깊숙이 허리를 숙였다.

"인사도 없이 떠난 가루 공의 결례를 제가 대신 사과드리겠습니다. 가루 공은 속이 좋지 않아서 이미 진영으로 돌아갔습니다. 가면서 진두 원수님께 바치는 선물을 남겼는데, 제가 지금 올리겠습니다."

루안 지아가 보석과 골동품이 담긴 쟁반을 들고 앞으로 나서자 마타는 웃으며 고맙다고 인사했다. 그러나 속은 적잖이 언짢았다. 서둘러 떠난 것으로 보아 쿠니는 두려워하는 눈치였다. 마타가 자신을 해치지 않으리라고 믿지 못하는 것처럼. 앞서 뮌의 발언을 듣고 나서, 마타는 다른 이들도 실은 자신이 쿠니를 질투한다고 생각하는 것은 아닌가 싶어 불안해졌다.

토룰루 페링은 낙담한 기색을 감출 여력조차 없었다. 그는 벌떡 일어서서 앞에 놓인 *쿠니킨*을 붙잡아 발치에 내던져 산산조각냈다.

"이미 엎질러진 물이야!" 페링은 누구한테랄 것도 없이 중얼거렸다. "오늘의 실수는 장차 우리 모두를 괴롭힐 것이다."

루안 지아는 빈객들에게 작별 인사를 남기고 연회장을 나섰다.

이틀 후, 변소를 청소하던 병사들이 로 미노세의 주검을 발견했다. 누가 봐도 술에 잔뜩 취해 변소에 들어갔다가 분뇨 구덩이에 빠져 혼자 익사한 모양새였다.

쿠니 가루와 뮌 사크리가 돌아오자마자 쿠니의 부하들은 투투티카 호숫가를 따라 이동하여 어느 산기슭에 진을 쳤다. 추격대가 접근하면 멀리서도 금세 알아볼 수 있는 위치였다. 말들은 금방이라도 출발할 준비가 되어 있었고, 병사들은 마타 진두가 습격할 낌새만 보여도 퇴각할 수 있도록 만반의 대비를 갖추었다.

그러나 습격은 없었다. 보아하니 진두 원수는 쿠니의 사과에 만족한 모양이었다. 토룰루 페링의 격한 행동은 술 취한 노인의 갑작스러운 무례 정도로 여겨진 듯했다.

제35장

신세계

판

원수정 원년 5월

마타 진두는 천막 안에 앉아서 자신이 나누어 줄 새 인장들을 가만히 내려다보았다.

인장 한 개를 집어 들고서, 마타는 옥의 서늘한 기운이 느껴지는 표면과 밀랍에 대고 누르면 권력을 의미하는 글자가 찍히는 세밀한 조각 부분을 손끝으로 어루만졌다. 이는 곧 새 티로 국가의 권위를 상징했다. 인장을 쥔 마타의 손에 힘이 들어갔다. 결코 양보할 수 없는 자기 몸의 일부인 양.

마타는 한숨과 함께 인장을 내려놓았다. 그러고는 다른 인장을 집어 들었다.

코크루의 수피 왕은 진두 원수에게 보내는 서한에서 이번 사안에 관한 본인의 견해를 다음과 같이 밝혔다. 반란이 성공하는 데에 기여한 바가 상대적으로 미미하기는 하나 쿠니 가루는 수피 왕이 약속한 조건을 실제로 충족했으므로, 왕은 아무쪼록 진두 원수가 원래의 약속을 존중하여 게피카 평원에 새 티로 국가를 세우고 쿠니에게 상으로 주기를 바란다는 내용이었다.

마타는 수피 왕의 서한 두루마리를 역겹다는 듯이 땅바닥에 패대기치고 발로 짓뭉갰다. 두루마리는 밀랍 문자가 모조리 벗겨져서 진흙과 섞이는 바람에 결국 읽지도 못할 지경이 되고 말았다. 마타는 그 양치기 소년의 말에 더는 귀를 기울이고 싶지 않았다. 코크루군 원수라는 해묵은 직함도 이제는 지긋지긋했다. 마타는 제국을 거꾸러뜨렸고, 이로써 스스로 패왕의 자리에 올랐다. 그러므로 사람들에게 상을 내리는 기준 또한 스스로 정할 작정이었다.

솔직히, 티로 국가 하나를 새로 만들 거라면 두 개는 왜 못 만든단 말인가? 열 개는? 스무 개는?

육국의 왕들은 저마다 왕이라는 지위에 걸맞은 존경을 받을 자격이 없다는 것을 늑대발섬에서 스스로 입증했다. 그런 그들이, 어째서 마타 진두가 이룬 업적 덕분에 이득을 봐야 한단 말인가? 마타는 세월이 흐르는 동안 귀족 계급이 점점 더 타락한 것을 깨달았다. 그것이야말로 고귀한 혈통을 타고난 인간들이 그토록 불명예스러운 짓을 저지르는 이유였다.

다라 제도의 운명을 손안에 거머쥔 지금, 마타는 그런 패거리를 깨끗이 쓸어버리고 귀족이라는 오래된 이름에 다시금 명예를 부여

할 작정이었다. 세계를 더 완벽한 곳으로 뜯어고치고 싶었다. 마타에게 그럴 명분이 있느냐고? 가장 강대한 군대를 보유한 것만으로 충분하지 않은가? 불만을 품은 자가 있다면 전장에서 말하라고 하면 그만이었다.

육국의 수장은 자기 나라가 불타고 백성들이 죽어가는 동안, 빙둘러앉아 지리멸렬한 회의에 몰두했다. 마타는 그런 실수를 저지르고 싶지 않았다. 망설이지 않고 행동에 나서고 싶었다.

그 첫걸음으로, 마타는 세계를 여러 조각으로 새롭게 나누어 자신이 보기에 자격이 충분한 자들에게 나누어 줄 생각이었다. 마피데레의 패착은 자리에 걸맞은 품성이 부족한 자들을 신뢰한 것이었다. 그에 반해 마타는 세상의 토대가 만들어진 고대의 역사에서 생각의 실마리를 찾고자 했다. 또한 위대한 아노족의 입법자 아루아노가 그러했듯이, 마타는 수천 년 동안 길이 남을 새로운 세계 질서를 만들고 싶었다. 세상을 자기 마음속의 엄격한 틀에 맞추어 인간들 각자가 더도 덜도 아닌 자신의 정당한 몫에 해당하는 땅을 책임지게 하고 싶었던 것이다.

앞서 토룰루 페링은 마타에게 이렇게 말했다.

"원수께서는 게피카를 거점으로 삼으셔야 합니다. 게피카에는 다라 제도를 통틀어 가장 비옥한 토지가 펼쳐져 있거니와, 투투티카 호수가 있어서 관개용수로 쓸 깨끗한 물도 풍부합니다. 천연의 관문인 소코 협곡과 미루강 및 리루강 덕분에 방어가 용이한 한편으로, 수군만 갖추면 공격에 나서기도 쉽습니다. 게피카를 지배하는 자는 누구든 큰 군대를 유지할 수 있습니다. 이는 곧 다른 티로 국가들을 압도할 수 있다는 뜻입니다."

그러나 마타는 게피카를 차지하면 자신의 평판에 흠이 갈지도 모른다고 생각했다. 쿠니가 게피카 왕이 되는 것을 막아 놓고서 스스로 그 땅을 차지한다면, 너무 탐욕스러워 보일지도 몰랐다. 마타는 지도에 마음대로 선을 그릴 수 있는 힘을 차지하고 싶었지만, 한편으로는 사람들의 눈에 현명하고 너그러운 군주로 비치고 싶은 마음도 있었다.

"나는 코크루 출신이오. 대업을 이루려고 고향을 떠나는 가장 큰 이유는 언젠가 고향에 돌아가서 동포들의 찬사를 받기 위함이 아니겠소. 게피카는 투노아에서 너무 멀리 떨어져 있소."

마타의 말에 페링은 한숨이 나왔다. 진두 원수의 참모에게 좌절은 곧 일상이었다. 원수는 명예욕과 과시욕만 넘쳐날 뿐, 권력의 진정한 기반에는 눈곱만큼도 관심이 없었다.

마타는 스스로 게피카를 차지하는 대신 세 덩어리로, 즉 북부, 중부, 남부 게피카로 나누기로 결심했다. 그런 다음 같은 투노아 출신으로 늑대발섬 전투에서 활약한 세카 키모, 군량 책임자로서 언제나 임무를 성공적으로 수행한 노다 미, 정찰대 대장으로 고아 요새에서 쿠니 가루의 배신행위를 맨 먼저 알아차린 도루 솔로피에게 각각 나누어 줄 작정이었다.

페링은 그 생각에 결연히 반대했다.

"그건 터무니없는 생각입니다, 진두 원수님. 그들 중에 정무 경험을 제대로 갖춘 자는 한 명도 없거니와, 원수님께서 모든 티로 국가 지휘관들의 업적을 공정하게 비교하지 않고 사사로운 충성심을 기준으로 상을 내린다는 인상을 줄 수도 있습니다. 반란군 내의 타국 출신 지휘관들이 불만을 품을 것입니다."

마타 진두는 페링의 조언을 무시했다. 혹시라도 불만을 품은 자가 있다면 딱한 일이었다. 그러나 반란군의 핵심은 마타를 도운 자들이었고, 오로지 그들뿐이었다.

한편 자나의 본거지인 루이섬 또한 새 티로 국가로 거듭나야 했다. 그리고 마타 진두가 그 새 국가의 왕으로 점찍은 사람은 킨도 마라나였다. 제국의 최고 지휘관이자 키코미 공주가 사랑한 자에게 그토록 커다란 은혜를 베푸는 것은 파격적인 조치로 보일 터였고, 따라서 마타로서는 배려와 관용을 지녔다는 평판을 굳힐 기회였다. 마타가 보기에는 올바르고 정당한 인사였다. 토룰루 페링은 입만 열면 쿠니가 백성들의 마음을 얻으려고 얼마나 애쓰는지 떠들지 않았던가. 이제 누가 더 훌륭한 군주인지 백성들도 깨달을 듯싶었다.

"천부당만부당한 말씀입니다. 마라나는 만인이 증오하는 제국의 상징 같은 인물인 데다, 루이섬의 백성들에게는 전쟁에 패한 장수로 경멸당할 것입니다. 마라나를 따라 전쟁터에 나간 젊은이들이 지금은 타주 신이 거느린 상어 떼의 뱃속에 들어가 있는 것을 생각하면 더더욱 그렇습니다."

"그건 마라나가 알아서 할 일이오, 내가 아니라."

육국의 왕들로 말하자면, 마타 진두는 그들의 영토를 축소하고 권력도 줄이기로 마음먹었다. 마타는 키코미 공주의 배신에 여전히 분노하는 한편으로 그녀를 그리워하는 마음이 조금은 남아 있었다. 게다가 어리석은 아녀자가 사랑에 눈이 멀어 저지른 행동 때문에 아무 국을 벌하는 것은 아무래도 온당치 않아 보였다. 마타는 포나 도무 왕을 뮈닝의 왕좌에 다시 앉히되, 아무의 영토는 아룰루기섬으로 제한하고 본섬에 있는 원래의 영토는 모조리 몰수하는 정도로 만족했다.

같은 이치에 따라 간의 달로 왕은 겁쟁이이므로 영토 또한 늑대발섬만 남겨 주기로 했다. 한술 더 떠서 오게 군도를 간에서 분리하여 새 티로 국가로 만들기로 했는데 그 나라의 왕은…… 아, 후예 노카노가 적당할 듯싶었다. 노카노는 늑대발섬 전투에서 마타가 승리할 기색이 완연해진 후에야 비로소 마타 편에 가담하기로 마음먹은 간군의 사령관이었다. 노카노는 전쟁에서 세운 공이 손바닥만 했기에 상으로 받을 땅도 손바닥만 했다. 그것이 바로 공평함이라는 것이었다. 게다가 이렇게 하면 간의 자존심을 두고두고 긁을 수 있으니 더욱 깨소금 맛이었다.

마타는 자신이 꾸민 고약한 장난에 혼자 웃었다.

토룰루 페링은 고개만 가로저을 뿐 아무 말도 하지 않았다.

그렇게 마타 진두는 칠국의 옛 국경을 쉬지 않고 고쳐 그리며 마음에 드는 자들에게 상을 내렸다.

결과를 공표할 때면 원수의 결정은 묘하게 제멋대로이고 이치에도 맞지 않는다고 수군거리는 자들이 많았다.

그러나 마타는 더 근원적인 질서를 보고 있었다. 다른 자들은 그 질서를 알아보지 못하는 것뿐이었다.

예를 들면, 어떤 학자들은 반란이 오로지 후노 크리마와 조파 시긴의 용기 덕분에 시작되었는데도 패왕은 그들의 유족이나 부하에게 어떠한 관작도 내리지 않는다며 고개를 저었다.

그러나 마타는 그렇게 했다가는 이미 안정된 질서에 대한 또 다른 반란을 부추기는 셈이라는 것을 잘 알았다. 때로 큰불의 불씨를 일으킨 사람은 그 불이 무한히 번져 나가지 않도록 자신의 몸을 불살라서 막아야 하는 법이었다.

또 다른 이들은 리마의 지주 왕이 보여 준 용기에도 불구하고 패왕이 리마를 조그만 티로 국가 여섯 개로 분할했다고, 이 나라들이 수도 나 시온을 둘러싼 모양새가 마치 구유를 둘러싼 돼지 떼 같다고 불평했다.

그러나 마타는 지주 왕이 성인(聖人) 비슷한 존재, 즉 사람들을 끌어들일 만한 상징이 된 것을 잘 알고 있었다. 그러한 상징이야말로 가장 위험했다. 상징을 손에 넣은 자가 그 권위를 빌려 자기가 하고 싶은 말을 마음껏 떠들 수 있기 때문이었다. 마타는 지주 왕에 대한 숭배가 걷잡을 수 없이 번지지 않도록 막고 질서를 유지해야 했다.

다음으로 하안 국의 경우, 마타가 아는 한 이 나라는 반란 기간 동안 한 일이 아무것도 없었다. 실은 아예 안 하느니만도 못했다. 판을 훔치는 데에 톡톡한 공을 세운 루안 지아가, 다름 아닌 하안 출신이었던 것이다. 그래서 마타는 하안의 영토 가운데 수도 긴펜과 사방 200리를 둘러싼 초승달 모양의 땅만 쪼개어 새 하안 국으로 정하고 코수기 왕에게 남겨 주기로 했다. 이 조그만 티로 국가는 이제 루소 해변조차도 온전히 보유하지 못하고 마타가 만든 게피카의 세 나라 가운데 한 곳에 넘겨야 했다.

이건 미친 짓이다. 페링은 속으로 가만히 생각했다. *이 괴상망측*

한 국경선은 끝없는 분쟁의 씨앗이 될 게야.

파사 국으로 말하자면, 이 나라의 실루에 왕은 야심만만하면서도 겁이 많고 탐욕스러우면서도 우유부단한 인물로서, 마타 진두가 격정과 충동에 휘둘리는 위인인 것을 일찍부터 눈치채고 있었다. 아첨을 떨어 봤자 잘 봐줄 거라는 보장이 없다는 뜻이었다. 그래서 실루에 왕은 마타의 눈을 피해 납작 엎드려 있는 것이 최선이라고 결론지었다.

그러한 까닭에 늑대발섬 전투가 끝난 이후 지금껏 실루에 왕은 복지부동의 자세를 유지했지만, 그러면서도 마타 진두가 제국에 맞서 싸우는 데에 필요한 병력이나 군자금, 군량 같은 원조를 청하면 아낌없이 내주었다. 그 전략이 마침내 결실을 맺은 것은 실루에 왕의 행동이 마타의 마음속에 딱히 좋은 인상도 나쁜 인상도 남기지 않은 덕분이었다. 마타는 파사를 실루에 왕에게 그대로 남겨 주기로 했다.

그러나 실루에 왕이 명목상의 동맹국을 상대로 수많은 음모와 배신을 꾸민 것을 아는 사람은 적지 않았다. 일찍이 그는 안개로 둘러싸인 바닷가의 수도 보아마에 앉아 지주 왕이 다스리는 리마의 정치판을 좌지우지했다. 그런가 하면 육국의 생존 자체가 위태로운 상황에서 간으로부터 오게 군도를 탈취하려고 획책하기도 했다. 이러한 사정을 아는 이들의 눈에 실루에 왕은 교활한 처신 덕분에 상을 받는 것처럼 보였다. 페링은 실루에 왕을 처벌하지 않으면 전우들의 사기를 꺾고 동맹 사이에 더 큰 불화의 씨앗을 뿌리는 격이라고 간언했다.

그러나 마타는 간언 따위에 귀를 기울일 기분이 아니었다. 마타가 보기에 실루에 같은 자들은 범부(凡夫)였고, 따라서 무해했다.

마타 진두는 코크루의 영토 대부분을 코크루의 새 왕이자 모든 티로 국가의 패왕인 자기 몫으로 돌렸다. 수피 왕을 위해 마련한 보상은 외지고 사람도 거의 안 사는 에코피섬의 왕으로 임명하는 것이었다. 수피 왕이야 원래부터 양치기였으니, 어디든 새 목장을 차릴 만큼 널따란 땅을 줘서 보내 버리면 그만 아닌가? 마타는 자신의 재치에 감탄하여 혼자 낄낄댔다.

물론 전직 코크루군 원수로서 한때 자신의 주군이었던 수피 왕에게 이래라저래라 명령하는 상황이 조금 어색하기는 했지만, 패왕 마타가 내린 결론은 일단 수피 왕을 코크루 땅에서 쫓아내면 아무도 그를 기억하지 못하리라는 것이었다.

그렇게까지 했는데도 사라지지 않는 골칫거리가 있었으니, 바로 쿠니 가루였다. 쿠니는 실제로 판에 맨 먼저 입성하여 에리시 황제를 생포한 장본인이었다. 마타는 쿠니에게 주디 현보다 더 큰 영지를 상으로 주어야 했다. 그런데 도대체 어디를?

지도 위를 한참 떠돌던 마타 진두의 눈길이 멈춘 곳은 본섬에서 가장 멀리 떨어진 섬이었다.

'다수'라는 이 조그마한 섬은 자극적인 향토 음식과 미개인이나 다름없는 어부 및 농부 말고는 아무것도 없는 곳이었다. 다수섬은 단순히 외지기만 한 것이 아니라, 본섬으로 가는 항로마저 루이섬에 막혀 있었다. 이는 곧 킨도 마라나가 루이섬의 왕 노릇을 하며 쿠니 가루의 일거수일투족을 변견처럼 감시할 수 있다는 뜻이었다.

완벽했다. 다수섬은 전직 옥지기인 쿠니 가루의 감방이 될 터였다. 쿠니는 그 조그만 감방 같은 섬에 갇혀 눈을 감을 운명이었다.

또한 마타는 지아와 쿠니의 아이들을 사루자 근처에 잡아둘 작정이었다. 아, 그렇다고 해서 쿠니의 식구들을 모질게 다룰 생각은 없었다. 그들은 쿠니가 얌전히 굴도록 보장해 줄 최고의 인질이었다. 이로써 쿠니는 어떠한 간계도, 어떠한 기습도 감행할 수 없는 신세였다.

토룰루 페링은 입만 열면 쿠니 가루의 야심이 위협을 초래할 거라고 경고했다. 하지만 이 정도로 조촐하게 '포상'해 준 이상, 쿠니 가루의 야심이 별 문제를 일으킬 것 같지는 않았다.

적어도 그 점에 대해서만큼은 패왕이 더없이 교활하다는 것을 페링도 인정할 수밖에 없었다.

마타는 일을 해야 한다는 부담감은 느끼지 않아도 좋다고 했지만, 그럼에도 미라는 날마다 빈둥거릴 수만은 없었다.

마타가 자기 천막 바로 옆에 마련한 조그만 천막 안에 하루 종일 앉아 있는 동안, 미라는 어색한 느낌이 들었다. 미라를 진영으로 데리고 왔던 날, 마타는 생전 처음 보는 금은보화로 가득한 상자 한 개를 미라에게 보냈을 뿐, 그 후로 이때껏 자기 일에 바빠서 그녀를 혼자 내버려 두었다.

하인들은 미라가 이미 마타의 애인으로 정해진 양 깍듯이 존대하며 공들여 만든 산해진미를 바쳤다. 미라가 진지를 돌아다니며 혹시 거들 일이 있냐고 묻기라도 하면, 하인들은 냉큼 무릎을 꿇고 떨리는 목소리로 혹시 자신들의 대접이 소홀했냐고 되물었다. 미라는 그런 분위기에 숨이 막힐 지경이었다.

결국 미라는 진지에서 할 일을 스스로 찾아 나서기로 결심했다. 마타의 의도가 무엇인지는 알 길이 없었지만, 어쨌거나 마타의 첩으로서 살고 싶은 마음은 없었기 때문이었다. 미라는 남들에게 도움이 되고 싶었다.

"그럼 여기 일이라도 돕게 해 주세요."

미라는 주방을 찾아가 마타의 개인 요리사에게 통사정을 했다.

요리사는 허리를 깊숙이 숙인 채 화덕 앞에서 물러났다. 그 몸짓은 곧 미라가 명하는 대로 따르겠다는 뜻이었다.

요리사는 전직 황궁 주방장 출신으로 미식이라면 이골이 난 에리시 황제마저 감탄시켰노라고 자부하는 남자였지만, 마타는 그가 정성껏 차린 요리들을 거의 손도 대지 않은 채 물리곤 했다. 주디 현에서 쿠니 가루와 함께 싸우던 시절부터 지금껏 마타는 하급 병사들이 먹는 거친 식사와 목구멍을 태울 듯이 독한 술을 선호했다. 이때문에 자신의 앞날을 걱정하며 노심초사하던 전직 황궁 주방장은 미라가 패왕의 식사 준비를 맡겠다고 나서자 뛸 듯이 기뻐했다. 만약 변덕스러운 마타가 음식에 계속 불만을 표한다고 해도, 이제는 그나마 벌을 나눠 받을 사람이 생겼기 때문이었다.

미라가 만들 줄 아는 요리는 투노아의 향토 음식뿐이었다. 생선장을 뿌린 현미밥, 거친 수수 가루로 부친 전병에 초절임한 채소를 올리고 돌돌 만 쌈, 남부의 하천에서 잡아온 싱싱한 곤들매기를 굵다란 회화나무 장작 위에서 구운 생선구이 등이었다. 그중 장작 타는 연기와 간간이 뿌려 주는 바닷물 말고는 아무 양념도 더하지 않은 맨 마지막 음식은 사실 하얀과 코크루의 전통이 섞인 것이었다. 전직 황궁 주방장은 이 소박한 상차림을 보고 눈살을 찌푸렸다. 에리시 황제가 봤더라면 구역질을 할 음식들이었다. 신이나 다름없는 위인으로 일컬어지는 남자가 황송하게도 이런 촌스러운 음식을 입에 댈 거라고는 상상도 하기 힘들었다.

그러나 마타의 식사 시중을 들러 갔던 하인들은 넋이 나간 표정으로 다리까지 후들후들 떨면서 돌아왔다.

"패왕께서 남김없이 다 잡수셨습니다. 다음번에는 더 많이 만들어 오라는 말씀까지 하시지 뭡니까."

이로써 미라가 패왕의 마음을 사로잡는 비결을 안다는 진영 내의 믿음은 더욱 공고해졌다. 마타는 에리시 황제의 수많은 처첩을 단 한 명도 건드리지 않으면서 미라에게 자기 천막 바로 곁에 머물라고 부탁했다. 미라는 특출하게 예쁘지도 않고 태생이 고귀하지도 않았건만, 무슨 수를 썼는지 세상에서 가장 권세 있는 남자의 총애를 얻었던 것이다. 모두가 그런 미라를 부러워했다.

그러나 미라는 그저 기억했을 뿐이었다. 두 사람이 처음 만난 그날, 투노아에서 온 여자냐고 묻던 그때, 자신을 바라보던 마타의 눈에 언뜻 비친 애타는 눈빛을. 미라는 그 눈빛이 자신을 향한 욕망이 아니라 고향을 그리워하는 마음인 것을 잘 알았다.

혹여 미라가 만든 음식을 패왕이 싫어할 경우에 대비하여 전직 황궁 주방장이 여분으로 준비한 요리를 싸 들고서, 미라는 키지 광장으로 향했다. 주방장은 그 요리를 죄다 버리려고 했지만 미라는 그를 막아서서 판의 걸인들에게 나누어 주자고 했다. 잰걸음으로 마타의 진영을 돌아다니던 하인과 시종들은 서둘러 미라의 지시를 따랐다.

하인들이 귀한 이국의 향신료가 들어간 요리를 퍼서 줄지어 늘어선 걸인 무리의 밥그릇에 담아 주는 광경을 가만히 지켜보는 동안, 미라는 문득 죄책감이 들었다. 먹을 것은 너무나 적은데 먹일 입은 너무나 많았다. 마타를 만나지 못했다면 필시 미라 또한 지금 저 줄에 서 있을 터였다.

기이할 정도로 새하얀 망토를 두른 걸인 한 명이 미라에게 다가왔다. 아마도 거리에 나앉은 지 얼마 안 된 모양이었다.

"잘 먹겠소이다, 아가씨. 참으로 친절한 사람이구먼."

억양으로 보아 그 걸인은 자나 출신이었다. 미라는 싸늘한 표정으로 고개만 끄덕였다. 자나군 병사들도 대개는 자신과 오빠처럼 가난하고 고생도 많이 한 사람들이라는 것은 잘 알았지만, 그렇다고 해도 해묵은 원한을 잊어버리기란 쉽지 않다.

"아가씨는 패왕과 친밀한 사이지."

걸인의 말은 질문이 아니었다. 미라는 얼굴이 빨개졌다.

판의 모든 백성이 내 난처한 처지를 이미 아는 걸까?

"난 패왕께서 가엾게 여기시는 여자일 뿐이에요. 소문을 곧이곧대로 믿으면 곤란하죠."

"소문 따위는 내 알 바 아니야."

미라는 이상한 걸인이라고 생각했다. 당황스러울 정도로 당당해서였다. 마치 자신이 미라보다 높은 사람, 권력자라고 생각하는 것처럼. 그리고 이 걸인의 풍모에는 왠지 주의를 끄는 구석이 있었다.

"하긴, 내가 잘못 말했는지도 모르겠군. 패왕과 친밀한 사이가 될 거라고 했어야 하는데."

"그건 예언인가요, 아니면 명령인가요?"

미라가 물었다. 걸인의 무람없는 태도에 미라는 화가 났다. 하인들을 부를까 하는 생각도 들었다. 하인들은 언제나 미라가 무슨 명령이든 내려 주기를 간절히 바랐다.

"어느 쪽도 아니야. 예언이란 우스운 거라네, 보통은 자신이 원하는 대로 나오질 않거든. 그래서 나는 예언 대신 역사에 집착하지…… 그대의 오빠가 죽은 건 마타 진두 탓이야."

미라의 얼굴이 하얗게 질렸다.

"당신 누구야? 사람을 모욕하는 것도 정도가 있지!"

"그대 마음의 소리에 귀를 기울이도록 해. 내 말이 사실이란 건 그대도 알잖아. 마타 진두의 호언장담에 넘어가지만 않았어도 그대 오빠는 지금도 살아 있을 거야, 씩씩하고 건강한 몸으로 말이지. 그런데 마타의 명성을 드높이려고 칼날 위에서 천 리 길을 행군한 끝에 그 친구가 얻은 게 뭐지? 패왕은 그 친구의 이름도 기억 못 하잖아!"

미라는 끝내 고개를 돌리고 말았다.

"제국을 무너뜨리고 승리를 일군 주인공은 그대 오빠 같은 사람들이야, 그런데 마타는 그 공을 독차지하고 있어. 마타는 자신이 그토록 혐오하는 쿠니 가루보다 나은 구석이 전혀 없는 인간이야."

"그만해요. 난…… 난 당신이랑 더 할 얘기 없어요."

미라는 돌아서서 달아나듯 광장을 떠났다.

"그대의 오빠를 잊지 말라는 것뿐이야, 내 말은." 걸인이 외쳤다. "패왕과 함께 있을 땐 오빠를 기억해."

이튿날, 미라는 마타의 천막을 청소하기로 마음먹었다.

마타를 둘러싼 소문은 점점 커져서, 이제는 하녀들끼리 패왕이 어찌나 포악한지 베개 하나만 비뚤어져 있어도 책임자의 목을 친다고 소곤거릴 지경이었다. 그렇다 보니 보통은 권력자의 지근거리에서 일하는 것이 곧 출세의 지름길이었건만, 마타의 시중을 들겠다고 나서는 하녀는 한 명도 없었다. 그러나 미라는 두렵지 않았다. 미라의 오빠 마도는 패왕을 따라 고향을 떠났다. 패왕이야말로 세상을 바로잡을 사람이라고, 불의로부터 해방시킬 사람이라고 믿었기 때문이었다. 미라는 패왕을 두려워함으로써 마도의 기억을 더럽히고 싶지 않았다.

미라가 들어선 천막 안은 쓰레기장이나 다름없었다. 비뚤배뚤하게 놓인 책상 여러 개에 서류 더미가 어지럽게 쌓여 있었다. 보아하니 먼저 들어온 서류에 서명을 하기가 무섭게 다음 서류가 쌓인 모양이었다. 사방에 흐트러진 허리받이와 방석은 참모진과 예정에 없는 회의를 한 흔적이었다. 잠자리의 침대보는 간 지가 몇 달은 돼 보였다.

한 책상 앞에 다리를 포개고 *게위파* 자세로 앉아 있는 마타의 등이 보였다. 미라가 들어오는데도 돌아보지 않았다. 개인 호위병 가운데 누군가 잠자리를 펴 주려고 들어왔나 보다 하고 생각한 모양이었다. 하녀들은 감히 발을 들일 엄두도 못 내는 곳이었으므로.

소리도 없이, 미라는 일을 시작했다. 허리받이와 방석은 모아서 천막 한구석에 놓았다. 책상은 반듯하게 줄을 맞추어 모든 서류가 한 눈에 들어오도록 했다. 침대보는 벗기고 새것을 씌웠고, 바닥에 쌓인 쓰레기는 깨끗이 쓸었다.

그분과 함께 있으면 두려운 마음도 소심한 마음도 햇빛 앞의 그늘처럼 사라져 버려. 마도는 늑대발섬 전투가 끝나고 나서 미라에게 보낸 편지에 그렇게 적었다. *그분께선 이 뒤집힌 세상을 바로잡고 모든 것을 제자리로 돌려놓으실 거야.*

오빠는 믿음 때문에 목숨을 바쳤어. 미라는 속으로 생각했다. *그러니까 숨을 거둘 때까지 조금도 후회하지 않았을 거야. 내 의심 때문에 오빠의 기억을 욕되게 할 순 없어.*

그러나 패왕은 일용품을 제자리에 돌려놓는 것만큼은 아무리 봐도 서툴렀다. 호위병들 또한 집안일에 관해서는 기본조차 모르는 모양이었다. 미라의 입가에 희미하게 웃음이 번졌다.

미라는 청소를 하는 도중에 한 번씩 고개를 들어 마타 쪽을 보았지만, 마타는 꿈쩍도 하지 않았다. 그렇게 가만히 있는데도, 마타의 존재감은 사람이 아니라는 생각이 들 만큼 강렬했다. 미라는 오빠 마도가 왜 그토록 마타에게 끌렸는지 이해가 갔다. 미라 자신도 마타에게 압도되는 기분이었다.

마타는 무언가 손에 쥐고서 넋이 나간 듯이 내려다보는 중이었다. 아까워 죽겠다는 듯이 그 물건을 어루만지고, 쓰다듬었다.

미라는 궁금증을 참지 못하고 물었다.

"그렇게 쉬지도 않고 쓰다듬으면 다 닳아 버릴 텐데요."

뒤를 돌아본 자세 그대로, 마타의 움직임이 우뚝 멈췄다. 미라가 있을 거라고는 생각지 못한 탓이었다.

마타는 그때껏 홀린 듯이 보던 인장을 내려놓았다. 방금 그 말을 참모가 했다면, 특히 마타가 하는 일이라면 뭐든 반대하는 늙은이 페링이 했다면, 벌컥 화를 냈을 법도 했다. 그러나 미라에게 화를 낼 생각은 없었다. 한낱 아녀자인 미라가 세상일을 알면 얼마나 알겠는가?

"받을 자격도 없는 자들에게 내릴 상을 살펴보는 중이었다. 귀족이라 불릴 자격이 있는 자가 참으로 드물구나."

일찍이 마도 역시 품격을 소중하게 여겼던 기억이, 미라의 머릿속에 문득 떠올랐다. 동생에게 보내는 편지에서 마도는 마타 진두의 비할 데 없는 품격에 관해 적었다. 그것은 마타 본인에게서 넘쳐 흘러 주변 사람들을 감화시키는 자질이었다. *말로는 형용할 수 없는 느낌이야.* 마도는 그렇게 적었다. *진두 원수님의 뒤를 쫓아 돌격하는 동안, 아주 잠깐이지만, 나는 더 높은 존재의 영역으로 우리를 옮겨다 주는 신들의 손길을 느꼈어. 원수님은 우리 모두를 저 높이 띄워 올리는 넓은 바다야.*

머릿속에서 마도의 목소리와 걸인의 목소리가 싸움을 벌이는 것만 같았다. 미라는 입술을 깨물며 고개를 저었다. *마도 오빠는 어리석은 사람이 아니었어. 오빠는 이분의 좋은 점을 본 거야, 그러니까 나도 보게 될 거야.*

미라는 계속 바닥을 쓸었다. 다 쓸고 나서는 쓰레기와 마타의 저녁을 담았던 빈 그릇을 챙겨 천막을 나섰다. 이윽고 물단지를 들고 돌아온 미라는 천막 바닥에서 깔개가 없는 곳을 찾아 먼지가 일지 않도록 물을 뿌리면서, 투노아 지방의 옛 민요를 흥얼거렸다.

어서 와요, 내 님이여, 낚싯배를 타고 만나러 와요

날이 밝기 전에 와요, 공작 아들한테 시집가기는 싫어요

만나러 가리다, 나의 장미여, 해가 뜨기 전에

이 배가 떠 있는 동안에는 우리 다시 헤어지지 않으리

고개를 들어 보니 마타가 이쪽을 물끄러미 보고 있었다. 미라는 얼굴이 붉어졌다. 뭔가 할 말을 찾던 미라는 마타가 손에 쥔 물건에서 귀한 녹옥의 은은한 광채가 비치는 것을 발견했다.

"보물을 손에서 내려놓기가 힘드신가 보군요."

저도 모르게 튀어나온 말이었다. 미라는 바보 같은 말을 내뱉은 자신을 소리 없이 꾸짖고는, 하던 일로 돌아가 앞서보다 더욱 빠르게 손을 움직였다.

마타는 인상을 찌푸렸다. 문득 이 여자를 자신의 숭배자로 만드는 일이 급선무라는 생각이 들었다. 여자의 말 속에 숨은 가시 때문에 부끄러웠기 때문이었다. 여자는 마타도 자신처럼 미천한 인간이라고 생각하는 모양이었다.

"황궁에서 몰수한 보물 가운데 내 수중에 남은 것은 거의 없다. 내 휘하에서 싸우다 죽은 병사들의 가족에게 다 나눠 줬으니까."

마타의 목소리는 무뚝뚝했다. 미라를 만나고 나서, 즉 자신이 부하들에게 얼마나 인색했는지 깨닫고 나서야 비로소 그렇게 했다는 말은 덧붙이지 않았다.

바삐 움직이던 미라의 손이 멈췄다.

"너그러운 주군이시네요."

또다시 어색한 침묵이 내려앉자 미라는 콧노래와 분주한 걸음으로 어색함을 무마하려고 했다.

"만져보고 싶은가?"

마타는 인장 한 개를 내밀며 물었다.

인장이 왕권의 상징인 것은 미라도 아는 바였다. 밀랍에 찍힌 인(印)은 전함 100척과 군사 1만 명과 화살 수십만 대를 움직이는 힘이었고, 이로써 끝없는 학살을 일으키는 힘이었다.

걸인이 했던 말이 다시금 떠올랐다. *패왕은 그 친구의 이름도 기억 못 하잖아.*

눈앞에 또다시 오빠의 주검이 아른거렸다. 다른 전사자 수천 명과 마찬가지로 천에 감싸인 채로, 마지막 안식처가 될 구덩이의 바닥에 누워 있는 오빠의 모습이. *이게 오빠가 말한 품격이야? 오빠는 이걸 위해 목숨을 바친 거야?*

미라는 고개를 저으며 인장으로부터 물러섰다. 마치 활활 타는 석탄 덩어리를 피해 물러서는 사람처럼.

"아름답네요. 하지만 제 오빠의 목숨만큼 아름답거나 귀한 것 같진 않아요."

미라는 하던 일을 마치고 절을 한 다음, 천막을 나섰다.

마타 진두는 멀어지는 미라의 뒷모습을 말없이 지켜보았다. 그러다가 인장을 내려놓았다. 살며시.

"진짜 나랑 같이 안 갈 거야?"

쿠니가 루안 지아에게 물었다.

"쿠니 왕 전하, 저는 하안 사람입니다. 이제 패왕이 하안을 더욱 작고 약한 나라로 만들었으니, 코수기 왕 전하께서는 제 도움이 더욱 절실하실 것입니다."

둘은 이별주로 아라크를 나누어 마시며 탄 아뒤의 추억을 떠올리고 빙그레 웃었다.

"마타 진두는 다수섬을 내 감옥으로 만들었어." 쿠니는 풀죽은 목소리로 말했다. "그래도 가끔 놀러도 오고 그래."

"쿠니 왕 전하, 전하께서 키젠 추장의 바람을 물거품으로 만드실 일은 없을 겁니다. 저는 그렇게 확신합니다. 우리에 갇힌 늑대는 위험한 짐승입니다. 다수섬이 전하를 오래 가두어 놓지는 못할 겁니다."

쿠니는 루안처럼 미래를 낙관할 자신이 없었다. 판세가 그에게 불리했기 때문이었다. 첫째, 다수는 작고 가난한 섬이었다. 둘째, 지아와 아이들뿐 아니라 아버지와 형제들까지 아직 코크루에 남아 있었고, 마타는 그들을 볼모로 잡아 쿠니의 충성심을 확인하겠다는 뜻을 감추려 하지 않았다. 셋째, 마타는 킨도 마라나 휘하의 병력 1만을 파견하여 쿠니 일행을 다수섬까지 '호위'한 다음, 그대로 루이섬에 주둔시켜 쿠니를 감시할 작정이었다. 쿠니가 이 곤경에서 빠져

나가려면 기적이 필요했다.

"쿠니 왕 전하, 전하께 마지막으로 한 말씀 올리겠습니다. 다수섬에 도착하시면 배를 모조리 불태우도록 하십시오."

"그랬다간 섬에서 영영 못 나올 텐데."

"지금은 전하가 야망을 품었다고 의심하는 패왕을 방심시키는 것이 급선무입니다. 배를 태워 버리면 패왕은 더 이상 전하를 위협으로 여기지 않을 것입니다. 당장은 선량한 군주로서 다수섬을 다스리는 일에 집중하도록 하십시오. 나머지는 시간이 해결해 줄 것입니다."

라소 미로와 다피로 미로 형제는 사루자에서 헤어진 이후 처음으로 마침내 상봉할 기회를 얻었다. 쿠니의 부하들은 그때껏 주둔지에 감금된 상태였고, 마타의 부하들은 당연히 이곳을 출입할 수 없었다.

그러나 쿠니 왕이 판에 머무는 마지막 날, 병사들은 마침내 이날 하루만은 마음껏 거리를 활보해도 좋다는 허가를 받았다. 미로 형제는 울지 않으려고 애썼지만 둘 다 눈물이 그렁그렁했고, 코끝도 대번에 시큰해졌다.

"너 늑대발섬에서 싸운 얘기 들었어. 죽을 뻔했다며!"

"사돈 남 말 하네. 형은 크루벤 등에 타서 고삐를 잡았다며!"

"내가 형이잖아. 난 바보 같은 짓 좀 해도 돼."

다피로는 라소에게 물쇠를 보여 주었다. 라소는 그 곤봉을 신기한 듯이 살펴보다가 허공에 몇 번 휘둘러 보았다.

"형은 가루 공 밑에 계속 있을 거야?"

라소가 묻자 다피로는 고개를 끄덕였다.

"내가 떠난다고 해도 넌 계속 패왕 곁에 있을 거잖아. 난 차라리 영리하게 게으름 피울 줄 아는 주군 밑에서 올라갈 수 있는 데까지 올라가 볼 거야."

"어휴, 난 또, 우리 형이 이제야 명예가 뭔지 좀 배워서 탈영을 안 하려나 보다, 했네."

둘은 서로 끌어안고 깔깔 웃었다.

"가루 공이랑 패왕 전하도 계속 형제로 남으면 좋을 텐데."

둘은 땅거미가 질 때까지 술잔을 기울였다. 그러다가 밤이 돼서야 각자의 길로 떠났다.

제36장

다수섬

다수섬

원수정 원년 6월

다수섬에 상륙한 쿠니 일행이 그곳까지 타고 온 수송선에 불을 지르는 광경을 지켜보며, 킨도 마라나와 부하들은 눈이 휘둥그레졌다. 늑대발섬에서 마타가 사용한 책략을 연상케 하는 광경에 마라나는 표정이 일그러졌다.

그러나 그 연상은 쿠니가 한 말 덕분에 스르르 사라졌다.

"저렇게 큰 배는 유지비가 너무 많이 들거든요. 저야 뭐, 어차피 한참 여기 머물 거고 말이죠."

쿠니는 손을 둥그렇게 말아 입가에 대고 외쳤다. 아부라도 하듯 헤실헤실 웃으며, 마라나 일행을 향해 손까지 흔들고 있었다.

"패왕께 안부 전해 주세요, 마라나 대왕님. 또 놀러 오시고요!"

쿠니는 마라나를 향해 연거푸 절을 했다. 마치 주인의 비위를 맞추는 하인처럼.

마라나는 경멸하는 표정으로 고개를 돌렸다. 패왕은 저자를 왜 그리도 경계한 걸까? 쿠니 가루는 평범한 불량배와 다를 것이 없었다. 손바닥만 한 섬 하나와 오두막집 몇 채에 만족하여 싱글벙글하는, 잔챙이 범죄꾼에 지나지 않았다. 마라나는 쿠니가 거둔 단 한 번의 '승리'가 순전히 행운 덕분이었을 거라고 결론지었다.

마라나가 이때껏 상대한 적들은 쿠니보다 훨씬 더 훌륭했다. 예를 들면, 키코미 공주라든가. 마라나는 키코미를 떠올릴 때면 언제나 마음이 착잡했다. 그는 훌륭한 책략가였지만, 알고 보니 키코미 역시 그에 못지않은 호적수였다. 키코미는 마지막에 그보다 한 수 앞을 내다보고 그의 책략을 뒤엎어 버렸다. 키코미가 반란이라는 환상으로 마라나를 홀리는 데에 *거의* 성공했던 것과 마찬가지로, 마라나 또한 영원한 영광을 약속하며 키코미를 유혹하는 데에 성공할 *뻔*했다. 그러나 공주는 자기 백성들을 지키기 위해 기꺼이, 역사에 길이 남을 배신자라는 오명을 택했다. 그 담대한 정신 앞에서는 마라나조차도 경의를 표할 수밖에 없었다. 한편으로 그는 궁금하기도 했다. 마타는 보나마나 키코미 공주에게 복잡한 감정을 느낄 텐데, 혹시 그 때문에 지금 자신의 처지가 이렇게 된 게 아닐까 하는 궁금증이었다. 운명이란 실로 불가사의한 것이었다.

마라나는 루이섬 북쪽 해안을 향해 배를 출발시키라고 명령했다. 탄노 나멘 장군의 집이 있는 곳이었다. 마라나에게는 지켜야 할 약속이 있었다.

"혹시 새끼 양의 꼬리를 구할 수 있겠느냐?"

마라나는 부하에게 물었다. 비굴하게 굽실거리던 쿠니 가루보다는 차라리 나멘 장군의 개가 야심과 명예를 더 잘 알 거라는 생각이 들었다.

다수섬에 짐을 풀고 나서, 쿠니 왕은 부하들에게 관작을 나누어 주었다. 코고 옐루와 린 코다는 공작에, 샌 카루코노와 뮌 사크리는 후작에 임명되었다. 쿠니는 부하들에게 판에서 몰래 챙겨 온 얼마 안 되는 보물도 나누어 주었다(어쨌거나 한때는 산적질로 먹고 살던 쿠니였으므로.). 그러고 나서는 그를 따라 다수섬까지 온 병력 3000명을 위해 성대한 연회를 벌였다.

"나도 이제 너희랑 똑같은 빈털터리야."

쿠니는 빈 지갑을 높이 쳐들어 휙 던졌다. 비단 지갑은 때마침 불어온 바람에 실려 바다로 날아가 버렸다. 쿠니는 펑퍼짐한 소맷자락을 바람에 흔들어 이 역시 텅 비어 있는 것을 보여 주었다. 병사들 사이에서 왁자한 웃음소리가 터져 나왔다.

"보물은 한 줌도 안 되고, 나눠 줄 거라고는 거창한 감투뿐이야. 언젠가는 이름에 걸맞은 감투가 되기를 바라지만."

그 말을 하고 나서 쿠니는 갑자기 진지한 표정을 짓더니 고개를 숙여 사과했다.

"너흰 나를 따르면서 온갖 고생을 다 했는데. 대장인 내가 줄 수 있는 게 이것뿐이라 미안하다."

부하들은 서로 위로하며 투덜거렸지만, 마음속으로는 따뜻한 온

기를 느꼈다.

쿠니와 참모진은 다예로 향했다. 조그마한 바위섬인 다수의 북쪽 해안에 자리 잡은 다예는 섬에서 가장 큰 마을이었다. 이제는 쿠니가 다스리는 조그만 왕국의 수도가 될 곳이었다. 쿠니의 '왕궁'은 사실 마을의 다른 집들보다 그리 크지 않은 2층짜리 나무집이었다.

"피곤해 보이십니다, 가루 공."

코고가 말했다. 이제 군중 앞에서 연기할 필요가 없어진 쿠니는 지치고 낙담한 표정을 숨기려 하지 않았다.

"내가 도대체 뭘 하고 있는 걸까, 코고? 혹시 치명적인 실수를 저질러 버린 건 아닐까? 식구들이랑 부하들한테 내가 어떤 미래를 안겨 줄 수 있을까? 영지라고는 고작 양 떼 목장만 한 땅인데, 그나마도 권력의 중심에서 제일 먼 변방이야. 마타는 내가 이 땅을 포기하지 않는 한 고향에 돌아가는 것도, 지아를 내 곁으로 데려오는 것도 절대 허락 안 하겠지…… 난 그냥 무명씨로 끝날 운명일까? 모든 것을 걸었는데 아무것도 못 얻은 채로?"

스스로 주디 공이 되고 나서 지금껏, 쿠니가 코고 앞에서 이토록 낙담한 모습을 드러낸 것은 이때가 처음이었다.

"가루 공, 사람의 힘은 마음에서 나옵니다. 마음에 중심이 서지 않으면 정처 없이 표류하게 마련입니다."

쿠니는 한동안 말이 없었다. 그러다가 고개를 끄덕였다.

지아는 코크루군 병사가 가져온 편지를 받고 나서도 라파 신상처럼 차가운 표정을 누그러뜨리지 않았다.

병사는 잠시 뻘쭘하게 서서 기다리다가, '고마워요'라는 말을 들을 가망이 없는 것을 깨닫고는 서둘러 돌아갔다.

지아는 문을 닫았다. 봉투에 괴발개발 흘려 쓴 주소는 틀림없는 쿠니의 글씨였다. 물론 봉투 입구는 뜯어져 있었다.

마타가 보낸 병사들은 지아의 집 바깥에 진을 친 후로 이때껏 '신변 보호'라는 명목으로 지아가 어디를 가든 졸졸 따라다녔고, 그 집에 들어오고 나가는 사람과 물건을 모조리 검사했다.

"내가 한때는 마타 진두하고 호형호제하던 사람이야! 마타한테 직접 와서 설명하라고 해, 내가 왜 내 집에서 죄수처럼 살아야 되는지!"

지아가 코크루군 지휘관에게 외친 말이었다. 지휘관은 패왕이 공무 때문에 바쁘다고 웅얼웅얼 변명하다가 지아가 던진 찻주전자를 피해 머리를 냉큼 숙였다.

손에 쥔 편지를 내려다보는 동안, 지아의 마음에는 기쁨과 분노가 함께 차올랐다. 편지에 적힌 진다리 문자들은 힘차게 그은 획과 넓고 둥그런 받침이 금방이라도 네모난 글자 칸을 박차고 나올 것처럼 거침이 없어서, 보고 있자니 태평하게 활짝 웃는 쿠니의 얼굴이 떠올랐다. 그러나 한편으로 그 편지는 증거이기도 했다. 쿠니가 이곳에 없다고, 아내와 자식들 곁을 지키는 대신 어느 머나먼 섬에서 왕 놀이를 하는 중이라고 일깨워 주는 생생한 증거였다.

지아는 쿠니가 눈앞에 있었으면 하고 바랐다. 그러면 끌어안고 입을 맞춘 다음 주먹을 몇 번 날리고 싶었다. 아주 세게.

앞서 판에서 벌어진 일을 전해 듣고 지아는 경악했다. 쿠니와 마타가, 그야말로 반란의 심장과 영혼인 두 사람이, 어쩌다가 서로에게 칼을 겨눌 뻔했을까? 그리고 지아와 쿠니는 언제 다시 만날 수 있을까?

　내 사랑 지아에게
　여긴 다 잘되고 있어. 마타한테 안부 전해 줘.
　사랑하는 남편이

　편지지의 나머지 부분은 백지였다.
　지아는 편지를 갈가리 찢어 버리려다 가까스로 손을 멈췄다. 몇 달 동안이나 제대로 된 소식 한 통 없이 걱정만 시킨 주제에, *이게 다라고?*
　그러다가 편지지 왼쪽 위의 귀퉁이에 쿠니가 그려 놓은 민들레를 발견했다. 편지지는 두껍고 거칠거칠한 종이였다. 지아는 편지를 코에 대고 냄새를 맡았다. 역시, 의식하면서 맡아 보니 희미하지만 지아의 숙련된 코라면 단번에 감지할 수 있는 민들레의 잔향이 느껴졌다.
　쿠니는 이 편지가 검열당할 줄 알았던 거야.
　깨달음과 함께 지아의 얼굴에 웃음이 번졌다. *내가 가르쳐 준 민들레의 효용을 기억하고 있었구나.*
　재빨리 작업실로 돌아간 지아는 말린 석이버섯 한 줌에 물을 붓고 갈아서 묽은 반죽을 만든 다음, 그 반죽을 두꺼운 편지지에 붓으로 골고루 발랐다. 그러고는 반죽이 다 스며들 때까지 기다렸다가 얕은 물그릇에 종이를 담그고 반죽을 살살 씻어냈다.

편지지의 빈 부분에 진다리 문자가, 안개를 헤치고 위용을 드러내는 함대처럼, 하나둘 떠오르기 시작했다. 쿠니가 민들레 즙으로 쓴 진짜 편지가 그제야 모습을 드러냈다.

내 사랑, 내 마음의 중심, 내가 금방 갈게.

제37장

집으로

사루자 근교

원수정 원년 7월

다예에서는 쿠니 왕이 병으로 몸져누웠다는 소문이 돌았다. 킨 도 마라나가 보낸 사절단이 다수에 도착하여 쿠니의 용태를 물었을 때, 허둥지둥 달려 나와 맞이한 사람은 코코 옐루였다.

"우리 가엾은 전하께서는 매일 패왕을 그리워하십니다. 걸핏하 면 제게 패왕과 더 살갑게 작별했더라면 좋았을 거라고 말씀하시는 가 하면, 이번에 앓으시는 병은 교활했던 지난날을 반성하도록 신 들이 내린 기회라고 생각하고 계십니다."

마라나는 사루자의 마타 진두에게 보내는 보고서에 이렇게 적었 다. '쿠니는 은둔 중. 야심의 징조는 보이지 않음. 미천한 잡초가 뿌 리를 내리기로 마음먹은 형국.'

서늘한 여름날 아침. 사루자 근교의 어느 집 대문 앞에 걸인 한 명이 도착했다.

걸인은 머리가 희끗희끗했고 얼굴에는 흉터가 나 있었다. 옷은 누더기에 신은 짚신이었고, 한쪽 다리를 절고 있었다. 배에는 혁대 삼아 질끈 동여맨 새끼줄이 보였다.

집에 걸인이 들르면 반드시 배를 든든하게 채워서 돌려보내라는 것이 지아 부인의 당부였기에, 집사 오소 크린은 이 걸인에게 뜨거운 죽 한 그릇을 가져다주었다.

"우리 마님께서 특별한 비법으로 만드신 죽이에요. 양도 푸짐하고 몸에 좋은 약초도 들어 있어서, 먹으면 오늘 하루는 종일 속이 든든할걸요."

그 말을 듣고 고맙다고 굽실거리는 대신, 걸인은 반짝이는 눈으로 크린의 얼굴을 빤히 바라볼 뿐이었다.

"나 못 알아보겠어?"

크린은 걸인을 찬찬히 살펴보다가 나지막이 탄성을 질렀다. 그는 주위를 둘러보고 길 저편에 있는 패왕의 부하들이 이쪽을 주시하지 않는 것을 확인한 다음, 서둘러 걸인을 집 안으로 들였다. 그러고는 허리를 깊숙이 숙여 절했다.

"반갑습니다, 가루 공!"

쿠니의 몸을 뒤덮었던 진흙과 얼굴의 가짜 흉터는 따뜻한 목욕물에 몸을 담그자 깨끗이 벗겨졌다. 희끗한 머리카락은 약으로 탈색한 것이라, 자라서 다시 검은색으로 돌아오려면 시간이 필요했다.

불룩한 배를 조이려고 친친 감았던 새끼줄을 풀고 보니 속이 다 후련했다.

쿠니는 옷을 갈아입으려고 지아의 침실로 들어섰다. 창가의 조그만 탁자 위에 싱싱한 민들레를 꽂은 꽃병이 놓여 있었다. 근처의 옷걸이에 걸린 새 겉옷 몇 벌은 지아가 남편을 위해 손수 바느질한 옷인 것을, 쿠니는 알아볼 수 있었다. 그는 옷에 코를 묻고 아내가 빨래를 할 때 빼놓지 않고 사용하는 상쾌한 약초 냄새를 맡았다. 생각지도 못했던 눈물이 왈칵 쏟아졌다.

쿠니는 침대에 앉아 지아의 베개를 쓰다듬으며 아내가 자신에게 무슨 일이 일어났는지 까맣게 모른 채 혼자 보냈을 밤들을 상상했다. 그러면서 어떻게든 보상해 주겠노라고 맹세했다.

베개에 머리카락이 몇 올 붙어 있었다. 쿠니는 사랑스럽다는 듯이 그 머리카락을 집어 들었다가, 얼어붙고 말았다.

지아의 붉고 구불구불한 머리카락이 아니었다. 검고 뻣뻣한, 남자 머리카락이었다.

"다수섬에서 선원인 척하고 상선에 올라탔어. 킨도 마라나의 첩자들을 속이는 방법이 그것뿐이었거든. 일단 본섬에 도착한 후에는 여기까지 천천히 이동했어. 며칠에 한 번씩 변장을 고치면서."

쿠니가 설명했다. 맏아들 토토*티카*는 쿠니가 안으려고 하자 아버지를 알아보지 못하고 울었고, 갓 태어난 딸 라타*티카* 역시 오빠를 따라 엉엉 울었다. 쿠니와 지아도 그런 아이들을 보며 함께 울었다. 온 식구가 꺼이꺼이 우는 집에서 할 일을 하는 사람은 소토뿐이었다. 소토는 식탁에 음식을 차리고 우는 아이들을 데려갔다.

오소 크린은 할 일을 찾지 못하고 근처에 우두커니 서 있었다. 쿠니는 그런 오소를 눈여겨보았다. 특히 그의 뻣뻣하고 까만 머리카락을.

쿠니는 오소의 등을 토닥이며 말했다.

"널 마지막으로 봤을 땐 비쩍 마른 애송이였는데. 내 식구들을 돌봐 줘서 정말 고맙다, 오소. 네가 항상 충직하고 성실한 부하였다는 거 알아. 네 나름의 방식으로."

그 말에 오소는 흠칫했고, 지아의 표정은 흐뭇함과 두려움이 뒤섞인 채로 얼어붙었다. 잠시 어색한 공기가 흐른 후, 소토가 오소의 옆구리를 살짝 찔렀다. 쿠니는 못 본 척했다.

"저는…… 모실 수 있어서 영광입니다."

오소는 그렇게 답하며 허리를 숙였다. 조용히, 소토와 오소는 방을 나섰고, 문을 닫았다.

둘만 남게 되자 지아는 울음을 터뜨리며 쿠니에게 안겼다.

"미안해, 정말 미안해, 지아. 난 상상도 못하겠어. 그동안 당신이 어떤 심정이었을지, 사루자의 모든 사람이 보내는 싸늘한 시선을 혼자서 어떻게 견뎠을지."

쿠니는 지아의 머리를 쓰다듬었다.

"이제 다 틀린 거지, 그렇지?" 지아는 눈물을 닦으며 물었다. "당신이 한 일이랑 마타가 그 일에 어떻게 반응했는지 들었을 때, 난 화가 나서 죽는 줄 알았어. 그 조그만 섬에 갇혀서 할 수 있는 게 뭐가 있겠어? 당신이 거기서 아무리 용써 봤자 나랑 애들은 마타 손아귀에 있잖아. 친정 식구들은 나랑 말도 안 하려고 해, 패왕이 자기들을 어떻게 볼지 두려워서."

쿠니는 지아를 힘껏 끌어안았다. 아내의 말 한마디 한마디가 심장을 후비는 단검 같았다.

자신도 모르게 남편의 손을 덥석 잡고서, 지아는 절박한 눈으로 쿠니의 얼굴을 빤히 올려다보았다.

"쿠니, 마타한테 용서해 달라고 빌어 보는 건 어때? 왕위를 포기한다고 하면서. 신하로 삼아 달라고 하는 거야, 아니면 평민도 좋고. 주디 현으로 돌아가서 애들이랑 마음 편히 살면 돼. 돌아갈 수 있다고 하면 우리 가족도 당신네 가족도 다들 기뻐할 거야. 어쩌면 당신, 너무 높이 날아오르는 꿈을 꿨는지도 몰라."

쿠니는 아내의 시선을 피했다.

"그 생각은 나도 해 봤어."

지아는 가만히 기다리다가, 기대했던 답이 영 돌아오지 않자 남편을 재촉했다.

"그래서?"

"다른 집 식구들이 생각났어."

"다른 집 식구들이라니?"

"집으로 돌아오는 동안 난 큰 도시랑 넓은 도로를 피해서 여행해야 했어. 그래서 세상이 얼마나 비참해졌는지 조금은 파악할 수 있었어. 마타는 위대한 전사인지는 몰라도, 훌륭한 통치자는 아니야. 예전 티로 국가들은 이웃 나라보다 자나 제국을 더 두려워했기 때문에 별수 없이 하나로 뭉쳐서 싸웠던 거야. 그런데 이제 온갖 해묵은 원한이 되살아났어. 마타가 국경선을 어린애 장난같이 그려 놓는 바람에 사태가 더 악화됐지. 마타가 임명한 새 왕들은 정통성이라곤 쥐뿔만큼도 없고. 모든 티로 국가가 전쟁 준비에 돌입했어. 세금은 군대를 키울 목적으로 천정부지로 올랐고, 물가도 계속 오르는 중이야. 반란은 이미 끝났는데도 백성들의 생활은 조금도 나아지질 않았어."

"그게 당신이랑 나랑 우리 애들이랑 무슨 상관인데?"

"우리가 *이런* 세상을 보려고 목숨을 걸었던 건 아니잖아. 다라의 백성들은 지금보다 더 나은 삶을 누릴 자격이 있어."

남편의 말을 듣는 동안 지아의 마음속에서는 절망과 분노가 앞다투어 머리를 쳐들었다.

"변덕스러운 백성한테 사랑받는 게 나한테 좋은 남편이 되는 것보다, 우리 애들한테 좋은 아빠가 돼 주는 것보다 더 중요하다는 거야? 어떻게 우릴 깡그리 무시하고 백성을 '구원'한다는 실없는 소리만 할 수가 있어? 당신한테 중요한 건 세상이 아니야, 우리야. 당신 혹시 당신이 목격한 백성들의 고난이 세상의 이치라고 생각해 본 적은 없어? 누가 황제가 되든, 누가 패왕이 되든, 전쟁과 죽음은 피할 수 없을지도 몰라. 그런데 당신이 마타보다 더 나은 통치자가 될 것 같아?"

"나도 모르겠어, 지아. 그래서 당신한테 조언을 구하러 온 거야. 그런데 당신은 어쩌다가 이렇게 된 거야? 한때는 세상에 도전하겠다는 기백이 넘쳤잖아, 다른 세상을 만들 수 있다는 이상을 품었잖아."

"사느라고 이렇게 됐어! 쿠니, 난 그냥 평범한 사람이야. 평범한 엄마야. 우리 애들이 안전하길 바라는 게 뭐가 나빠? 다른 집 애들보다 우리 애들을 먼저 챙기면 안 돼? 나랑 평생을 함께하겠다고 약속한 남자가 날마다 죽거나 불구가 될 위험을 떠안기보다, 내 곁을 지키는 남자가 되길 바라는 게 잘못이야?"

"내 곁을 지키는 남자라고?"

불쑥 튀어나온 말이었다.

"어떻게 내 곁을 지키는 남자라는 말을 지금 꺼낼 수가 있지?"

지아는 깊은 숨을 들이마셨다. 그러고는 쿠니의 눈을 똑바로 마주 보았다.

"당신은 여기 없었어, 쿠니. 난 버티기 위해서 해야 할 일을 한 것뿐이야. 내 운명이 아직 내 손 안에 있다는 걸 확인하려고. 하지만 당신을 사랑하는 마음을 저버린 적은 한 번도 없어."

"우리 사이에 믿음이 어려운 문제가 될 줄은 몰랐는데."

그 말을 내뱉고 나서, 쿠니는 충격에 빠져 멍하니 서 있었다. 마음속의 의심을 입 밖에 꺼낼 생각은 없었다. 안식과 격려를 얻으려고 집에 돌아왔건만, 상황은 생각했던 것과 영 딴판으로 돌아가고 있었다.

이제 부부 사이에 보이지 않는 벽이 서 있다는 것을 두 사람 모두 알 수 있었다. 부부는 눈앞의 현실보다 과거의 꿈과 갈망 속에서 서로를 더 친밀하게 느꼈다. 떨어져 지내는 동안, 두 사람은 상대가 자신에게 바라는 이상적인 모습을 상상하고 거기에 스스로를 끼워 맞추려 부단히 애썼다. 그러나 진실은 둘 다 이미 변했다는 것이었다.

헤어져서 쓸쓸한 시간을 보내는 동안 지아는 평범한 삶의 안정감과 소소한 행복을 소중히 여기는 사람으로 변했다. 그러나 이제 야망에 불이 붙은 쿠니는, 자신의 눈에 사사로워 보이는 것들을 참고 견디기가 힘들었다. 지난날 둘을 하나로 묶었던 뜨거운 열정은 사그라지고 이제는 깜박거리는 숯만 남은 듯했다.

"마셔, 남편."

지아는 신경을 안정시키고 심장 박동을 느리게 하는 밍밍한 차를 쿠니에게 건넸다. 지금껏 더 싸울 기력도 없을 만큼 지쳐 있는 여러 부부에게 건네던 차였다.

쿠니는 흔쾌히 차를 받아 마셨다.

집에 돌아왔다는 기쁨은 그렇게 바닥을 드러냈고, 쿠니와 지아는 한 집에 머무는 손님들처럼 행동했다.

둘은 아이들에게만 관심을 쏟았다. 아이들은 다른 방향으로 부는 바람에 올라탄 연 두 개를 붙잡아 두는 가느다란 실이었다.

* * *

"지아 마님과 갈등을 겪으시는 것 같더군요."

소토가 그렇게 말했을 때, 쿠니는 지아의 공방을 수리하는 중이었다. 공방은 보존 처리한 약초가 든 오지항아리와 유리병이 선반마다 가득해서, 돌아다니기도 힘들 만큼 비좁았다. 쿠니는 벽에 못질을 해서 새 선반을 달고 높은 곳에 손이 닿기 쉽게 사다리를 놓았고, 아이들이 아장아장 걷거나 기어서 들어오지 못하도록 문 아래 쪽에 나지막한 울타리도 설치했다.

"너무 오래 떨어져 지냈거든."

쿠니는 선선히 인정했다. 아직 잘 아는 사이는 아니었지만, 쿠니 는 소토와 이야기할 때면 마음이 편해지는 느낌이 들었다. 이 꼼꼼 하면서도 친절한 하녀장은 어른은 물론 아이들에게서도 사랑을 받 았고, 집안일이 원활하게 돌아가도록 조율하는 솜씨는 다수섬을 책 임진 코고 옐루에 못지않았다. 하인들 중에는 왕이라는 지위 때문 에, 또 패왕과 복잡하게 얽힌 과거에서 비롯된 여러 소문 때문에 쿠 니를 두려워하는 이도 있었지만, 소토는 그 앞에서 주눅 든 기색을 보이지 않았다. 오히려 쿠니를 동격으로 대했고, 가끔은 무뚝뚝하 게 나무라기도 했다. 특히 아이들을 돌보다가 서툴게 굴 때 더욱 그 러했다. 소토가 곁에 있으면 쿠니는 예전의 자신으로, 천방지축으 로 경솔하게 살던 그 시절로 돌아간 기분이 들었다.

"두 분 다 현실의 상대가 아니라 자신이 그리는 상대의 모습에 더 익숙해진 거지요. 그게 바로 이상을 좇는 사람이 빠지는 함정이랍 니다. 우리는 결코 남이 바라는 만큼 완벽해질 수 없으니까요."

쿠니의 입에서 한숨이 흘러나왔다.

"제대로 봤어."

"하지만 불완전한 부분까지 받아들이지 않으면 진정한 행복은 누릴 수 없다는 게 저의 지론입니다. 신뢰는 의심을 인정하고 포용 할 때 더욱 강력해지는 법이지요."

쿠니는 소토를 가만히 보다가 마음을 굳혔다.

"난 장님이 아니야, 소토. 그동안 무슨 일이 있었는지 정도는 나도 간파할 수 있어. 오소는 전부터 쭉 지아를 좋아했어. 그리고 난 인형극에 나오는 질투하는 귀족이 되기 싫어서 일찌감치 두 사람을 믿기로 마음먹었지. 그런데 내가 바보였나 봐."

"아니요, 전혀요. 나리께선 화를 내지도, 심술을 부리지도 않으셨습니다. 그걸 보면 나리가 어떤 분인지 잘 알 수 있지요. 지아 마님이 마음속에서 나리를 지운 적이 없다는 건 나리도 아실 겁니다."

소토의 말에 쿠니는 고개를 끄덕였다.

"내 반응이 당신 예상과 달랐다면 그건 아마도…… 집을 떠나 있는 동안 나 역시 이런저런 짓을 했기 때문일 거야. 떳떳하게 밝힐 수 없는 짓들을."

"아내에게만이 아니라 스스로에게도 엄격한 남자는 드물지요. 제가 나리를 잘못 본 게 아니었다니, 다행입니다. 현자들의 말과 아노 고전에 따르면 남편과 아내가 지켜야 할 신뢰는 각기 다른 것이라고 합니다만, 나리께서는 세상의 상식을 그대로 따르는 분은 아니시군요."

그 말에 쿠니는 쿡쿡 웃고 말았다.

"단지 옛날 책에 적혀 있다고 해서 사실로 믿어 버리는 건 정신 나간 짓이라는 게 내 지론이라서 말이지. 마타는 옛날이 완벽했다고 생각하지만, 난 미래를 위해 현재를 완벽하게 만들어야 한다고 믿는 쪽이야. 지아가 그렇게 행동한 건 분명 필요한 일이라고 믿었기 때문일 거야. 난 위선자 행세를 할 생각은 없어."

"남자든 여자든 큰일을 하는 사람은 애정의 형식에 구애받지 않는 법입니다. 나리와 지아 마님은 여러 사람에게 애정을 느낄지도 모르지만, 그렇다 하더라도 마음속에서는 언제나 서로를 그들 가운데 으뜸으로 여길 것입니다."

"하지만 순풍에 돛단배처럼 나아가진 못하겠지. 안 그래?"

"그렇게 되면 무슨 재미가 있을까요?"

"바깥어른 때문에 화가 나신 것 같더군요."

소토가 꺼낸 말이었다. 지아와 소토가 그늘진 주방에 앉아 자수를 놓는 동안, 쿠니는 아이들을 데리고 마당에서 노는 중이었다. 쿠니는 갓털이 보송보송하게 자란 민들레를 찾아 아들 토토티카가 입으로 불도록 도와주었다. 같이 놀기에는 너무 어린 라타티카는 아빠의 목에 매달려 두 사람을 지켜보며 신이 나서 소리를 질렀다.

"화가 나지, 그럼. 남편 노릇보다 왕 노릇에 더 열중하는데."

"그럼 마님께선 무엇보다 아내의 자리를 지키는 일에 열중했다고 자부하시는지요? 저는 밤에 마님의 침실 문이 열리고 닫히는 소리를 들었습니다만."

수를 놓던 지아의 바늘이 멈췄다. 눈길은 소토에게로 향했다.

"말조심해."

지아의 손은 떨리고 있었다.

그러나 소토는 수놓기를 멈추지 않았다. 정확하게, 꼼꼼하게, 한 땀 한 땀을 가지런하고 빽빽하게 이어 나갔다. 꼭 날아가는 화살의 궤적처럼. 소토의 두 손은 그렇게 침착하기만 했다.

"제 말을 오해하셨습니다, 지아 마님. 마님께선 바깥어른을 사랑하시나요?"

"당연하지."

"그렇다면 바깥어른을 사랑하면서도 정인(情人)을 두신 것을 어떻게 설명하시겠습니까?"

"그 둘은 전혀 달라."

지아는 나직이 소곤거렸다. 그러나 얼굴은 불이 붙은 듯 벌겠다.

"오소는 나한테…… 꼭 필요한 사람이었어. 내가 미쳐 버리지 않으려면, 살아남으려면. 내가 내 운명의 주인이란 걸 확인하기 위해서 그랬어. 주위 사람들이 나한테 바라는 '지아 마님'이 되기 위해서 말이야. 옛 아노족의 현자들은 내가 한 짓을 알면 눈살을 찌푸리겠지만, 그래도 난 후회 안 해. 그리고 내가 한 짓이 배신이라는 생각도 안 해, 왜냐면 내 마음속 한가운데서 쿠니를 치워 버린 적은 단 한 번도 없으니까."

"마님이 보시기에 바깥어른도 그걸 이해하실 것 같은가요?"

"그건…… 모르겠어. 하지만 지금의 쿠니가 내가 알던 그 쿠니라면 틀림없이 이해할 거야. 난 스스로 완벽한 사람이라고 자부한 적은 한 번도 없어, 하지만 언제나 옳은 일을 하려고 애썼어."

"제가 하고 싶은 말이 바로 그겁니다, 지아 마님. 우리 마음은 복잡한 것이라서, 여럿을 함께 사랑할 수 있지요. 비록 한 사람만을 소중히 여기고 나머지는 모두 배제하라고 배우기는 하지만요. 또 좋은 아내인 동시에 좋은 어머니가 되는 것도 가능합니다, 가끔은 남편의 요구와 아이들의 요구가 상충한다고 해도 말입니다. 마찬가지로 남편에게 충실한 아내인 동시에 자신을 위해 정인을 두는 것도 가능합니다, 비록 시인들은 그것이 잘못이라고 말하지만요. 그런데 시인들이 우리보다 우리 자신을 더 잘 안다고 믿어야 할 이유가 있을까요? 두렵다는 이유 때문에 인습으로 후퇴해서는 안 됩니다. 마님도 이미 짐작하셨겠지만, 바깥어른께선 생각보다 마님을 더 잘 이해하고 계십니다."

"당신은 신기한 사람이야, 소토."

"신기하기로 따지면 피장파장입니다, 지아 마님. 마님이 바깥어른께 화를 내는 이유는 바깥어른 마음속의 갈등을 감지했기 때문입니다. 마님을 위해 안전한 가정을 꾸릴 의무와 만인을 위해 다라를 더 나은 곳으로 만들고자 하는 욕망 사이에서 번민하는 것을 말입니다. 하지만 바깥어른의 마음이 그 둘을 함께 품는 것은 불가능할까요? 두 가지를 모두 이룰 수 있도록 돕는 길이 마님의 눈에는 보이지 않나요?"

지아는 쓴웃음을 머금었다.

"내가 무슨 생각을 하든, 그 생각을 갖고 뭘 할 수 있겠어? 난 남자가 아니야. 그저 전쟁터에서 자기 운을 시험하려는 남자의 아내에 지나지 않아."

"그저 편하다는 이유로 단조롭고 무력한 삶에서 위안을 찾으면 안 됩니다, 지아. 당신 남편은 왕이에요. 다른 티로 왕들과 동등한 신분이지요. 당신은 진정 자신이 코크루의 시골 아낙들처럼 무력한 존재라고 생각하는 겁니까? 그네들의 남편은 당신 남편과 마타의 명령에 따라 싸우다 죽어갔는데도?"

"그런 건 쿠니가 책임질 일이야, 내가 아니라."

"남편과 달리 갑옷을 입거나 검을 휘두르지 않았으니 뭐가 어떻게 되든 나는 책임이 없다는 말이군요."

"달리 어쩌겠어? 난 권력욕을 채우려고 남편을 조종하는 여자로 소문나고 싶진 않아. 전쟁터에서 무공을 세우거나 정정당당하게 공부해서 얻어야 할 성과를 베갯머리송사로 차지하는 요부로 불리고 싶지도 않고. 나도 아노어 고전을 공부한 몸이야. 여자가 나랏일에 간섭하는 게 위험하단 것 정도는 잘 알아."

"지 부인의 사례는 어떻게 생각하십니까?"

"난 스스로를 전설 속의 여자랑 비교하고 싶진 않은데."

"하지만 지 부인도 한때는 한 남자를 사랑해서 그 남자가 옳은 일을 하도록 이끌 수 있다고 믿은 여성에 지나지 않았습니다. 마님이 아무리 열심히 공부한들, 살아생전 관직에 오를 수 있을까요? 마님이 제아무리 용기가 넘친들, 전쟁터에 나갈 수 있겠습니까? 우리가 사는 세상에서, 여자인 마님에게, 그런 길은 막혀 있습니다. 그런데도 마님은 자신과 타인들의 운명을 바꿀지도 모르는 다른 길로 나아가려 하지 않습니다. 사리사욕을 위해 역사를 지어내는 사관(史官)들의 요사스러운 혀와 예리한 필기용 칼이 두렵다는 이유로.

궁중의 사관들이 규정한 전통적인 '현모양처'의 삶은, 마님에게는 이미 닫혀 있습니다. 마님은 가족의 바람을 저버리고 꿈에서 본 남자라는 이유로 싹수가 노란 한량과 결혼한 사람입니다. 산적이 된 남편을 따라 산채로 들어간 사람이자, 남들은 모두 등을 돌릴 때 남편을 믿은 사람이며……"

"아니야…… 그게 아니라…… 난 그냥, 나랑 내 가족이 안전하기만 바랄 뿐인데……"

"그러기엔 이미 늦었어요, 지아. 운명이 세상이라는 커다란 체를 흔들면 인간은 타고난 자질에 따라 촘촘한 쳇불에 걸러진다고 믿는 이들이 있는가 하면, 우리가 운과 재주로 스스로의 운명을 개척해 나간다고 믿는 이들도 있어요. 어느 쪽을 믿든 간에 지위가 높은 자는 남들보다 더 큰 권력을 누리므로, 마땅히 더 큰 의무를 져야 합니다. 당신이 안전한 삶을 그토록 소중히 여긴다면, 쿠니가 운명을 함께하겠냐고 물었을 때 그러겠다고 대답하지 말아야 했어요.

결혼이란 고삐가 두 줄 달린 마차와 같습니다. 남편 혼자 몰도록 맡겨 두면 안 돼요. 자신이 정치적인 아내라는 사실을 인정하세요. 그러면 지금처럼 무력감에 빠지지는 않을 겁니다."

다시 서로를 안았을 때, 부부의 몸짓은 첫날밤에 그랬던 것처럼 서툴고 어색했다.

"쿠니, 내가 당신이랑 전처럼 편하게 지낼 날은 영영 안 오겠지? 당신은 앞으로도 계속 변할 테니까. 나도 마찬가지고."

"어차피 다른 길이 있는 것도 아니잖아. 안전이란 건 환상일 뿐이야, 유혹에 빠지지 않는 믿음처럼. 우린 신들과 달리 완벽하지 않아. 하지만 불완전하기 때문에 신들마저 우리를 질투하는 건지도 몰라."

그렇게 부부는 자신의 마음이 넓어지는 기분을 함께 느꼈다. 여러 개의 사랑을 다 담을 만큼 넓어지는 기분을.

사랑의 몸짓이 끝난 후에, 부부는 어둠 속에 누워 있었다. 서로 팔다리를 감은 채로.

"당신은 다수로 돌아가야 해. 그리고 마타 앞에서 무릎 꿇겠다는 말은 두 번 다시 꺼내지 마."

지아가 말했다. 쿠니는 자신의 심장이 지아의 박동에 맞추어 점점 빠르게 뛰는 느낌이 들었다.

"진심으로 하는 말이야?"

"당신이 손바닥만 한 그 섬을 버린다고 해도 마타가 우리를 가만히 둘 거라는 보장은 없어. 하지만 왕좌에 앉아 있는 한은 운신할 여유가 있잖아. 산적으로 시작했다가 공작이 돼서 나중에는 비행함을 타고 황제를 사로잡은 남자라면, 가능성이 없다는 말은 아무도 못 할걸."

쿠니는 지아를 더 힘껏 끌어안았다.

"역시, 나한테 절실하게 필요한 말을 해 줄 사람은 당신이었어."

지아는 쿠니에게 입을 맞추었다.

"그리고 아내도 한 명 더 들여야 해."

지아의 말에 쿠니는 표정이 얼어붙었다.

"뭐라고? 혹시 당신 나름대로 '균형'을 맞추겠다고 이러는 거면 착각하는……"

"왕은 원래 후계자를 많이 확보하려고 후궁도 많이 거느리잖아."

"내가 언제부터 다른 왕들을 따라하……"

"어휴, 쿠니, 제발. 유치하게 굴지 좀 마. 내 마음속에 당신이 단단히 자리 잡고 있는 것처럼, 당신 마음속에 내 자리가 튼튼하다는 거 나도 알아. 내가 당신 맏아들의 엄마란 걸 아는 이상, 마타는 나만 붙잡고 있으면 당신이 아무 짓도 못 할 거라고 생각할 거야. 하지만 당신도 마타가 방심하도록 행동해야 해, 당신이 분수에 만족하면서 행복하게 산다고 믿도록 말이야. 아예 신이 나서 죽겠다는 시늉을 하는 것도 괜찮을 거야. 외진 곳의 조그만 섬에서 왕 노릇을 하는 게 신나는 것처럼 말이야. 그러려면 아내를 더 들이는 것보다 좋은 방법은 없어. 마타한테 당신이 욕심 많고 여색을 밝히는 진짜배기 티로 왕처럼 변해 가는 걸 보여 주란 말이야, 그 낙도를 집으로 삼아서 잡초처럼 번식할 작정이라는 걸. 당신의 연기가 충분히 그럴 듯해 보이면, 마타는 아예 나까지 당신 곁으로 보내 줄지도 몰라."

"하지만 지아, 난 그렇게 무슨 연극의 소품처럼 다른 여자를 데려다 아내로 삼는 건……"

"연극을 하라는 게 아니야. 당신이 냉혹한 정치 놀음을 위해서 누구랑 결혼할 사람이 아니란 건 나도 아니까. 하지만 당신이 있는 곳은 나한테서 너무 멀고, 외로움이 애정과 열정을 어떻게 갉아먹는지는 내가 제일 잘 알아. 당신은 사랑하는 사람을 아내로 들여야 해. 동반자이자 믿음직한 조언자가 돼 줄 사람으로. 당신 곁에는 그런 목소리가 필요해. 지금처럼 불확실한 시기에는 더더욱."

쿠니는 잠시 말이 없었다.

"그렇게 했다가는, 언젠가 그 여자가 왕궁에서 당신의 경쟁자가 될지도 모르는데."

"어쩌면 내 대역이 될지도 모르지. 마타가 나를 살려둬 봤자 쓸데가 없다고 생각하는 날이 오면."

쿠니는 몸을 일으켜 앉았다.

"무슨 소리야? 그건 내가 절대 용납 못 해."

그러나 지아의 목소리는 여전히 차분했다.

"뒤를 생각하지 않으면 안 돼. 바람이 어느 쪽으로 불지 누가 알 겠어? 우린 지금 위험한 계획을 꾸미는 중이야, 그러니까 성공하기 전까진 항상 실패할 경우에 대비해야 해. 루루센에게 마피데레 황제를 비난하는 글을 쓰라고 설득했을 때, 지 부인은 언젠가 자기 목숨을 대가로 치를지도 모른다는 걸 알고 있었어."

"당신을 우러러봐야 할지 두려워해야 할지 알 수가 없군."

지아는 남편의 손에 자기 손을 얹었다.

"다 신중을 기하자고 하는 말이야. 어쩌면 마타는 당신이 새 아내한테 마음을 줬다고 믿을지도 몰라. 그러면 역설적으로 당신 마음이 옮겨간 덕분에 내가 더 안전해질 수도 있어."

"목숨이 걸린 도박을 무슨 날씨 이야기처럼 가볍게 말하는군."

"난 그 일이 간단히 성공할 거라고 믿을 만큼 순진하진 않아. 하지만 우리 둘의 믿음은 인습에 구애받는 믿음하고는 달라. 당신의 오감을 만족시켜서 당신 마음에 자리를 잡는 사람이 누구든, 난 당신이 나랑 함께 하늘을 날 때 제일 행복하단 걸 알아."

쿠니는 그렇게 말하는 지아에게 입을 맞추었다.

"나도 알아, 내가 곁에 없을 때 당신이 누구를 침대로 들이든, 당신이 나랑 나란히 날아오를 때 가장 행복하다는 걸. 당신 꿈속에서 그랬던 것처럼."

"내 남편은 정말 마음이 넓은 사람이라니까."

제38장

리사나

사루자 근교

원수정 원년 7월

쿠니는 소토에게 사루자 시내로 데려가 달라고 부탁했다.

"장바구니를 들 사람이 필요할 거 아냐."

"사루자에 얼굴을 비치는 게 현명한 짓인지 모르겠군요. 나리께선 지금 다수섬에서 몸져누워 계셔야 할 분이잖습니까."

그러나 쿠니는 말을 들을 태세가 아니었다. 지아와 화해한 덕분에 다시 기운이 솟았기 때문이었다. 쿠니는 세상에 도전할 각오가 되어 있었다. 사루자를 둘러보고 마타가 지배하는 수도의 귀족들을 가까이서 관찰하고 싶었다. 이는 마타를 우롱하는 한 가지 방법이자, 패왕이 마련해 준 손바닥만 한 감옥 섬을 비웃는 행위였다. 그리하여 쿠니는 하인으로 변장하고 소토를 따라 시내로 향했다.

소토가 쌀과 생선, 채소, 돼지 갈비를 사는 동안 쿠니가 등에 진 장보기용 바구니는 점점 더 묵직해졌지만…… 쿠니는 불평하지 않았다. 다예보다 훨씬 국제적이고 세련된 사루자의 북적거리는 풍경과 소음 속에서, 그는 자신이 본섬을 얼마나 그리워했는지 새삼 깨달았다.

"썩 일어나, 이 밥만 축내는 게으름뱅이 자식아."

코크루군의 장교인 오십인장이 땅바닥에 널브러져 있는 야윈 사내아이를 채찍으로 때리며 외치는 소리였다. 소년은 일어서려고 버둥거렸지만, 힘이 없어서 다시 쓰러지고 말았다. 틀림없이 제대로 먹지도 못한 채 학대당하는 모양새였다. 사람들은 멀찍이 물러나 그 둘에게 널따란 공간을 만들어 주었다.

"무슨 일일까?"

쿠니가 바짝 다가서며 물었다. 소토는 뻔한 일 아니냐는 듯이 어깨를 으쓱했다.

"패왕이 자나군 포로들을 잔뜩 데려다 군의 전속 인부로 삼았답니다. 사실상 노예들이지요."

"저 애는 딱 봐도 열네 살도 안 됐을 것 같은데."

"패왕이 말하길 포로들은 황제를 섬겼으니 무슨 일을 당해도 자업자득이라더군요. 백성들도 대부분 같은 생각이고요."

"사람한테 모진 짓을 하면서 '자업자득' 같은 핑계로 태평하게 넘어간다면 백성들의 고통은 절대로 끝나지 않을 텐데."

소토는 쿠니의 말을 곱씹어 생각하며 고개를 끄덕였다.

쿠니는 초주검이 되어 땅바닥에 쓰러진 소년을 바라보았다. 쿠니의 얼굴이 씰룩거렸다.

다음 순간, 쿠니는 성이 나서 씩씩거리는 장교에게로 걸걸 웃으며 다가갔다.

"나리! 나리! 제 부탁 하나만 들어 주시겠습니까?"

장교는 멈칫하더니 이마의 땀을 훔쳤다.

"뭐냐?"

"저도 패왕 전하와 마찬가지로 자나의 개들을 증오한답니다. 그러다 보니 재미난 놀이를 고안해서 자나 출신 노예들의 콩알만 한 뇌를 괴롭혀 주는 게 저의 취미입지요. 이 녀석한테 일을 시켜 먹기는 이제 틀린 듯하니, 저한테 파시는 게 어떻겠습니까? 해 보고 싶은 새 놀이가 몇 가지 있어서 말입니다."

쿠니의 목소리는 능글맞고 유들유들했고, 눈빛은 고문을 벌일 기대감에 젖어 기쁨으로 번들거렸다. 오십인장조차도 소름이 끼칠 정도였다. 그러나 쿠니가 귓속말로 액수를 소곤거렸을 때, 오십인장은 고개를 끄덕였다.

"어이쿠, 현금이 모자란데. 여기, 은화 10냥이 있습니다. 지금은 가진 돈이 이것뿐이네요."

찡그린 표정으로 소매를 뒤적이던 쿠니의 눈이 환하게 빛났다.

"그래도 인감은 가져왔습니다."

쿠니는 길가의 문방구점으로 가서 종이 한 장을 들고 와 장교에게 건넸다.

"이걸 토룰루 페링 나리 댁의 문지기한테 갖다 주시면서 쿠니킨 씨가 나리께 드릴 돈이 있다고 말씀하십시오. 아, 쿠니킨은 제 이름입니다. 제가 페링 나리 댁에서 가정교사로 일하고 있어서요. 그 댁 집사가 제 월급에서 가불한 돈으로 나리께 잔금을 드릴 겁니다. 이 밑에 제 인감을 찍어 뒀습니다."

오십인장은 고맙다고 중얼거리며 쿠니가 내민 종이를 펴서 들여다보았다. 글 읽기가 서툴렀던 그는 입술을 달싹거리며 문자와 기호를 떠듬떠듬 읽어 내려갔다.

"자, 이 애를 집에 데려가서 깨끗이 씻기자."

쿠니는 소토에게 나지막이 소곤거렸다.

"나리와 지아 마님은 꼭 닮은 한 쌍이로군요. 남을 돕지 않고는 못 견디는 분들이세요. 아무쪼록 그 품성에 깃든 가능성을 낮춰 보지 마십시오."

소토도 나직한 목소리로 대꾸했다. 쿠니는 그 말이 무슨 뜻인지 잠시 생각했다.

"고마워."

코크루군 장교는 종이 아래쪽에 알아보기 힘들게 찍힌 도장 자국을 보고 표정이 얼어붙었다.

"너 이 자식! 핀 크루케도리!"

장교가 소리쳤다. 쿠니와 소토와 소년은 채 스무 걸음도 가지 못한 참이었다. 그들 주위의 사람들이 무슨 일인지 보려고 고개를 돌렸다.

"저게 무슨 소리지요?"

소토가 물었다. 쿠니는 씁쓸하게 웃었다.

"소싯적의 업보가 내 발목을 잡는 소리."

오십인장은 쿠니를 향해 달려들었다. 자두 냉차를 팔던 젊은 여성이 그를 피하려다 발이 엉켜 넘어졌고, 그 바람에 쟁반에 받쳐 들었던 각얼음이 떨어져 땅바닥에 흩어졌다. 오십인장은 각얼음을 밟고 미끄러져서 일어나려고 버둥거리다 다시 자빠졌다.

"소토, 난 이만 달아나야겠어."

"잠깐만요! 이제 나리가 어떤 분인지 알았으니, 제 비밀을 알려 드리겠습니다."

소토는 쿠니를 바짝 끌어당겨 귀엣말을 소곤거렸다. 쿠니의 눈이 휘둥그레졌다. 뒤이어 소토를 지그시 보던 쿠니의 표정이 깨달음의 빛으로 물었다.

"나리는 다수섬으로 가서 해야 할 일을 하십시오. 때가 되면 이곳은 제가 맡겠습니다."

쿠니는 돌아서서 우왕좌왕하는 군중 속으로 사라졌다.

무슨 짓이야, 자매여, 왜 저 뺀질뺀질한 미꾸라지가 빠져나가게 도와준 거지? 저자가 코크루의 총애받는 아들에게 맞서려고 음모를 꾸미는 걸 모르겠어?

너의 *총애를 받는 아들이겠지. 나는 마타보다 지아가 더 마음에 들어. 지아는…… 성깔이 있거든. 아직은 지아가 남편 상을 치를 때가 아니야.*

아무래도 지아의 사기꾼 남편이 보여 준 군자 행세에 속아 넘어갔나 보군. 그자는 망나니야, 협잡꾼이라고.

쿠니는 사루자로부터 최대한 멀어지기 위해 훔친 말을 연신 채찍질했다. 그러나 노쇠한 말의 입가에는 이미 거품이 부글거렸다. 뒤쪽 저편에 추격대의 윤곽과 말 떼가 피워 올린 먼지구름이 보였다.

쿠니는 자신의 불운을 원망했다. 코크루군의 하고많은 군인들 중에 하필이면 주디 현 출신과 마주치다니. 게다가 그 많은 주디 현 출신 군인들 가운데 하필이면 소싯적에 사기를 쳤던 사람과 맞닥뜨리다니.

과거 부역 감독관이었던 오십인장은 즉시 지원 부대를 요청했다. 마타 진두는 이미 쿠니 가루가 다수섬을 벗어날 수 없다고 공표해둔 참이었다. 따라서 허락도 없이 유배지에서 돌아온 쿠니 가루를 붙잡으면 포상을 받으리라는 것을 모르는 이는 패왕의 부하들 가운데 아무도 없었다.

이제 쿠니 앞에 농사꾼의 초라한 오두막집이 보였다. 타고 있던 말에서 훌쩍 뛰어내린 쿠니는 말을 채찍질해 그대로 길을 따라 달리도록 한 다음, 냉큼 오두막집 문 앞으로 달려갔다. 그곳에는 젊은 여성 한 명이 콩을 까고 있었다.

"아가씨, 저 좀 도와주십시오."

쿠니는 그 여성의 눈에 자기가 어떻게 비칠지 잘 알았다. 희끗하게 염색한 머리카락의 뿌리는 새로 자라서 시커멨고, 걸친 옷은 지아의 하인들이 입던 것이었다. 얼굴에 가짜 흉터가 있는 데다 탈출하느라 땀까지 뻘뻘 흘린 탓에 영락없이 도주 중인 범죄자 같았는데…… 물론 실제로도 그러했다.

연갈색 피부와 색이 옅은 머리로 보아 코크루가 아니라 아무 사람의 후예인 듯한 젊은 여성은 일어서서 쿠니를 보다가, 추격대가 일으킨 길 저편의 먼지구름을 흘깃 쳐다보았다.

"패왕한테 쫓기는 걸 보면 그리 나쁜 사람은 아닌 것 같군요."

쿠니는 속으로 안도의 한숨을 쉬었다. 마타는 농민들이 자신을 어떻게 보는지에 전혀 관심을 두지 않았고, 그들과 우호관계를 맺는 것 역시 의미가 없다고 생각했다. 쿠니는 마타 휘하의 귀족과 장군, 세금 징수관 같은 무리가 백성을 어떻게 대했을지 훤히 상상이 갔다. 그러나 백성들은 바다와도 같았다. 무거운 짐을 실은 배도 거뜬히 띄울 수 있는가 하면, 그 배를 가라앉힐 수도 있었다.

"따라와요."

젊은 여성은 쿠니를 데리고 집 뒤편의 우물로 간 다음, 쿠니가 위쪽의 도르래에 걸린 밧줄을 타고 우물 속으로 내려가도록 도와주었다. 그러고는 물에 닿은 쿠니에게 밧줄을 붙잡고 두레박을 투구처럼 머리에 뒤집어쓰라고 했다. 혹시 누가 우물을 들여다봐도 두레박이 물에 떠 있는 것처럼 보이도록.

여성은 집으로 돌아와서 난로에 불을 지폈다. 그러나 불을 붙이기 전에 장작을 물에 적신 탓에 연기가 자욱하게 피어올랐다. 이윽고 연기는 좁은 집 안을 가득 채우고 열린 문으로 뭉게뭉게 흘러나왔다.

코크루군 추격대는 오두막집 옆을 지나며 속도를 줄였다. 오십인 장은 말을 몰던 자가 이 근처에서 내리는 모습을 얼핏 목격했다. 그는 부하 절반에게 아직 저 멀리 보이는 먼지구름을 쫓아 계속 길을 달리라고 명령했다. 나머지 절반은 그를 따라 연기가 흘러나오는 오두막집으로 걸어갔다.

추격대를 맞이한 사람은 얼굴이 검댕과 눈물로 얼룩진 젊은 여성이었다.

"도망치는 자를 못 봤느냐? 위험한 놈이다. 패왕의 적이다."

오십인장은 부하들에게 지금 쫓는 자가 쿠니 가루라는 것을 알려주지 않았다. 만에 하나 잘못 봤을 수도 있기 때문이었다.

오십인장의 물음에 젊은 여성은 고개를 가로저었다. 다급하게, 여성은 양팔을 휘휘 저어 주변의 연기를 흩뜨렸다. 그런데 그러는 사이에 연기가 여성의 팔을 따라 자욱하게 뭉쳐 짙은 회오리로 변하더니, 이내 그녀와 오십인장과 군인들을 송두리째 에워쌌다. 연기 속의 모든 사람이 쿨룩거리기 시작했고, 얼굴에는 눈물이 줄줄 흘렀다.

오십인장은 고통을 참으며 집 안을 둘러보았지만 무엇 하나 똑바로 보기가 힘들었다. 그는 여성을 밀치고 조그만 오두막집 안으로 더 깊이 들어섰다. 짙은 연기 속에서 시커먼 형체들이 튀어나오는 것만 같았다. 알아보기 힘든 형상들, 눈에 불길이 이글거리는 괴물들이었다. 오십인장은 겁에 질려 허둥거렸다. 어찌된 까닭인지 머리가 몹시도 띵하고 생각도 잘 떠오르지 않았다. 연기가 머릿속을 가득 채운 기분이었다.

"당신이 찾는 자는 여기 없어요."

여성의 목소리가 들렸다.

"여기…… 없어요."

오십인장은 그 말을 따라 하고는 고개를 가로저었다. 이 지독한 연기 속에서는 도무지 생각이란 것을 할 수가 없었다.

오십인장은 뒷걸음질로 컴컴한 집 안쪽에서 벗어났다. 그러자 대번에 머릿속이 맑아졌다.

내가 찾는 놈이 여기 있을 리가 없지. 나도 참, 어지간히 바보 같군. 쿠니 가루가 뭐 때문에 농사꾼의 오두막집에 숨겠어? 쿠니 가루가 위대한 패왕 전하를 배반한 건 코크루의 모든 백성이 다 아는 사실이야, 감히 놈을 숨겨 줄 인간이 있을 리가.

오십인장은 여성에게 미안하다는 말을 웅얼거리고 부하들과 함께 길 저편으로 향했다. 그는 만약 도망자를 못 잡으면 보고하지 않기로 마음먹었다. 패왕은 자기 부하가 쿠니 가루를 보고도 놓쳤다는 말을 들으면 관대하게 넘어갈 사람이 아니었다. 오히려 쿠니가 달아나도록 도왔다고 의심할지도 몰랐다.

우물물은 얼음장 같았다. 젊은 여성이 줄을 당겨 올려 주는 동안 쿠니는 사시나무처럼 떨었다. 환한 우물 바깥으로 나오면서, 쿠니는 부드러운 석양빛에 물든 여성의 얼굴을 가만히 바라보았다. 얼룩덜룩한 검댕과 재로도 다 가리지 못할 만큼 빼어난 미모인 것을 알 수 있었다.

"왜요, 코크루 여자 처음 봐요?"

여성은 웃으며 말했다.

"저는 쿠니 가루라고 합니다."

쿠니가 말했다. 왜 이름을 밝혔는지는 스스로도 알 수 없었다. 그 여성의 신비한 분위기를 느끼며, 손과 팔을 섬세하게 움직여 아직도 마당에 맴도는 연기를 흩뜨리는 모습을 보며, 쿠니는 진실을 말할 수밖에 없었다.

"저는 리사나예요. 미천한 연기술사지요."

리사나는 쟁반에 단 과자와 쓴 차를 가져와서 탁자에 내려놓고 맞은편에 앉았다. 쿠니는 고맙다는 인사를 건넸다.

"아까 그 연기…… 어떻게 한 겁니까?"

리사나는 일어서서 향에 불을 붙인 다음, 향로를 탁자 위에 내려놓았다.

"잘 보세요."

리사나는 허공에서 양손을 움직이기 시작했다. 기다랗고 펑퍼짐한 옷소매가 손을 따라 움직였다. 집 안 공기의 흐름이 바뀌면서 일직선으로 피어오르던 향의 연기가 천천히 휘어 소용돌이로 변했다. 리사나는 이내 손동작을 멈췄지만, 소용돌이는 허공에 그대로 머물렀다. 마치 딱딱한 형체를 지닌 것처럼.

"굉장하군요. 어떻게 한 겁니까?"

"제·가족은 원래 아름다운 아룰루기섬에 살았어요. 아버지가 누군지는 저도 몰라요. 어머니랑 저, 둘뿐이었으니까요. 어머니는 약초술사로 일하다가 연기의 모양을 빚는 비법을 발견했어요. 향 속에 특수한 성분을 넣는 거였지요. 그렇게 만든 향을 태울 때 나오는 연기는 보통 연기와 달리 넓게 퍼지지 않는답니다.

저희는 이 마을에서 저 마을로 떠돌면서 살았어요. 다관에서 공연을 해서 돈도 꽤 벌었고요. 어머니는 기술을 더욱 연마해서 훨씬 더 정교한 연기 모양을 고안했어요. 연기로 미로를 만들어 낼 정도로요. 관객들은 돈을 내고 그 미로에 들어가서 웃기도 하고, 비명도 지르고, 아슬아슬한 긴장을 즐기기도 했지요. 실제로는 조금도 위험하지 않았는데."

쿠니는 리사나의 목소리에 희미하게 밴 서글픈 기색을 느꼈다.

"하지만 뭔가 잘못됐군요, 맞죠?"

리사나는 고개를 끄덕였다.

"어머니는 연기로 사람들의 정신을 조종할 수 있다는 걸 깨달았어요. 더 온순해지도록, 암시에 고분고분 따르도록 말이에요. 어머니의 미로가 그토록 강력한 효과를 발휘한 것도 어느 정도는 그 때문이랍니다. 연기 뒤에서 괴물이 움직인다고 암시하면, 미로 속에 들어간 사람은 그 괴물이 진짜라고 믿어 버렸어요."

이번에는 쿠니가 고개를 끄덕였다. 그 비슷한 이야기는 전에 들은 적이 있었다. 떠돌이 곡예사가 공연에 자원해서 참가한 관객을 반수면 상태에 빠뜨리고는, 평소 같으면 엄두도 못 낼 온갖 우스꽝스러운 짓을 하도록 만든다는 이야기였다. 수줍은 사람은 열광적인 웅변가로 변하고, 용감무쌍한 사람은 컴컴한 형상에 놀라 겁쟁이로 변하고, 점잖은 사람들은 닭처럼 꼬꼬댁거리거나 개처럼 멍멍거렸다. 그런 광경은 발광이나 다름없었다.

"어느 날, 용감하기로 이름난 왕자가 어머니의 연기 미로를 체험하러 왔어요. 어머니는 왕자한테 짜릿한 긴장감을 선사하려고 짙은 연기 속에 가둬 놓고는, 불길을 날름거리는 괴물들이 그를 둘러싸고 있다고 암시를 걸었답니다. 왕자가 자기 몸을 지키려고 검을 뽑아 들면 괴물들을 후퇴시키려고 했던 거지요. 그렇게 하면 왕자는 전설 속의 괴물과 싸웠다는 만족감을 느낄 수 있을 테니까요.

그런데 뛰어난 무인으로 알려졌던 그 왕자가 알고 보니 겁쟁이였던 거예요. 어머니가 암시한 괴물들이 머릿속에 하나둘 떠오르기 시작하자, 왕자는 검을 버리고 울부짖으며 미로를 뛰쳐나갔어요. 바지까지 적시면서요.

아무 국의 포나후 왕은 화가 나서 마법을 썼다는 이유로 어머니를 체포했어요. 처형 날짜가 잡혔지만, 어머니는 옥리를 속여서 감방에 약초를 조금 반입했답니다. 여자만 겪는 문제 때문에 꼭 필요하다고 설득해서요. 그런 다음 약초를 태운 연기로 장막을 만들어 옥리들을 그 안에 가둬 버렸고, 연기의 힘으로 문을 열게 한 후에 탈옥했지요. 그러고는 코크루로 건너와서 남의 눈에 안 띄게 조용히 살려고 애썼어요."

"슬픈 이야기로군요. 포나후 왕은 당신 어머니의 연기술을 삿된 마법으로 여겼지만, 어쩌면 권력 자체가 일종의 연기술이 아닐까요? 권력자들도 그럴듯한 연기와 무대 연출, 암시의 힘에 의존하니까요."

리사나는 고개를 갸웃한 채로 쿠니를 응시했다. 반짝이는 연갈색 눈동자의 시선에 쿠니가 쑥스러워서 안절부절못할 때까지.

"왜요? 제가 혹시 실언이라도 했습니까?"

"아뇨. 어머니가 살아 계셨으면 좋았겠다 싶어서요. 아마 당신을 마음에 들어 했을 거예요."

"예?"

"어머니는 입버릇처럼 말했어요. 권력자들이 힘없는 백성을 즐겁게 하려고 경쟁하는 날이 와야 비로소 세상이 살 만한 곳이 될 거라고요. 그 반대가 아니라."

그 말에 쿠니는 웃음을 터뜨렸지만, 이내 표정이 진지하게 바뀌었다.

"믿고 따르기에 부족함이 없는 진실한 말씀이군요."

"연기술사로서 어머니의 신조가 그거였어요. '기쁨을 줄지어다, 그로써 이끌지어다.'"

리사나와 함께 있으면 쿠니는 삶이 더 단순했던 어린 시절의 기억이 떠올랐고, 그 덕분에 마음이 편해졌다.

이때껏 쿠니는 자신의 일상생활에 *정치*가 얼마나 속속들이 배어 있는지 깨닫지 못했다. 말 한마디, 몸짓 하나, 심지어 표정 하나하나까지도, 주의 깊게 헤아리지 않으면 안 될 의미가 겹겹이 깃들어 있었다. 코고 옐루는 왕이란 언제나 남의 눈길을 받는 대상이며 입을 다물고 있을 때조차도 실은 말을 하고 있다는 관념을 쿠니의 머릿속에 새겨 넣었다. 사람들은 언제나 왕을 주시하며 왕이 손을 쥐는 모양새에서, 누구의 말을 듣거나 안 듣는 듯한 분위기에서, 하품을 참는 모습이나 차를 마시는 모습에서 꼬박꼬박 의미를 찾으려 했다. 왕을 둘러싼 신하들의 머릿속에는 계산 위에 계산, 그 위에 또 다른 계산이 똬리를 틀었다.

지아 역시 나름의 방식으로 정치의 달인이었다. 지아는 오랫동안 남들의 관심을 한 몸에 받았다. 사람들은 지아에게서 인정을 받으려고, 힘을 얻으려고, 이런 저런 의도를 읽어내려고 했다. 그들 부부의 마음은 누구보다 서로를 잘 이해할 만큼 연결되어 있었지만, 함께 있을 때 두 사람은 자신도 모르게 정치를 계속했다. 서로에게 연기를 했고, 단서를 찾으려고 상대의 말과 행동을 곱씹었다.

그러나 리사나와 함께할 때 쿠니는 어떠한 압박도 느끼지 않았다. 리사나는 속에 있는 말을 그대로 꺼냈고, 쿠니가 둘러대는 말 너머의 진실을 꿰뚫어보았다. 리사나가 손을 저으면 쿠니는 머릿속에 자욱하던 안개가 깨끗이 걷히는 기분이 들었다. 어떤 공치사도 기만도 거짓말도 늘어놓을 필요가 없었다. 리사나는 쿠니와 지아가 빠져들던 눈치 싸움 같은 것에는 관심이 없었다. 남자들 특유의 겹겹이 두른 가식을 너무도 쉽게 꿰뚫어 보기 때문에, 정작 리사나 스스로는 가식을 떨 필요가 없는 듯했다.

리사나와 함께 있는 동안 쿠니는 자신의 삶이 얼마나 피곤했는지 깨달았다. 언젠가 홀로 하늘을 가로지르는 남자의 모습을 보며 더없이 순수한 기쁨을 느꼈던 젊은이가 발을 디딜 자리는, 이제 *쿠니 대왕*의 삶에는 없었다.

리사나는 쿠니에게 자신의 능력을 있는 그대로 밝히지 않았다. 리사나와 어머니의 능력은 비슷하면서도 한편으로는 달랐다.

리사나의 어머니는 연기로 관객의 감각을 둔하게 하는 동시에 암시를 거는 데에 능숙했던 반면, 리사나는 정반대의 능력이 탁월했다. 바로 연기 때문에 흐려진 사람들의 정신을 맑게 깨우는 능력이었다. 리사나는 미로 속에서 즐거운 시간을 보낸 관객을 바깥으로 인도하는 사람이자, 관객이 보았다고 착각한 괴물들이 실은 진짜가 아니었다고 알려 주는 사람이었다.

마음만 먹으면 리사나는 사람들의 마음과 눈 뒤편에서 연기를 조종하여 아무것도 없는 허공에서 환상을 보게 할 수도 있었고, 명명백백한 현실을 의심케 할 수도 있었다. 그러나 리사나는 이와 정반대의 일을 훨씬 더 좋아했다.

약초 연기의 힘을 빌리지 않고서도, 리사나는 언제나 사람들과 편하게 이야기할 수 있었다. 자기기만이라는 안개와 연기 너머에, 본모습이 아닌 다른 모습으로 보이고 싶어 하는 욕심 너머에 있는 사람들의 진심을 훤히 꿰뚫어 보았기 때문이었다. 그래도 평소에는 상대의 기만에 장단을 맞추어 주었다. 실제로는 그렇게 해야 호감을 사는 경우가 많아서였다.

그러나 가끔 상대에게 필요하다는 생각이 들 때면 리사나는 다른 방식으로 대응했다. 말 한마디로, 노래 한 곡으로, 또는 교묘하게 깔아 놓은 잠깐의 침묵으로, 리사나는 자신이 본 것을 상대에게 보여 줌으로써 더없이 귀중한 선물을 안겨 주었다. 바로 진실을 받아들이게 하는 것이었다.

리사나의 능력을 알아차린 사람들은 적잖이 겁을 먹고 거리를 두곤 했다. 속마음이 적나라하게 드러나기를 원치 않아서였다.

그러나 그 능력에도 한계는 있었다.

리사나는 어떤 마음은 마치 봉인한 상자처럼 불투명하게 보인다는 사실을 발견했다. 그런 마음의 주인이 무엇을 원하고 또 무엇을 두려워하는지, 그런 상대가 친구인지 아니면 적인지는, 리사나도 알 길이 없었다.

"나는 네가 걱정되는구나."

어머니는 그렇게 말했다. 리사나가 그 독특한 불투명함을 설명하려고 애썼을 때의 일이었다.

"어째서요?"

"너는 남들 마음의 어둠 속을 더듬어 길을 찾는 요령을 배우지 못했으니까. 다른 사람들은 다 배워야 하는 그 요령을."

그 말을 하고 나서 어머니는 리사나를 안아 주었고, 더는 아무것도 설명하지 않았다.

처음에 리사나는 쿠니도 그런 사람이라고 생각했다. 즉, 자신의 능력으로도 마음을 읽을 수 없는 사람이라고. 그러다가 단지 제대로 집중해서 보지 않았기 때문이라는 것을 알아차렸다.

쿠니는 몹시도 복잡한 남자였다. 마음에 너무 많은 층이 겹겹이 쌓여 있어서 불투명하게 보였던 것이다. 그는 마치 잎 한 장 한 장이 서로를 아늑하게 감싼 양배추 같은 사람이었다. 반쯤 무르익은 생각 하나하나가 다른 생각을 둘러싸고서, 욕망과 의심과 후회와 이상이 서로 너무 멀리 뻗어 나가지 못하도록 자기들끼리 단단히 감싸고 있었다. 그 안에는 무럭무럭 자라는 야망이 있었고, 사람들에게 호감을 얻고 싶다는 압도적인 욕망도 있었다. 그런데 한편에는 슬픔과 자학적인 의심도 자리 잡고 있었다. 스스로 생각하는 것만큼 좋은 사람으로 살지 못한다는 생각, 스스로 바라는 옳은 길을 확실히 걷지 못한다는 생각에서 비롯된 감정이었다.

쿠니는 리사나의 호기심을 자극했다. 리사나의 경험에 따르면 권력을 지닌 남자들은 그처럼 마음속에 의심이 가득한 경우가 드물었다. 쿠니는 남을 위해 선(善)을 행해야 한다는 욕망에 사로잡혀 있었지만 그 '선'이 대체 무엇인지, 또 자신이 그럴 자격이 있는지는 확신하지 못했다.

리사나는 쿠니가 어떤 남자인지를 깨달았다. 그는 스스로를 속이는 대신 스스로를 의심하는 데에 너무 몰두한 나머지 자기 자신을 제대로 볼 수 없게 된 남자였다.

자, 그럼 난 어떻게 해야 할까? 리사나는 스스로에게 물었다. *상담할 사람이 필요한 왕을 만났을 때 내가 할 일은?*

기쁨을 줄지어다, 그로써 이끌지어다.

쿠니는 2주 동안 리사나의 집에 머물렀다. 처음에는 마타 부하들의 눈을 피해 숨기 위해서라고 자신을 설득했다. 그러나 리사나가 곁에 있는 한 스스로를 속이기란 불가능했다.

그래서 리사나에게 함께 가자고 부탁했다. 리사나는 그러겠다고 했다. 자신이 승낙하리라는 것은 이미 한참 전에 알고 있었다.

그리하여 쿠니 왕은 둘째 아내인 리사나 부인을 얻었다.

제39장

편지

다수섬 사루자 근교
원수정 원년 9월

사랑하는 지아에게

늘 그렇지만 이번에도 서당 학동처럼 진다리 문자로만 편지를 써서 미안해. 이 문제는 당신이 투명 물감으로 제대로 된 상형 문자 쓰는 법을 알아낼 때까진 견디는 수밖에 없겠어. 어차피 내 글씨는 악필이니까, 우리 편지에선 상형 문자를 안 쓰는 게 나을 수도 있겠네.

혹시 부족한 거 없어? 돈이 필요하면 말만 해, 내가 조금은 보낼 수 있을 거야. 마타도 자존심이 강한 녀석이니까 그런 것까지 막진 않을 거야. 소토하고 오소가 도와준다고 해도 만사가 잘 돌아가긴 힘들겠지. 우리 토토티카랑 라타티카가 엄마 속을 너무 썩이지 않도록 내가 기도하고 있어.

당신이 나랑 리사나한테 보내 준 축하 선물이랑 편지를 받고 정말 기뻤어. 리사나가 당신이 보내 준 약초 상자가 너무너무 맘에 든다고 전해 달래. 나한테는 무슨 약초인지 안 가르쳐 주고 짓궂게 웃을 뿐이지만.

우리는 모두 결점이 있는 사람들이지만, 그래도 이것만은 맹세할 수 있어. 난 다시는 지레짐작에 휘둘리거나 이상에 매달리지 않을 거야, 그리고 내 속에 있는 건 뭐든 당신한테 솔직하게 밝힐 거야. 리사나는 당신하고는 다른 사람인데, 난 당신들 둘 다 사랑해.

결혼식은 성대하게 치렀어. 물론 주디 현에서 치렀던 우리 결혼식이 더 신났던 것 같지만. 그때는 내가 망측한 농담도 더 편하게 하고 그랬으니까 말이지. 다라 전역의 티로 왕들이 축하 선물을 보내 줬는데, 다수의 재정에 분명 보탬이 될 거야. 마타도 진두 성에 보관하던 고급 포도주를 한 상자 보냈더라고.

킨도 마라나는 결혼식에 직접 참석했어. 그 바람에 내가 다수섬의 매력을 얼마나 만끽하면서 사는지 보여 주느라 애 좀 먹었지. 맑은 바다 공기, 자극적인 음식, 내가 교양 있는 사람인 줄 아는 백성들, 거기다 새 아내까지.

"가루 공, 고향이 그립지는 않소?" 마라나는 내가 권하는 매운 만두를 사양하느라 젓가락을 휘휘 저으면서 캐물었어. 그 양반, 위장이 좀 약한 것 같더라고.

"마음 붙이고 살면 거기가 고향이지요." 나는 리사나를 돌아보면서 그렇게 대답했어.

내 연기가 통했으면 좋겠는데 말이지.

우린 정말 굉장한 계략을 꾸미고 있어, 지아. 부디 신들의 가호가 우리 편에 있기를.

일생일대의 연기에 여념이 없는

당신의 남편이

쿠니에게

돈 걱정은 안 해도 돼. 마타한테 늘 감시당하기는 하지만, 살림에 부족한 점은 없으니까. 우리 토토티카는 당신이 떠난 후에 말도 몇 마디씩 하고 혼자서 설 수도 있게 됐어. 라타티카는 변함없이 귀엽고. 둘 다 엄마처럼 아빠를 그리워해.

리사나가 어떤 사람일지 정말 궁금해. 당신의 마음을 사로잡은 여자가 나 말고 또 있다니…… 그래, 정말 흥미로워. 한번 보고 싶어서 못 견디겠어.

마타가 나를 만나러 왔었어. 이번엔 혼자였어. 무기도 없었고.

"쿠니는 새 고향이 마음에 드는 것 같더구려." 마타가 한 말이야. "성실함이라는 덕목을 유독 버거워하는 인간들이 있지."

"어떤 남자들은 여자를 옷처럼 여기는 것 같아요. 새것일수록 좋다고 생각하니까요."

내가 눈물을 훔치면서 그렇게 말하니까, 마타가 나를 보더라. 잠깐이었지만 전에 알던 마타 같았어. 우리 아들을 손 위에 올려놓고 당신이랑 농담을 하던 그 마타 말이야. 하지만 금세 표정이 딱딱해지더니 그대로 가 버렸어.

내가 몰래 보낸 다른 선물들도 잘 찾아봐 줘. 당신이 부탁한 지도하고 수차랑 풍차 설계도는 부부용 이불 홑청 속에 숨겨 뒀어. 결혼식이란 게 참, 밀수꾼한테는 절호의 기회네. 린이 생각해낸 수법이지, 맞지? 그 사람도 이제 좀 떳떳하게 일하는 법을 배울 때가 됐는데.

용기 잃지 마, 남편. 그리고 믿음도.

세상에 둘도 없는 첩보 활동의 재미를 깨우쳐 가는

당신의 지아가

사랑하는 지아에게

다수섬에 돌아와 한동안 지내면서, 나는 남들이 내 야심이라고 부르는 것의 정체를 곰곰이 생각해 봤어. 마타하고 나 사이의 오해는 어쩌면 경쟁 때문에 빚어진 문제로 보일지도 몰라. 명예와 신용과 헛된 명성을 둘러싼 경쟁. 하지만 그 뿌리는 겉으로 보이는 것보다 훨씬 더 깊어. 이제껏 더 넓은 세상을 경험하고 보니, 나도 이제 마타가 그랬던 것처럼 세상을 바꾸고 싶어졌어. 그런데 마타는 지금껏 존재한 적이 없는 상상 속의 과거로 세상을 되돌리고 싶어 하는 반면에, 나는 아직 아무도 보지 못한 미래로 세상을 이끌고 싶다는 점이 달라.

난 전사로서는 별 볼 일 없는 사람인지도 몰라. 하지만 난 이때껏 나를 따르는 사람들을 위해 최선의 선택을 하려고 애썼어. 내가 책임져야 할 사람들, 나한테 의지하는 사람들을 위해서. 난 귀족들이 고매한 이상을 좇는 동안 고통받는 가난한 백성들을 봤어. 제후들이 자기네 꿈속의 과거에 집착하는 사이에 죽어가는 힘없는 백성들도 봤고. 왕들이 자신의 예측이 얼마나 정확한지 시험하는 동안 평화로운 일상을 빼앗기고 전쟁에 끌려가는 평민들을, 나는 내 눈으로 목격했어.

이제 나는 마피데레 황제가 오해받았다는 생각에 이르렀어.

편지를 찢지 말고 끝까지 읽어 줘, 지아.

판에 머무는 동안, 나는 마피데레의 광기가 불러온 참상을 똑똑히 봤어. 우물마다 그가 죽인 희생자들의 뼈가 잠겨 있었고, 거리마다 그에게 남편과 부모를 빼앗긴 백성들이 울부짖었어. 하지만 그게 다가 아니었어. 코고가 제국 문서고에서 빼돌려 뒀다가 몰래 이곳으로 챙겨 온 문서들에서, 나는 중요한 걸 발견했어.

통치 활동의 세세한 부분을 보면 황제가 잘못한 점들이 고스란히 드러나지만, 어떤 면에서는 잘한 일도 있어. 그는 상업이 융성하고 인구가 이동하도록, 또 여러 사상이 서로 교류하도록 장려했어. 그렇게 해서 다라 제도의 외딴 구석구석까지 더 넓은 세상을 가져다줬지. 지난날 권력의 중심이었던 칠국의 귀족 계급을 철저히 박살 낸 것도 그였어. 그 덕분에 다라의 만백성이 하나가 될 수 있었던 거야.

지아, 티로 국가가 꼭 그렇게 많이 존재해야 할까? 전쟁이 꼭 그렇게 많이 일어나야 할까? 티로 국가들 사이의 쉬지 않고 변하는 국경선은 신이 아니라 인간이 그리는 거야. 그런데 왜 한꺼번에 지워 버리지는 못하는 걸까?

옳은 답이 뭔지는 아직 모르지만, 과거로 돌아가는 건 답이 될 수 없다고 믿어. 난 새로 짊어진 책임의 막중한 무게를 느끼고 있어. 평범한 백성들을 구원하겠다는 반란의 명분을 저버리지 않으려면, 앞으로 나아가야 할 길을 새로 찾아야 하니까.

한편으로는 이 섬에 갇혀 바쁜 나날을 보내는 처지이기도 해.

당신이 무슨 소문을 들었는지는 모르지만, 다수섬은 사실 꽤 멋진 곳이야. 여기엔 내가 작위를 준 사람들을 빼면 귀족이 거의 없다 보니까 따분한 연회나 황당무계한 추문도 전혀 없어. 요즘은 누굴 만나든 나를 '전하'라고 부르면 안 된다고 설득하는 중이야. 전하라는 호칭 때문에 사람들이 쩔쩔 매는 꼴을 보는 것도 싫고, 나 스스로도 왕이라는 기분이 별로 안 들어서 말이지. 코고는 내가 격식을 너무 우습게 안다고 질색하지만, 그 친구가 얼마나 고집불통인지는 당신도 알 테지. 뭐, 고집 세기로 따지면 나도 어디 가서 빠지지 않지만.

다예는 넓이가 딱 주디 현만 한 곳인데 훨씬 가난하고 인구도 엄청 적어. 수도라고는 하지만, 사루자하고는 아마 비교하는 것도 무리겠지.

이 섬에서 나는 거라곤 생선뿐이다 보니 찾아오는 상인도 거의 없어. 저기, 혹시 나중에 여기 오게 되면 날생선하고 새우를 엄청 많이 먹어야 하니까, 미리 각오해 두는 게 좋을 거야. 여기서 잡히는 게랑 바닷가재는 자틴만에서 나는 것만큼 크진 않아도 맛은 훨씬 더 훌륭해.

하지만 다예에서 내가 제일 좋아하는 건 역시 경치야. 우리 궁이 자리 잡은 곳은 루이섬이나 다른 섬이 안 보이는 북쪽 해변이라, 눈앞에 망망대해가 펼쳐져 있거든. 물은 태고의 깨끗함을 간직하고 있고 떠내려오는 쓰레기도 거의 안 보여. 난 해 뜨기 전 차가운 바다에서 수영하는 게 습관이 됐어. 정신이 번쩍 들어서 곧장 하루를 시작할 마음이 생기거든. 저녁이면 바닷가에 모닥불을 피워 놓고 술을 마시면서 이런저런 이야기를 나눠. 그래, 솔직히 다예에는 오락거리라고 할 만한 게 별로 없어.

이곳 사람들 말로는 대양 너머에, 해적들이 숨어 있는 조그만 섬들 너머에, 수평선 너머에, 다른 섬이 있다고 해. 우리랑 완전히 딴판인 사람들이 사는 섬이. 노인들은 오래전 바닷가에 떠내려온 난파선의 잔해를 본 적이 있다는데, 다라 제도 어디에서도 본 적이 없는 낯선 모양이었다는 거야. 우린 모닥불 앞에 둘러앉아 그 비슷한 이야기를 날마다 주고받으면서 서로 겁을 주지만, 그래도 난 궁금해. 우리가 한 번도 본 적 없는 다른 땅을 저 바다 건너에서 찾을 수 있다면 멋질 것 같지 않아, 지아?

코고는 변함없이 갖가지 묘수로 백성들의 삶을 개선하고 있어. 그런데 얼마나 너그러운 친구인지, 그 공을 다 나한테 돌리는 바람에 백성들은 내가 현명한 군주인 줄 알지 뭐야. 하하!

예를 들면, 코고는 우리가 다수의 으뜸가는 명물을 철저히 활용해야 한다고 생각해. 바로 이곳의 향토 음식 말이야. 마피데레 황제가 온 다라의 백성들을 강제로 여기저기 이주시킨 덕분에, 다른 섬 주민들 중에 바깥세상 유행에 가장 민감한 부류는 다수섬 향토 요리의 매운 맛을 익히 알거든. 코고는 요즘 다른 섬의 식당 주인들한테 이곳 다예에서 요리 공부 과정을 마쳐야 얻을 수 있는 특별한 깃발을 팔아먹는 중이야. 그 깃발을 자기네 가게 앞에 달아 놓고 '원조 다수 요리점'이라고 선전하라는 거지.

깃발 도안은 내가 했어. 도약하는 고래를 조그맣게 그려 넣었는데, 마침 다수섬에 새로 탄생한 티로 국가의 국기에도 이 고래가 들어가. 지금은 계약한 식당이 아룰루기섬하고 본섬을 통틀어 쉰 곳이 넘어서 수입이 꽤 쏠쏠하다고. 코고가 그러는데 이 계획에는 장점이 또 한 가지 있대. 다라 전역의 백성들이 곳곳에 휘날리는 다수 깃발에 익숙해지는 동시에 그 깃발을 보면 뭔가 좋은 것, 즉 맛있는 다수 요리를 떠올리고 호감을 품게 된다는 거야. 하여튼 코고는 참, 마르지 않는 꾀주머니라니까.

코고는 이곳에 새 작물도 들여왔어. 탄 아뒤 사람들이 재배하던 토란이랑 이런저런 것들인데, 여기서 원래 키우던 품종보다 질이 더 좋은가봐. 시험 삼아 심어 본 농부들이 깜짝 놀랄 정도야.

게다가 그 친구, 전보다 더 단순한 세법을 새로 만들어서 실험 삼아 시행하는 중이야. 그래 봤자 내 눈에는 여전히 엄청 복잡해 보이지만. 그래도 다예의 대상인들이나 농촌 유지들하고 얘기하다 보면 그 사람들 말이, 코고 엘루 공은 천재라고 하더군(그럼 난 그 사람들한테 이렇게 말하지, 코고가 마음대로 하게 놔두는 나는 더 엄청난 천재라고.).

코고는 우리 일거수일투족을 감시하기로 되어 있는 킨도 마라나를 구워삶는 데에도 성공했어. 겸손하게 조그마한 낚싯배를 타고 루이섬으로 찾아가서 마라나한테 세법에 관해 조언해 달라고 부탁한 거야. 어떻게 세금 이야기로 몇 주일을 보낼 수 있는지는 키지 신만이 알 일이지만, 아무튼 마라나는 이제 우리를 위협으로 여기는 것 같진 않아. 전에는 그쪽 수군 함선들이 우리 항구 바로 앞까지 순찰을 돌아서 어부들이 겁을 먹기도 하고, 비행함이 날마다 다예 상공을 순회해서 온 섬의 아이들이 방방 뛰며 좋아했는데 말이야. 그런데 요즘 들어서는 그런 첩보 활동을 부쩍 줄인 것 같아.

신병 모집 활동을 보면, 전망이 그렇게 밝진 않아. 린 코다가 다른 여러 섬의 첩보망을 통해(주로 밀수 조직 쪽의 인맥을 통해 구인 활동을 하

고 있지!) 내가 유능한 인재를 찾는다는 소문을 퍼뜨리긴 했는데, 찾아
온 사람은 몇 안 돼. 다수는 매력적인 직장이라기엔 너무 외지고 가난
하니까.

사실은, 날마다 탈영병이 몇 명씩 나와. 향수병에 걸렸거나 여기선
앞날이 영 안 보인다고 생각한 거겠지. 어떤 녀석들은 밤에 고깃배를
훔쳐서 루이섬으로 달아나서는, 거기서 더 큰 배로 갈아타고 본섬으로
건너가. 다른 녀석들은 남아서 북쪽의 해적에 가담하고. 그 생각만 하
면 살짝 기분이 처지기도 해.

하지만 난 이건 그저 일보후퇴일 뿐이라고 스스로를 타이르고 있어.
마타는 지루하고 세세한 국정 운영을 견딜 만한 인내심이 없고, 새 티
로 국가들은 벌써부터 마타가 제멋대로 그은 국경선을 놓고 서로 이익
을 챙기려고 티격태격하는 중이니까. 어쩌면 난, 그저 나 자신을 속이
고 있는지도 몰라. 이 바다 위의 감옥에서 빠져나갈 기회가 아직 남아
있다고 말이야. 하지만 희망은 맛있는 요리지. 다수의 매운 요리보다
훨씬 더.

아무튼, 걱정 마. 난 길을 찾을 거야. 약속할게.

사랑하는 남편이

쿠니에게

제발 부탁인데 나를 무슨 온실 속의 연약한 꽃처럼 대하지 마, 그리
고 무슨 일이든 당신 혼자서 해결책을 찾아야 한다는 생각도 버려. 내
가 당신한테 반한 건 당신이 언젠가 크게 될 사람이란 걸 알았기 때문

만은 아니야. 당신이 언제나 내 조언을 경청하면서 나한테 '끼어들지 마' 같은 소리를 안 할 거라고 믿었기 때문이기도 해. 사루자의 귀부인 들한테 남편이나 형제, 아들이 하는 중요한 일에 말을 보태지 말라고 입만 열면 경고하는 서기관이나 대신하고는 다를 거라고 믿었기 때문 이라고.

저기, 이런 말 들었다고 해서 당신도 놀라진 않겠지만, 난 이제 사루 자의 귀족들이 여는 연회에 다시는 안 가기로 결심했어. 마지막으로 참 석한 연회는 마타가 직접 초대장을 보낸 곳이었어. 그 사람, 내 동태를 지켜보면서 당신의 야심을 염탐할 속셈이었나 봐. 거기서 간 출신 백작 인가 뭔가 하는 멍청이가 글쎄, 다수섬이 어딨는지 모르는 척하면서 당 신을 '바닷가재 통발의 왕'이라고 하는 거 있지. 그런데 다른 손님들은 무슨 재치 있는 농담이라도 들은 것처럼 웃더군. 난 나중에 후회할 짓 을 저지르기 전에 빨리 그 자리를 뜨는 수밖에 없었어. 미안해, 당신 아 내는 훌륭한 외교관이 되기는 글렀어. 우리 모두를 위해 리사나가 그쪽 으로 소질이 좀 있으면 좋겠네. 난 표정에서 감정을 숨기는 일은 젬병 이라서.

여기서 외톨이로 살려니까 힘들어. 난 당신이랑 마타가 이름을 떨치 면 우리 친정 식구들이 결국엔 화해하자고 찾아올 줄 알았어. 그리고 실제로도 한동안은 먼 사촌이나 얼굴도 본 적 없는 작은할아버지가 우 리 집에 찾아오겠다고 편지를 보내기도 했고. 하지만 지금은 당신이 패 왕의 으뜸가는 눈엣가시가 돼 버렸으니, 사촌이고 문중 어른이고 할 것 없이 우리 부모님한테 나를 멀리하라고 성화야. 어휴, 그 촌수도 가물 가물한 '친척'들, 눈알을 쏙 뽑아 주면 원이 없겠네.

소토는 변함없이 훌륭한 말벗이야. 아이들도 그 사람을 잘 따르고. 소토는 정치에 관심이 많은 게 분명한데 사루자의 귀족들 눈에 안 띄려고 피하는 게 이상해. 귀족 집안 사람이 우리 집에 들를 때면 소토는 아예 모습을 감춰. 나랑 우리 애들의 안부를 물으러 왔다고는 하지만, 실은 소문낼 게 없나 훔쳐보러 오는 사람들이야. 한번은 마타가 직접 들른 적도 있어. 세상에, 어색해 죽는 줄 알았지 뭐야. 그럴 때면 소토는 주방에 틀어박혀서 나오려고 하질 않아. 틀림없이 과거에 얽힌 비밀이 있을 거야.

그래도 소토랑 얘기하면 마음은 편해지니까…… 맞다, 우리 낭군님, 내가 비록 지 부인은 아니지만 그래도 당신한테 해 줄 말이 몇 가지 있어. 당신은 못 보고 지나쳤을 만한 것들이야.

저번에 당신 밑에서 일할 유능한 남자를 찾아서 포섭하기가 힘들다고 그랬잖아. 그런데 쿠니, 여자를 써 보는 건 어때? 명심해, 당신은 지금 세력이 약하니까 전도유망한 인재들은 패왕과 그 휘하의 새 티로 왕들 밑에서 뜻을 펴려고 할 거야. 하지만 마타는 전통을 신봉하는 사람이라, 무슨 일을 하든 입증된 방법만 따르려고 하지. 그러니까 마타의 눈에 들 가망이 없는 사람들은 기꺼이 당신한테 운을 걸지도 몰라. 처지가 절박한 사람, 가난한 사람, 내세울 혈통이나 학력이 없는 사람들 말이야. 여자를 인재로 등용하는 건 우리 관습이나 관례가 아니지만, 혹시 또 알아, 당신이 여자들 덕분에 더 성공할지?

내 제안에 놀라지는 마. 당신한테 세상을 뒤집어엎으라거나, 아노족 현자들이 케케묵은 책에서 하지 말라고 경고한 일들을 다 하라는 건 아니니까. 하지만 내가 한 말 잘 생각해 봐. 어쩌면 당신이 못 보고 넘어간 기회를 찾을 수 있을지도 몰라.

참, 전에 당신 부하였던 사람에 관해 전할 소식이 있어. 푸마 예무, 기억나? 선풍 기마대에서 대장 하던 사람. 주디 현 전투에서 당신이랑 마타를 도와 활약했잖아. 하지만 마타는 그 사람이 한때 전과자였다는 이유로 영 마뜩찮게 여겼지. 당신한테서 판을 빼앗은 후에 상도 내리질 않았고 말이야. 사실, 마타는 수피 왕을 쫓아낸 후에 예무한테서 후작 작위를 박탈하고 일개 백인장으로 강등시켰어. 예무는 너무 화가 나서 군대를 박차고 나와 다시 산적이 됐대!

바로 며칠 전에 예무가 몰래 나를 만나러 와서는, 사루자로 향하는 대상한테서 빼앗은 거라며 최고급 차를 선물로 내놨어. 상상이 가? 그렇게 훌륭한 전사가 다시 산적질을 시작할 만큼 타락하다니. 예무는 그런 일이나 할 그릇이 절대 아닌데. 내가 당신 밑으로 들어가는 건 어떠냐고 넌지시 떠봤는데, 굉장히 관심을 보였어.

몸조심해.

지쳤지만 행복한 당신의 지아가

사랑하는 지아에게

나의 더 훌륭한 반쪽, 당신은 정말 천재야. 코고한테 당신 제안을 말했더니 대번에 찬성하면서 멋진 생각이래. 지금 우린 재능이 있는데도 빛을 못 보는 여성들한테 어떻게 뜻을 전할지 궁리하는 중이야.

그리고 당신한테 푸마 예무의 소식을 듣고 나서 마타한테 정이 떨어진 사람이 또 누가 있을지 생각해 봤어. 당신이 그 사람들하고 접촉할 수만 있으면 큰 도움이 되겠지만, 그래도 마타한테 의심받지 않도록 조심해야 해.

그런데 끔찍한 소식을 하나 전하게 돼서 마음이 영 안 좋네. 코고 엘루가 나를 떠났어. 편지 내용이 앞뒤가 안 맞아도 이해해 줘. 난 지금 머리가 제대로 돌아가질 않아.

코고는 오늘 아침 회의에 나타나지 않았어. 그래서 코고를 데려오라고 근위대장인 다피로 미로를 보냈지(근위대라고 해 봐야 다피로를 빼면 달랑 병사 둘뿐이지만 내가 원래 직함 인심은 좋잖아, 나눠 줄 거라곤 감투뿐이니까.). 다피로가 돌아와서 비보를 전해 주더군. 코고 엘루 재상이 간밤에 말을 타고 집을 나서서 다수 남쪽 해안으로 달려가는 모습이 마지막으로 목격됐다는 소식이었어.

나는 무슨 사고라도 났을까 봐 두려워서 곧장 기병대를 파견해 코고의 뒤를 쫓게 했어. 그러고는 오전 내내 뜨거운 난로 위에서 발발대는 개미처럼 내 방 안을 빙빙 맴돌았지. 기병대는 이미 돌아왔어, 코고 없이. 그 친구가 어디로 사라졌는지는 아무도 몰라.

난 충격에 넋이 나가 버렸어. 만약 코고마저 내 밑에 있는 게 가망 없는 짓이라고 판단했다면, 난 끝장이야. 완전히 끝장. 반란에 가담한 후로 줄곧 코고는 내 오른팔이나 다름없었어. 코고가 없으면 난 밤새 술 마시고 집에 가는 길도 못 찾는 몸이라고. 코고가 들여온 새 작물을 내가 어떻게 기르지? 원조 다수 요리점 인증 계획은 어떻게 하고? 백성들이 짜증 내지 않게 세금을 거두는 건 또 어떻게 해야 할까?

난 이 절해고도에 갇힌 채 영원히 못 나갈 거야.

지난 몇 달간 수많은 병사들이, 심지어 장교들까지 탈영을 했지만,

코고가 안겨 준 배신감은 차원이 달라. 난 너무 상심해서 코고한테 화도 못 낼 지경이야.

절망의 시절을 보내는 당신의 쿠니가

사랑하는 지아에게

지난번 편지는 잊어버려. 코고가 돌아왔어!

코고가 떠나고 나서 일주일 동안, 난 밥도 제대로 못 먹고 잠도 제대로 못 잤어. 하지만 오늘 아침에 바깥 변소에 가서 볼일을 보는데, 저 멀리서 느릿느릿 길을 올라오는 코고가 보이는 거야. 꼭 아무 일도 없었던 것처럼.

난 겉옷을 제대로 여밀 겨를도 없었어. 맨발로 부리나케 도로까지 뛰어 나가서 코고의 양팔을 붙들었지.

"왜 그랬어, 왜 날 버리고 떠난 거야?"

"체통을 지키십시오, 가루 공, 체통을."

코고는 그저 다 우습다는 듯이 벙글벙글 웃고 있었어.

"전 야반도주 같은 건 안 했습니다. 차마 떠나보낼 수 없는 인재를 붙잡으려고 쫓아갔던 겁니다."

"자네가 쫓아간 인재가 누군데?"

"긴 마조티입니다. 오장이지요."

나는 오만 정이 다 떨어져서 코고의 손을 뿌리쳐 버렸어.

"코고, 자네 이제 거짓말까지 하는군. 지난 몇 달간 탈영한 오장만 적게 잡아도 스무 명이야, 백인장이나 대장은 얼마나 많은지 셀 수도 없고. 그런데 긴 마조타라는 오장 한 명을 붙잡으려고 일주일이나 자릴 비웠다고? 그자가 뭐가 그렇게 잘났는데?"

"긴 마조타는 다수 부흥의 비밀 병기입니다."

난 도무지 믿을 수가 없었어. 이름 한번 못 들어본 남자였거든. 하지만 샌 카루코노가 명마로 자랄 망아지를 단번에 알아보는 재주가 있는 것처럼, 코고는 초야에 묻힌 인재를 알아보는 데에는 타의 추종을 불허하는 사람이야. 그런 코고가 만류하러 쫓아간 남자라면 분명 그럴 만한 이유가 있었겠지. 그 남자를 꼭 만나 봐야겠단 생각이 들더군.

하지만 그자를 내 앞에 대령하는 대신, 코고는 내가 직접 자기 집으로 가서 그 남자를 만나야 한다고 했어. 그 남자가 지금 자기 집에 임시로 머무는 중이라면서.

"긴은 이곳 다수에서 자신에게 걸맞은 대우를 받을 거라는 확신이 없습니다. 전에는 마타 진두 밑에 있었는데, 마타는 긴의 의견을 귓등으로도 안 듣고 제대로 된 지위도 안 줬다고 합니다. 그래서 우리가 다수섬으로 출발할 때 긴은 마타 진영을 떠나 우리 편에 합류했습니다. 하지만 이곳에 와서 몇 달이 지나도록 진급할 기미가 안 보이자 다시 떠나기로 마음먹은 겁니다, 제가 전하께 소개할 때까지 꾹 참고 기다리라고 일러 뒀는데도 말입니다. 저는 잠시 자리를 비운다고 전하께 보고할 겨를도 없었습니다. 달빛에 의지해서 부리나케 긴의 뒤를 쫓아갔지요."

"달빛에 의지해서!"

"정말입니다. 외출용 신발을 챙겨 신을 틈도 없어서 그만 실내화 바람으로 쫓아갔지 뭡니까."

"그래서, 어떻게 잡은 거야?"

"아, 그게 말입니다." 코고는 턱을 쓰다듬으면서 눈이 실처럼 가늘어지도록 빙그레 웃었어. "그야말로 하늘이 도왔습니다. 긴은 고깃배를 빌려서 동트기 전에 루이섬으로 건너갈 작정이었습니다. 만약 성공했더라면 저는 긴을 영영 놓쳤을 겁니다. 변장이라도 하면 모를까, 마라나의 밀정들이 저를 알아보고 심상찮은 사태란 걸 눈치챘을 테니까요. 하지만 긴이 배에 오르기 전에 웬 의사가 자길 좀 도와 달라면서 긴을 붙들어 세웠답니다."

"도와 달라니, 뭘?"

"나중에 긴이 자세히 얘기해 줬습니다. 그 의사가 긴한테 말하길, 환자에게 줄 처방전을 적어야 하니 그동안 비둘기 한 쌍을 들고 있으라고 했답니다."

"비둘기를!"

"그렇습니다. 제 눈으로 직접 봤습니다만, 보통 비둘기가 아니더군요. 몸집은 흔히 보이는 비둘기의 세 배는 될 만큼 커다란 데다 눈빛은 어찌나 초롱초롱한지, 금방이라도 말을 할 것 같았습니다. 의사는 초록색 여행용 망토를 두른 야윈 청년이었는데, 긴한테 비둘기가 구구거리는 소리 때문에 집중이 안 된다고 불평했답니다.

'내 비둘기들이 얌전히 있도록 잘 좀 잡고 계시오. 처방전을 다 적으면 환자한테 가져다줄 녀석들이오.'

그래서 긴은 기다리고 또 기다렸습니다, 의사가 느긋하게 처방전을 적는 동안 말입니다. 의사는 진다리 문자를 한 자 적은 다음 붓을 멈추고 골똘히 생각하다가, 또 한 자를 적었답니다. 결국 긴이 참다 못해 물

었습니다. '선생님, 저는 시간이 없습니다. 도대체 언제까지 쓰실 겁니까?'

'벌써 이만큼 기다리지 않았소.' 의사가 말했답니다. '조금 더 못 기다릴 게 뭐요? 환자가 9할짜리 처방전을 받으면 좋겠소? 그런 건 받아 봤자 아무 도움도 안 될 텐데.'"

"뭐 그런 의사가 다 있어?" 나는 코고에게 물었어. "듣자 하니 영 돌팔이 같은데."

"돌팔이든 아니든 우리한테는 크나큰 은인입니다, 가루 공. 그 의사한테 뜻하지 않게 발목이 잡힌 덕분에 긴은 제가 도착할 때까지 바닷가 마을을 떠나지 못했습니다. 저는 대뜸 긴에게 돌아오라고 통사정을 했습니다.

처음에는 돌아오지 않겠다고 완강히 거부하더군요. '몇 달이나 기다렸지만 가루 공께서는 저를 만나려고도 안 하셨습니다, 이대로 하염없이 기다리는 건 정신 나간 짓입니다'라면서요.

그때 그 의사가 끼어들었습니다. '열흘 복용해야 효과가 나타나는 약이 있다 치면, 선생은 그 약을 이레만 먹고 그만두시겠소?'

긴은 눈을 가늘게 뜨고 의사를 흘겨봤습니다. '도대체 뭐 하시는 분입니까?'

의사는 붓과 종이를 내려놓고 긴을 보며 빙긋이 웃었습니다. '그 정도는 이미 눈치챘을 텐데.'

긴이 의사를 보고 있었기 때문에 저도 그쪽으로 눈을 돌렸습니다. 자세히 보니 절세의 미남이더군요. 사람이 맞나 싶을 정도로요. 긴이 물었습니다. '저한테 뭘 바라시는 겁니까?'

'나는 인간들이 내 이름을 빌려 너에게 저지른 짓을 줄곧 후회했다.' 의사가 말했습니다. '그래서 너를 쭉 지켜봤다만, 제 앞가림은 알아서 하는 것 같아 네 삶에 끼어들고 싶은 마음을 꾹 눌렀다. 의사의 첫째 계율은 어떠한 해도 끼치지 말라는 것이니까.'

'지금은 왜 제 앞에 모습을 드러내신 겁니까?' 긴이 물었지요.

'네가 다수를 떠나면 다시는 안 돌아올까 봐 걱정이 됐거든. 그건 너에게 해가 될 테니까.'

'그 말씀이 다 사실이라면, 당신은 제가 감춘 진실을 아시겠군요. 저 같은 사람이 쿠니 가루처럼 평판 좋은 군주 밑에서 뜻을 펼 가망이 있겠습니까?'

'가루 공은 재능 있는 인재에 굶주려 있다.' 의사는 계속 말했습니다. '여기저기 애타게 찾고 있지. 산적, 소매치기, 제국의 과거 시험에 번번이 낙방한 학자, 탈영병, 심지어 여자들까지.'

'이 말이 사실입니까?' 긴이 저를 돌아보면서 묻더군요. 그래서 저는 고개를 끄덕였습니다."

지아, 난 도무지 뭐가 뭔지 알 수가 없었어. 그래서 코고의 말을 끊고 물어봤어. "둘이 서로 아는 사이였던 거야? 그 의사란 양반, 도대체 정체가 뭐야?"

코고는 고개를 가로저었어. "저도 모릅니다. 그 말을 끝으로 의사는 긴에게서 비둘기를 넘겨받고 그 자리를 떠났습니다. 긴은 뭔가 골똘히 생각하는 표정이더군요. 의사의 뒷모습이 해변 저 멀리 사라지고 나서, 긴은 제 쪽으로 돌아서서는 저를 따라 돌아오겠다고 했습니다."

"분명 흥미로운 이야기이긴 해. 하지만 코고, 긴이 그렇게 훌륭한 인재라고 판단한 이유가 도대체 뭐야?"

"긴은 공께서 이 섬을 벗어날 수 있는 방법을 저에게 가르쳐 줬습니다."

그래, 지아. 당신도 짐작했겠지만 우린 그 길로 당장 코고의 집으로 갔어.

긴 마조티는 작은 키에 날씬하면서도 근육질인 남자더군. 피부는 강인해 보이는 구릿빛에 까만 머리카락은 까까머리처럼 짧게 깎았고, 암갈색 눈은 아무것도 놓치지 않을 기세로 쉬지 않고 움직였어.

코고한테 정중하게 대접해야 한다는 말을 미리 들었기 때문에, 나도 왕처럼 굴지 않고 훌륭한 전사를 모시려는 사람처럼 행동했어. 그 정도야 식은 죽 먹기였지. 어차피 내가 만날 하던 거였으니까. 그래서 허리를 숙이고 물었어. 고명하신 긴 마조티 대인을 뵙는 영광을 허락하시겠냐고.

"실은 긴 마조티 여사입니다." 그러더니 여자처럼 *지리* 자세로 절을 하는 거야, 양손을 가슴 위로 포개고서. "제가 돌아온 까닭은, 전하께서 더 불공평한 처지에 있는 성별의 인재들까지 중용하신다는 말을 들었기 때문입니다. 하지만 신하인 제게 이렇게 알현의 예를 표하신 이상, 저 역시 하다못해 제 진실 정도는 밝혀야 마땅하겠지요."

그래, 자기가 실은 여자라는 긴의 말을 듣고 코고랑 내 표정이 어땠을지 상상해 봐(내 사랑 지아, 당신은 정말 선견지명이 있다니까!).

토토티카와 라타티카한테 입맞춤을 보내며.

기뻐 날뛰고 있는 당신의 쿠니가

제40장

긴 마조티

디무시

오래전 언젠가

아무도 긴을 긴티카라고 불러 주지 않았다. 기녀였던 어머니는 긴을 낳다가 죽었고, 아버지가 누구인지는 알 길이 없었다. '마조티'는 긴이 태어난 청루의 이름이었다.

청루에서 자란다는 것은 곧 긴이 그 가게의 소유물이라는 뜻이었다. 긴은 물을 길어 나르고 손님을 안내했고, 바닥을 쓸고 요강도 비웠다. 그러면서 너무 굼뜨다고 얻어맞았고('달팽이처럼 꾸물꾸물 기어다니라고 밥을 주는 줄 알아?'), 너무 잽싸다고 얻어맞았다('네가 뭔데 일을 다 끝내면 빈둥거려도 된다고 생각하는 거야?'). 열두 살 나던 해의 어느 날 긴은 청루의 여자 주인이 자신의 처녀성을 경매에 부치려 한다는 말을 들었다. 그날 밤, 긴은 주인이 잠가 놓은 벽장문을 따고 나와 가게에 있던 돈을 모조리 챙긴 다음, 디무시의 길거리로 탈출했다.

돈은 얼마 못 가 다 떨어졌고, 긴은 선택의 기로에 놓였다. 자신의 몸을 팔거나, 남의 것을 훔치거나. 긴은 훔치는 쪽을 택했다.

절도단이 긴을 받아 주었다.

"도둑질로 말할 것 같으면, 오히려 너처럼 어린 여자애들이 유리한 구석이 있지."

절도단의 두목인 '회색 족제비'가 한 말이었다.

긴은 아무 대꾸도 하지 않았다. 뱃속을 따뜻하게 채워 주는 죽 한 그릇에 온통 정신이 팔려 있었기 때문이었다. 아무것도 못 먹은 지 사흘째 되던 날이었다.

회색 족제비의 말은 계속 이어졌다.

"너는 몸놀림도 잽싸고 위험해 보이지도 않아. 남자애들이 모여 있는 걸 보면 자신도 모르게 길 저편으로 건너가 버리는 사람이 많지만, 그런 사람들도 혼자 먹을 것을 구걸하는 여자애를 보면 마음이 약해져서 경계심이 누그러지게 마련이지. 넌 사람들한테 웃는 얼굴로 꽃을 사라고 애원하면서 주머니를 털 수도 있을 거야."

긴은 회색 족제비의 목소리가 다정하다고 생각했다. 어쩌면 자신을 제자로, 동료로, 한낱 살덩어리가 아닌 *사람*으로 봐 준 남자는 그가 처음이기 때문일 수도 있었다.

물론 도둑질 수업은 그리 쉽지만은 않았다. 그리고 싸움하는 법도 배워야 했다. 때로는 긴이 훔친 것을 다시 훔치려는 자들도 있었고, 가끔은 인정사정없는 치안관에게 붙들릴 때도 있었기 때문이었다. 절도단은 긴에게 너는 여자이므로 네가 지닌 사소한 이점을 최대한 활용해야 한다고 가르쳤다.

긴의 가장 큰 장점은 누가 봐도 싸움을 못할 것처럼 보인다는 점이었다. 다만 긴이 이 장점을 이용할 수 있는 시간은 찰나였고, 그마저도 단 한 번뿐이었다. 사내애들처럼 위협적인 자세를 취하거나 욕을 하거나 을러대는 것은 애초에 불가능했다. 긴은 짐짓 무력한 척하다가 단숨에 분노를 터뜨려 압도적인 일격을 날리는 수밖에 없었다. 표적은 주로 눈, 남자라면 목울대 밑의 부드러운 살이나 사타구니였다. 뾰족하게 깎은 손톱으로 할퀴거나 이로 물어뜯거나 숨겨 둔 단검을 쓰는 것도 거리끼지 않았다. 긴은 싸우지 않고 항복하든가, 아니면 치명적인 일격을 번개같이 날렸다. 그 둘 사이에 다른 선택지는 없었다.

어느 날, 절도단은 싸구려 여인숙에 들른 대상의 마차를 털었다. 짐칸의 내용물은 황금과 보석과 겁에 질린 남녀 어린이 열두 명이었다. 여섯 살이 넘어 보이는 아이는 한 명도 없었다.

회색 족제비는 아이들을 물끄러미 내려다보며 말했다.

"이 '상인' 녀석들, 보아 하니 아동 인신매매단 같은데. 필시 어디 먼 변경에서 부모 눈을 속이고 납치했을 테지."

회색 족제비는 아이들을 자기 집으로 데려갔다. 그곳은 절도단의 은신처이기도 했다. 아이들은 밥을 먹고 잠자리에 들었다. 긴은 아이들 방에 남아서 마지막 사내아이가 얕은 잠에 빠질 때까지 옛날이야기를 들려주었다.

"꼬맹이들 달래느라 수고했다." 회색 족제비가 말하는 동안 입가에 문 이쑤시개가 움찔거렸다. "몇 명 정도는 빈틈이 보이기가 무섭게 달아나려고 할 줄 알았는데. 너 애들을 다루는 재주가 있구나."

"저도 고아인걸요."

이튿날 아침, 긴은 아이들의 비명 소리에 번쩍 눈을 떴다. 그러고는 부리나케 집 바깥으로 뛰어나갔다. 뒷마당에, 아이들 몇 명이 땅바닥에 쓰러져 울부짖고 있었다. 한 아이는 오른쪽 어깨에 피로 물든 붕대가 친친 감겨 있었다. 오른팔은 사라지고 없었다. 머리에 붕대를 두른 채 앉아 있는 여자아이는 눈이 있어야 할 자리에 새빨간 얼룩 두 개가 번지고 있었다. 세 번째 아이는 양다리가 사라진 채 느릿느릿 기어가고 있었다. 잔디에 기다란 핏자국을 남기면서. 아직 몸이 성한 다른 아이들은 절도단 패거리에게 붙들려 집 뒷벽에 서 있었다. 아이들은 악을 쓰며 발을 버둥거리고 이로 손을 깨물기도 했지만, 석상처럼 우뚝 선 사내들의 아귀힘은 조금도 약해지지 않았다.

뒷마당 한복판에는 장작을 팰 때 쓰는 나무 그루터기가 있었다. 여자애 하나가 그루터기에 몸이 묶인 채 왼팔을 평평한 윗면에 올려놓고 있었다. 어찌나 겁에 질렸던지 목소리가 더는 사람의 소리 같지 않았다. 들짐승이 울부짖는 소리 같았다.

"부탁이에요, 제발! 안 돼요! 그러지 마세요!"

회색 족제비는 그루터기 바로 옆에 서 있었다. 피 묻은 도끼가 그의 손에서 흔들렸다. 표정은 목소리만큼이나 차분했다. 마치 지금 벌어지는 일이 평소의 아침 일과인 양.

"아픈 건 잠깐뿐이야, 내가 장담하마. 팔꿈치 아래쪽만 자를게.

사람들은 예쁘장하고 몸이 불편한 소녀가 구걸을 하면 돈을 안 주고는 못 배기거든."

긴은 회색 족제비에게 달려갔다.

"이게 무슨 짓이에요?"

"네 눈에는 무슨 짓으로 보이는데? 이 애들의 소질을 계발하는 중이야. 아침마다 시내 여기저기에 풀어 놨다가 저녁에 모아 와야지. 구걸로 벌어들이는 돈이 쏠쏠할 거다. 동정심도 훔칠 만한 귀중품이다, 이거야."

긴은 여자애와 회색 족제비 사이를 가로막고 섰다.

"나한테는 이런 짓 안 했잖아요."

"너는 일류 도둑이 될 소질이 보이는 것 같았거든." 회색 족제비의 눈이 가느다래졌다. "내가 그 판단을 후회하게 하지 마라."

"우리가 이 애들을 구했잖아요!"

"그래서?"

"당연히 부모 곁으로 돌려보내야죠."

"이 녀석들이 어디서 왔는지 누가 아는데? 인신매매단이 일일이 기록을 남기는 것도 아니고, 너무 어린 꼬맹이들이라 집이 어딘지 정확히 설명하지도 못해. 게다가 입을 줄이려고 부모가 판 게 아니라는 보장은 또 어딨는데?"

"그럼 풀어주기라도 하든가요!"

"그래서, 마땅히 내 소유물이 돼야 할 것들을 다른 조직이 냉큼 낚아채서 써먹는 꼴을 구경만 하라고? 다음은 뭐야, 나한테 이 꼬맹이들을 공짜로 먹여 주고 재워 주라고 할 작정이냐? 아예 본업은 팽개치고 루피조 신의 영역인 자선 사업에라도 뛰어들까?"

회색 족제비는 껄껄 웃으며 긴을 밀치고 도끼를 휘둘렀다.

여자애의 절규는 영원토록 끝나지 않을 것만 같았다.

긴은 회색 족제비에게 달려들어 눈을 후벼 파려고 했다. 그는 날카로운 비명과 함께 긴을 땅에 내동댕이쳤다. 그러나 긴을 붙드는데에는 사내 둘이 필요했다. 회색 족제비는 긴의 얼굴을 후려친 다음, 남은 아이들이 한 번에 한 명씩 몸 이곳저곳을 잘리는 광경을 억지로 지켜보게 했다. 다 끝난 후에는 긴에게 채찍질을 했다.

그날 밤, 긴은 남자들이 모두 잠들 때까지 기다렸다가 일어나서 발끝으로 살금살금 걸어 회색 족제비의 방으로 향했다. 창문으로 비친 달빛이 사방에 창백한 장막을 드리웠다. 바로 옆방에서 아이들이 웅얼거리는 고통스러운 신음 소리가 들려왔다.

천천히, 아주 천천히, 긴은 침대 옆의 옷 무더기 속에 손을 넣어 회색 족제비가 늘 지니고 다니는 가느다란 단검을 꺼냈다. 번개처럼 빠른 일격으로, 긴은 회색 족제비의 왼쪽 눈에 단검을 박아 넣었다. 그가 비명을 지르자 긴은 단검을 뽑아 목울대 아래의 우묵하고 부드러운 살에 깊숙이 꽂았다. 비명은 피거품이 부글부글 흐르는 사이에 멈췄다.

긴은 쉬지 않고 달리다가 리루강의 강둑에 이르러서야 탈진해 쓰러졌다.

회색 족제비는 긴이 처음으로 죽인 남자였다.

혼자 힘으로 한 일이었기에 더욱 힘들었다. 긴은 자신을 잡으려고 온 사방에 소문을 낸 절도단을 피해야 했다. 그래서 폐허가 된 사원의 지하에 숨어 지내면서 도저히 못 참을 만큼 배가 고플 때에만 바깥으로 나왔다.

어느 날 저녁, 긴은 장을 보던 부부 한 쌍 가운데 아내 쪽의 지갑을 훔치려다 붙들리고 말았다. 그러나 루피조 신의 독실한 신도였던 남편은 이 어린 도둑을 치안관에게 넘기지 않고 선행을 베풀기로 마음먹었다. 부부는 이 소녀를 집으로 데려가 가정이라는 것을 선사할 생각이었다.

그러나 현실에서 부랑아를 양육하고 어린 범죄자를 갱생시키는 일은 남자가 머릿속에 그렸던 것과 완전히 딴판이었다. 긴은 이들 부부에게 마음을 열지 않고 탈출하려 했다. 부부는 긴에게 족쇄를 채워 놓고 끼니때마다 성전을 읽어 주었다. 긴이 마음을 열고 회개하기를 바라서였다. 그러나 긴은 부부에게 욕을 퍼붓고 그들의 눈에 침을 뱉었다. 그래서 부부는 긴을 때렸다. 때리면서 말하길 네 마음에 악이 깃들었으니 매질도 다 너를 위한 것이라고, 루피조 신께 마음을 열려면 고통이 필요하다고 했다.

결국 부부는 자선이라는 이름의 실험에 신물이 났다. 그들은 긴의 눈을 가린 채 집에서 데리고 나온 다음, 디무시에서 멀리 떨어진 어느 시골로 데려가 마차에서 던져 버렸다. 그들의 집에서 아득히 멀리 떨어진 곳이었다.

긴을 자신들의 집에 감금하는 동안 부부는 긴의 머리를 박박 깎아 버렸고(허영심이라는 병을 치료한다는 명목으로), 젊고 가녀린 몸매가 드러나지 않도록 수수한 목면 누더기를 입혔다(욕정이라는 병을 치료한다는 명목으로). 그래서 처음 보는 사람은 긴을 소년으로 착각하는 경우가 많았다. 긴은 소년인 척해야 오히려 자신에게 이롭다는 것을 깨달았다. 소년처럼 거칠어 보이는 외모를 유지한 덕분에, 또 사냥꾼 움막에서 훔친 단검을 허리에 드러내 놓고 차고 다닌 덕분에, 긴은 갖가지 불쾌한 관심을 피할 수 있었다.

긴은 밤이면 논밭에서 먹을 것을 훔쳤고, 낮이면 낚시를 하려고 리루 강변까지 내려갔다.

강변에는 하루 종일 세탁부들이 나와서 옷과 침대보를 바위에 늘어놓고 빨랫방망이로 두드렸다. 긴은 그들에게서 조금 떨어진 곳에 앉아 낚시를 했다. 아무것도 잡히지 않았다. 얼마 후, 긴은 낚싯대를 놓고 우두커니 앉아 빨래하는 아낙들을 구경했다. 아낙들이 점심을 먹으며 쉬는 동안 긴은 주린 배를 안고 침을 삼키며 그들을 바라보았다.

나무 뒤에서 빼꼼히 바라보는 허기 어린 눈 한 쌍을 발견한 늙은 아낙이, 누더기 차림의 비쩍 마른 소년처럼 보이는 긴에게 자기 도시락을 같이 먹자고 내밀었다. 긴은 그 아낙에게 감사하다고 인사했다.

이튿날, 긴은 그곳에 다시 나타났고, 늙은 세탁부는 이날도 소년에게 자기 도시락을 나누어 주었다.

그렇게 스무 날이 흘렀다. 긴은 무릎을 꿇고 이마를 땅바닥에 닿도록 조아렸다.

"할머니, 나중에 제가 출세하면 할머니께서 제게 베푸신 친절을 백배로 보답할게요."

그 말을 들은 늙은 아낙은 땅에 침을 뱉었다.

"이 바보 같은 녀석아! 내가 보답을 기대하고 너한테 도시락을 나눠 준 줄 아냐? 난 그냥 네가 불쌍해서 그런 거야, 투투티카 여신께서 살아 있는 만물은 밥을 먹을 자격이 있다고 하셨으니까. 네 녀석이 아니라 집 없는 개나 고양이를 봤어도 똑같이 했을 거다." 아낙의 목소리가 살짝 누그러졌다. "난 네가 도둑질을 하지 말라고 먹을 걸 준 거야. 희망을 모조리 잃어버린 사람만이 도둑질을 하는 법인데, 넌 그러기엔 아직 너무 어려."

그 말을 들은 긴은 자신이 기억하는 한 처음으로 울음을 터뜨렸다. 그러고는 몇 시간 동안이나 그 자리에 엎드린 채로 노파가 아무리 달래도 일어나지 않았다.

그 이튿날, 긴은 강변에 다시 나타나지 않았다. 그 대신 밤낮을 가리지 않고 바쁘게 돌아가는 디무시 항구에 다시 발을 디뎠다. 그곳에서 긴은 부두 감독관과 해운 회사의 심부름을 하는 사환으로 취직했다. 긴의 도둑 시절은 그렇게 막을 내렸다.

긴은 남장을 해서 얻는 자유를 소중히 여겼다. 그래서 가슴은 항시 단단히 묶고 머리는 밤송이처럼 바짝 깎았다.

긴은 성격 또한 호전적이고 불같아서, 속임수나 모욕에 민감했다. 긴의 칼 솜씨를 둘러싼 소문은 입에서 입으로 전해질 때마다 더욱 과장됐고, 그 덕분에 자주 싸우지 않아도 안전하게 지낼 수 있었다. 그러나 막상 싸움을 시작하면 경고도 없이 일격을 날렸는데 대개는 치명타였다.

한번은 부두 감독관과 화물선 선장이 배의 비좁은 짐칸에 화물을 넣느라 애를 먹은 적이 있었다. 때마침 그 자리에 있었던 긴은 화물 상자를 적절히 쌓아서 좁은 공간에 다 들어가게 할 방안을 몇 가지 내놓았다. 그날 이후 감독관과 선장들은 자주 비슷한 문제를 들고 긴을 찾아와 상의했다. 이로써 긴은 자신의 재능을 깨달았다. 사물의 배치를 읽는 재능, 머릿속에서 유형과 형태를 그리는 재능, 어중간하게 비뚤배뚤 쌓인 덩어리들을 좁은 공간에 딱 맞도록 정리하는 재능이었다.

"넌 머릿속에 큰 그림을 그리는 재주가 있구나. 머리 쓰는 놀이도 잘할 것 같은데."

감독관은 그렇게 말하며 긴에게 *퀴파* 두는 법을 가르쳐 주었다. 퀴파는 격자 판 위에 흰 돌과 검은 돌을 늘어놓는 놀이로, 목표는 상대방의 돌을 자기 돌로 포위해서 판 전체를 차지하는 것이었다. 퀴파는 유형과 공간의 놀이, 가능성을 내다보고 기회를 잡는 놀이였다.

긴은 퀴파 두는 법을 단숨에 배웠으면서도 좀처럼 감독관을 이기지 못했다.

"넌 실력은 훌륭한데 참을성이 부족해. 왜 내가 한 수 둘 때마다 곧바로 달려드는 거냐? 내 약점을 제대로 간파하지도 않고서 말이야. 판세를 지배한다는 더 큰 목표는 무시하고 눈앞에 보이는 조그마한 빈칸만 집요하게 차지하려 드는 이유가 뭐지?"

긴은 낸들 아냐는 듯이 어깨를 으쓱했다.

"넌 꼭 부두를 돌아다닐 때처럼 *퀴파*를 두고 있어. 꼭 잠시라도 약해 보이는 건 못 참겠다는 듯이. 뭔가 증명하고 싶은 게 있는 사람처럼 둔다는 말이야."

긴은 감독관의 눈길을 피해 눈을 돌렸다.

"난 덩치가 작잖아요. 다들 나 같은 건 못살게 굴어도 상관없다는 것처럼 군단 말이에요."

"넌 그게 마음에 안 든다, 이거구나."

"남들 눈에 만만하게 보였다간……."

어느새 감독관의 목소리가 딱딱해졌다.

"넌 언젠가 자신보다 덩치 큰 인간들 위에 당당하게 서겠다는 꿈을 품었지만, 아직 때를 기다리는 법은 배우질 못했어. 남이 싸움을 걸 때마다 맞부딪쳐 싸우는 건 그저 다른 방식으로 남들한테 휘둘리는 것일 뿐이야. 그러다간 얼마 못 가 죽고 말 거다. 어리석은 꼬맹이로."

긴은 가만히 앉아서 생각했다. 그러다가 고개를 끄덕였다.

2주 후, 긴은 감독관을 이기기 시작했다.

* * *

긴의 승리에 감명을 받은 부두 감독관은 *퀴파*에 관한 고전 몇 권을 긴에게 갖다 주었다.

"이건 *퀴파*의 기원을 모의 전쟁으로 설명하는 책이다. 잘 읽어 보면 놀이 속에 전쟁의 역사와 전략이 어떻게 얽혀 있는지 이해할 수 있을 거야."

"난 글 읽을 줄 모르는데요."

긴은 창피를 무릅쓰고 말했다.

"그럼 이 기회에 배우면 되지." 감독관은 눈빛도 목소리도 다정했다. "내 여동생도 까막눈이었단다. 남편한테 배신당하는 바람에, 영문도 모른 채 상속 포기 각서에 서명을 했지. 제 한 몸 지키려면 읽고 쓰는 법은 배워 둬야 해. 내가 가르쳐 주마."

어느 날, 긴이 부둣가를 걷고 있는데 덩치 큰 낯선 남자가 앞을 막아섰다.

"난 너처럼 콩알만 한 놈이 칼을 차고 으스대는 꼴을 보면 영 거슬린단 말이야. 듣자 하니 유명한 싸움꾼이라던데, 믿을 수가 있어야지. 자, 덤벼라. 더러운 돼지 새끼처럼 내 칼에 피를 질질 흘리든가, 아니면 기어서 내 가랑이 밑으로 지나가든가, 둘 중 하나다."

게피카 사람들에게 남의 가랑이 밑을 지나가는 것은 견딜 수 없는 치욕이었다. 부두의 다른 일꾼들은 이내 두 사람을 둘러싸고 싸움이 벌어지기를 기대했다.

긴은 그 남자를 바라보았다. 키가 크고 어깨가 넓었다. 건방진 눈빛을 보아 하니 재미로 남을 못살게 구는 데에 이골이 난 인간이었다. 그러나 매끈한 얼굴과 흉터 하나 없는 팔은 디무시 뒷골목에서 어슬렁거린 적이 없다는 증거였다. 진짜 싸움이 뭔지 모르는 자였다. 긴은 그 남자가 무슨 일이 일어났는지 눈치채기도 전에 숨통을 끊어 버릴 수도 있었다.

하지만 그랬다가는 자신을 위해 일구기 시작한 지금의 삶을 등지고 떠나야만 했다. 감독관에게 글을 배우는 것도 중도에 그만둬야 했다. 긴은 모욕을 당하고 참거나, 눈앞의 남자를 죽여야 했다. 할 수 있는 선택은 그 두 가지뿐이었다. 중간은 없었다.

천천히, 검을 땅에 내려놓고서, 긴은 남자의 가랑이 밑을 기기 시작했다.

모인 사람들은 야유했고, 남자는 껄껄 웃었고, 긴은 얼굴만이 아니라 귀까지 빨개지는 느낌이 들었다. 마음속에 시커먼 어둠이 뭉글뭉글 피어올라 다그쳤다. 검을 뽑으라고, 위에 있는 남자의 물렁한 배를 푹 쑤시라고. 그러나 긴은 그 어둠을 지그시 억눌렀다.

남이 싸움을 걸 때마다 맞부딪쳐 싸우는 건 그저 다른 방식으로 남들한테 휘둘리는 것일 뿐이야.

그 후로 긴은 시간이 날 때마다 *퀴파*와 전략에 관한 책을 읽으며, 터무니없는 꿈을 꾸기 시작했다.

그러던 와중에 반란이 일어났고, 세상은 통째로 뒤집혔다. 디무시 항구는 군대와 무기 상인과 밀수꾼의 배로 가득 차서 일반 상선은 배를 댈 자리도 없었다. 일거리는 점점 줄어만 갔다.

어느 날, 부두 감독관이 긴을 사무실로 불렀다.

"나는 이 난리 통을 헤쳐 나가기엔 너무 늙었구나. 그만 은퇴하고 고향으로 돌아가야겠다."

감독관은 말을 멈추고 긴을 보며 빙긋 웃었다. 그러더니 사금이 든 주머니를 긴에게 건넸다.

"이거면 더 번듯한 검하고 갑옷을 살 수 있을 거다. 우리 딸, 몸조심해라."

긴은 멍하니 감독관을 보았다. *우리 딸.* 뭔가 대꾸하려고 했지만 입이 떨어지지 않았다.

"난 처음부터 알았단다. 네 변장 솜씨야 훌륭하다만, 난 어려서부터 누이 여럿이랑 같이 자랐거든. 언젠가 네가 여자인 걸 걱정하지 않고 살 수 있는 세상이 오면 좋겠구나."

긴은 제대로 된 검과 가죽 갑옷을 샀다. 제국 수군의 징병관을 피하려고 디무시를 떠난 후에는 유랑 도적단에 들어갔다. 시골을 돌아다니면서 그때그때 편을 갈아타는 패거리였다. 제국 육군이 보이면 그들은 황제를 섬기고자 무기를 든 충성스러운 자나 민병대로 탈바꿈했다. 그러다가 반란군이 보이면 아무군이나 코크루군의 전사로 변신하여 자유를 위해 싸우는 척했다.

얼마 후, 긴은 자신에게 지도자의 소질이 있는 것을 깨달았다. 체격이 작다 보니 야전에서 활약하는 전사는 아니었지만, 긴은 성격이 치밀하고 두뇌 회전이 빨랐다. 그런 긴을 따르는 자들은 기발한 방식으로 연승을 거두었다.

그러나 단지 체격이 볼품없다는 이유 때문에, 남자들은 긴이 세운 전략에 힘입어 성공을 거두면서도 긴의 실력을 운으로 폄하했다. 도적단 안에서 권력 다툼이 벌어지는 동안 내내, 긴은 언저리에서 구경만 하는 신세였다.

하안을 떠돌다가 리마를 거쳐 파사를 지나는 동안, 긴은 진급할 수 있을지도 모른다는 희망을 품고 이 나라 저 나라 군대에 잠깐씩 몸담았다. 그러나 각국의 장수들은 이 조그맣고 비쩍 마른 남자가 하는 말을 진지하게 듣지 않았다. 사령관들은 자기 손으로 여럿을 죽인 적이 없는 긴이 전략을 잘 알 리가 없다고 넘겨짚기 일쑤였다.

위대한 마타 진두 원수도 예외는 아니었다. 긴은 늑대발섬에서 책략으로 대승을 거둔 진두 원수를 몹시도 존경했지만, 그는 긴에게 어떤 기회도 주지 않았다. 호위병에게 뇌물을 써서 간신히 원수를 알현한 긴은 수많은 인명을 희생시키지 않고 게지라 평원에서 제국의 잔당을 단숨에 소탕할 수 있는 전략을 설명했다. 그러나 진두 원수는 긴의 전략을 비열한 술수라며 거절했다.

그 일이 있고 나서 긴은 다수섬으로 출발하는 쿠니의 오합지졸 군대에 들어갔다. 가루 공이 인재에 목마른 어진 군주라는 말을 듣고 찾아갔건만, 긴은 그를 만날 방법을 좀처럼 찾을 수가 없었다. 좌절한 긴은 다예의 어느 식당에서 술에 취해 식탁을 부수며 난동을 피웠다. 샌 카루코노와 뮌 사크리가 엄하게 기율을 다잡는 쿠니 군대에서는 용납받지 못할 짓이었다. 긴은 감옥에 갇혀 사람들 앞에서 채찍질당할 날을 기다리는 신세가 되었다.

코고 옐루는 긴이 채찍질을 당하는 날 아침에 우연히 형장 근처를 지나갔다.

"쿠니 왕은 훌륭한 전사를 구할 생각이 있기는 한 겁니까?"

형벌을 받던 남자가 코고를 향해 외쳤다.

코고는 걸음을 멈추고 기둥에 묶인 남자를 바라보았다. 웃통에 홑옷만 걸친 남자의 발치에 떨어진 군복을 보니 하급 오장인 모양이었다.

"보아 하니 자넨 훌륭한 전사가 아닌 것 같은데."

"검으로 적군 몇 명을 죽이는 자는 그저 살아 있는 병기에 지나지 않습니다. 하지만 훌륭한 전사는 머리를 써서 적군 수천을 해치울 수 있습니다."

코고는 그 말에 호기심이 동했다. 그래서 성이 마조티인 그 죄수를 풀어주라고 명령했다.

* * *

코고 옐루의 집 거실에 *퀴퐈* 판이 차려졌다. 판 위에 깔린 돌의 진형은 유명한 명승부의 기록과 똑같았다. 200년 전에 *퀴퐈* 명인 둘이 벌인 대국의 마지막 승부였다. 당시 흰 돌을 쥐었던 아무 국의 이름난 전략가 소잉 백작은 검은 돌을 쥔 코크루 왕궁의 고명한 군사 피노 공작에게 패배를 인정했다.

"둘 줄 아는가?"

코고가 묻자 긴 마조티는 고개를 끄덕였다.

"저는 늘 소잉이 항복하지 말았어야 했다고 생각했습니다. 아직 희망이 있으니까요."

코고는 *퀴퐈*의 고수는 아니었지만 그 역사와 전략에 관해서는 정통했다. 마조티가 한 말은 헛소리였다. 검은 돌이 판을 뒤덮다시피 했기 때문이었다. 중앙에 모여 있는 흰 돌은 숨도 제대로 못 쉬는 형국이었다.

소잉 백작에게 이 절망적인 상황에서 빠져나갈 방법이 없다는 것은 *퀴파*를 배우는 학생이라면 누구나 아는 사실이었다.

"그 희망이 뭔지 보여 주겠나?"

코고가 물었다. 두 사람은 마주 앉아 승부를 시작했다.

코고는 검은 돌을 쥐고 대뜸 공격에 나섰다.

마조티는 판의 한쪽 귀퉁이, 자기 진영에서 멀찍이 떨어진 곳에 흰 돌을 놓았다. 코고는 그 돌의 위치를 곰곰이 가늠했다. 전혀 위협적이지 않았다. 의미 없는 한 수였다.

흰 돌의 진영은 검은 돌 앞에서 후퇴하는 것처럼 보였다. 마조티는 전투에 나서기는커녕 상황을 더욱 절망적으로 몰아갔다.

"진심인가?"

코고의 물음에 마조티는 다시금 고개를 끄덕였다. 좀처럼 읽기 힘든 표정을 하고서.

코고는 추가로 놓은 검은 돌로 일렬종대를 만들어 후퇴하는 마조티의 흰 돌을 막으려 했다. 이제 마조티에게 남은 길은 중앙, 즉 코고에게 압도적으로 유리한 전장에서 소모전을 벌이는 것뿐이었다.

의기양양하게, 코고는 검은 돌을 한 개 더 내려놓았다.

마조티의 다음 수는 코고마저 숨이 턱 막힐 정도의 악수였다. 그것은 초심자조차도 저지르지 않을 법한 실수였다.

코고는 한숨을 쉬며 고개를 가로저었다. 그러고는 마지막 일격으로 마조티의 검은 돌 절반을 포로로 붙잡았다. 마조티의 군대가 있던 자리는 이제 빈칸으로 남아 대장의 실책을 증언하고 있었다.

코고는 마조티의 항복을 받아들일 준비를 했다. 그처럼 뼈아픈 실책을 딛고 일어설 수 있는 사람은 아무도 없었다.

그러나 마조티는 입을 꾹 다문 채 판 귀퉁이에 흰 돌을 또 한 개 내려놓았다. 그곳에 있던 흰 돌 두 개는 원군이 없는 외로운 척후병 둘처럼 보였다.

코고에게 선택지는 자신의 중앙을 차지하는 것, 즉 마조티가 비워 둔 공간을 자신의 검은 돌로 채우는 것뿐이었다.

마조티는 귀퉁이에 돌을 한 개 더 놓았다. 흰 돌 세 개는 두 개보다는 덜 외로워 보였다. 그러나 가망이 없기는 마찬가지였다.

중앙의 빈 공간을 접수하려던 코고는 찌푸린 표정으로 망설였다. 종횡으로 줄지어 놓여 있던 흰 돌의 대열은 이미 사라졌건만, 어째선지 마조티가 새로 놓은 흰 돌들은 도무지 읽기 힘든 교묘하고도 느슨한 진형을 이루고 있었다. 코고가 새로 등장한 흰 돌 부대의 숨통을 끊을 방법을 찾아냈다고 생각할 때마다, 오장 마조티는 새로운 탈출구를 찾아냈다. 판 귀퉁이의 조그마한 흰 돌 무리는 천천히 서로 이어져서 점점 커다란 세력으로 불어났다.

중앙을 차지하겠다는 생각에 사로잡혀 과욕을 부렸다는 것을, 코고는 뒤늦게 깨달았다. 마조티의 군대는 코고 진영의 약점을 찌르기 시작했고, 코고가 허점 한 군데를 막으려 할 때마다 마조티는 허점 두 군데를 더 찾아내는 것처럼 보였다. 이제 살 길을 놓치고 대열이 무너진 채 달아나는 진영은 검은 돌 쪽이었다.

딸깍. 마조티가 판에 흰돌 한 개를 더 내려놓았다. 마조티의 군대가 검은 돌 진영을 고립된 여러 부대로 갈라놓으며 판의 다른 쪽 귀퉁이까지 진격하는 동안, 코고는 손을 놓고 지켜보기만 했다. 검은 돌 진영이 더욱 흐트러져 마침내 판에서 사라지는 것은 이제 시간 문제였다.

코고는 자신의 검은 돌이 든 그릇을 상 아래로 내려놓았다.

"아무래도 가루 공께서 자네를 만나셔야겠군."

제41장

다수군의 신임 원수

원수정 원년 10월

쿠니 가루는 떡 벌어진 입을 다물고 짐짓 태연한 척했다.

그러고는 다시금 고개를 숙였다.

"실례했습니다, 긴 마조티 여사. 저는 이 나라를 위해 귀하의 고견에 귀를 기울일 준비가 됐습니다."

세 사람은 나지막한 탁자를 둘러싸고 *미파 라리* 자세로 앉았다. 쿠니는 긴에게 손수 차를 따라 주었다.

긴은 마음이 흔들렸다. 왕이 손수 차를 따라 주다니. 쿠니는 긴이 여자인 것을 알고 나서도 걸출한 전략가를 자칭하는 긴의 말을 믿었고, 그에 걸맞게 대접해 주었다. 어쩌면 이 사람이야말로 긴이 섬길 만한 주군인지도 몰랐다. 그것도 전신전령을 다해 섬길 주군이었다.

하지만 그 전에, 긴은 한 번 더 그를 시험해야 했다.

"가루 공. 저에게 어떤 직위를 주실 겁니까?"

긴은 쿠니를 '가루 공'이라고 불렀다. 그의 부하들이 평소에 사용하던 호칭인 것을 익히 알기 때문이었다.

"병사를 몇이나 통솔하실 수 있습니까?"

"공께서 병사를 열 명 주시면 저는 그들을 쉰 명처럼 싸우도록 지휘할 수 있습니다. 100명을 주시면 1000명처럼 싸우도록 지휘할 수 있고요. 만약 제게 병사 1000명을 주신다면, 저는 닷새 안에 루이섬을 정복할 수 있습니다."

쿠니 가루는 망설였다. 오만한 망상병자와 천재는 원래 종이 한 장 차이였는데, 쿠니는 눈앞의 미친 여자가 전자에 가깝다는 쪽으로 생각이 기울었다. 그러나 코고 옐루의 눈은 틀린 적이 없었고, 이 무렵 쿠니는 그간의 경험을 통해 믿음직한 부하들의 조언에 귀를 기울이는 주군이 되어 있었다.

"그럼 병력이 많을수록 더 좋다는 말씀인가요?"

긴은 고개를 끄덕였다.

"그렇다면 다수군의 원수로 임명해야겠군요."

긴은 숨을 헉 들이쉬었다. 여성을 한 나라 군대의 원수로 임명한다니, 옛날이야기에서도 들어 본 적 없는 발상이었다. 가루 공은 정말로 남다른 인물이었다.

"가루 공, 솔직히 말하겠습니다. 지금 공의 처지는 열악합니다. 공의 가족은 패왕에게 인질로 잡혀 있습니다. 공께서 거느리신 병력은 고작 3000인데 패왕은 자기 휘하의 병력만 5만이고, 다른 티로 국가에서 연합군 5만을 더 끌어올 수 있습니다. 공을 섬기는 지휘관들은 용맹하지만 공의 이상을 실현할 능력이 있는 장수는 한 명도 없습니다. 다들 가루 공에게는 희망이 없다고 여길 겁니다."

긴의 말에 쿠니 가루는 고개를 끄덕였다.

"하지만 귀하는 마타 진두를 꺾을 자신이 있다는 말씀이군요?"

"전장에서 일대일로 싸운다면 저는 마타 진두에게 상대도 안 되겠지요. 또 그가 주디 현 상공에서 보여 준 무시무시한 무예 같은 것은 흉내도 못 낼 겁니다. 그러나 마타 진두는 충동적이고 감정에 휘둘리며, 치밀한 전술보다 야만적인 무력에 의존하는 인물입니다. 그는 사람의 마음에서 힘을 끌어내는 재주, 즉 정치를 조금도 알지 못합니다.

마타 진두는 소중한 말이 죽으면 왜 눈물이 흐르는지는 알지만, 농민들에게서 마구잡이로 식량을 징발하면 왜 민심을 잃는지는 이해하지 못합니다.

마타 진두는 여러 티로 국가의 새 국경을 제멋대로 그려서 자격 없는 자에게 상을 내리고, 공 있는 자를 무시했습니다. 그는 비행 궤적의 끝에 이른 석궁 화살과 같습니다. 지금은 돌이킬 수 없는 낙하를 추진력으로 감추고 있을 뿐입니다."

쿠니와 긴은 코고의 집에서 사흘 낮과 사흘 밤을 함께 보냈다. 그 동안 둘은 같은 접시의 음식을 나누어 먹으며 의견을 주고받았고, 바닥에 나란히 간 요에 누워 전략을 논하다 잠들었다. 그러다가 둘 다 바람을 좀 쐐야겠다는 생각이 들었을 때, 쿠니는 손수 마차의 고삐를 잡고 긴을 태운 채 다예 교외를 돌아다녔다.

왕궁에서는 쿠니 왕이 다수군의 원수를 임명하기로 결정했다는 포고문을 정식으로 발표했다. 누가 원수가 될지에 관한 소문 때문에 전군이 들썩거렸다. 뮌 사크리와 샌 카루코노 둘 다 지지를 얻으면서 누가 낙점되느냐를 놓고 도박이 벌어졌다.

다수의 군대는 길일(吉日)을 맞아 다예 교외에 집결했고, 그들이 마주한 제단 위에는 붉은 바다에 파란 고래가 그려진 깃발이 높이 나부끼고 있었다. 쿠니 왕은 대신과 병사들을 거느린 채 섬의 수호신인 키지에게 기도를 올린 다음, 다수군의 새 원수에게 일어서라고 요청했다.

병사들은 전군의 새 최고 지휘관을 더 자세히 보려고 목을 쭉 늘였다. 하지만 이내 눈을 비비고 다시 바라보았다. 정말인가? 세상에 어떻게 이런 일이?

제단 위에 선 사람은, 기다랗고 새빨간 드레스를 입은 그 사람은, 여자였다. 박박 깎은 머리와 깡마른 체격 때문에 대번에 알아보기는 쉽지 않았지만, 그래도 분명 여자였다. 다수군의 새 원수는 남자가 아니었다.

쿠니 왕은 고대 티로 왕들의 예법에 명시된 대로 그 여자에게 세 번 절을 했다.

"긴 마조티, 나는 그대에게 다수의 군대를 맡기는 바입니다. 오늘 이후로 그대가 군사에 관하여 결정한 일은 그 누구도, 왕인 나조차도, 이의를 제기하지 않을 것입니다."

제단 아래의 병사들은 놀라서 말문이 막힌 채 의식을 지켜보았지만, 더는 침묵을 지킬 수가 없었다.

"다수의 병사들이여."

조금씩 커지는 수군거리는 소리 위로 긴 마조티의 목소리가 울려 퍼졌다.

"지금 너희가 당황한 것처럼 세상도 나를 보고 당황할 것이다. 그리고 온 세상이 당황한 사이에, 우리는 적들을 쓰러뜨릴 것이다."

* * *

킨도 마라나는 다수군의 새 원수가 여자라는 소식을 듣고 하마터면 마시던 차를 내뿜을 뻔했다.

"다음은 또 뭐지? 이제 병사들한테 자수 놓는 훈련을 시키고 출전하기 전에는 화장을 시킬 작정인가?"

마라나는 껄껄 웃고 나서 차를 마시려다가 손을 멈추고 한바탕 더 웃었다. 마라나는 저 바보 같은 쿠니 가루가 어떻게 판에 입성하여 에리시 황제를 생포했는지 도무지 상상이 가지 않았다. 한 번은 운이 좋았다 쳐도, 그런 행운을 두 번 누릴 수는 없었다. 쿠니 가루는 그 조그만 섬에서 늙어 죽을 운명이었다.

샌 카루코노와 뮌 사크리는 탁자에 둘러앉아 분을 삭이느라 씩씩거렸다.

최고 지휘관 회의에서 맨 먼저 입을 연 사람은 긴이었다.

"신사 여러분. 나는 여러분이 내 진급 건 때문에 속이 상한 걸 모를 만큼 멍청하진 않다."

앞서 샌과 뮌은 쿠니 가루를 따로 만나 왜 그런 결정을 내렸는지 따져 물었다.

"저희는 대왕이 산적질을 할 때부터 동고동락했습니다!"

"저 여자가 한 일이 뭐가 있습니까? 아무것도 없습니다!"

그러나 쿠니는 인재를 구함에는 국경도 귀천(貴賤)도, 심지어 성별도 중요하지 않다며 둘의 말문을 틀어막았다. 마음에 들지는 않았지만 더 따질 여지도 없는 대답이었다.

샌은 새 원수를 똑바로 보면서 말하기가 힘들었다. 샌과 뮌은 자리에 앉아 있는데도 서 있는 긴보다 더 커 보였다. 긴은 여자처럼 보였지만, 한편으로는 여자 같지가 않았다. 머리는 까까머리였고 얼굴에는 흉터가 있었으며, 팔은 근육이 우락부락했고 손은 굳은살이 박여 울퉁불퉁했다. 이러한 특징과 대조를 이룬 것이 실크 드레스와 작은 목소리, 그리고…… 불룩한 가슴이었다.

게다가 긴은 여느 여자들처럼 눈을 얌전히 내리까는 대신, 좌중을 똑바로 바라보았다.

"여자는 힘만 따지면 남자보다 약한 경우가 많다." 긴이 말을 이었다. "그래서 여자는 자신보다 더 강한 적을 이기고자 할 때, 남자하고는 다른 재주를 사용하는 수밖에 없다. 남자의 힘을 본인에게 고스란히 되돌려줌으로써 그가 무리하다가 균형을 잃고 제풀에 무너지게 해야 하는 것이다. 여자는 일말의 부끄러움도 없이 자신에게 허락된 우위를 철저히 이용해야 한다. 이로써 남자들이 만든 전쟁의 규칙을 부숴야 해."

뭔과 샌은 내키지 않는 표정으로 고개를 끄덕였다. 어쨌거나 긴의 말에는 일리가 있었다.

"다수는 진두가 지배하는 코크루는 말할 것도 없고 다른 티로 국가들보다도 훨씬 약하다. 하지만 우리 대왕께서는 승리를, 더 나아가 언젠가는 황제의 옥좌에 오르기를 꿈꾸신다. 내 생각에 다수가 지금의 약세를 딛고 일어서려면 어떤 냉정한 결단을 내려야 하는지는, 여자인 내가 더 잘 이해할 것 같다. 일신의 용기와 무공만으로 병사들의 투지를 북돋는 일은 나에게는 불가능하다. 그러니 나의 전략을 실행에 옮기려면 여러분의 충성과 신뢰가 필요할 것이다."

뭔과 샌은 차를 홀짝였다. 문득 예상했던 만큼 화가 치밀지는 않는다는 느낌이 들었다.

"역사책에는 젊은 장수가 위협과 군기 잡기를 통해 일반 병사들에게 권위를 세운 예화가 잔뜩 나온다. 일부러 실없는 훈련을 시켜놓고서, 불손한 태도를 보이는 병사를 채찍질하거나 목을 치는 식이지. 하지만 나는 여자다. 그런 짓을 했다가는 고자 만들기에 재미들린 마녀나, 남자 손에 따끔한 맛을 봐야 할 왈가닥이라고 불릴 것이다. 존경심이 아니라 원망만 사게 될 테지. 세상은 원래 그런 곳이니까.

그러므로 신사 여러분, 내게는 여러분의 조언과 도움이 필요하다. 우리 병사들의 마음을 얻기 위해서."

마조티 원수는 뭔과 샌의 조언에 따라 군대의 행군 훈련을 즉시 폐지했다.

"줄맞춰 행진하는 능력은 실전에서 도움이 되지 않는다."

원수가 이렇게 선언하자 집합한 병사들은 환호했다.

그 대신 다수군의 훈련은 주로 합동 군사 연습의 형태를 띠기 시작했다. 군대는 규모가 다양한 여러 기동 부대로 나뉘었다. 그런 다음 저마다 갖가지 상황의 모의 전투에 동시에 투입되었다. 교두보 공격, 요새 습격 또는 방어, 산지 및 삼림 지대의 매복에 대처하기 등이었다. 군사 연습을 하는 동안 검과 창날은 두꺼운 천으로 감싸서 크게 다칠 위험을 없앴지만 배려는 그뿐, 장교와 병사들은 힘닿는 데까지 실전과 똑같이 싸우라는 명령을 받았다.

신임 원수는 장교들에게 윗선의 지시를 따르는 데서 그치지 말고 변화하는 전황에 맞추어 임기응변을 발휘하도록 격려했다. 원수가 설명하길, 원수 본인에서 말단 오장까지 모든 지휘관은 스스로를 살아남고자 분투하는 생물의 머리로 여겨야 하며, 단 하나의 이점도 놓치지 말고 철저히 이용해야 했다. 이를 위해 성문율이든 불문율이든 전쟁의 규칙을 깨는 이단적인 전술을 사용해야 한다면, 마음껏 사용하면 그만이었다.

"전쟁에서 우리의 목표는 오직 승리뿐이다."

마조티 원수는 *퀴파* 교본을 만들고 전군에 보급하도록 했다. *퀴파*를 두는 것이 실제로 전략적 사고에 도움이 되는지는 확실치 않았지만 이 조치 덕분에 용맹과 무력만으로는 부족하다는, 따라서 계급을 막론하고 모두가 전략적 사고에 익숙해져야 한다는 원수의 의지가 널리 전파되었다.

실전을 방불케 하는 군사 연습은 병사들에게 막중한 부담이었다.

누구랄 것도 없이 멍투성이였고, 대항군이 파 둔 함정에 빠져 뼈가 부러진 병사도 적지 않았다. 모의 전투는 한쪽이 민간인 복장을 한 '적군'에 속아 넘어가서 패하는 것으로 끝나는 경우도 있었다.

대다수 병사들은 불평하지 않았다. 군사 연습에서 기지와 용맹을 발휘하는 병사에게는 상이 주어졌기 때문이었다. 사병은 임무 수행 성적에 따라 특별 수당을 받거나 급료가 깎였고, 장교는 전술 운용의 재능을 기준으로 진급하거나 강등당했다.

아무리 실전 같은 모의 전투라고 해도 훈련은 훈련에 지나지 않았다. 병사들의 전투력을 높이기 위해 마조티 원수는 먼 북쪽 군도의 해적 소굴에 소부대 여럿을 침투시켰다. 이러한 소규모 전투를 통해 병사들은 다른 방식으로 얻을 수 없는 실전 경험을 쌓았다. 작전 중에 노획한 전리품은 모두 병사들 차지였다.

마조티 원수는 장교와 보병을 직접 지도하기만 한 것이 아니라 그들에게 서로를 지도하는 법까지 가르쳤다. 코끼리를 집어삼키는 뱀이 되려면 다수군은 무럭무럭 성장해야만 했다. 원수는 부하들에게 대군에 걸맞은 품행의 씨앗을 심어 줄 필요가 있었다.

그렇다고 마조티 원수가 훈련만 강조한 것은 아니었다. 원수는 말단 사병을 몇 명씩 모아 놓고 그들의 고충을 듣곤 했다. 샌과 뮌이 제안한 이 모임은 원래 가루 공과 옐루 재상의 행정 경험에서 착안한 것으로, 주디와 다수의 일반 백성들에게 그랬듯이 군인들에게도 효과가 있었다. 마조티 원수는 부대 식당에서 내놓는 음식의 질을 개선했고, 전사하거나 부상당한 병사의 가족에게 지급하는 연금의 액수를 높여 달라고 쿠니에게 요청했다. 한 병사가 자기 신발로는 거친 지형에서 행군하기가 힘들다고 고충을 토로하자 마조티 원수는 여러 티로 국가의 다양한 군화를 몇 달에 걸쳐 연구한 후, 다수섬의 지형에 가장 적합한 표준 군화를 제작하기에 이르렀다. 어쨌거나 마조티 원수의 군대는 다라 전역의 탈영병들로 이루어진 곳이었으므로 그리 어려운 일은 아니었다.

반란에 참가했다가 퇴역한 군인들이 다수섬으로 꾸역꾸역 몰려든 까닭은 다른 티로 국가에서 받아 주지 않았기 때문이었다. 지휘관들은 대개 전쟁에서 팔이나 다리를 잃은 그들을 퇴물로 여겼던 것이다. 그러나 무루 같은 예전의 부하들을 떠올린 쿠니는 장애가 있더라도 군대에 남기를 원하는 자는 모두 받아들였고, 혹시 긴이 반대한다면 설득할 작정이었다. 군대의 일인 만큼 원수의 권위를 무시할 생각은 없었지만 쿠니 생각에 이 건은 원칙의 문제였다.

그 얘기를 꺼냈을 때 마조티 원수가 선선히 고개를 끄덕이자 쿠니는 살짝 놀랐다.

"멀쩡한 몸이 아닌 병사도 괜찮다는 건가요?"

"우리 모두 이런저런 경험을 통해 지금의 몸이 되었으니까요."

마조티 원수는 그렇게만 말하고 입을 다물었다.

그 후 마조티 원수는 코고가 다수로 데려온 기술자와 발명가를 동원하여 상이군인의 신체 능력을 개선할 인공사지 및 기계 장치를 개발하기 시작했다. 대나무로 만들어서 천을 두른 의수를 착용한 병사는 속에 든 쇠심줄의 탄력을 조절하여 창을 자유롭게 휘두를 수 있었고, 다리를 잃은 병사는 지형에 맞게 저절로 조절되는 용수철 의족 덕분에 전투 시의 기동성을 어느 정도 회복할 수 있었다. 이러한 장치를 만들려면 돈도 많이 들거니와 병사 한 명 한 명을 위해 맞춤 제작을 하느라 시간도 오래 걸렸지만, 마조티 원수는 실전에서 잔뼈가 굵은 고참병들의 경험을 활용하는 데에 그 정도 비용은 아깝지 않다고 여겼다. 그 보답으로 고참병들은 원수를 진심으로 떠받들며 다수의 대의를 위해 목숨을 바치겠다고 맹세했다.

리사나 부인이 원수를 방문했다.

긴은 이 자리에서 무슨 얘기를 해야 할지 알 수가 없었다. 쿠니가 새로 들인 아내를 믿음직한 고문으로 여기는 것은 긴도 아는 바였고, 의견이 분분할 때 그녀의 판단에 의지한다는 것 역시 알려진 바였다. 그러나 긴은 이따금 만찬이 끝난 후에 쿠니와 함께 춤을 추는 리사나의 모습을 본 적이 있을 뿐이었다. 리사나가 전쟁에 관심을 보인다는 얘기는 금시초문이었다.

다행히도 리사나는 긴이 질색하는 수다를 떨러 온 것이 아니었다. 리사나는 자신이 찾아온 목적을 단도직입으로 밝혔다.

"원수님, 저는 원수님께서 다수의 여성들을 활용해야 한다고 생각해요."

다수에는 인재를 구한다는 쿠니의 요청에 응하여 자신의 운을 시험하러 온 여성이 많았고, 그중에는 제 나름의 특기를 지닌 사람도 많았다. 약초술사, 미용사, 무용수, 방직공, 재봉사, 배우 같은 사람들이었다. 개중에는 남편과 함께 온 사람도 있었지만, 스스로 선택했든 아니면 반란의 와중에 가족을 잃었든 간에 혼자 힘으로 삶을 꾸려가는 이도 있었다.

긴은 리사나가 무슨 말을 하는지 몰라 곤혹스러웠다.

"저도 그럴 생각입니다. 군대가 진군하다 보면 자연히 여자들이 몰리게 마련이니까요. 주검에 까마귀가 몰리듯이."

긴은 사적으로 군대를 따라다니는 무리를 떠올리며 그렇게 말했다. 어느 군대나 그런 무리가 필요했고, 따라서 용인하는 수밖에 없었다. 빨래꾼, 요리사, 매춘부 같은 부류였다.

그러나 리사나는 고개를 가로저었다.

"그런 뜻으로 한 말이 아니에요."

리사나를 보는 긴의 눈빛은 싸늘했다.

"제식 활의 시위를 당기거나 5근짜리 검을 휘두를 근력이 있는 여자는 드뭅니다. 하시려는 말씀이 무엇인지요?"

그 말에 대답하는 대신, 리사나는 긴의 방 한구석으로 걸어갔다. 그곳에는 대나무 장대가 벽에 기대어 서 있었다. 리사나는 그 장대를 가져다 긴의 책상과 창틀 사이 허공에 걸쳤다. 그러고는 나뭇가지로 날아오르는 방울새처럼 사뿐히 뛰어 장대 위에 올라섰다. 리사나는 발끝으로 장대 위에 선 채 빙그르르 돌았다. 가느다란 대나무 장대는 거의 휘지 않았다.

"몸이 가벼운 것도 장점이 될 수 있지요. 특히 하늘 위에 머물고자 할 때에는."

긴은 시계를 뒤덮었던 안개가 걷히는 기분이 들었다. 머릿속에 더 가녀리고 더 가벼운 사람들의 몸이 떠올랐다. 전투연을 타고 더욱 높이 날아오르는, 열기구를 타고 더 오래 공중에 머무를 수 있는,

비행선에 더 많은 무기를 싣고 더 멀리 날아가는…….

긴은 리사나를 향해 *지리* 자세로 절을 했다.

"부인 덕분에 저는 모든 티로 국가가 보지 못한 이점에 눈을 떴습니다. 다른 누구도 아닌 바로 제가 그 이점을 눈치채지 못했다니, 변명할 여지가 없군요."

리사나는 장대에서 폴짝 뛰어내린 다음, 긴에게 마주 절했다.

"예리한 두뇌도 가끔은 무딘 돌이 있어야 스스로를 갈 수 있는 법이지요."

긴은 리사나를 보며 빙긋 웃었다.

"하지만 그런 임무에 적합한 여성은 많지 않습니다. 제안하실 것이 더 있을 듯합니다만."

"다수의 여성들은 재주가 많답니다. 군대는 싸움만 하는 곳이 아니에요. 싸우기 전에 할 일과 싸우고 나서 할 일도 많아요."

긴은 그 말을 곰곰이 생각했다. 그러다가 고개를 끄덕였다.

"부인 같은 분을 왕비로 모시다니, 다수는 운이 좋은 나라군요."

다수 공군에서 복무할 모험심이 넘치고 민첩한 여성들을 선발하는 한편으로(당분간은 연과 열기구의 기수만 필요했으므로), 마조티 원수는 육군의 지원 부대에서 복무할 여성들도 모집하기 시작했다.

약초술사와 재봉사는 위생병 및 군의관으로 탁월한 능력을 발휘했다. 약초 치료는 통증 완화에 효과가 있었고, 비단과 편직물을 바느질하는 손재주는 상처를 봉합하는 데서도 빛을 발했다. 미용사와 방직공은 전투병들의 위장 능력을 개선시켰다. 악사와 무용수는 새 행진곡과 군가를 만들어 군대의 사기를 높이고 쿠니의 포부를 널리 알렸다. 군에 여성을 포함시키는 것은 갑옷을 수리하고 정비할 일꾼이 늘었다는 뜻이었고, 활과 화살을 만들 숙련된 장인이 늘었다는 뜻이었으며, 군대에서 일어나는 끝없는 잡무를 처리할 두뇌와 인력이 늘었다는 뜻이었다.

여성 지원 부대는 남성 군인이 수행하는 다른 임무에 참여하면서 조언하기도 했다. 약초술사는 행군 중인 부대가 걸리기 쉬운 병을 막기 위해 조리병에게 건강식에 더 가까운 식단을 제안했고, 재봉사와 방직공은 병기 계원과 의견을 주고받으며 갑옷과 군복, 군화 등을 개량했다.

긴은 여성 지원 부대가 이 같은 비전투 임무를 수행하는 한편으로 기본 군사 교육도 이수하도록 했다. 그래야 본인의 몸을 지킬 수 있거니와 아군이 수세에 몰렸을 때 긴급 보충 병력으로 활용할 수도 있기 때문이었다. 만약 적군이 여군에게 전투 능력이 없으리라 넘겨짚는다면, 이는 곧 다수군의 이점이 되는 셈이었다.

마조티 원수를 향한 조롱은 느리게 그러나 확실하게, 호의로 바뀌어 갔다. 원수에게 경례하는 장교들의 눈에는 이제 진정한 존경의 빛이 감돌았다.

제42장

민들레, 무르익다

다수섬

원수정 2년 6월

쿠니 가루가 다수섬에 온 지 1년이 지났을 무렵, 재상 코고 옐루의 눈에는 재능 있는 남자들(그리고 여자들)을 끌어모은 결실이 하나둘 보이기 시작했다. 다라 전역에 소문이 돌고 있었다. 다수에 가면 부지런한 사람은 가벼운 세금과 공정한 법률의 혜택을 누릴 수 있다는 소문, 심지어 여자도 남자와 똑같이 대접받으며 자기 생각의 가치를 증명할 기회가 생긴다는 소문이었다.

수많은 사람이 다수섬으로 건너왔다. 새 발명품을 짊어진 발명가, 무예가 뛰어난 전사, 새로운 지식을 발견했다고 주장하는 마술사, 신기한 비법을 지닌 약초술사, 전에 없는 묘기를 개발한 곡예사 등이었다. 코고는 그들 모두를 반가이 맞아들인 다음 사기꾼과 진짜 인재를 분류하려 애썼다.

백발이 성성하고 수염은 땅에 끌릴 만큼 기다란 연금술사가 의기 양양하게 말했다.

"납을 황금으로 바꾸는 비법이 있습니다. 헌데 실험실을 차리려 면 자금이 꽤 많이 필요합니다."

코고는 고개를 끄덕이고는 연금술사에게 다수에 머물러도 좋지 만 자금은 알아서 모으라고 정중하게 안내했다. 다음 사람.

"독초를 배합해서 만든 비약이 있는데, 돌에 바르면 물러져서 건 드리기만 해도 부스러지고 맙니다. 제가 몇 년째 마술 공연에 사용 하는 약이지요."

파사에서 온 노파의 설명이었다.

"그 약을 광부들한테 소개할 생각은 안 해 봤소?"

코고가 묻자 노파는 고개를 끄덕였다.

"광산 소유주들이 말하길 자기네는 이 약에 관심이 없다더군요. 허리가 부러져라 곡괭이질하고 망치질할 사람이 얼마든지 있다면 서요."

"물론 화약을 사용할 수도 있을 테고."

"하지만 화약을 만들려면 초석이 필요한데 공급량에 제한이 있 지요. 화약이 다루기 위험한 것은 말할 것도 없고요. 이 비약은 분명 가능성이 있습니다. 제대로 개발하기만 하면요."

코고는 노파가 생각하는 가능성이 뭔지 잘 와닿지 않았지만, 그 래도 영 허튼소리 같지는 않았다.

"귀하를 우리 대왕의 빈객으로 모시게 되어 영광입니다."

다음은 팔 한 짝이 없는 중년 남자 차례였다.

"화산의 열기에서 동력을 얻는 비법이 있습니다. 지열로 물을 끓이는 장치의 모형을 만들었거든요. 이거면 화산에서 나온 증기로 바퀴를 돌릴 수 있지요."

코고는 그 장치에 어떤 쓸모가 있을지 확신이 가지 않았지만, 그래도 흥미로운 물건 같았다. 그래서 남자에게 다예에 머물며 왕 앞에서 시연할 모형을 만들어 달라고 정중히 요청했다.

눈에 열의가 가득한 젊은 학자가 의기양양하게 말했다.

"저는 신과 인간의 관계에 관하여, 또 강물과 바람이 흐르는 모양에서 국가의 올바른 형태를 배우는 방법에 관하여 논문을 썼습니다. 쿠니 대왕께서는 제 논문을 마땅히 탐독하셔야 할 것입니다."

코고는 그 학자가 펼친 논문 두루마리를 훑어보며 눈을 번득였다. 돌위 새긴 표의 문자는 단정하고 색까지 칠해져 있었고, 진다리 문자는 꿀에 달려든 파리 떼처럼 빽빽했다. 코고는 두루마리를 조심스레 만 다음 젊은 학자에게 공짜 식사를 대접했다.

"대왕은 지금 여러 사소한 문제에 정신이 팔려 있습니다. 그런데 제가 보기에 이 논문은 코크루의 패왕께서 굉장히 높이 평가하실 것 같군요. 제가 패왕께 보내는 추천서를 써 드리겠습니다."

다예의 하루하루는 그렇게 바쁘게 흘러갔다.

* * *

루안 지아는 풀이 죽고 지친 모습으로 다수에 도착했다.

"대왕과 의논할 일이 몇 가지 있습니다. 하지만 제가 도착했다는 말씀은 아직 하지 마십시오."

루안은 마중 나온 코고에게 그렇게 말했다.

"마침 잘됐군요. 대왕은 리사나 부인과 함께 장로들을 방문하느라 한동안 섬 동쪽 끝에 머무실 겁니다."

"재상께서는 여전히 민정을 꼼꼼히 살피시는군요. 다른 티로 왕들도 대왕만큼 부지런하면 좋겠습니다만."

"그래도 루안 공은 대왕의 오랜 친구잖습니까. 곧장 만나러 가셔도 될 텐데요?"

"오랜 친구인 건 사실이지요. 하지만 이번엔 친구로서 찾아온 게 아닙니다."

"아아." 코고는 그제야 깨달은 눈치였다. "드디어 대왕의 신하가 되기로 결심하신 거로군요."

"군주의 그릇을 판단하려면 먼저 그 부하들의 됨됨이를 보는 것이 가장 좋은 방법이 아닐까요?"

"그러시다면 제가 우리 군의 원수를 소개하겠습니다."

루안은 긴 마조티 원수의 말끔하게 면도한 머리와 자신과 마찬가지로 흉터가 난 얼굴, 또 가늘지만 튼튼한 팔을 찬찬히 뜯어보았다. 깨끗하고 검소한 드레스는 날씬하고 다부진 몸에 딱 맞아 보였다. 긴의 외양은 한 마리 스라소니 같았다. 꾹 억누르고 있기는 했지만 힘과 투지가 전신에 흘러넘쳤다. 루안은 그런 긴이 마음에 들었다.

"예, 여잡니다. 놀라셨습니까?"

긴은 자신을 물끄러미 보는 루안에게 말했다.

루안은 쿡쿡 웃었다.

"무례를 용서하십시오. 소문은 이미 들었습니다만, 떠도는 말을 어디 믿을 수가 있어야지요. 허나 대왕과 오랫동안 알고 지낸 사이다 보니 무슨 일이 일어난대도 놀랍지는 않습니다. 제가 크루벤 무리를 타고 아무 해협을 건너자고 했을 때 그 작전이 미친 짓이 아니라고 확신한 사람은 다름 아닌 대왕이었습니다."

두 사람은 인사 삼아 서로의 팔꿈치를 잡았고, 저마다 얇은 소매 너머로 상대의 뜨거운 손을 느꼈다. 긴은 손에 꽉 힘을 주는 루안이 마음에 들었다. 이 남자는 상대가 여자라고 해서 우습게 보는 부류가 아니었다.

이후 며칠 동안 긴은 루안이 군사 연습을 몇 차례 참관하도록 했고, 루안은 감탄했다. 그런 식으로 훈련하는 군대는 다라 어디에서도 본 적이 없었다.

루안은 조립과 수송이 용이하도록 부품의 휴대성을 높인 공성용 무기의 설계도를 긴에게 보여 주었다. 긴은 대뜸 설계상의 오류를 지적했다. 루안은 머리는 좋았지만, 종이에 무기의 도안을 그리는 일과 실전에서 쓸 만한 무기를 만드는 일은 천지 차이였다.

루안은 의기소침한 표정을 지었다.

"그래도, 뭐." 긴의 목소리는 퉁명스러웠다. "기본 개념은 나쁘지 않군요. 제대로 작동하게 제가 도와 드릴 수 있을 겁니다."

뒤이어 코고는 쿠니에게 검사받으려고 따로 보관하던 흥미로운 발명품들을 루안에게 보여 주었고, 루안은 그 물건들의 장점에 관해 코고와 열띤 토론을 벌였다.

저녁이면 세 사람은 다예에서는 왕궁으로 통하는 조그만 집에 함께 둘러앉아 밤늦게까지 이야기를 나누며 술을 마셨고, 노래를 불렀다. 조화롭게 어우러진 그들의 웃음소리와 목소리는 서로를 각기 다른 영역의 뛰어난 장인으로 인정하고 존중하는 벗들이 낼 법한 소리였다. 등불은 작은 집의 종이 창문에 그들의 그림자를 드리웠고, 이따금 그림자들은 세 정령(精靈)처럼, 춤을 추며 왕궁의 지붕을 떠받치는 세 기둥처럼 보였다.

"가루 공, 공께서 생각하시기에 1000년 후의 사람들은 마피데레 황제를 어떻게 기억할 것 같습니까?"

다른 사람이 물었다면 폭군을 향한 만인의 비난을 되뇌어 보라는 유도 신문으로 들릴 법한 질문이었다. 그러나 루안 지아는 보통 사람이 아니었다.

"난 그 질문에 여러 차례 다르게 대답했어." 쿠니는 선선히 인정했다. "마피데레가 좋은 일은 아무것도 한 적 없는 폭군이었다고 욕하는 건 쉬운 일이지. 하지만 그건 사실이 아니야. 난 시골에 사는 아이였어. 그런 내가 옛 티로 국가들의 신기한 문물을 고스란히 볼수 있었던 건, 마피데레가 다라 전역의 백성들을 강제로 이리저리 이주시켰기 때문이었어.

우리는 마피데레가 일으킨 전쟁에서 수십만이 죽었다는 이야기는 자주 입에 올리지만, 그가 티로 국가들 사이의 끊임없는 전쟁에 종지부를 찍은 덕분에 수많은 목숨을 구했을 가능성은 거의 언급하지 않아. 많은 백성이 황릉에서 강제 노역을 했다는 이야기는 자주 하지만, 그가 만든 저수지와 도로가 없었다면 전염병이나 기근으로 많은 이들이 떼죽음을 당했을 거라는 이야기는 좀처럼 하질 않지. 우리가 역사에서 강조하고 생략한 것들이 먼 후대 사람들의 생각을 어떻게 좌우할지는 신들만이 알 거야. 한 인간의 유산이 어떤 것인 지 예측하기란 힘들어, 사람들의 감정이 아직 가라앉지 않은 동안에는 더욱 그렇지. 대개는 칭찬하기보다 비난하기가 더욱 쉬운 법이고.”

쿠니의 말에 루안은 고개를 끄덕였다. 둘은 나란히 앉아 있었고, 눈앞에는 다예 해변에 피워 놓은 커다란 모닥불과 탁 트인 대양 위의 끝없는 어둠이 보였다. 머리 위의 칠흑 같은 밤하늘에는 수많은 별이 신들의 눈처럼 깜박거렸다.

“세상을 바꾸려고 분투한 사람을 평가하기란 좀처럼 간단한 일이 아니지요.”

루안은 담뱃대의 연기를 천천히 빨아들이며 생각을 정리했다.

“시간이 흐르면 사람들의 생각이 바뀐다는 말씀은 옳습니다. 가라앉은 서쪽 대륙에서 피난 온 아노족 사람들이 다라에 처음 정착했을 때, 이곳의 모든 섬에는 탄 아뒤 사람들 같은 원주민이 살고 있었습니다. 아뒤 사람들이 보기에 우리 조상은 배울 구석이라곤 하나도 없는 살인자, 폭군이었지요. 허나 오늘날 우리는 조상이 정복한 땅을 활보하며 조상이 전해 준 축제를 함께 즐깁니다. 우리 모두가 짊어진 피의 부채에 관해 곰곰이 생각하는 사람은 거의 없습니다.

마피데레 황제는 상쟁하는 모든 티로 국가를 한 왕좌 아래로 통일하고, 세상의 모든 검을 녹여 쟁기로 바꾸겠노라며 자신의 전쟁을 정당화했습니다. 실제로 천하통일 이후에 모든 무기를 압수하는 조치를 시행하기도 했습니다. 모조리 녹여서 그 쇳물로 판의 중심부에 여덟 신상을 세우겠다면서요. 실천하기가 너무 까다로워서 결국에는 포기하고 말았지만, 이를 단순히 민중에게서 국가에 저항할 무력을 빼앗으려 한 조치라고 생각한 사람도 많았습니다.

그러나 황제가 한 말은 그저 이기적인 선전만은 아니었습니다. 자나와 다른 티로 국가의 여러 학자들은 통일과 정복을 통해 평화를 이룩하겠다는 마피데레의 구상을 지지했습니다. 티로 국가들이 갈수록 강력해지는 신무기와 훨씬 거대해진 군대로 끊임없이 처참한 전쟁을 벌이는 것을 두려워한 사람이 많았기 때문입니다. 그래서 힘의 균형을 놓고 끝없이 마찰을 일으키느니, 차라리 모든 전쟁을 끝내기 위한 전쟁이 더 낫다고 여겼던 것입니다.

마피데레가 영생이라는 헛꿈을 좇는 대신 끈기를 갖고 치세에 더 오랜 시간을 쏟았더라면, 과대망상에 가까운 대공사를 벌이는 대신 공정한 행정과 안정적인 제도의 틀을 만드는 데에 집중했더라면…… 제국은 두 세대가 넘도록 유지됐을 것입니다. 혹시라도 그렇게 됐다면 그로부터 100년 후, 즉 옛 티로 국가들의 시대를 기억하는 자들이 모두 세상을 떴을 무렵이면, 젊은 세대는 자나 제국의 통치하에 누리는 평화 말고는 아무것도 몰랐을 겁니다. 전쟁으로 인한 죽음과 고난의 기억은 삼대를 넘지 못하고 사라지게 마련이니 백성들은 마피데레 황제를 호의적으로 기억했을 겁니다. 우리에게 평화를 선사한 혁신가이자, 입법가로서."

쿠니 가루는 모닥불에 장작을 더 던져 넣었다.

"자네는 이단아야, 루안. 그런 생각을 거침없이 밝히는 사람은 드물어."

"저는 가끔 제가 미친 게 아닌지 궁금할 때가 있습니다. 저는 마피데레에게 복수할 방법을 찾느라 평생을 바쳤습니다. 티로 국가들을 독립국으로 되돌리려고, 마피데레가 하나로 통합한 것을 산산조각으로 부서뜨리려고 안간힘을 썼습니다. 하지만 마침내 승리의 순간이 왔을 때, 저는 어느새 마피데레를 추모하고 있었습니다. 너무나 오랫동안 그를 연구하다 보니 그의 신하와 자식들보다도 그를 더 깊이 이해하게 됐기 때문입니다. 저는 자나 제국을 무너뜨리는 데에 일조했는지도 모릅니다. 하지만 어떤 의미에서는, 마피데레야말로 저의 확신을 무너뜨리는 데에 성공했습니다.

공께서 다수섬에 도착하시고 나서, 저는 코수기 왕을 도와 조국을 재건하려고 하안으로 돌아갔습니다. 하안이 힘을 쌓도록 밤낮을 모르고 일했지요. 그러나 어디로 눈을 돌려도 보이는 거라곤 다시 고개를 쳐드는 오랜 분쟁과 해묵은 원한뿐이었습니다. 마피데레 황제는 하안을 정복하면서 옛 귀족과 기득권층을 축출했고, 그들의 빈자리에 신진 관료와 부유한 상인을 투입했습니다. 하안에 돌아온 코수기 왕은 신진 관료들을 내쫓고 예전의 기득권층을 다시 불러들였습니다. 정치 놀음에 능한 자들은 배를 불렸지만, 다른 이들은 모든 것을 잃었지요. 그런데 백성들 대부분은, 어부와 농민, 상인, 걸인, 부두 노동자…… 그런 이들의 삶은, 변하지 않았습니다. 그들은 전과 마찬가지로 계속 고통받았습니다. 관리는 여전히 부패했고, 세금 징수관은 잔인했고, 부역의 의무는 혹독했고, 전쟁의 위협도 예전 그대로였습니다.

듣자 하니 하안의 아이들은 이런 노래를 부르더군요.

하안이 무너질 때 백성은 고통받으리

하안이 부흥할 때 백성은 고통받으리

하안이 가난할 때 백성은 가난하리

하안이 부유할 때 백성은 가난하리

하안이 강대할 때 백성은 죽으리

하안이 약소할 때 백성은 죽으리."

루안의 말이 끝나자 쿠니가 입을 열었다.

"무엇을 믿는다고 떠벌이든 간에, 귀족이니 왕이니 하는 치들은 백성을 *퀴파* 판의 돌처럼 다루게 마련이지."

쿠니의 말에 비꼬는 기색은 조금도 없었다. 쿠니는 내심 자신이 여전히 평민이라고 생각했다. 마음속에서 그는 여전히 자기 이름으로 지닌 것이 아무것도 없는, 친구들에게 하룻밤 재워 달라고 애걸해야 하는 남자였다.

루안은 쿠니를 똑바로 응시했다. 그의 두 눈에 모닥불의 불빛이 되비쳐 이글거렸다.

"하안의 코수기 왕은, 잘못이라는 생각은 조금도 못 한 채로 게피카 평원 북부의 옛 하안 영토를 되찾을 군대를 만들고자 새로 징집 명령을 내렸습니다. 긴펜의 왕궁을 재건하겠다며 새로이 노역을 부과하고, 성대한 즉위식을 치르겠다며 세금을 신설하면서도 잘못이라는 생각은 추호도 하지 못합니다.

저는 폐허가 된 저희 일족의 장원에 가서 돌아가신 아버지의 영령께 기도했습니다. 아버지께서 돌아가신 날 제가 했던 맹세는 지켰다고 생각했지만, 그러면서도 마음이 편치 않았기 때문입니다.

달이 떠오르면서 무너진 집의 상인방에 새겨진 글귀가 달빛에 희끄무레하게 빛나더군요. 아노 고전에서 따온 오래된 인용구였습니다. '모름지기 삶이란 하나의 실험이다.'"

"하안의 학자 집안에 어울리는 인용구로군."

쿠니의 말에 루안은 씩 웃었다.

"다라의 모든 남녀에게 어울리는 인용구겠지요. 저는 그때 비로소 저의 시야가 좁았던 것을 깨달았습니다. 저는 하안을 부흥시키는 것이 제 임무라고 생각했지만, 하안은 코수기 왕도, 불타서 무너진 왕궁도, 대장원의 폐허도, 죽은 귀족과 영예만을 좇는 그 후손도 아닙니다. 그런 것들은 단지 백성이 살아가는 방식을 놓고 벌어진 실험의 일부에 지나지 않습니다. 백성이야말로 하안의 정수(精髓)인 것입니다. 그러한 실험이 실패로 판명 났을 때, 우리는 지체없이 새로운 길을 찾아야 합니다. 행동의 새로운 기준을 모색해야 합니다.

저는 과거의 길을 이제 더는 걸을 수 없습니다. 그 길은 하안의 백성들을 위해 봉사하는 길이 아니었습니다. 제가 가루 공을 찾아온 이유가 바로 그것입니다.

마타 진두에게 법이란 오로지 무력 행사에 지나지 않습니다. 그에게 승전의 영광보다 큰 이상(理想)은 없습니다. 그래서 그가 창조한 세상은 그의 정신을 보여 주는 거울입니다. 코크루의 수피 왕이 에코피섬으로 향하는 길에 '석연치 않은' 죽음을 맞았을 때, 이러한 유언을 남겼다는 소문이 돌았습니다. '짐은 차라리 양치기로 남아 있어야 했다.'

반란의 목적은 더 정의로운 세상을 실현하는 것이었습니다. 그러나 실제로는 아무것도 변하지 않았습니다."

쿠니는 루안에게 눈을 돌렸다. 가슴이 방망이질하듯 두근댔다.

"자네 생각은 어때, 우리는 그저 신이 쓴 책에 적힌 이름일 뿐일까? 세상에는 언제나 부자와 가난한 자, 권력자와 힘없는 자, 귀족과 천민이 있어야 하는 걸까? 우리가 꾸는 모든 꿈은 실패가 예정된 운명일까?"

루안은 자리에서 일어나 바다 쪽으로 천천히 걸어갔다. 그의 어두운 뒷모습은 춤추는 불빛 속에서 일렁거렸고, 목소리는 사납게 타닥거리는 장작 소리와 하나가 되어 울려 퍼졌다.

"저는 변화가 헛된 것이라는 믿음을 결연히 거부합니다. 왜냐하면 이미 목격했기 때문입니다, 보잘것없는 민들레라 할지라도 시간과 끈기만 있으면 가장 단단한 돌을 갈라지게 하는 것을 말입니다. 가루 공, 공께서는 마피데레의 과오를 피하면서 그가 꾸었던 꿈을 완성할 각오가 되어 있으십니까? 다라의 섬들을 하나의 왕관 아래 통일하고, 오래도록 이어질 평화를 성취하는 동시에 백성들의 짐을 덜어 주실 수 있겠습니까?"

어둠 속에서 리사나 부인이 조용히 나타나더니 두 사람이 있는 불가로 다가왔다. 소리 없이, 리사나는 쿠니 곁에 앉아 그의 어깨에 손을 얹었다. 흔들리는 불빛 속의 그 손을 보며, 쿠니는 다시금 머릿속이 맑아지는 기분이 들었다. 말하기 힘든 진심을 기꺼이 밝힐 수 있었다. 그는 완벽한 사람이 아니었다. 신도 아니었다. 그리고 그 사실을 인정할 각오가 되어 있었다.

"뭐라고 대답해야 좋을지 모르겠어, 루안. 난 항상 백성을 사랑한다고 자부했어. 하지만 아들딸도 못 돌보는 내가 사랑을 입에 담을 자격이 있을까? 난 언제나 자비로운 군주라고 자부했지만, 그토록 많은 사람을 죽이고 그토록 많은 사람을 배신한 내가, 자비라는 말을 입에 담을 자격이 있을까?

난 스스로 선량한 인간이라고 말할 자격이 없어. 그저 선한 일을 행하려고 애쓰는 인간일 뿐이야. 사람들이 나를 호의적으로 기억해 줄 거라 믿고 싶긴 하지만, 한편으론 내가 이룬 업적을 내 생전에 내다볼 수 없다는 것도 알아. 내가 자네가 꿈꾸는 위업을 이룩할 만한 인간인지 아닌지 난 모르겠어. 그건 1000년 후에 우리 후손들한테 물어봐야 할 질문이니까."

쿠니의 말을 들은 루안은 껄껄 웃었다.

"가루 공, 제가 공을 섬기기로 마음먹은 이유가 바로 그겁니다. 올바른 길이란 신들이나 옛 성현들이 보여 주는 것이 아닙니다. 그것은 우리가 실험을 통해 스스로 찾아야 하는 것입니다. 공께는 확신이 없습니다. 그리고 확신이 없기 때문에 스스로 모든 답을 안다고 믿는 대신, 부단히 질문을 던지시는 겁니다. 민들레 꽃씨에 올라

탄 개미는 그 꽃씨가 내려앉는 곳이라면 어디든 발을 디딜 수 있습니다. 재능을 지닌 자는 그가 섬기는 주군의 업적에 비추어 평가받는 법이니까요."

"게위데위 코 로테레 마, 피루펜리후아 넬로. 모름지기 삶이란 하나의 실험이다." 쿠니가 중얼거렸다. "우리는 모두 폭풍 속에 날아다니는 제비야. 안전하게 내려앉으려면 운과 기술, 둘 다 똑같이 갖추는 수밖에."

정적 속에서, 리사나가 고전 아노어 노래를 부르기 시작했다.

사평해(四平海)는 장구한 세월처럼 드넓구나
연못 위로 날아가는 기러기, 바람결에 울음소리를 남기고
사람은 이 세상을 거쳐 가며 그 이름을 남기리.

세 사람은 불가에 둘러앉아 말이 없었다. 모닥불이 꺼지고 새벽이 밝아올 때까지도.

제43장

선제공격

루이섬

원수정 3년 7월

다수섬 상공을 감시하는 비행함 편대의 보고서는 한 해가 지나도록 딱히 눈에 띄는 점이 없었다. 다수군 원수 긴 마조티는 병사들에게 제식 훈련을 시키는 대신 괴상한 전쟁 연습에 몰두했고, 재상 코고 옐루는 물고기 양식장과 도로, 다리 등 군사적 용도가 전혀 없는 자질구레한 것만 만들고 있었다.

킨도 마라나가 판단하는 한, 쿠니 가루는 다수섬에 머무는 것으로 만족한 눈치였다. 그는 군사적 모험을 벌이고자 하는 야심만만한 사령관보다는 뜰을 가꾸는 정원사에 가까웠다.

그러나 요즘 들어 마라나의 첩자들이 보고하길, 마조티는 뭔가 일을 벌이려는 눈치였다. 다수섬 남쪽 해안, 다수 해협을 끼고 루이섬과 마주 보는 그곳에서, 인부 200명이 배를 건조하는 광경이 목격됐던 것이다. 작업 속도가 느린 것을 보면 인력도 부족하고 숙련된 목수도 없는 모양이었다. 마라나는 그곳을 더 철저히 감시하라고 명령했다. 마조티가 인부들을 꽤 다그치는 듯, 비행함 편대는 인부들이 채찍에 맞는 광경을 목격했다고 보고했다.

심지어 다수군 병사 한 명이 조그만 낚싯배를 훔쳐서 노를 저어 루이섬으로 귀순한 적도 있었다. 킨도 마라나는 그 병사를 직접 신문했다.

"긴 마조티는 모질고 냉혹한 여자입니다."

이름이 루웬인 귀순병은 마라나에게 그렇게 고했다.

"그 여자는 석 달 만에 수송선 스무 척을 만들어 내라고 명령했습니다. 제가 그건 도저히 무리라고 했더니, 제 양손 엄지를 묶어서 매달아 놓고 기절할 때까지 채찍질을 했습니다."

루웬은 윗도리를 걷어 등의 채찍질 흉터를 보여 주었다. 그 끔찍한 몰골에 마라나조차도 눈살을 찌푸렸다.

"그 여자가 말하길, 명령을 완수하지 못하면 석 달 일정의 마지막 날에 저를 처형하겠다지 뭡니까. 저로서는 탈영하는 것밖에 방법이 없었습니다."

마라나는 고개를 절레절레 흔들었다. 그야말로 아녀자의 망상, 헛된 꿈에 부푼 나머지 일의 규모를 전혀 파악하지 못하는 꼬락서니였다. 대형 수송선을 건조하는 작업이 창고 짓기와 비슷하다고 생각한 걸까? 200명에게 3개월을 주고 수송선을 만들라니, 스무 척은커녕 두 척도 무리였다. 그런 여자를 믿고 군대를 맡긴 쿠니 가루는 바보 천치였다. 그리고 그 여자가 할 줄 아는 짓이라고는 치밀한 작전을 짜는 것이 아니라 운 나쁜 병사들에게 분풀이를 하는 것뿐이었다.

마라나는 루웬에게 푸짐한 식사를 대접하고 군의관에게 데려가라고 명령했다.

깊은 밤, 루이섬 북쪽 해안에 위치한 작은 마을 파다의 주민들은, 잠들어 있었다.

거대한 폭발음이 그들을 깨웠다. 집 밖으로 쏟아져 나온 주민들의 눈앞에는 신화에나 나올 법한 광경이 펼쳐져 있었다. 지면에 거대한 구멍이 입을 벌리고 있었고, 그 구멍에서 완전 무장을 한 군인들이 검을 쳐들고 줄지어 올라왔다.

킨도 마라나는 수궁령이 부르는 소리에 잠에서 깨어났다. 사방에 경보가 울려 퍼지고 있었다.

"대왕, 다수군이 크리피 성을 포위했습니다!"

마라나는 자기가 들은 말이 무슨 뜻인지 도무지 이해가 가지 않았다. 긴 마조티가 어떻게 그렇게 짧은 시간에 그토록 많은 배를 건조했단 말인가? 설령 그렇다 하더라도, 어떻게 다수 해협을 무사히 건넜단 말인가? 해협은 루이의 수군이 철통같이 지키고 있는데?

마라나는 직접 확인하려고 옷을 걸치고 성벽 위로 올라갔다.

"킨도 마라나!"

횃불의 불빛 속에서 긴 마조티가 외쳤다.

"항복해라. 키지산의 공군 기지는 우리가 접수했다. 루이섬의 모든 부대가 이미 항복했다, 남은 건 너 하나다."

6개월 전

마라나의 비행함 편대가 다수 상공을 누비고 수군이 다수 해협을 초계하는 동안, 그 밑에서는 다수의 군대가 비지땀을 흘리며 일하고 있었다. 장소는 바닷속, 바다 밑바닥 아래였다.

마피데레가 구상한 해저 땅굴 계획은 폐기된 지 오래였다. 반쯤 완성된 땅굴은 지면 깊숙이 파고들어 막다른 벽에 부딪힌 구멍이 되어 있었고, 이런 구멍은 다라 제도 어디에서나 쉽게 눈에 띄었다. 세월이 흐르는 동안 비바람과 침식과 홍수가 일어나면서 대부분 깊은 우물로 변한 그 구멍들은 지나간 시대를 말없이 보여 주는 유적이었다.

다수섬에서 루이섬으로 통하는 버려진 땅굴의 입구는 마조티가 급조한 조선소, 즉 마라나가 보낸 정찰 비행함의 시선을 끌려고 군인 200명이 배 만드는 시늉을 하던 바닷가에서 내륙으로 몇십 리 들어간 곳에 있었다.

한편 버려진 땅굴 입구 옆에는 곡식 창고가 세워졌고, 이 창고를 드나드는 수레의 행렬이 이따금 눈에 띄었다. 어느 모로 보나 섬의 다른 지역에서 곡식을 모아들이는 수레 행렬이었다. 마라나의 비행함 편대는 그 움직임을 포착하고서도 단순히 흉년에 대비하여 곡식을 비축하는 조치쯤으로 여겼다.

비행함이 머무는 고도에서는 그 창고에서 나오는 수레가 들어갈 때보다 훨씬 무거워진 것을 눈치챌 방법이 없었다. 그들은 짐을 창고에 들여놓는 것이 아니라 창고에서 *싣고 나가는* 행렬이었다. 수레에 실린 짐은 곡식이 아니라 해저에서 파낸 진흙과 돌이었다.

루안 지아는 코고 옐루가 모은 신기한 발명품을 샅샅이 검토하고 유독 흥미로운 것을 몇 가지 찾아냈다. 하나는 돌을 쪼개는 기술이었다. 발명가인 파사 출신 약초술사 노파는 직접 채집하고 가공한 약초에서 추출한 염기 성분을 물과 섞어서 바위의 표면에 끼얹었다. 이 용액은 바위의 크고 작은 균열에 스며들었다. 일단 바위가 용액에 절여지고 나서 한참 후에 다른 염기 성분의 용액을 끼얹으면, 두 혼합물이 반응하여 결정이 만들어졌다.

겨울의 얼음처럼 자잘한 결정들은 바위의 균열 속에서 무수히 자라나며 단단한 화강암과 편암을 쪼개는 힘을 발휘했고, 이로써 철벽같은 바윗덩어리도 건락(乾酪)처럼 부드러워졌다.

루안 지아가 다음으로 선택한 발명품은 풀무를 손으로 돌려서 밀폐된 물통에 공기를 불어넣는 장치였다. 이 장치는 가느다란 관을 통해 수압이 엄청나게 강한 물을 뿜어냈다. 압력이 걸린 물줄기를 한 점에 집중시키면 어떤 표면에도 강력한 타격을 가할 수 있었다. 염기 화합물로 약하게 만든 바위에 이 물줄기를 뿜으면 바위는 젖은 모래처럼 부스러졌다.

이 두 발명품을 결합하자 해저 암반을 뚫어서 땅굴을 파는 작업은 상상도 못 할 만큼 빠르게 진행됐다. 무엇보다 화약을 쓸 필요가 없어진 덕분에 안전했고, 정찰 비행함의 눈도 피할 수 있었다.

그렇게 반년에 걸쳐 다수군은 비밀리에 비지땀을 흘렸고, 이로써 다수섬과 루이섬 사이에 해저 통로를 만들려던 마피데레 황제의 꿈이 실현되었다.

루이섬
원수정 3년 7월

조선소는 눈속임이었구나. 킨도 마라나는 속으로 중얼거렸다. *내가 그런 얕은꾀에 속아 넘어가다니.*

마라나는 늘 신중한 사람이었다. 그러나 그는 눈에 보이는 것과 측량할 수 있는 것, 즉 다수섬 상공의 정찰대가 보내는 보고서에 지나치게 사로잡히고 말았다. 그의 숨통을 틀어쥔 적은 숫자 뒤편에 도사리고 있었고, 겉으로 보이는 껍데기 속에 숨어 있었으며, 바다의 파도 밑에 웅크리고 있었다.

마라나는 다수군이 해저에서 모습을 드러내는 광경을 상상했다. 끝도 없이 기다란 군인들의 행렬이 부글부글 끓는 용암처럼 지면으로 올라오는 광경이었다. 늑대발섬에서 공격을 주저하던 로마 장군을 상대로 마라나 자신이 써먹은 전법이었다. 긴 마조티는 적의 성공 비결을 베끼는 짓도 서슴지 않았다.

수치스러운 패배였다. 누군가 세법의 허점을 이용했을 때처럼.

귀순한 다수군 병사 루웬이 마라나 곁으로 다가왔다.

"우리 둘 다 속았구나. 너는 그 여자가 벌인 *퀴파* 판의 돌에 지나지 않는다. 너를 채찍질한 까닭은 더 열심히 일하라고 재촉하기 위함이 아니라, 진짜 계획을 숨기기 위함이었다."

그 말을 들은 루웬은 씩 웃었다. 루웬을 돌아본 마라나는 그제야 진실을 깨닫고 얼굴이 하얗게 질렸다.

루웬의 검이 번득이는가 싶더니 마라나의 머리가 바닥에 뒹굴었다. 루웬은 마라나의 잘린 머리를 틀어잡아 높이 쳐들고 성벽에서 훌쩍 뛰어내렸다.

성벽 아래에서 튼튼한 천의 귀퉁이를 장대에 묶어 떠받친 채 미리 대기하던 다수군 병사들이 추락하는 루웬을 안전하게 받아 주었다. 크리피 성의 성벽 위는 아수라장이었고, 대왕이 죽었다는 충격에서 벗어나지 못한 지휘관들은 당장 항복할지 아니면 더 나은 조건을 위해 교섭할지를 놓고 갑론을박했다.

마조티 원수는 돛으로 급조한 안전그물에서 내려선 남자를 향해 다가갔다.

"무사 귀환을 환영한다, 다피로."

다피로 미로의 얼굴에 웃음이 번졌다.

"인생이란 참, 한 치 앞을 내다볼 수가 없는 것 같습니다. 부역자 신분으로 반란에 가담할 때 저희 형제는 다시는 채찍에 맞을 일이 없을 줄 알았지 뭡니까."

마조티 원수는 다피로의 팔을 힘껏 잡았다.

"가루 공과 나는 네가 치른 희생을 결코 잊지 않을 것이다. 상처가 빨리 나으면 좋겠구나."

다수군이 루이섬을 정복했다는 소식은 다라의 모든 섬을 해일처럼 휩쓸었다. 위대한 장군 킨도 마라나에게 승리를 거둔 사람은 마조티 이전에 단 한 명, 패왕뿐이었던 것이다. 이미 호시탐탐 개전의 기회를 노리던 티로 국가들은 일제히 선전포고를 시작했다. 다수의 승전에 정신이 팔린 패왕에게는 다른 곳의 영토 다툼에 신경 쓸 겨를이 없으리라 여겼기 때문이었다.

마타 진두는 하안의 코수기 왕과 북부 게피카의 세카 왕에게 즉시 경계 태세를 단단히 하는 동시에, 함대를 파견하여 다수섬과 루이섬을 포위한 마라나의 수군을 지원하라고 명령했다. 쿠니 가루에게 사신을 보내어 자초지종을 따져 물을 생각은 아예 하지도 않았다. 설명하고 자시고 할 것이 뭐가 있겠는가? 쿠니가, 한때 형제처럼 여겼던 그가, 패왕을 상대로 반란을 일으켰다. 이는 일찍이 판에서 저지른 배신의 증거였다. 쿠니는 뼛속까지 배신자였던 것이다.

다수에는 아직 변변한 수군이 없었다. 본섬에서 루이섬까지는 다수섬과 루이섬 사이보다 훨씬 멀었으므로 마조티의 땅굴 파기 수법은 한 번으로 끝이었다. 한때 늑대발섬에 갇힌 신세였던 마타는 이제 쿠니를 과거의 자신처럼 루이섬에 가둘 작정이었다. 단지 감방이 조금 넓어졌을 뿐, 쿠니는 여전히 섬이라는 감옥에 갇힌 죄수였다.

그러나 우선은 쿠니의 가족부터 만나 봐야 했다.

미라는 사루자의 거리를 정처 없이 거닐었다. 도중에 시장의 가판대를 훑어보기도 했다. 돈은 원하는 것을 마음껏 살 만큼 충분했지만, 끌리는 것은 하나도 없었다. 그저 왕궁으로 돌아가기 싫어서 시간을 끌 뿐이었다. 적어도 이곳에서는, 바깥의 거리에서 눈에 안 띄는 옷을 입고 있는 동안에는, 정체를 숨긴 채 세련된 코크루 출신 여성 행세를 할 수 있었다. 그러다가 다시 궁으로 돌아가면……

돌아가면? 돌아가면 뭐가 되는데?

미라는 화가 치밀었다. 스스로에게, 마타에게, 패왕을 둘러싼 신하와 시녀와 셀 수 없이 많은 하인들에게 분노를 느꼈다. 판에서 사루자로 돌아오고 나서 미라의 신분은 한층 더 애매해졌을 뿐이었다. 미라는 도대체 뭘 하는 사람일까? 여전히 마타의 식사 준비와 침소 정리를 도맡아 하는데도, 대신이나 전령은 그녀를 '미라 부인'이라고 불렀다. 미라는 마타의 명령으로 잠자리에 불려간 적이 한 번도 없었건만, 다들 그녀가 정기적으로 마타의 수청을 든다고 짐작하는 모양이었다.

고향으로 보내 달라고 부탁해야 할까.

그러나 그런 요청을 한 적은 한 번도 없었다. 이미 넓은 세상을 경험한 미라는 왕후장상과 어울리는 삶에 익숙했고, 그래서 고향 사람들의 차가운 시선을 감당할 자신이 없었다. 고향에서 미라는 언제까지나 '외지 사람'으로 불릴 것이 뻔했다.

미라가 이 번화한 도시의 거리를 걷는 동안에도 마타의 부하들은 멀찍이서 뒤를 밟았지만, 미라는 자신이 포로라서 그러는 것이 아님을 잘 알았다. 마타는 미라를 보살펴 주겠노라 약속했다. 그리고 미라가 어디에 있든 그 약속을 지킬 작정이었다. 그들은 미라를 보호하려고 따라오는 중이었다. 패왕의 적들이 패왕에게 타격을 입힐 생각으로 미라를 해칠지도 모른다고 생각했기 때문이었다.

저 사람들 생각이 옳을까? 그분께서 정말로 나를 그렇게 소중히 여기실까?

솔직히 말하면, 미라는 마타가 자신에게 어떤 존재인지 확신이 서지 않았다. 실은 알고 지낸 지 한참이 됐는데도 마타가 어떤 사람인지조차 알 수가 없었다. 마타는 언제나 미라를 깍듯이 대했고 날마다 안부를 물었다. 그러면서 미라가 원하는 것이 있으면 무엇이든 들어주려고 애썼다.

언젠가 미라는 고향의 옛집이 그립다는 말을 한 적이 있었다. 그러고 나서 며칠 후, 왕궁에 있는 미라의 처소 앞 정원에는 낡은 오두막집이 서 있었다. 미라가 부모님과 오빠 마도와 함께 살았던 바인섬의 바로 그 집이었다. 주춧돌 한 개, 널빤지 한 장, 흙벽 하나하나까지 예전 그대로였고, 짚으로 된 지붕은 새로 이어서 얹은 것이었다. 집 안의 물건은 가구와 찌그러진 솥, 이 빠진 잔과 그릇과 접시까지 모조리 옮겨 와서 미라가 마도를 찾아 집을 떠나던 날의 모습 그대로 놓여 있었다.

한번은 새 우는 소리가 마음에 든다는 말을 무심코 흘린 적이 있었다. 그 이튿날 아침, 미라는 사방에서 지저귀는 새들의 합창 소리에 눈을 떴다. 바깥에 나가 보니 나뭇가지에 걸린 새장 수백 개가 조그만 정원을 가득 채우고 있었다. 우는 소리가 아름다운 새들을 다라 전역에서 잡아들인 다음, 조련사 수십 명을 시켜서 합창하는 법을 가르쳐 새장에 넣어 둔 것이었다.

"길일(吉日)은 언제 발표될까요? 정식으로 비(妃)가 되시면 부디 저희를 잊지 말아 주세요!"

궁녀들은 그렇게 물으며 킥킥거리는 웃음을 흘렸다. 미라의 응접실에 둘러앉아 다 함께 자수를 놓는 자리에서 나온 말이었다.

미라는 궁녀들이 무슨 말을 하는지 모르는 척할 생각은 없었다.

"패왕께서 나를 친절하게 대하시는 건 우리 오빠의 헌신을 높이 사셨기 때문이야. 뜬소문으로 그분이나 나를 욕되게 해선 안 돼."

"그럼 부인께선 주저하신다는 말씀인가요? 어째서요? 패왕께서 비로 삼겠다고 약속하시길 바라지 않으시는 건가요?"

미라는 자수틀을 내려놓았다.

"그 얘기는 그만해. 난 너희가 생각하는 계획이나 꿍꿍이 같은 건 없어. 아니 땐 굴뚝에 연기 날까 싶겠지만, 애초에 굴뚝이고 뭐고 없다는 말이야."

"코크루의 여자라면 누구나 꿈꾸는 기회인데 잡으셔야지요. 패왕께선 부인한테 홀딱 반하셨어요! 그건 삼척동자도 아는 사실이라고요."

하지만 내 마음도 그럴까?

미라는 불쾌한 기분으로 궁을 나섰다. 모두가 미라에게 할 일을 가르쳐 주고 싶어 안달이 난 듯했다. 미라는 바깥의 거리를 걸으며 마음을 비우려고 했다.

미라는 가끔 오빠의 시선으로 마타를 본다는 기분이 들었다. 그럴 때 마타는 스스로의 자질만으로 사람들 위에 우뚝 선 남자, 잡고기 떼 속의 다이란이었다. 가끔은 그저 외로운 남자 같기도 했다. 어깨를 견줄 사람이 없는, 한편으로는 친구도 없는 남자였다. 이따금 미라는 마타가 가엾다는 생각이 들었고, 마타가 곁에 있어 달라고 하면 그렇게 할 거라는 생각이 들었다.

그러다가 이내 수의를 입은 오빠의 시신이 떠올랐다. 오빠의 이름조차 기억하지 못하던 마타의 모습도 떠올랐다.

미라의 꿈속에 마도는 살아 있는 모습으로 나타나곤 했다.

동생아, 진두 장군님께서 세상을 정의롭고 올바른 곳으로 만드셨니?

미라는 대답을 피하려 했다. 오빠에게 진실을 감추려고 했다. 세상은 지금도 전쟁의 도가니이고 마타는 투노아 백성들에게 더 나은 삶을 안겨 주지 못했으며, 사실 마타는 오빠의 이름조차 기억하지 못했다는 것을.

그러나 당연히, 결국에는, 꿈속의 오빠에게 모든 것을 털어놓는 수밖에 없었고, 미라는 상심해서 딱딱하게 굳어 가는 오빠의 표정을 보며 잠에서 깨어났다. 그럴 때면 고통과 슬픔으로 가슴이 너무나 답답해서 숨도 쉬기 힘들었다.

어느새 줄지어 선 가판대 끄트머리에 이르러 있었다. 한숨을 쉬며, 미라는 길 맞은편으로 건너가서 좀 더 걸어야겠다고 생각했다.

"미라 아가씨, 잠시만. 잠깐이면 됩니다."

돌아보니 새하얀 망토를 두른 걸인이 서 있었다. 그 걸인이 미라를 보며 빙그레 웃었다.

"오랜만입니다."

미라는 흠칫 물러섰다.

"여기서 뭘 하는 거지?"

걸인은 꿈쩍도 하지 않았다.

"아가씨께 드릴 것이 있어서."

"필요 없어."

"마타의 호위병들이 멀리서 이쪽을 지켜보고 있습니다. 제가 아가씨께 다가가면 그들은 위협으로 여길 겁니다, 그러면 다시는 아가씨를 뵐 기회가 없겠지요. 부탁입니다, 마도를 생각해서 조금만 가까이 와 주십시오."

오빠의 이름을 듣자 마음이 약해졌다. 미라는 그 기묘한 걸인 쪽으로 한 걸음 다가섰다. 걸인은 천으로 싼 조그마한 꾸러미를 미라에게 건넸다.

"뭐야, 이게?"

"이건 '크루벤의 가시'라는 물건입니다. 마타는 한때 이것에 목숨을 빼앗길 뻔한 적이 있지요. 첫 번째 임자는 실패했지만, 부디 아가씨께서는 성공하시길 빕니다."

미라는 그 꾸러미를 떨어뜨릴 뻔했다.

"내 앞에서 사라져, 당장."

"마타는 전장에서 쓰러뜨리기에는 너무 강합니다. 그러니 허점을 틈타 불시에 목을 노리는 수밖에요. 마타가 벌인 전쟁에서 헛되이 죽어간 많은 이들이나, 그를 막지 못했을 때 또다시 벌어질 전쟁에서 사그라질 수많은 목숨은 굳이 생각할 필요도 없습니다. 그저 아가씨의 오빠를 생각해 보십시오. 또 아가씨께서 아시는 마타가 오빠가 알았던 그 마타인지도 생각해 보시고요."

"오빠가 목숨을 바쳐 섬긴 사람을 배신해서 오빠의 추억을 더럽히는 짓을 나더러 어떻게 하란 말이야?"

미라의 말에 걸인은 쿡쿡 웃었다.

"미라 아가씨, 아가씨의 대답을 들으니 희망이 생기는군요. 패왕의 성품에 대해서는 조금도 부정하지 않고 오빠의 추억만 소중히 여기시니 말입니다. 아가씨의 마음속에 패왕의 자리는 없습니다. 남들이 뭐라고 떠들든 간에."

"썩 꺼져, 안 그러면 도와 달라고 소리칠 거야."

걸인은 뒤로 슬쩍 물러났다.

"고정하십시오. 이 늙은이, 끝으로 몇 마디만 더 올리겠습니다.

저는 언제나 아가씨의 오빠가 누구보다 용감한 사람이라고 생각했습니다. 그는 마음속에 두려움을 품고 있었지만, 그럼에도 물러서지 않고 싸웠습니다. 확실한 영광도 보장받지 못했고 유서 깊은 명문가의 핏줄이라는 자부심도 없었으나 기꺼이 목숨을 걸었지요. 그는 자신이 더 나은 세상을 위해 싸운다고 믿었습니다, 옛 폭군의 자리에 새 폭군이 앉은 세상이 아니라요. 아가씨가 꾸었던 꿈을 생각해 보십시오. 아, 저야 물론 무슨 꿈이었는지 다 압니다. 아가씨는 누구한테도 밝히신 적이 없겠지만요. 무엇이 오빠의 추억을 더 욕되게 하는지 한번 생각해 보십시오. 마타의 죽음인지, 아니면 마타가 왕좌에 편히 앉아 있는 현실인지. 그 왕좌는 아가씨의 오빠 같은 사람들의 뼈로 만든 것입니다.

미라 아가씨, 마타의 실체를 보십시오. 제 부탁은 그게 답니다."

걸인은 돌아서서 인파 속으로 사라졌고, 미라는 꾸러미를 손에 든 채 혼자 남았다. 꾸러미를 굳이 풀어보지 않아도 속에 든 단검의 투박한 자루와 가시처럼 날카로운 칼날이 느껴졌다.

나더러 그의 아내가 되라는 사람이 있는가 하면, 그를 죽이라는 사람도 있구나. 다들 나를 도구로 써먹으려는 거겠지. 그 사람들에게 내 가치란 그의 바로 곁에 있다는 것뿐이니까.

하지만 난 그가 어떤 사람인지도 제대로 모르는걸. 그런 내가 스스로 뭘 하고 싶은지 결정할 수 있을까?

마타는 호위대를 이끌고 사루자 근교에 있는 지아의 집으로 향했다. 쿠니 가루, 가족의 목숨이 위태로운데도 야심을 억누르지 못하고 반란과 배신을 꾀한 그 냉혈한에게 보복하기 위해서였다. 지아와 아이들은 쿠니의 죗값을 대신 치러야 할 처지였다.

그런데 지아의 집 대문 앞에 웬 중년 여성이 버티고 서서 호위대를 가로막았다. 그 여성은 진두 일족의 문장인 국화 모양으로 만든 보석 비녀를 높이 들고서 마타 진두에게 할 말이 있다고 했다. 비녀가 고풍스럽고 값비싼 것임을 알아본 호위병들은 여성을 밀치고 들어가는 대신 패왕에게 가서 사정을 보고했다.

마타는 그 정신 나간 여자에게 다가갔다.

"마타야, 내가 누군지 알아보겠느냐?"

마타 진두는 여인을 물끄러미 바라보았다. 여인의 주름진 얼굴이 삼촌 핀 진두와 마타 자신의 얼굴과 어렴풋이 겹쳐 보였다.

"나는 네 고모인 소토 진두다."

마타는 기쁨의 탄성을 지르며 고모를 끌어안으려고 팔을 벌렸다. 핀이 죽은 후로 마타는 충성스럽기로 이름난 일족의 명예를 더럽혔다며 삼촌에게 책망당하는 꿈에 시달려 온 참이었다. 진두 일족의 마지막 후예인 마타는 외로웠고, 죄책감 때문에 괴로웠다. 갑작스레 나타난 고모는 신들의 계시 같았다. 일족을 위해 옳은 일을 행할 또 한 번의 기회였다.

그러나 소토는 조카의 포옹을 거부했다.

"마타야, 너는 너무나 많은 목숨을 해쳤다. 그건 네가 상처받은 자존심에 휘둘렸기 때문이야. 지금껏 살아오는 동안 너는 충성심과 명예와 정당한 보상 같은 대의에 얽매여 있었다. 세상이 네 마음처럼 흑백으로 나뉘는 곳이 아닌 걸 알았을 때, 너는 세상을 뒤집어 새로 만들기로 작정했지.

너는 너 나름의 방식대로 마피데레 황제를 빼닮았다. 둘 다 오솔길이 평평하지 않다는 이유만으로 온 정원을 포석으로 뒤덮으려 하는 인간이니까."

마타 진두는 경악했다.

"저를 어찌 그런 자와 비교하신단 말입니까? 우리 일족의 과거를 잊으셨습니까?"

소토는 단호하게 고개를 저었다.

"지난날의 교훈을 잘못 이해한 건 바로 너다. 너는 수십 년 전 네 조부께서 이끄시던 코크루군 2만이 고타 톤예티에게 생매장을 당했다는 이유로, 자나군 2만을 수장시켜 마땅하다고 믿었다. 그 끔찍한 비극이 일어났을 때 아직 태어나지도 않은 군인들이었는데도."

"그건 분노한 신을 달래기 위해 어쩔 수 없이……"

"어디서 변명을! 너는 네 조부께서 무고한 생명을 해하신 적이

단 한 번도 없을 거라 생각하느냐? 네 증조부께서는 늘 정정당당하게 싸우셨을 것 같으냐? 너의 분노가 20년 후 코크루 젊은이들에게 되풀이되는 꼴을 보고 싶었던 거냐? 피는 반드시 더 많은 피를 부르는 법이거늘……."

"어찌 그런 모진 말씀으로 상봉의 기쁨을 망치려 하십니까, 고모님! 대관절 어떻게 살아남으신 겁니까?"

"네 조부님께서 돌아가시고 나서, 나는 시골에 있던 별장의 문을 잠그고 불을 놓았다. 아버지를 따라 저세상으로 갈 생각이었지. 허나 신들이 다른 길을 마련해 놓았던지, 나는 죽지 않았다. 무너진 돌 서까래와 기둥 사이의 틈에 의식을 잃고 쓰러져 있었지. 그러고는 지금껏 정체를 감춘 채 숨어 지냈다. 진두 일족의 남자들이 저지른 죄의 값을 조금이나마 갚으려 애쓰면서.

내가 이 집안을 섬기는 까닭은 바깥어른과 안주인의 자비심 때문이다. 위대한 군주가 지금까지와 다른 길을 걸을 수 있을지 어떨지 보고 싶었던 거다.

너는 일찍이 쿠니 가루를 형제로 여겼다. 그런데 지금은 그의 처자식에게 폭력을 휘두르러 왔지. 야심 때문에 정신이 흐려지고 만 거다. 이제 그만해라, 마타야. 더는 안 된다."

"쿠니 가루 역시 저만큼이나 많은 목숨을 해쳤습니다."

절반은 슬픔에, 절반은 분노에 물든 목소리로 마타가 말했다.

"저는 세상의 질서를 되찾고 진두 일족의 이름에 영광을 돌리기 위해 최선을 다했을 뿐입니다. 쿠니는 제 식탁에서 떨어진 부스러기를 훔쳐 먹는 쥐새끼 같은 자입니다. 고모님, 저와 함께 궁으로 가십시오. 이제 다시 편히 지내셔야지요."

소토는 다시 고개를 저었다.

"만약 복수심에 눈이 멀어 여자와 그 아들딸을 해친다면, 제아무리 용맹한 업적을 세워도 그 핏자국을 덮지 못할 거다. 나는 네가 진두 일족의 이름을 그토록 더럽히게 놔둘 수 없다. 그들을 해치려거든 먼저 나부터 죽여라."

소토는 마타의 면전에서 조용히 대문을 닫았다. 문을 맨손으로 부수는 것쯤은 식은 죽 먹기였지만, 마타는 닫힌 문 앞에서 꼼짝도 않고 한참 동안 서 있었다.

마타의 머릿속에 핀과 함께였던 어린 시절의 기억이, 삼촌이 들려준 용맹한 선조들의 이야기가 떠올랐다. 키코미 공주와 삼촌의 죽음이 떠올랐다. 쿠니와 그 친구들과 함께한 즐거웠던 술자리의 기억도 떠올랐다. 미라와 마도의 얼굴도.

한참 후에, 마타는 돌아서서 바닷가 쪽으로 시선을 돌렸다. 캄캄한 저 바다 건너, 파도 너머에 있을 보이지 않는 투노아의 섬들 쪽으로. 마타는 한숨을 쉬고는 호위대와 함께 떠났다.

"소토 부인, 마님과 차 한잔 안 하시겠습니까?"

오소 크린 집사가 물었다. 일단 정체가 밝혀진 이상 지아가 소토를 하인으로 대우하지 못하게 한 것은 당연한 일이었다. 소토는 지아의 호의에 아랑곳하지 않고 계속 집안일을 하려 했지만 다른 하인들은 소토를 귀부인처럼 대우했고, 결국에는 소토도 의지를 접는 수밖에 없었다. 요즘 들어 소토는 가루 집안의 손님이자 지아의 친구처럼 지냈다.

소토는 집사를 따라 복도를 걸어갔다. 아이들이 낮잠을 잘 시간, 자두나무 꽃의 달콤한 향기와 부지런한 벌의 날갯소리가 가득한 정원에 앉아 있으려니 마음이 홀가분했다.

차를 내온 사람은 오소였다. 그는 무릎을 꿇고 앉아 탁자에 쟁반을 올려놓은 다음, 지아의 어깨를 살짝 쥐고 귀엣말을 속삭였다. 지아 역시 오소의 손에 자기 손을 살며시 올렸다. 일어선 오소는 지아에게 빙긋 웃어 보이고 두 사람에게서 공손히 멀어졌다.

"소토, 부모님과 시아버님을 만나러 가게 허락해 달라는 내 부탁을 마타가 들어주겠다고 하던가요?"

"아직 답이 안 왔습니다. 당장은 티로 국가들 사이의 전쟁 때문에 신경 쓸 겨를이 없을 겁니다."

"하지만 안 된다는 답이 돌아올 게 뻔한 줄은 우리 둘 다 알지 않나요. 마타로서는 나랑 애들을 볼모로 이곳에 잡아 두고 거래하는 게 상책이니까."

소토는 차를 홀짝였다.

"옳은 말씀입니다. 하지만 시도는 나쁘지 않았습니다. 마님도 점점 바깥어른처럼 술수에 능해지시는군요."

소토의 말에 지아는 웃음을 터뜨렸다.

"당신한테는 뭘 숨길 수가 없네요. 맞아요, 가도 좋다는 허락을 받으면 주디 현에 있는 그이의 예전 부하들을 더 끌어모을 수 있을 거라 생각한 건 사실이에요."

"친정 부모님이나 시아버님께서 편찮으시다거나 친척이 상을 당했다는 핑계를 대면 조금 수월할지도 모르지요. 마타는 예법을 소중히 여기니까, 문상을 간다고 하면 필시 허락할 겁니다. 마님께서 훗날 궁중에서 벌어질 정치적 암투의 승자가 되고 싶으시다면, 앞으로는 더욱 계산적으로 행동하셔야 합니다."

지아는 얼굴이 붉어졌다. 소토는 예리한 눈썰미와 그보다 더 예리한 혀를 지닌 인물이었지만, 지아에게는 그런 소토가 자신과 비슷한 부류로 보였다. 지아는 부유한 상인의 딸로 누리는 삶을 팽개치고 싹수없는 한량 같은 남자와 결혼했고, 소토는 명문가의 후손이라는 신분을 감추고 남의 집 하인으로 살아갔다. 그렇게 둘 다 인생의 풍파에 적응하는 법에 관해 일가견이 있었다. 소토의 지적은 호의에서 비롯된 것이었다. 지아는 이미 정략을 사용하는 아내가 되기로 결심하지 않았던가? 그렇다면 정략에 필요한 조건에도 마땅히 적응해야 했다. 유쾌한 것이든 불쾌한 것이든 간에.

소토는 지아와 아이들의 목숨을 구한 은인이었고, 지아는 이를 고맙게 생각했다. 그러나 한편으로 소토는 온통 비밀투성이였다. 이날 지아는 그 비밀을 캐 보기로 마음먹었다.

"가끔은 그런 생각이 들 때도 있지 않나요? 쿠니 대신 마타가 이기면 좋겠다는 생각 말이에요. 어쨌거나 마타는 당신의 피붙이니까."

"지금 상황에서 누가 *이긴다*는 것이 무슨 뜻인지 모르겠군요. 지아 마님, 앞일이 어떻게 되든 수많은 사람이 고통을 겪을 것입니다. 허나 제 생각에 세상을 어질게 다스릴 사람은 마타가 아니라 가루공 같습니다."

"그게 단가요? 당신 자신을 위해 바라는 건 없나요?"

소토는 찻잔을 내려놓았다.

"본론을 말씀하시지요, 지아 마님."

"당신은 쿠니가 출발하기 전에 당신의 정체를 털어놨을 거예요. 아닌가요?"

소토는 놀라서 말을 잊은 채 지아를 멍하니 바라보았다.

"쿠니는 도박을 즐기지만 무모한 사람은 아니에요, 그러니 나랑 아이들을 지킬 방법도 안 찾아 놓고 루이섬을 침공해서 우리를 위험에 빠뜨릴 리가 없죠. 그이는 전쟁을 벌이기 전에 분명 당신의 정체를 알았을 거예요. 그이하고 무슨 거래라도 했나요? 마타는 여자가 정치에 끼어들려고 하면 상대도 안 해 주겠지만, 내 남편은 그보다는 훨씬 트인 사람이잖아요."

지아의 말에 소토는 쿡쿡 웃었다.

"이제 보니 제가 고수 앞에서 훈수를 두려고 한 꼴이었군요. 마님이 제대로 보셨습니다. 저는 가루 공께서 때가 무르익었을 때 마음 놓고 행동에 나서실 수 있도록 미리 저의 비밀을 털어놨습니다."

"그런데 나한테는 그 사실을 숨겼군요. 내가 인질 노릇을 제대로 할지 어떨지 확신이 안 섰기 때문이었겠죠. 혹시 내가 너무 자신만만하게 굴거나 패왕 앞에서 대담하게 행동하면 패왕은 내가 자기를 두려워하지 않는다고 의심할 테고, 그렇게 되면 쿠니는 마타의 말 한마디에 목숨이 달려 있는 아내와 자식이라는 위장막을 잃어버릴 테니까요."

소토는 고개를 끄덕였다.

"저의 기만을 용서하십시오, 지아 마님. 저는 늘 마님께서 영향력 있는 존재가 되시기를 바랐습니다만, 그럴 준비가 다 되셨는지는 확신이 서지 않았습니다. 하지만 이것 하나는 분명히 말씀드릴 수 있습니다. 저는 가루 공의 배후에서 조종하는 자가 될 생각은 없습니다. 제가 마타에게 한 말은 진심이었습니다. 저는 이 살육에 종지부를 찍어야 한다고 믿습니다. 그리고 그 꿈을 성취하기에는 마타보다 가루 공이 훨씬 더 적합한 군주입니다."

"쿠니는 어떻게 당신의 마음을 사로잡은 건가요?"

"제 마음을 사로잡은 사람은 가루 공이 아니라 *마님*입니다. 그리고 공께서 이곳에 머무시는 동안 보여 준 행동과 말에서도 확신을 얻었습니다. 그분이야말로 충성을 바치기에 손색없는 주군이라는 확신을요."

"우리가 연극을 한다는 의심은 안 들던가요? 이름난 군주들 중에는 연기에 능한 사람이 많잖아요. 당신이 아이들한테 들려주는 옛날이야기에서처럼."

소토는 그 말을 곰곰이 생각했다.

"만약 가면을 쓰고 계시다면, 참으로 훌륭한 가면입니다. 사람의 마음을 속속들이 아는 것이 과연 가능할까요? 마님과 바깥어른은 모두 타고난 배우이십니다. 하지만 두 분이 지금껏 연기를 했다 할지라도 그 연기는 하인과 힘없는 자들, 미천하고 가난한 자들을 위한 것이었습니다. 때로는 배역과 배우가 하나인 연극도 있는 법이지요."

지아는 소토를 물끄러미 바라보았다.

"이제부턴 아무것도 숨기지 마세요, 소토 님. 나는 왕궁 안에 진짜 친구를 적어도 한 명은 두고 싶어요. 당신 말마따나 난 아직 정치에 관해 배울 게 잔뜩 남았고, 앞으로는 더 많아질 테니까요."

소토는 고개를 끄덕였다. 두 사람은 그 자리에 머물며 차를 마셨고, 그러면서 자질구레한 것들에 관해 한담을 나누었다.

제44장

심해의 크루벤

사루자

원수정 4년 1월

무게가 나가는 것은 모조리, 즉 갑옷과 무기, 여분의 식량과 물, 심지어 승조원 숙소의 이불까지 모조리 내다 버린 끝에, 마조티 원수는 키지산에서 나포한 비행함 몇 척을 가벼운 쾌속정으로 개조했다. 앞서 리사나 부인과 상의한 대로 쾌속정의 승조원은 모두 여성으로 충원했다.

속력과 기동성에서 무적이었던 이 쾌속 비행정은 패왕의 비행함 편대를 따돌리고 다라 제도 전역의 하늘로 침투했다. 뒤를 쫓는 중형 비행함들은 굼떴고, 하늘에 머무는 시간도 짧았다.

다수군의 쾌속정은 도시의 상공을 통과하면서 마타 진두의 죄상을 비난하는 내용이 적힌 선동 전단을 살포했다. 디무 시 학살, 늑대발섬에서 벌인 포로 집단 수장, 항복 이후 평화롭던 판을 파괴한 행위, 반란군 지휘관들에게 정당한 보상을 약속해 놓고 배신한 것, 코크루의 왕위를 찬탈한 일…… 그리고 수피 왕 시해까지.

전단의 어조는 단호했고, 어휘는 섬뜩했으며, 그림은 선정적이었다. 코고 옐루가 처음 전단을 보여 주었을 때 쿠니는 마음이 편치 않았다.

"여기서 비난하는 내용이 다 사실이라고 해도 말이지, 꼭 이렇게 사람들이 다관에서 속닥거리는 소문처럼 적어야 할까?"

"대왕, 일반 대중의 흥미를 끄는 방법은 이것뿐입니다."

"그건 나도 알아. 하지만 이래서야…… 너무 심하잖아. 부끄러운 짓을 한 건 우리도 마찬가지야, 앞으로 더 할지도 모르고. 이런 식으로 마타를 비난했다간 남들이 우릴 위선자로 여길 텐데."

"위선을 불편하게 여기는 건 떳떳하지 않은 자들뿐입니다."

그렇게 말한 사람은 린 코다였다. 쿠니는 그 말에 수긍하지 못했지만, 그는 참모들의 조언에 늘 귀를 기울이는 군주였다.

쿠니는 마지못해 고개를 끄덕였다.

비행함을 상대로 한 전투에 관해서라면 경험이 적지 않았던 토룰루 페링이 대응책을 내놓았다.

다수군 쾌속정 한 척이 사루자에 접근하는 동안, 페링은 수도 인근에 주둔한 코크루 비행함 편대에 함정을 준비하라고 지시했다. 편대는 동쪽에서 시작하는 요격 경로를 설정하고 아슬아슬한 순간까지 대기하다가 비행장에서 이륙했다. 이렇게 하면 떠오르는 태양의 빛에 다수군 조종수의 시계가 잠시 차단되는 이점을 활용할 수 있었다. 다수군 쾌속정이 위기를 감지할 무렵이면 코크루군 편대는 이미 지근거리에 있을 터였다. 어쩔 수 없이 공중전을 벌이게 되면 무장도 가볍고 수도 적은 다수군 쾌속정은 한 입 거리였다.

그러나 계절은 바야흐로 한겨울, 비행함 편대가 일제히 불화살을 발사한 순간 때마침 얼어붙을 것처럼 차가운 겨울비가 매섭게 퍼부었다. 선체에 긴 성에가 조금씩 두꺼워지면서 무게가 불어난 비행함들은 모두 천천히 하강하기 시작했다. 다수군 쾌속정은 격추당하는 신세는 면했다 하더라도 착륙하는 수밖에 없었다.

그러나 이곳저곳을 떠돌아다니던 시절에 다라 제도의 기후 변화를 연구했던 루안 지아는 대비를 소홀히 하지 않았다. 그는 긴 마조티에게 쾌속정에 기다란 창을 실어 두라고 조언했고, 승조원들은 선체 바깥으로 몸을 뻗어 그 창으로 성에를 벗겨 냈다. 다수군의 쾌속정은 무사히 고도를 높였고, 코크루의 수도 사루자에 전단을 잔뜩 살포했다.

* * *

라파, 나의 반쪽이여, 진심으로 코크루의 아들에게 맞설 작정이야?

카나, 쿠니 역시 코크루의 아들이야. 수피 왕도, 앞서 죽어간 수많은 다른 이들도. 너는 네 마음에 드는 자를 골랐고, 나는 내 마음에 드는 자를 골랐어.

신들 사이에서 자매끼리 다툴 날이 올 줄은 몰랐는데.

미안해, 카나. 하지만 변덕과 격정에 휘둘리는 건 인간이나 우리나 마찬가지야.

전단을 훑어보던 마타 진두는 한 줄 한 줄 읽어 나가는 동안 점점 더 화가 치밀었다.

거짓말, 전부 새빨간 거짓말이다.

사람을 죽일 때 마타는 오로지 겁쟁이와 배신자와 적군만 죽였다. 진정한 벗들에게는 언제나 너그럽게 아량을 베푸는 마타였다.

배신자 쿠니 가루는, 음흉한 계략을 부리고 비열한 불량배를 거느린 주제에, 우매한 민중 앞에서 성자 행세를 하며 의기양양하게 행진했다. 그런데 마타는 고모에게조차 폭군 취급을 받았다. 세상에 정의 같은 것은 없었다.

집무실은 너무 갑갑했다. 마타는 바람을 쐬려고 어슬렁거리다 정원으로 들어섰다.

금목서 나무 아래의 그늘에, 미라가 앉아서 자수를 놓고 있었다. 머리 위로 드리운 늘 푸른 가지에 연노랑 꽃이 옹기종기 맺혀 있었고, 거기서 풍겨온 아릿할 만큼 달콤한 향기가 허파 속을 맴돌았다. 마타는 미라가 무엇을 수놓는지 보려고 가까이 다가갔다.

그것은 마타 자신의 모습이었다. 한 땀 한 땀이 몹시도 촘촘했다. 미라가 검은 실만 쓴 까닭에 수묵화처럼 보이기도 했다.

미라는 마타의 생김새를 충실히 재현하지는 않았다. 몸통은 아무렇게나 늘여 놓은 마름모꼴이었고, 머리는 눈을 나타내는 세모 형겊 두 개가 붙은 긴둥근꼴이었다. 그런데도 이 대담한 도형과 거칠 거칠한 선이 한데 어우러져 신기하게도 하늘을 나는 마타 진두의 형상이 완성되어 있었다. 마타가 전투연에 매달려 검을 휘두를 때의 모습이었다. 부드러운 곡선과 음영의 강약을 이용하여 실제에 가깝게 표현한 그림은 아니었지만, 어째선지 그런 그림을 초월한 것처럼 보였다. 마치 실재의 살 아래에 묻혀 있는 뼈대를 드러내기라도 하듯이. 미라가 수놓은 그림 속의 마타 진두는 기백과 활력이 넘쳤다.

"솜씨가 훌륭하군."

마타는 치솟는 분노를 잠시 잊고 말했다.

"전에도 똑같은 걸 몇 개 만들었어요. 그런데 다 *부족한 느낌이* 들더군요. 당신이라는 사람을 속속들이 파악하지 못했나 봐요."

마타 진두는 땅에 앉았다. 미라의 차분한 자태에, 초가을의 선선한 미풍 같은 분위기에 화가 누그러지는 느낌이 들었다. 미라는 마타 앞에서 나랏일에 관해 이야기한 적이 한 번도 없었고, 특정한 당파의 이익을 위해 마타를 이용하려고 꾀를 부린 적도 없었다. 뭔가 갖고 싶다는 말을 꺼낼 때면 언제나 단순한 것이었다. 오두막집, 전에 한번 본 기억이 있는 꽃, 아침에 들리는 새소리 같은.

마타는 자신도 미라처럼 쉽게 만족할 수 있으면 좋겠다는 생각이 들었다.

"어떤 기분인가? 그런 그림을 만드는 것 말이다. 한 땀 한 땀 뜨기가 꽤 고돼 보이는데. 게다가 크기도 그렇게…… 조그마하고."

마타는 별생각 없이 물었다. 미라는 수놓는 손을 멈추지 않았다.

고개도 들지 않은 채로.

"당신이 하는 일하고 크게 다를 것 같진 않아요."

그 대답에 마타는 껄껄 웃었다.

"나는 온 다라를 지배하는 패왕이다. 내가 발을 구르면 수천 명이 벌벌 떨지. 내가 하는 일을 여자들의 느긋한 소일거리와 비교하는 건 바다를 항해하는 크루벤과 내 발밑의 개미를 비교하는 격이야."

그 말을 하는 동안 마타는 발 앞에 기어가던 개미를 지르밟아 검은 얼룩으로 만들어 버렸다.

미라는 그 개미를 힐긋 보더니 마타를 올려다보았다. 미라 안에서 무언가 꿈틀거리며 변하는 듯했다. 다시 입을 열었을 때, 미라의 목소리는 전과 딴판이었다.

"군대를 이끌고 전장에 나아갈 때, 당신은 그림을 그리는 셈이에요. 나는 바늘을 놀리고, 당신은 검을 휘두르지요. 나는 바늘땀을 만들고 당신은 주검을 만들어요. 나는 옷감에 문양을 남기고 당신은 세상에 새로운 힘의 구도를 남기지요. 결국 당신이 상대하는 화폭이 더 클 뿐, 우리가 각자의 일에서 얻는 만족은 크게 다르지 않다고 봐요."

그 말에 마타는 말문이 막혔다. 미라가 한 말에 화가 치밀었지만 그 이유는 알 수가 없었다. 자신의 포부를 이해하지 못하는 일개 여자라고 무시하는 것은 간단했지만, 마타는 미라를 *깨닫게* 해 주겠다는 오기가 치밀었다. 언제나 미라를 행복하게 해 준 마타가 아니었던가?

"그대가 느끼는 것과 내가 느끼는 것을 비교하다니, 어리석군. 내게는 다라 제도에 사는 모든 이의 삶을 좌우할 힘이 있어. 그대는 여자들의 좁은 세계에 갇혀 있고. 코앞의 몇 발자국밖에 안 되는 좁은 원 안에."

"그건 사실이에요. 하지만 신들의 눈으로 보면 당신과 나는 그 개미와 다를 바가 없어요. 그래도 나는 내 즐거움 때문에 아무도 죽거나 괴로워하지 않는다는 점에서 위안을 얻죠. 내가 죽으면 기뻐서 방방 뛰는 사람은 한 명도 없을 거예요. 나는 소중한 사람들의 이름과 얼굴도 다 기억하고 있어요."

마타는 몸을 일으키고 손을 치켜들었다. 그 손을 힘껏 휘두르면 미라는 순식간에 저세상 사람이 될 판이었다.

전장에서 수없이 여러 번 취한 자세였다. 나아로엔나를, 또는 고레마우를 쥐고 적에게 마지막 치명타를 날리기 위하여. 그럴 때면 반드시 상대의 눈에 무언가 보였다. 절망, 공포, 저항, 경악 같은 것들이었다.

그러나 미라는 더없이 냉정하게 마타를 마주 보았다. 두려워하는 기색은 털끝만큼도 없었다.

"난 당신을 이해하고 싶어요, 마타. 하지만 내 생각엔 당신도 스스로를 이해하지 못하는 것 같군요."

마타는 손을 내렸다. 그러고는 일어서서 그곳을 떠났다.

루소 해변

원수정 4년 3월

신구(新舊) 티로 국가는 티격태격하는 아이들처럼 상쟁했고, 귀족들은 어느새 신진 특권층이 넘쳐나는 세상을 마주하고 있었다.

왕들이 앉은 옥좌는 위태롭게 흔들렸다. 마타 진두는 군대가 자신을 지지한다는 명분하에 끝내 수피 왕을 축출하고 코크루의 왕좌를 차지했다. 이 선례 앞에서 다른 티로 국가의 장군들은 유혹에 흔들렸고, 왕들은 공포에 떨었다.

마타는 이러한 동향을 억제할 기미가 전혀 보이지 않았다. 그리하여 곳곳에서 무력 정변이 일어나 야심만만한 장군들이 전에 섬기던 주군의 자리를 차지했다. 그러한 변화가 피를 흘리지 않고 일어나는 경우도 *가끔*은 있었다.

* * *

코크루군 함대는 루이섬과 다수섬의 주위를 맴돌며 물 위에 떠 있는 목책처럼 두 섬을 포위했다. 몇 척 안 되는 다수군 함선은 외해로 나갈 엄두도 못 낸 채 항구에 숨어 있었다. 쿠니 가루는 패왕에게 도전하면서도 수군을 키울 생각은 전혀 하지 않았다. 공수 작전은 비행함의 수송 능력을 감안하면 애초부터 현실성이 없었다.

쾌속 비행정으로 전단을 투하하고 나서 별 활동이 없자, 쿠니 왕의 야심은 그저 발을 쭉 뻗고 누울 만한 넓은 감옥을 갖는 것이 아니냐는 소문이 돌기 시작했다. 코크루군 함대의 군기는 서서히 느슨해져 갔다. 끝날 기약이 없는 초계 임무를 수행하는 동안, 함선의 수병들은 투전 노름을 하거나 말린 빵뿐인 단조로운 식단에 다양성을 불어넣기 위해 낚시를 하며 시간을 보냈다.

수병들은 이따금씩 루이섬과 본섬을 잇는 항로를 따라 배 밑으로 지나가는 거대한 크루벤 무리를 목격하곤 했다. 크루벤이 눈에 띄는 것은 길조였기에 수병들은 대부분 기뻐했다. 어쩌면 신들이 패왕 진두를 아낀다는 징조일 수도 있었다. 아늑한 고향을 떠나 고생하는 시절은 머잖아 끝날지도 몰랐다.

깊은 밤, 본섬 루소 해변의 외딴 끝자락. 크루벤 한 무리가 바닷가에 모습을 드러냈다.

하나, 둘, 셋…… 크루벤 열 마리가 파도를 가르고 모래톱에 닿았다. 다시 자유로이 헤엄치려면 만조 때까지 기다려야 할 곳이었다. 그들이 뭍에 올라오는 동안 덜그럭거리는 쇳소리가 울려 퍼졌다. 살아 있는 짐승의 살이 아니라 돌바닥에 구르는 무기가 낼 법한 철컹거리는 소리였다.

느닷없이, 크루벤 떼가 하품을 하며 거대한 입을 쩍 벌렸다. 그런데 크루벤의 입은 계속 벌어지고 또 벌어지다가, 마침내 머리 위쪽 절반이 뒤로 젖혀져 등에 얹히는 지경에 이르렀다.

비늘로 뒤덮인 철갑 고래의 뱃속 깊숙한 곳에서, 군인 수백 명이 쏟아져 나왔다. 기계 크루벤의 뱃속에 숨어 있던 병사들이 몸에 걸친 것은 다수군의 제복이었다. 며칠 동안이나 수중 함선 속에 머물렀던 병사들은 소금기가 밴 밤공기를 게걸스레 들이마셨다.

잠시 후, 병사들은 밤의 어둠 속으로 녹아들어 동료들과 합류했다. 선발대가 해변을 따라 늘어선 동굴에 임시 막사를 마련하고 기다리는 중이었다. 속이 빈 잠수정들은 입을 다물고 밀물이 들기를 기다렸다. 그때가 되면 파도 속으로 뛰어들어 루이섬으로 돌아가서 승객을 더 실어 올 예정이었다.

혹시 크루벤의 등에 꽂힌 깃발을 본 사람이 있었다면, 조그마한 변화를 눈치챘을 법도 했다. 깃발의 붉은 바탕 속에서 돌진하는 고래의 몸통은 검푸른 비늘로 덮여 있었고, 이마에는 커다란 뿔이 솟아 있었다. 이제 다수의 국기는 피바다에서 솟구쳐 오르는 크루벤이었다.

기계 크루벤, 즉 잠수함(潛水艦)은 루안 지아와 긴 마조티가 가장 자랑스러워하는 발명품이었다. 코크루 수군의 방어선을 피해 침공군을 본섬에 상륙시키려고 궁리하는 동안, 긴은 쿠니가 에리시 황제를 급습할 때 타고 왔던 그 유명한 크루벤 떼를 다시 부를 수만 있으면 좋겠다고 농담처럼 말했다.

그때 루안의 눈이 반짝였다.

"굳이 크루벤을 부를 필요는 없습니다. 우리가 만들면 됩니다."

루안은 그렇게 말하며 긴의 손을 잡았고, 긴은 선선히 손을 내맡겼다. 연인의 따뜻한 손길에 마음까지 훈훈해지는 느낌이었다.

물속에서 움직이는 배를 만들려면 비행선이 고도를 조절하는 원리를 공기보다 비중이 훨씬 더 큰 물속 환경에서 응용하는 기술이 필요했다. 루안은 자신 앞에 놓인 도전을 즐겼다.

배는 비밀리에, 진두가 보낸 비행함과 첩자들의 눈을 피해 루이섬 바닷가의 동굴에서 만들어졌다. 먼저 검을 제작할 때 쓰는 쇠를 얇고 단단한 판으로 만들고 두들겨서 둥근 고리 모양으로 가공한 다음, 그 고리로 단단한 물푸레나무 널빤지 여러 장을 하나로 묶었다. 공정은 통 만드는 장인이 나무통을 만들 때와 비슷했다. 이런 식으로 단단하게 결합한 각 부위를 짧은 쇠사슬로 연결한 선체는 살아 있는 크루벤처럼 유연하게 움직였다. 잠수함의 전체 뼈대는 상어와 고래의 가죽으로 덮어서 방수 처리를 했다. 선수에는 뾰족하게 깎은 흑단 말뚝을 박아서 크루벤의 외뿔처럼 보이게 했다.

선체 바닥에는 부력조(浮力槽)를 줄줄이 설치했다. 이곳에 물을 채우거나 풀무로 공기를 불어넣으면 잠수함은 떠오르거나 가라앉았다. 내부 공간은 승조원뿐 아니라 수송 병력 및 보급 물자까지 너끈히 수용할 만큼 널찍했다. 크루벤의 두 눈은 두꺼운 수정으로 만들어 내부에서 바깥을 관측할 수 있었다. 함의 측면부에도 더 작은 선창을 여러 개 만들어 어두침침한 선내에 빛이 들어오게 했다.

잠수함은 위에서 볼 때 진짜 크루벤과 똑같아야 했다. 그곳이 적에게 발각될 위험이 가장 크기 때문이었다. 다수군의 여성 지원 부대에서 근무하는 미용 기술병들이 반들반들한 가죽에 비늘을 그렸다. 그 솜씨가 어찌나 훌륭했던지, 수군 함선이나 비행함의 관측병 가운데 이 반짝이는 인공 비늘과 진짜 크루벤의 비늘을 분간한 자는 아무도 없었다.

잠수함의 기본 설계는 완성 단계에 이르렀지만, 골치 아픈 문제가 아직 세 가지나 남아 있었다.

첫째, 공기와 달리 물은 선체에 엄청난 압력을 가했다. 아무리 방수 처리를 철저히 해도 사방에서 미친 듯이 물이 샜고, 해저 깊숙이 잠수했다가는 선체가 찌그러질지도 몰랐다. 그러나 기계 크루벤은 수군 함대의 봉쇄망과 비행함의 감시망을 피할 때에만 잠수하면 되기 때문에 치명적인 문제는 아니었다. 잠수함은 평소에는 수면 위로 항행하다가 필요할 때만 수중으로 잠행했다.

둘째, 탑승한 병력이 숨 쉴 공기가 문제였다. 수영과 잠수를 광적으로 좋아하던 긴은 다수섬의 젊은이들에게서 물속에 머리를 담근 채 입에 문 대롱의 한쪽 끝을 수면 위로 내밀어 숨을 쉬는 법을 배웠다. 얕은 산호초에 사는 아름다운 불가사리와 산호를 구경할 때 쓰는 방법이었다. 이 방법과 실제 크루벤의 생태를 토대로, 긴은 호흡용 관을 고안했다. 먼저 관의 한쪽 끝을 배 안에 설치하고 반대쪽 끝은 부표에 연결하여 수면 위로 띄웠다. 그런 다음 풀무를 이용하여 관 속의 물을 바깥으로 내뿜고 공기를 속으로 끌어들였다. 이때 발생하는 물기둥은 실제 크루벤의 숨구멍에서 뿜어 나오는 물기둥과 똑같아 보였다.

마지막은 추진력이었는데, 이 문제는 해결하기가 한층 더 까다로웠다. 루안은 원래 함 내부의 병력으로 하여금 기계 크루벤의 꼬리를 거대한 노처럼 젓게 하려 했다. 물결치듯 움직이는 실제 크루벤의 꼬리지느러미를 모방하려 했던 것이다. 그러나 이 방법은 너무 고돼서 루이섬과 본섬 사이의 먼 거리를 왕복하기에는 비현실적이었다.

그런데 얼마 후, 루안은 코고가 거느린 괴짜 발명가의 작품을 떠올렸다. 화산의 열과 수조에 담긴 물로 증기를 만들어 바퀴를 돌리는 장치였다. 루안은 그 기계가 작동하는 원리를 파악하여 정리했다. 또 루안은 일찍이 다라 제도의 구석구석을 유랑하던 시절에 이미 루이섬과 중앙 섬 사이의 바다 밑바닥에 해저 화산이 있고, 그 화산 봉우리가 해수면 근처까지 솟아 있는 것을 알고 있었다. 그 해저 화산의 분화구 주변에 있는 돌들은 뜨겁게 달궈져서 벌겋게 보일 정도였다. 루안과 긴은 기계 크루벤의 승조원들을 훈련시켜 그 분화구들 위로 전진하게 했고, 기계 팔을 조종하여 빨갛게 달궈진 돌을 집어서 잠수선 아래의 수조에 넣도록 했다.

달궈진 돌은 수조에 든 물을 끓였고, 거기서 나온 증기는 연결된 관 여러 개를 통해 꼬리 및 가슴 부위의 지느러미와 연결된 나들통과 톱니와 축을 구동시켰다. 기계 크루벤 속의 공병들은 한 분화구에서 집은 뜨거운 돌로 배의 동력을 얻어 다음 분화구까지 차례로 나아갔다. 이처럼 숨을 쉴 때에는 수면으로 올라오고 뜨거운 돌을 집을 때에는 해저에 가라앉는 식으로, 잠수함 편대는 진짜 크루벤 떼처럼 바닷속을 항행했다. 해저 화산이 이어진 경로를 따라가기만 하면 며칠씩도 나아갈 수 있었다.

천천히, 그리고 비밀스럽게, 기계 크루벤 편대는 다수군을 본섬으로 실어 날랐다.

마지막 부대가 루소 해변에 무사히 상륙한 후, 긴 마조티는 명령을 하달했다.

북부 게피카 수군과 하안 수군, 그리고 다수에 정복당한 루이 수군 소속 함선의 망대를 지키던 경계병들은 또다시 배 밑을 통과하는 크루벤 무리를 목격했다. 수병들은 이 경이로운 생물을 구경하려고 난간 너머로 몸을 내밀었다.

그러나 배 밑을 지나던 거대한 짐승들은 서서히 속력을 늦추고 수면으로 떠오르기 시작했다.

함장은 회피 기동 명령을 필사적으로 외쳤지만, 뒤늦은 단말마였다. 선체가 폭발하듯 부서지는 소리와 코크루군 수병들의 황망한 비명 소리 속에서, 기계 크루벤은 수면을 가르고 솟구쳐 올랐다. 거대한 외뿔이 함선 바닥을 뚫고 들어가 용골을 부서뜨렸다. 공황 상태에 빠진 함선들은 서로 부딪혀 노가 뒤엉켰고, 기계 크루벤 떼는 다시 잠수했다가 솟구쳐서 적선을 박살냈다.

루이섬을 포위한 함대는 단 몇 시간 만에 궤멸됐다. 부서진 선체를 붙잡고 매달린 생존자들이 온 바다에 널려 있었다.

다수는 이제 물속에서 바다를 지배했다.

하안의 수도 긴펜은 단 한 명의 전사자도 내지 않고 함락됐다. 코수기 왕은 성벽 너머에 운집한 다수군의 번득이는 창과 화살을 보고 투항했다. 마조티 원수는 왕에게 다수의 빈객 자격으로 새로 지은 왕궁에 머물러도 좋다고 허락했다.

마조티 원수는 다수군이 점령지의 민간인을 괴롭히는 일은 없을 테니 모두 평소의 삶을 계속 이어가라고 선포했다. 하안 백성들은 처음에는 그 말을 의심했지만, 다수군 병사들이 원수의 약속을 지키는 기미가 보이자 차츰 활력을 되찾았다.

"그래, 자네는 더 나은 주군을 찾은 모양이군."

코수기 왕이 루안 지아를 보고 건넨 말이었다. 목소리에 씁쓸한 심정이 그대로 배어났다.

루안은 왕을 향해 고개를 숙였다.

"저는 지금도 하안의 백성들을 위해 일하는 몸입니다."

크루벤을 수놓은 다수의 국기가 바람에 펄럭였다. 쿠니 왕이 본섬에 돌아왔다는 뜻이었다.

하늘을
질주하는
구름

제45장

다수와 코크루

늘대발섬과 본섬

원수정 4년 6월

마타 진두는 다시 늘대발섬에 와 있었다.

두 번 다시 오고 싶지 않은 곳이었지만 간의 달로 왕, 그 늙은 겁쟁이 때문에 어쩔 도리가 없었다.

마타에게서 풀려나 늘대발섬에 돌아온 이후, 달로 왕은 깊은 우울감에 빠졌다. 그는 지난날 찬란했던 간의 영광과 타국이 선망하던 풍요로움에 관한 전설을 재현하는 연극에 빠져 세월을 보냈다. 그러면서 자신이 패왕에게 당한 치욕을 한탄했다.

달로 왕 휘하의 장군 가운데 한 명이었던 모크리 자티는 그런 왕을 참아 줄 수가 없었다. 마타 진두가 보여 준 선례에 고무된 모크리는 달로 왕에게 왕위에서 물러나 간의 국새를 넘기라고 요구했다. 달로 왕은 저항하는 시늉도 하지 않았다. 그는 옥좌가 자신에게 어울리는 자리가 아니라고 선언하고 은거하며 금붕어 연못을 돌보았다.

새로 왕이 된 모크리는 마타 진두가 점점 골칫거리가 되어 가는 쿠니 가루에게 정신이 팔려 있으리라 생각했고, 이 때문에 즉시 패왕에게 반기를 들기 위해 전쟁 준비를 시작했다. 모크리 자티는 이름난 검술의 명인이었으나 늑대발섬 전투가 벌어지는 동안 병으로 자리보전을 하고 있었던 탓에, 전장에서 마타의 무위를 목격할 기회가 없었다. 모크리는 전부터 마타의 무용에 관한 소문이 과장되었다고 믿었다. 그래서 마타의 승리 또한 본인의 실력이 아니라 제국군의 지휘 계통이 내부에서부터 부패했기 때문에 거둔 것으로 여겼다.

민중의 사기를 북돋울 목적으로, 모크리는 마타가 빼앗아간 본섬의 옛 간 영토를 수복하겠노라고 선언했다. 그러고는 즉시 오게 국을 침공했다. 이 조그만 군도는 과거 간의 장군이었다가 늑대발섬 전투의 막바지 단계에 마타에게 가담한 후예 노카노가 공을 인정받아 왕이 되어 다스리는 나라였다. 후예는 순식간에 패배했다. 군도의 백성을 모두 모아 봤자 토아자 한 곳의 인구보다 더 적기 때문이었다. 그런데도 모크리는 이미 패왕의 군대를 무찌르기라도 한 양 토아자 시내에서 열흘간 개선 행진을 하며 승리를 자축했다.

토룰루 페링은 마타에게 간언했다.

"모크리는 어리석은 자입니다. 폐하의 진짜 적은 쿠니 가루입니다. 서쪽으로 가십시오, 패왕. 가서 쿠니가 다른 티로 국가들을 선동하여 폐하께 맞서기 전에 그를 격퇴하셔야 합니다."

마타는 잔소리하는 페링에게 짜증이 났다. 쿠니가 본섬에 발을 디뎠는지는 몰라도 기껏해야 하안에 조그만 발판을 마련했을 뿐이었다. 게피카 평원에 새로 만들어진 티로 국가 세 곳의 지배자는 모두 마타 덕분에 왕이 된 자들이었고, 겁쟁이 쿠니와 그 군대의 치마 두른 원수를 격퇴하기에는 그 셋이면 너끈했다. 그보다는 뛰어난 전사인 모크리가 훨씬 더 위험한 적이었다.

발밑의 천하가 무너지는 것을 막으려면 마타는 검을 차고 말안장에 오르는 수밖에 없었다. 그 일을 제대로 해내리라 믿고 맡길 만한 인물이 마타에게는 한 명도 없었다. 쿠니는 나중에, 동쪽을 평정한 후에 상대할 작정이었다.

다라 제도의 티로 국가들은 어느 편에 붙을지 결정해야 할 때가 온 것을 깨달았다. 유사 이래 최강의 전사인 코크루의 마타 진두를 지지하든가, 아니면 바닥날 줄 모르는 행운의 소유자인 다수의 쿠니 가루를 지지하든가, 둘 중 하나였다.

북부 게피카의 왕인 세카 키모는 후노 크리마를 죽인 날부터 줄곧 마타 편에서 싸웠다. 세카는 누가 보아도 마타의 굳건한 아군이었다.

그러나 왕이 되기 전에, 장군이 되기 전에, 그보다 앞서 반란에 가담하기 전에, 세카는 투노아의 건달이었다. 칼끝에 목숨을 걸고 살아가는 범죄자였다. 세카는 한 남자를 불구로 만든 죄로 중노동을 하는 형벌에 처해졌다. 그의 이마에 아직도 남아 있는 섬뜩한 문신은 마피데레 황제가 정한 법에 따라 감옥의 형리들이 새겨 넣은 것이었다. 그가 지은 죄를 만인에게 알리기 위해서였다. 마타와 마찬가지로 세카 역시 남을 압도하는 거구였기에 전장에서 두각을 나타냈다. 그러나 마타와 달리 세카는 자신이 남들보다 더 높은 이상을 추구하는 사람이라고 생각해 본 적이 한 번도 없었다.

세카는 격식 있고 화려한 외교가와 궁중 암투보다는 뒷골목과 밤거리의 생리에 훨씬 더 정통했다. 세카가 보기에 귀족의 삶은 시시한 길거리 불량배의 삶과 크게 다르지 않았다. 쿠니 가루와 마타 진두는 시장의 이권과 그곳 상인들이 바치는 짭짤한 보호세를 놓고 대립하는 두 폭력 조직의 두목이나 마찬가지였다. 그리고 세카 자신은 그 둘 사이에 낀 잔챙이 중간 간부에 지나지 않았다.

더 센 패거리에 붙어야 해. 안 그러면 지는 거다.

세카는 쿠니 가루를 만나러 비밀리에 하안의 수도 긴펜에 도착했다. 옷은 평범한 것을 입고 호위병은 대동하지 않았다. 약속 장소는 낡고 특색 없는 여관이었다.

세카가 예약해 놓은 방에 들어섰을 때, 쿠니는 여자 둘과 함께 침대에 널브러져 있었다. 세카는 조금도 당황하지 않았다. 이것이야말로 만사를 자기 뜻대로 좌우할 준비가 된 암흑가의 거물이 보일 법한 모습이었다.

쿠니는 여자들을 내보낸 후에도 정신이 딴 데 팔린 눈치였다.

"제가 보기에 마타 진두는 지는 해요, 쿠니 대왕께서는 뜨는 해이십니다."

세카의 말에 쿠니는 하품으로 응수했다. 그러고는 일어서서 방에서 나가 버렸다.

세카는 쿠니의 반응을 어떻게 해석해야 할지 알 수가 없었다. 동맹의 가능성을 타진하러 온 자리였건만, 쿠니는 세카를 소 닭 보듯 할 뿐이었다.

곧이어 코고 옐루가 들어오더니 점심을 함께 들자고 청했다. 허름한 여관에 걸맞게 볼품없고 차게 식은 요리가 나왔다. 젓가락은 짝이 안 맞는 싸구려였다. 세카는 점점 더 불안해졌다.

쿠니 가루가 세카를 이런 식으로 대하는 까닭은 분명 마조티 원수와 더불어 북부 게피카를 정복할 모종의 계획에 이미 착수했기 때문이었다. 가루 두목이 잔챙이 세카를 아예 따돌린 채로, 그의 구역을 집어삼킬 방법을 찾아낸 것이었다. 세카는 불쌍한 코수기 왕처럼 나라와 왕좌를 잃을 위기에 처해 있었다. 아니, 어쩌면 그보다 더 불쌍하게 목숨까지 잃는 신세가 될지도 몰랐다.

쿠니의 푸대접은 경고이자, 마지막 한 줄기 희망의 빛이었다.

세카는 쿠니 왕께 말을 좀 전해 달라고 재상인 옐루에게 애걸했다. 대등한 동맹 관계를 맺는 대신, 이제 다수의 속국으로 받아들여 달라고 애원했다. 북부 게피카를 기꺼이 포기하고 다수 편에서 싸울 테니 전쟁이 끝나면 새 영토를 하사하겠다는 왕의 약속을 받아 달라는 것이었다.

코고는 고개를 끄덕이고 최선을 다해 보겠다고 말했다.

일단 세카를 돌려보내고 나서 코고와 쿠니는 손을 맞잡고 껄껄 웃었다.

"그놈이 단단히 물었어. 미끼에 바늘, 낚싯줄, 찌까지!"

"정말 타고난 배우이십니다, 대왕."

"주디 현 출신 건달을 만만히 보면 곤란하지."

세카를 푸대접하자는 발상은 코고가 내놓았지만, 쿠니는 세카의 과거에 관한 정보를 이용하여 그 발상을 섬세하게 완성시켰다. 때로는 심리를 교묘하게 살짝 자극하는 것이 군대를 동원하는 것보다 더 놀라운 효과를 낳기도 했다.

"코고, 자네가 보고 싶을 거야."

쿠니는 그렇게 말하며 코고의 두 손을 잡았다. 두 사람이 아직 주디 현에 살던 시절, 툭하면 밤늦게까지 일하다가 남들은 모두 지겨워할 도시 계획이나 행정 업무에 관해 좋은 생각이 떠올랐을 때 함께 낄낄대던 그 시절처럼.

코고 옐루는 황궁 문서고에서 챙겨온 서류를 참고하여 점령지의 행정 기반을 다지느라 긴펜에 머무는 중이었지만, 이제는 다시 다예로 돌아갈 때였다. 그곳에서 다수섬과 루이섬의 물자 생산을 관리하며 본섬에서 치를 전쟁을 지원하는 것이 코고의 임무였다.

"영광입니다, 대왕."

코고는 잠시 입을 다물었다. 쿠니의 목소리에서 떨리는 기색을 느끼고 감동한 탓이었다.

"명심하십시오. 마타에게는 검과 곤봉뿐이지만, 대왕께는 부하들 모두의 마음이 함께한다는 것을."

* * *

휘하의 장군들이 북부 게피카를 확실히 장악한 후, 긴 마조티는 새로이 아룰루기 공작에 임명된 세카 키모에게 아름다운 수상 도시로 이루어진 아룰루기섬에 유폐된 포나도무 왕을 공격하라고 명령했다. 포나도무 왕은 패왕이 너무나 두려웠던 나머지 쿠니가 보낸 사신을 만나는 것조차 거절했다.

마조티는 세카의 열의와 충성심을 확인하는 가장 좋은 방법은 그로 하여금 새 영지를 자기 손으로 마련하게 하는 것이라고 판단했다. 마조티 본인은 본섬의 나머지 지역에 관심을 집중해야 하기 때문이었다.

중부와 남부 게피카는 마조티 원수의 군대 앞에서 흰개미에게 파먹힌 통나무가 묵직한 도끼를 맞듯이 무너졌다. 두 나라의 왕이었던 노다 미와 도루 솔로피는 세카 키모가 마조티의 주력 부대를 상대하리라 넘겨짚은 탓에 자국의 방어를 소홀히 했다. 그 둘에게 남은 길은 리루강을 건너 코크루 영토로 피신하는 것뿐이었다.

그들은 강을 건너면서 북쪽 기슭에 잇닿은 여러 마을의 배들을 닥치는 대로 불태웠다. 폭은 넓지만 기계 크루벤이 잠항하기에는 너무 얕은 리루강이 다수군을 막아 주리라 기대했기 때문이었다. 리루강에 아직 남아 있는 배는 모두 남쪽 기슭의 마을과 항구에 정박하라고 명령했다. 배가 출항하지 못하도록 주둔군 병사들을 시켜 감시할 생각에서였다. 미와 솔로피는 전함 몇 척을 디무에 배치하여 리루강을 제압하는 한편으로, 수군의 주력을(또는 기계 크루벤 함대에 맹공격을 당하고 살아남은 잔당을) 코크루 서부 해안으로 파견하여 해저까지 닿는 끌그물을 달고 초계 작전을 펴도록 했다. 이는 또 있을지 모를 잠수함 부대의 기습 상륙을 방지하려는 시도였다.

마조티 원수는 디무시에서 진군을 멈추었다. 전투연과 기구와 비행함이 리루강을 순찰하며 다수군의 도하 작전을 감시했기 때문이었다. 마조티는 버려진 사원의 문짝과 대들보, 수레바퀴, 심지어 부서진 가구까지 나무로 된 것은 모조리 모아서 뗏목을 만들려 했으나 적군의 정찰 비행대는 노다 미와 도루 솔로피에게 다수군의 동태를 고스란히 보고했고, 이들은 비행함 편대에 목재가 이동하는 낌새가 보이면 즉각 뗏목 건조장을 폭격하라고 명령했다. 마조티의 부하들이 비밀리에 간신히 완성한 몇 안 되는 소형 뗏목은 리루강의 물살에 버티기에는 너무 약해서 강을 절반도 건너기 전에 부서지고 말았다.

마조티는 휘하의 비행함을 리루강 상공에 투입하여 적의 방어군과 교전을 벌였다. 여군들이 조종하는 다수 비행함은 빠르고 민첩했지만, 코크루군 비행함은 실전 경험이 풍부했다. 양 진영의 병사들은 강 위에서 벌어지는 비행함들의 근접 공중전을 보며 열띤 응원을 보냈지만, 전황은 교착 상태에 빠졌다.

노다 미와 도루 솔로피는 안도의 숨을 내쉬었다. 마조티 원수는 리루강을 도하할 방법을 끝내 찾지 못했고, 이로써 양 진영은 무기한 대치 상태에 들어갔다.

모크리 자티는 맹렬하게 싸웠다. 그는 늑대발섬에 단단한 방어진을 구축하고 마타가 한 발자국 전진할 때마다 톡톡히 대가를 치르게 했다. 마타는 자신에게 걸맞은 적과 혈투를 벌인다는 생각에 신이 났지만, 한편으로는 본섬에서 잇달아 들려오는 보고 때문에 불안해졌다.

뼛속까지 비겁한 쿠니 가루는 오랜 친구인 산적 푸마 예무와 다시 손을 잡았다. 마타가 보기에는 아무래도 지아가 그 둘 사이에서 연락을 맡은 듯싶었다. 다시금 '포린 후작'이라는 작위를 달고 자칭 '다수 선풍 기마대'라는 마적 떼를 거느리고서, 푸마 예무는 마타의 호송 부대와 군량 수송대를 상대로 기습 약탈 작전을 일삼았다. 마타는 그 비겁한 전술에 구역질이 치밀었으나 모크리의 반란을 진압할 때까지는 어쩔 도리가 없었다. 마타는 전투에 갑절의 힘을 쏟았고, 늑대발섬의 흙은 더욱 붉게 물들었다.

마타는 토아자의 왕궁에 도착했다. 앞서 모크리에게서 빼앗아 임시 사령부로 쓰는 곳이었다.

내관들은 마타를 보고 서로 수군거릴 뿐, 감히 나서는 사람은 한 명도 없었다.

마타는 눈살을 찌푸렸다.

"무슨 일이냐?"

내관 한 명이 쭈뼛쭈뼛 손을 들어 후궁 처소 쪽을 가리켰다.

마타는 화가 나서 씩씩거리며 그쪽으로 걸어갔다. 필시 모크리의 처첩 가운데 누군가 말썽을 일으켰거나, 아니면 마타의 험담을 한 모양이었다. 마타는 왕궁을 점령하고 나서도 여자들의 공간은 건드리지 않았건만, 친절을 무례로 갚는 경우가 드물지 않다는 것은 마타도 이미 아는 바였다.

점점 가까워지는 마타를 본 시녀들은 그가 가야 할 곳을 손으로 가리키고는 겁먹은 토끼 떼처럼 잽싸게 흩어졌다. 마타는 앞길을 막은 문을 손수 열어야 했다.

마침내 후궁 처소 한 곳의 문을 열어젖힌 마타는 문간에 우뚝 멈춰 섰다.

한쪽 벽 앞에 미라가 앉아서 자수를 놓고 있었다.

두 사람 사이에 대화가 끊긴 지도 벌써 몇 달째였다. 내관과 시녀는 어찌할 바를 몰라 발을 동동 굴렀고, 미라가 마타의 총애를 잃은 것은 아닌지 걱정했다. 늑대발섬으로 출정할 때에도 마타는 미라를 사루자의 왕궁에 남겨 두었다.

미라는 고개를 들고 놀란 마타의 표정을 살폈다. 미라의 얼굴에 미소가 번졌다.

"보아하니 아무도 애길 안 해 주고 당신 혼자 찾아내게 놔뒀군요. 하여튼, 내관들이란. 당신이 날 보고 기뻐할지 화를 낼지 알 수가 없어서 자기들 딴엔 묘책이라고 내놓은 거겠죠."

미라의 밝은 목소리가 마타의 마음을 누그러뜨렸다. 미라는 몇 달에 걸친 냉전이 아예 없었다는 듯이 행동했다.

"그렇게 우두커니 서 있지 마요. 햇빛이 가려지잖아요. 자, 여기 앉아요. 당신한테 할 말이 좀 있어서 왔어요."

뭔가 변했군. 마타는 문득 깨달았다. *마음을 정한 건가.*

"내 곁을 떠나려는 건가?"

마타는 부루퉁하게 내뱉었다.

말을 내뱉기가 무섭게 우스운 질문이라는 생각이 들었다. 그러거나 말거나 무슨 상관이란 말인가? 마타가 선택할 수 있는 여자는 헤아릴 수 없이 많았고, 그들 대부분은 미라보다 더 어리고 예뻤다. 그런데도 마타는 *미라가* 자신을 좋아해 주기를 바랐다. 미라가 스스로의 의지로 자신의 침소에 찾아오기를, 그동안의 무례와 무지에 대해 사과하기를 바랐다. 그리고 인정해 주었으면 했다. 마타는 위대한 남자라고, 그가 남길 업적을 세상은 오래도록 기억하리라고.

솔직히 말하자면 그날 이후, 즉 미라가 마타에게 그의 빛나는 업적을 어떻게 생각하는지 들려준 이후로, 마타는 오로지 미라의 눈을 통해서만 스스로를 직시할 수 있었다. 그 눈에 비친 마타는 잔인하고 무절제하고 거칠고, 소심한 남자였다.

"아니요, 그럴 리가요."

그 말에 마음이 놓인 마타는 미라 곁의 방석에 앉았다.

"먼저 오빠 얘기부터 할게요."

마타는 기다렸다.

"전에는 오빠가 나와서 이야기하는 악몽에 시달리곤 했어요. 꿈속에서 오빠는 나한테 자기가 믿었던 이상을 당신이 실현했는지 물었지요."

마타의 눈가가 씰룩거렸다.

"하지만 요즘은 꿈에 오빠가 안 나와요. 혹시 오빠의 혼령이 지친 게 아닐까 싶어서, 판으로 여행 가는 상인한테 마도 오빠의 무덤 앞에다 향을 좀 피워 달라고 부탁했어요. 그 사람이 돌아와서 말하길 우리 오빠의 무덤 앞에 있는 비석이 묘지에서 가장 크다고 하더군요. 당신이 주둔군 병사들에게 매일 오빠의 제단에 새 국화를 바치도록 명령했다는 얘기도 들려줬어요. 실은 투노아에서 당신을 따라 출정한 800명 가운데 전사한 사람의 무덤에는 모두 똑같이 하라고 지시했다더군요. 당신은 너그러운 사람이에요."

마타는 말이 없었다.

미라는 자수틀을 내려놓았다.

"다음 용건은 이거예요."

미라는 일어서서 구석에 있던 조그마한 여행 가방 쪽으로 걸어가더니, 천으로 감싼 꾸러미를 들고 돌아왔다.

"그게 뭔가?"

미라는 아무 대꾸도 하지 않았다.

마타는 꾸러미를 풀고 속에 있던 동물 뼈로 만든 단검을 가만히 내려다보았다. 전에 본 적이 있는 물건이었다. 숙부의 시신 옆에 놓여 있었다. 수피 왕이 침통한 목소리로 설명한 바에 따르면 키코미 공주, 즉 킨도 마라나의 정부이자 암살자가 숙부를 죽일 때 사용한 무기였다.

"당신의 적들은 나를 이용해서 당신을 쓰러뜨리려고 해요."

마타는 미라를 물끄러미 바라보았다. 어떤 기분을 느껴야 할지 판단이 서지 않았다. 배신은 그의 삶에 일상다반사 같은 것일까?

"하지만 난 도구로 이용당하는 데 질렸어요. 난 내 의지대로 살고 싶어요."

마타는 단검을 떨어뜨리고 휘청거리는 걸음으로 방을 나섰다.

미라는 자수 놓는 손을 쉬지 않았다.

미라의 기법은 갈수록 추상적으로 변해 갔다. 실제 모습을 재현하기보다 활력과 암시를 강조하는 식이었다. 대담하게 훑친 실 몇 가닥, 보일락 말락 하게 표현한 그 윤곽이 미라가 수놓은 마타의 모습 전부였다. 마타가 서 있는 배경은 뚝뚝 끊긴 선과 어지러운 색으로 표현되어 그가 공들여 만든 세계가 산산이 무너지는 광경을 보여 주었다. 미라는 그런 마타의 주위에 퍼져 나가는 빛무리를 수놓았다. 빛무리의 절반은 회전하는 검, 나머지 절반은 피어나는 국화였다. 마타는 스스로가 미라의 손안에서 사라져가는 느낌이 들었다. 현실이 아니라 전설이 되어가는 느낌이.

마타는 미라가 수를 놓은 수건을 정성스레 액자로 만들어 마음에 드는 부하나 공을 세운 부하에게 상으로 하사했다. 지휘관과 참모들은 미라의 자수를 얻으려고 서로 경쟁했다. 그것은 곧 패왕이 인정한 부하라는 상징이었다. 미라 본인은 그런 분위기에 즐거워하는 눈치였고, 일단 자수를 완성한 후에는 어디에 쓰든 별 관심이 없는 모양이었다.

그러던 어느 날, 또다시 전장에서 피로 얼룩진 하루를 보낸 마타는 절규와 살육의 광경에, 뼈와 힘줄을 베는 수고에 기진맥진한 채로 귀환했다. 역한 죽음의 냄새가 아직 가시지 않은 몸으로, 마타는 곧장 미라의 처소로 향했다.

미라는 평소처럼 차분한 목소리로 마타에게 같이 식사를 하겠냐고 물었다.

"시녀한테 목욕물을 준비하라고 할게요. 시장에서 산 잉어로 찜을 만들까 하던 중이었는데. 투노아 요리를 맛본 지도 꽤 됐잖아요,

안 그래요?"

미라는 고분고분하고 간드러지는 목소리로 묻지 않았다. 오늘 하루는 전장에서 어떤 공을 세웠느냐고 묻지도 않았고, 마타의 용기와 힘을 칭찬하지도 않았다. 언제나 둘이 함께할 수 있는 소소한 것들을 제안할 뿐이었다.

마타는 미라가 자신을 친구로 대하는 것을 깨달았다. 다라 제도의 패왕이 아니라, 친구로.

마타는 미라에게 성큼 다가가 끌어안고 입을 맞추었다. 놀란 새처럼 팔딱거리는 미라의 심장 고동이 느껴졌다. 바늘과 자수틀을 들고 있던 두 손은 힘없이 축 처졌다. 잠시 후, 미라는 마타의 입맞춤에 응했다.

마타는 물러나서 미라의 눈을 들여다보았다. 미라도 피하지 않고 마주 보았다. 쿠니 가루를 빼면 미라는 마타의 중동안을 아무렇지도 않게 마주 보는 유일한 사람 같았다.

"이제야 당신이 어떤 사람인지 알겠어요. 내가 왜 당신의 모습을 제대로 수놓을 수가 없었는지, 그것도 이제 알 것 같아요."

"말해 봐."

"당신은 두려워해요. 당신을 둘러싸고 커져 버린 소문을 두려워하는 거예요, 사람들의 머릿속에서 당신의 그림자가 키워 놓은 소문을요. 주위의 모든 사람이 당신을 무서워하니까 당신은 스스로 공포의 대상이 되어야 한다고 믿기 시작했어요. 주위에서 한목소리로 칭송하니까, 마땅히 칭송받아야 한다고 믿어 버렸죠. 주위 사람 모두에게 배신당하면서, 당신은 자신이 배신당하는 것도 당연하다고 여기게 됐어요. 당신은 스스로 원해서 잔인해진 게 아니라 사람들이 그러기를 바란다고 생각해서 잔인해진 거예요. 당신이 하는 일은 스스로 원해서 하는 게 아니에요, 마타 진두라는 *이상형*이 원한다고 믿기 때문에 하는 거죠."

마타는 고개를 가로저었다.

"얼토당토않은 소리를 하는군."

"당신한테는 세상이 어떠해야 한다는 확고한 이상이 있어요. 그런데 세상이 그 이상을 따라 주지 않아서 실의에 빠졌죠. 하지만 당신도 이 세상의 일부이다 보니, 유한한 육신으로는 그 이상에 걸맞은 사람이 되지 못할까 봐 두려워해요. 그래서 스스로를 위해 새로운 자아를 만든 거예요, 이 정도면 맞춰서 살아갈 수 있겠다 싶은 자신의 모습을. 잔인하고 피에 굶주린, 죽음과 복수와 상처 입은 자존심과 더럽혀진 명예를 끌어안은 마타 진두라는 사람을. 당신은 스스로를 지워 버리고 자기 자리에 그런 말들을 대신 채워 넣었어요. 고리타분한, 이미 죽어 버린 책에서 빌려온 말들을."

마타는 미라에게 다시 입을 맞추었다.

"도대체 무슨 소리를 하는 건지 모르겠군."

"하지만 당신은 악한 사람이 아니에요. 두려워할 필요도 없어요. 당신 마음속에는 열정과 연민이 있어요, 하지만 당신은 그런 감정이 약함의 증거라도 되는 것처럼 깊숙이 숨기고 잠가 버렸죠. 다른 사람들, 당신보다 약한 사람들과 닮았다는 증거인 것처럼. 왜 그래야 하는 거죠? 세상에 아무 업적도 남기지 못한들 무슨 상관이에요? 당신이 죽은 후에 당신이 이룬 업적이 산산이 무너진들 또 무슨 상관인데요?

한때는 당신을 사랑하는 게 옳은 일인지 의심한 적도 있어요. 그때는 온 세상이 당신을 두려워하며 벌벌 떠는 것 같았고, 수많은 목소리가 나한테 옳은 일이 뭔지 가르쳐 주는 것 같았어요. 하지만 마도 오빠가 옳았어요. 세상에 많고 많은 중요한 것들 가운데 기준이되는 건 마음속의 믿음뿐이에요. 하지만 우리 인간의 마음은 작디작아서 품을 수 있는 것에도 한계가 있죠. 내 마음은 오빠를 잃은 슬픔에 비통할 뿐인데, 살아서 영광을 누리는 사람이 1000명이나된다는 말을 들어 봤자 내가 무슨 기쁨을 누리겠어요? 또 세상 사람 1만 명이 내가 좋아하는 사람을 독재자로 여긴다 한들, 내가 그 사람을 다르게 보면 뭐가 문제겠어요? 남이 나를 어떻게 판단할지걱정하면서 살기엔 우리 인생은 너무 짧아요. 역사의 판단은 말할 것도 없고요.

당신은 내가 놓는 자수를 하찮게 여기지만, 기나긴 시간 속에서인간의 업적이란 모두 하찮을 뿐이에요. 그러니까 두려워하지 않아도 돼요, 우리 둘 다."

뒤이어 미라는 마타를 끌어안고 입을 맞추었고, 마타는 이제 정말로 두렵지 않다는 느낌이 들었다.

남자의 목소리가 들렸다. 흑요석처럼 단단한, 방패를 내려치는검이 낼 법한 귀에 거슬리는 소리였다.

형제여, 킨도 마라나의 수법을 써먹으려 한 건 영리한 짓이었지만, 보아하니 자네 실력은 딱 거기까지인 것 같군. 크루벤의 가시가 진두 일족의 피를 또다시 맛보는 일은 없을 걸세.

다른 남자의 목소리. 분노가 휘몰아치는 목소리가 들렸다.

하여튼 필멸자들이란, 도무지 믿을 수가 없군.

여자의 목소리. 쥐어짜듯 거친, 용암 위에 일렁거리는 증기 같은 목소리가 들렸다.

허튼수작 집어치워, 키지. 그대는 나와 피소웨오와 더불어 진짜 적에 맞서야 해. 그 사기꾼이 이기는 꼴을 정말로 보고 싶은 건가? 무궁성을 훔친 그 도둑이 이기는 꼴을?

두 집안 모두 망해 버리는 게 낫겠군.

긴 마조티는 드넓은 리루강을 가만히 바라보았다. 좌절감은 하루하루 깊어만 갔다.

수군을 양성하려면 시간이 너무 오래 걸렸다. 마조티는 강을 건널 방법을 궁리해 내야 했다. 그것도 서둘러서.

패왕을 저버리고 강 북쪽 기슭으로 배를 몰고 오는 코크루의 선주에게는 마조티 원수가 후한 상을 내린다는 소문이 리루강을 따라 퍼져 나갔다. 대담한 상인 몇 명이 운을 시험하러 나섰지만, 그들의 상선은 공중 폭격에 철저히 무방비했다. 불타는 잔해, 숨이 끊어진 몸뚱이, 상선이 싣고 가던 옷감 궤짝, 기름 항아리, 곡식과 술과 밀가루가 든 통 따위가 강물을 따라 떠내려왔다. 수면 위에 둥둥 떠 있는 그 잔해들은 패왕을 배신한 자들에 대한 수많은 경고 표지나 마찬가지였다.

마조티는 군의 주력을 디무시에 남겨 두어 리루강의 널따란 하구 건너편에 포진한 코크루측 수비군과 대치하도록 했다. 그러고는 강 상류에 있는 코예카로 향했다. 이 조그마한 마을은 지역 주민들 사이에 도자기 산지로 이름난 곳이었다. 코예카에서는 항아리나 꽃병, 화분 같은 도자기를 온갖 모양과 크기로 만들었다. 개중에는 상어를 통째로 요리할 만큼 큰 것도 있었고 차를 끓이는 데나 어울릴 법한 작은 것도 있었다.

마조티는 판에서 놀러온 귀부인처럼 보이도록 가발을 쓰고 변장을 했다. 유람도 할 겸, 패왕 진두의 점령 기간 동안 불타 무너진 집을 새로 지으면서 거기에 어울리는 집기도 고를 겸 이곳을 찾은 귀부인 같았다. 마조티는 시장을 샅샅이 훑으며 예뻐서 어쩔 줄 모르겠다는 듯이 도자기들을 쓰다듬었다.

하인으로 변장한 다피로는 어리둥절한 표정으로 마조티 원수의 행동거지를 지켜보았다. 원수는 가재도구 따위에는 털끝만큼도 관심을 보인 적이 없기 때문이었다.

규모가 작은 상단이 하나둘 코예카에 도착했다. 그들은 커다란 독과 화분, 단지, 손잡이가 달린 길쭉한 항아리 등을 잔뜩 사들였다. 코예카의 공방 주인들은 사업이 번창하면서 얼굴에 화색이 돌았다. 코예카는 예로부터 리루강을 오르내리는 상인들에 의지하여 살아가는 마을이었건만, 코크루군이 국경을 폐쇄하고 강 건너편에서 오는 상선을 모조리 막아 세우는 바람에 거래가 뚝 끊긴 참이었다. 북쪽에서 온 이들 상단은 맨발로 뛰어나가 환영해야 할 손님이었다.

얼마 후, 어느 캄캄한 밤, 여러 상단의 상인과 하인, 전령, 마부, 심부름꾼 아이 등이 코예카 변두리의 리루 강가에 모였다. 그들은 마을에서 구입한 도자기를 수레에서 내리고 숨겨 두었던 군복과 갑옷을 꺼냈다.

그들 앞에 마조티 원수가 나타났다. 원수는 다시 무구를 갖춰 입고 있었고, 표정에는 작전이 완벽하게 성공했다는 만족감이 가득했다.

"제군, 나는 이용할 수 있는 이점은 남김없이 이용해야 한다고 입버릇처럼 말해 왔다. 오늘, 우리는 그 신조를 실행한다. 노다 미와 도루 솔로피는 리루강을 황급히 건너면서 배를 모조리 파괴했다는 이유로 자신들이 안전하다고 착각하지만, 우리에게는 배가 필요치 않다. 그자들은 우리가 뗏목을 지으려 할 때마다 폭격을 가하면 그만이라고 착각하지만, 우리는 지금까지 놈들의 코밑에서 뗏목을 사들였다."

마조티는 부하들에게 항아리와 꽃병과 단지와 화분에 뚜껑을 덮고 밀봉하라고 지시했다. 병사들은 그 지시를 따른 다음, 안에 공기가 든 도자기들을 모아 질긴 삼끈으로 묶었다. 부력을 높이기 위해 마조티는 병사들에게 물통에까지 공기를 채워서 이 급조한 뗏목에 함께 묶도록 지시했다.

달빛이 물든 리루강 수면 상공에 코크루군 비행함이 떠 있었다. 선체 바깥으로 몸을 기울인 경계병들은 혹시라도 강에 배나 뗏목이 보이지 않는지 눈에 불을 켜고 감시했다. 저 아래 수면에서 오르락내리락하는 부유물 덩어리가 보였다. 항아리나 단지 같은 도자기들이 옹기종기 모여 서로 부딪히고 있었다. 보나마나 또 어느 상인이 장사 욕심에 눈이 멀어 배를 몰고 부랴부랴 북쪽으로 향했는데, 코크루군 비행함이 그 배신자를 신속하게 응징한 모양이었다. 저렇게 멀쩡한 상품들이 못 쓰게 되다니 안타까운 일이었다.

비행함은 그대로 멀어져 갔다.

칠흑 같은 어둠 속에서, 아무에게도 들키지 않고서, 다수군 병사들은 공기를 채운 주방 용품을 타고 수면에 둥둥 떠서 리루강을 건넜다. 병사들은 뗏목을 손으로 붙들고 발로 물장구를 쳤다. 위장에 만전을 기하려고 머리에는 솥까지 뒤집어썼다. 뗏목 몇 채는 끈이 풀어졌고, 북쪽 기슭까지 헤엄쳐 가지 못한 병사 몇몇은 도하 작전 도중에 익사하고 말았다. 그러나 마조티가 이 비밀 작전을 위해 선발한 병사 300명 대부분은 무사히 강을 건넜다.

코크루 측 기슭에 상륙한 이후 마조티의 부하들은 소규모 부대로 나뉘어 강변을 따라 서쪽으로 향했다. 각 부대는 강변 마을 수십 곳의 작은 기지들을 손쉽게 제압하고 배를 차지한 다음, 선주들에게 리루강 북쪽 기슭으로 출항하라고 지시했다. 다수군 병사들은 배 주인을 설득하기 위해 수단과 방법을 가리지 않았다.

코크루군 비행함조차도 막지 못할 거대한 탈출극이 벌어졌다.

마타는 끝내 모크리 자티를 궁지에 몰아넣었고, 모크리는 마타에게 일대일 결투를 제안했다.

해 뜰 녘부터 해 질 녘까지, 두 전사는 찌르기에는 찌르기로, 타격에는 타격으로 맞서며 호각의 승부를 벌였다. 땀은 비처럼 쏟아졌고 숨소리는 갈수록 거칠어졌다. 그러나 나아로엔나는 여전히 크루벤의 꼬리지느러미처럼 허공을 휘저었고, 모크리의 방패는 결코 굴하지 않는 바다처럼 그 검을 받아넘겼다. 고레마우가 피소웨오 신의 주먹처럼 내리꽂히면 모크리의 검은 신화 속의 영웅 일루산이 늑대의 턱을 비틀듯이 그 곤봉을 쳐냈다. 마침내 해가 기울고 검은 비단 같은 밤하늘에 별이 반짝일 무렵, 모크리는 한 걸음 물러서서 양팔을 활짝 벌렸다.

"패왕이여!"

모크리의 거친 숨소리는 오래된 풀무의 바람 소리 같았고, 바짝 마른 혀는 발음조차 제대로 하지 못했다. 모크리는 자신의 검에 기대어 서야 할 만큼 비틀거렸다.

"나 같은 적수와 싸워 본 적이 있는가?"

"없다."

마타는 이토록 기진맥진한 적이 한 번도, 심지어 늑대발 전투 때에도 없었다. 그러나 가슴이 이토록 즐거움으로 넘쳤던 적 또한 없었다.

"너는 내가 상대한 적들 가운데 가장 뛰어나다. 항복해라. 너는 훌륭하게 싸웠다, 내게 충성을 맹세하면 간의 왕으로 남게 해 주마."

마타의 목소리에 안타까움이 묻어났다. 모크리는 빙긋 웃었다.

"너와 만난 것이 내게는 기쁨이자 슬픔이구나."

그러고는 검을 치켜들고 방패를 올린 다음, 다시 마타에게로 향했다.

머리 위의 하늘에서 별들이 회전하는 동안 거대한 두 그림자는 차갑고 희미한 별빛 속에서 싸움을 계속했다. 마타와 모크리의 부하들은 자기네 주군의 결투를 홀린 듯이 멍하니 지켜보았다. 피로에 젖어 움직임이 점점 느려지고 더욱 신중해지면서, 두 사람은 결투를 하는 것이 아니라 춤을 추는 한 쌍처럼 보였다. 유한한 생을 사는 인간들 중에는 목격할 영예를 누릴 자가 드문 춤이었다.

마침내 해가 다시 떠오를 무렵, 마타가 휘두른 고레마우는 모크리의 방패를 산산조각냈고, 그대로 한 걸음 내디뎌 찔러 넣은 나아로엔나는 모크리의 가슴을 관통했다.

마타는 의심을 종결짓는 자를 검집에 넣고 휘청거렸다. 호위 무사인 라소 미로가 서둘러 달려와 주군을 부축했다. 그러나 마타는 라소의 손을 뿌리치고 모크리의 검을 주워들었다. 검은 낡아서 허름했고, 장식 없이 질박했으며, 날은 온통 이가 빠져 들쑥날쑥했고 자루는 모크리의 땀으로 흥건히 젖어 있었다. 왕에게 어울리는 무기였다.

마타는 라소 쪽으로 돌아섰다.

"라소, 너도 이제 더 훌륭한 검을 지닐 때가 됐다. 그리고 이 검은 이대로 묻히기에는 너무 아깝다."

라소는 뜻밖의 영예에 쭈뼛거리며 검을 조심스레 받아 들었다.

"검의 이름은 뭐라고 지을 거냐?"

"'단순명쾌'라고 하겠습니다."

"단순명쾌?"

"패왕을 섬기면서부터 제 삶은 어릴 적 어머니가 불러 주던 단순한 노래처럼 명쾌해졌습니다. 제 기억에서 가장 행복한 시절은 그때, 그리고 지금입니다."

마타는 껄껄 웃었다.

"잘 지었다. 지금 가장 보기 드문 것이 바로 예전의 단순명쾌함이니까."

토아자로 돌아온 후, 패왕은 모크리를 위해 왕의 지위에 걸맞은 장례식을 치러 주라고 명령했다.

모크리의 가족 또한 목숨을 보장하고 계속 귀족으로 살도록 했다. 다만 거처는 수도 사루자로 옮겨야 했다. 끝까지 모크리 편에서 싸운 자들은 죄를 사면받았다. 마타에게 다시 충성을 맹세한 자는 심지어 이전의 계급도 그대로 유지했다.

마타의 부하들은 당황했다. 마타가 모크리와 그 부하들을 모질게 대하리라 예상한 탓이었다. 그들은 마타를 배신한 자들이었으므로.

"왜 그랬는지 알겠느냐?"

마타가 물었다. 뒤이은 침묵 속에서 입을 연 사람은 단 한 명, 미라뿐이었다.

"모크리는 전장에서 당신을 상대로 어떤 속임수도 쓰지 않았어요. 오로지 자기 힘이 당신의 힘을 능가한다는 믿음만으로 싸웠죠. 그의 패배에는 한 점의 부끄러움도 없어요. 모크리는 영웅이었어요. 그가 패배한 건 스스로의 실수가 아니라 당신을 그와 함께 이 세상에 보내기로 한 신들의 결정 때문이었어요."

마타는 언젠가 세상이 미라처럼 자신을 이해해 주기를 바랐다.

다수군은 징발한 선박으로 거대한 선단을 만들어 리루강을 건넜다. 디무에 도착한 그들이 발견한 것은 텅 빈 도시였다.

게피카에서 치욕스럽게 패배한 기억이 아직 생생했던 노마 미와 도루 솔로피의 병사들은 마조티 원수가 강을 건넜다는 소식을 듣기가 무섭게 달아났다. 마조티는 한낱 여자에 지나지 않았지만, 한편으로는 하루아침에 거대한 선단을 만들어 내는 마법사이기도 했다. 그런 마조티와 싸워 봤자 무슨 소용이겠는가? 차라리 항복을 하든가, 아니면 아예 탈영해서 게피카로 돌아가 농사나 짓는 편이 더 나았다. 소문에 따르면 쿠니 가루는 세금으로 백성의 주머니를 탈탈 털지 않고 알아서 살 길을 찾게 놔두는 어진 군주였다.

노다 미와 도루 솔로피는 자결하기 직전 때마침 디무에 입성한 마조티에게 생포당했다. 마조티는 쿠니의 뜻에 따라 그 둘을 정중하게 대우했다.

마조티 원수는 리루강에서 남쪽을 향해 계속 진군했다. 다수군은 포린 평원 가장자리에 위치한 주디 현에 도착했다. 주디 현 주둔군의 지휘관이었던 도사 대장은 생명의 은인인 쿠니에게 늘 감사하는 마음을 잊지 않았다. 그와 현의 원로들은 성문을 활짝 열고 다수의 깃발을 내걸었다. 다수 정부의 인증을 받은 요리사들에게 통사정해서 얻은, 고래에 비늘과 뿔을 손으로 그려 넣어 크루벤으로 변신시킨 깃발이었다.

충성심이 두터운 코크루군 병사 몇 명이 주디 현을 탈출하여 다수군의 승전 소식을 늑대발섬에 전했다. 보고를 듣고 나서 한참 동안, 마타는 왕좌에 앉아 꿈쩍도 하지 않았다. 흔들리는 횃불이 드리운 그림자가 돌처럼 굳은 마타의 얼굴에서 춤추듯 일렁이는 동안, 감히 입을 연 사람은 천막 안에 한 명도 없었다.

　토룰루 페링의 말이 옳았다. *쿠니 가루를 끝장내야 한다. 단번에, 확실히.*

제46장

마타, 반격에 나서다

주디 현

원수정 4년 8월

주디 현에 돌아온 쿠니를 보고 아버지 페소는 눈물을 흘렸고, 주민들은 기뻐서 환호했다. 페소는 하고한 날 반란 일으킬 생각만 하는 아들과 마침내 운명을 함께할 때가 됐다고 결심했다.

그 정도로는 기쁜 소식이 충분치 않다는 듯, 푸마 예무가 사루자를 대담하게 습격하여 지아와 아이들을 코크루군 병사들의 코앞에서 무사히 구출했다. 바야흐로 온 가족이 고향에서 상봉할 참이었다.

쿠니는 아침부터 성문 앞에 나가 기다렸다. 저녁이 되자 드디어 지평선 위로 횃불의 불빛이 보였다. 푸마 예무의 부하들이 횃불을 들고서 지아 일행이 탄 마차를 호위하고 있었다.

아버지의 모습을 까맣게 잊어버린 토토티카와 라타티카는 쿠니가 팔을 벌리자 몸을 움츠리고 뒤로 물러섰다. 어린 딸은 엄마인 지아의 손을 붙들고, 큰아들은 오소 크린의 옷을 잡고 늘어진 형국이었다.

"오소 아저씨, 저 사람 누구예요?"

토토*티카*는 소토가 미처 말릴 틈도 없이 물었고, 오소는 어색하게 뒤로 물러났다.

"알았다, 우리 아…… 아빠죠?"

라타*티카*는 입에 선 호칭을 발음하느라 말까지 더듬었다.

"금세 친해지실 겁니다. 아직 아이들이니까요."

소토가 쿠니에게 건넨 말이었다. 쿠니의 얼굴에 언뜻 스친 괴로워하는 표정은 그가 소토에게 깊숙이 절을 하는 사이에 사라졌다.

"가루 일족이 귀하에게 큰 빚을 졌습니다."

소토도 정중하게 *지리* 자세를 취하며 쿠니에게 답례했다.

쿠니는 그제야 지아를 향해 돌아섰다. 성문 앞에 모인 주디 현의 주민들이 박수를 치고 휘파람을 불고 큰소리로 웃는 가운데, 서로 끌어안은 부부는 한참 동안 떨어지지 않았다.

쿠니는 지아에게 연거푸 입을 맞추며 귀에 대고 속삭였다.

"당신이 그 많은 고난을 겪게 한 걸 진심으로 사과할게. 내가 이해 못 할 거라고 생각하는 거 알아, 하지만 그렇지 않아. 난 아침마다 쓰디쓴 약초를 씹으면서 당신의 기분을 조금이나마 느껴 보려고 했어. 적들한테 둘러싸인 채 아이 둘을 키우는 당신의 외로움을, 두려움을."

남들 앞에서는 늘 절제된 표정을 유지하던 지아도 결국 울음을 터뜨리고 말았다. 지아는 남편의 가슴을 주먹으로 세게, 몇 번이나 치고 나서, 남편을 끌어안고 열렬히 입을 맞추었다. 지아의 얼굴에는 눈물과 웃음이 뒤섞여 있었다.

쿠니는 주머니에서 조그마한 민들레 꽃다발을 꺼냈다. 꽃은 모조리 시들어 있었다.

"오늘 아침엔 싱싱했는데."

쿠니는 겸연쩍은 목소리로 말했다.

"꽃은 또 새로 필 거야. 삶은 반복되는 거니까. 파도처럼."

"당신을 언제까지나 이렇게 가까이서 느끼고 싶어."

"그럼 지금 이 순간을 소중히 여기도록 해. 내일 무슨 일이 일어날지는 아무도 모르니까."

쿠니는 고개를 끄덕였다. 그의 얼굴도 눈물로 젖어 있었다.

부부가 서로 끌어안고 달빛 속에 천천히 흔들리는 동안 군중은 환호를 멈추지 않았다.

현장 관저에서 이어진 가루 일가의 상봉 장면은 즐거우면서도 한편으로는 어색했다. 서로를 얼마나 깊이 이해하든 간에 감정과 열정은 아무도 모르는 길을 따라 흐른다는 것을, 쿠니와 지아는 잘 알았다.

쿠니는 이제 눈에 띄게 배가 불룩해진 리사나에게 지아와 아이들을 소개했다. 소토와 오소 크린이 다른 곳에 가서 놀자며 아이들을 데리고 자리를 떴다. 그러자 쿠니는 할 말이 떠오르지 않아 곤란해진 눈치였다.

뮌 사크리는 마조티 원수의 천재적인 전술을 입이 닳도록 칭찬했고, 지아는 '저런!'이나 '세상에!' 같은 추임새를 적절히 넣어 가며 공손하게 맞장구쳤다. 한참 후, 뮌은 탁자 밑으로 웃옷을 잡아당기는 린 코다의 손길을 느꼈다. 뮌은 그제야 입을 다물었다. 실내는 바늘 떨어지는 소리도 들릴 듯이 고요해졌다.

"마조티 원수는 리마 침공 작전을 궁리하는 중입니다. 뮌하고 린, 저는……."

샌 카루코노는 말을 하다 말고 잠시 망설였다.

"원수를 도우러 가야 해서 이만, 실례하겠습니다."

세 사람은 일어서서 방을 나선 다음, 조심스레 등 뒤의 문을 닫았다. 쿠니는 아내 둘과 함께 혼자 남겨졌다.

리사나가 먼저 지아에게 말을 건넸다.

"존경하는 언니. 마침내 이렇게 뵙게 돼서 정말 기뻐요."

"나야말로 고마워, 동생. 내 남편을 항상 돌봐 줘서. 이 사람 편지에 동생이 이렇게 미인이란 말은 한마디도 없었지 뭐야."

두 여성은 서로 마주 보며 빙그레 웃었다.

보이질 않아.

리사나는 자신의 침실로 배정받은 방 안을 빙빙 맴돌았다.

리사나의 눈에 비친 지아의 마음은 단단한 흑요석 덩어리 같았다. 리사나는 지아가 자신을 좋아하는지 어떤지 파악하지 못했다. 자신을 싫어하는지 어떤지도 알 수 없었다. 지아의 말이 진심이었는지 아니면 자신을 모욕하려 했던 것인지, 도무지 판단이 서지 않았다.

어떻게 해야 좋을지 알 수가 없었다. 이때껏 살아오면서, 리사나는 지아처럼 마음이 보이지 않는 사람들을 곁에 두지 않고 흘려보냈다. 그래서 무엇을 두려워하고 무엇을 탐하는지 추측해야 하는 상대와 더불어 산 경험이 전혀 없었다.

너는 어둠 속을 더듬어 길을 찾는 요령을 배우지 못했으니까. 다른 사람들은 다 배워야 하는 그 요령을.

지아는 매력 있고 당당한 여성이었고, 쿠니가 미천한 평민이던 시절부터 알고 지낸 사이였다. 지아에게서는 지시를 내리는 데에 익숙한 사람, 하인을 부리는 풍족한 집안에서 자란 사람의 분위기가 풍겼다. 그런데 리사나는? 한낱 곡예사였다. 연기로 환상을 만들어 다관의 손님들을 즐겁게 하며 생계를 이어가는 여자에 지나지 않았다.

기쁨을 줄지어다, 그로써 이끌지어다.

그 신조가 지금은 우스갯소리처럼 느껴졌다.

이윽고 리사나는 자신의 마음을 들여다보았다.

스스로를 억지로 다잡아 마음을 진정시켰다. 두려워할 필요는 없었다. 존재하지도 않는 괴물이 눈에 보일 일은 없었다.

자신의 진실을 받아들이는 것이야말로 리사나의 능력이 아니던가? 리사나는 스스로의 한계를 인정하고 지아와 친해지려 노력할 용의가 있었다. 쿠니 곁에는 리사나와 그녀의 어머니처럼, 평화를 갈망하는 힘없는 이들을 대변할 사람이 반드시 필요했다. 리사나는 먼 길을 돌아와 자신이 있을 자리를 스스로 개척했다. 지아는 강력한 아군이 될 수도 있는 사람이었다.

리사나는 안개 속을 더듬어 나아가기로 했다. 눈앞에 난데없이 벽이 솟아오르는 일은 없을 거라 믿으면서.

"리사나 부인 얘기를 좀 들려주렴."

지아가 리사나의 시녀인 로나에게 한 말이었다.

지아는 열네 살 소녀인 로나를 주방 한쪽 구석으로 몰고 갔다. 로나가 쟁반에 간식거리를 담아 리사나의 방으로 들고 가려고 준비하던 참에 일어난 일이었다.

"리사나 부인은 굉장히 친절한 분이세요."

"그런데 대왕과 함께 있을 때는 어때? 둘이서 뭘 하던?"

소녀의 볼이 붉게 물들었다.

"아니, 그게 아니라. 잠자리 소문 따위를 묻는 게 아니야, 이 실없는 것아. 둘이 무슨 얘기를 하더냔 말이야."

"지아 부인, 저는 아는 게 없습니다. 두 분이 같이 계실 때 보통은 저한테 물러가 있으라고 하시거든요."

흠, 한 가지는 확실하군. 리사나가 아랫사람들의 충성심을 이끌어낼 줄 안다는 것. 그러나 지아에게는 다른 계책이 있었다.

"소문을 듣자 하니 쿠니 대왕은 리사나 부인이 곁에 있으면 절대로 웃지 않는다던데."

"그렇지 않습니다!" 소녀는 분개한 목소리로 말했다. "저녁 식사가 끝나면 가끔 대왕께서 야자 비파를 연주하시는 소리가 들리는데요, 그때 리사나 부인은 노래를 부릅니다. 목소리가 정말로 고우세요. 가끔 우스운 노래를 부를 땐 웃기도 하는데요, 그럴 때 대왕께선 더 크게 웃으신답니다. 슬픈 노래를 부를 때면 울기도 하는데 그럴 때면 대왕도 함께 우시는 소리가 들립니다."

"리사나 부인이 춤을 영 못 춘다는 소문은 사실이야?"

"아니오, 절대 아니지요. 부인은 춤을 추실 때 소매가 치렁치렁한 옷을 입고 머리를 길게 늘어뜨리세요. 그러고는 빙글빙글 돌다가 몸을 숙이고 훌쩍 뛰어오르는데요, 허리가 꼭 시위를 놓은 활처럼 낭창거린답니다. 소매랑 머리카락이 기다란 호를 그리면 하늘에 무지개 세 줄이 뜬 것 같기도 하고, 다라 본섬을 굽이굽이 흐르는 큰 강 세 줄기 같기도 하고, 바람에 흩날리는 비단실 세 가닥 같기도……"

지아는 로나에게 그만 물러가라고 했다.

어둠 속에서, 지아는 이쪽저쪽으로 뒤척였다. 곁에서 자는 쿠니는 여느 때처럼 요란하게 코를 골았다. 지아는 쿠니의 잠버릇을 잊고 있었다. 오소 크린은 얌전하게 자는 남자였다.

지아는 쿠니와 리사나가 함께 있는 광경을 떠올리고 저도 모르게 분노에 휩싸였다. 신혼 시절, 쿠니와 지아는 가벼운 농담을 주고받는 편한 사이였다. 그러나 지아는 노래 실력이 변변치 않았고, 시녀의 설명 속에서 리사나와 함께 있을 때 그런다는 것처럼 울고 웃는 쿠니의 모습을 본 기억도 없었다. 지아는 춤도 추지 않았다. 결코 리사나처럼은 출 수 없었다. 문득 사라져 버린 젊은 날의 유령을 마주하는 느낌이 들었다. 사라져 버린 것은 언젠가 민들레 한 송이로 미래의 왕이 될 남자에게 영감을 불어넣었던 빨간 머리 아가씨였다.

지아의 머릿속에 환영이 떠올랐다. 배 속의 아기를 잃은 리사나, 아기를 갖지 못하는 리사나, 대왕의 총애를 잃은 리사나. 지아에게는 그 환영을 현실로 만들 방법이 있었다. 아기를 가질 방법을 연구하던 시절에 그 반대의 효과를 얻는 약초도 살펴본 적이 있기 때문이었다. 자연의 섭리가 으레 그렇듯이, 상반되는 효과를 지닌 물질은 함께 묶여 있게 마련이었다. 독과 약의 경계선은 그렇게 가느다랬다.

지아는 몸을 부르르 떨었다. 스스로가 역겨워서 구역질이 치밀었다. 그저 한순간 자신 안의 약한 부분이 맨얼굴을 드러냈을 뿐이기를, 지아는 바랐다. 아무리 절박하다고 해도 그 선을 넘지는 않을 작정이었다. 넘었다가는 자신마저 악의의 소용돌이에 빨려들어가 스스로를 잃게 되기 때문이었다.

지아는 침대에서 일어나 화장대로 간 다음, 지난 몇 년 동안 쿠니가 보낸 편지 다발을 꺼냈다. 등불을 밝히지 않고 어둠 속에서 편지를 뒤적거리며, 아무것도 적히지 않은 편지지를 손가락으로 훑으며, 지아는 투명 잉크로 적힌 글자들을 떠올렸다. 일이 아무리 바빠도 쿠니는 언제나 짬을 내어 편지를 썼다.

지아는 눈물을 훔쳤다. 지아는 쿠니의 맏아들, 장차 황태자가 될 아이의 어머니였다. 또한 변치 않는 쿠니의 첫사랑이었고, 쿠니가 별 볼 일 없는 남자였을 때 운명을 함께하기로 결심한 연인이었으며, 쿠니가 영웅이 될 운명을 타고난 남자라고 믿어 의심치 않은 지지자였다. 둘째 아내를 얻으라고 한 사람이 지아 본인이었으니 실은 쿠니를 탓할 수도 없는 노릇이었다. 쿠니가 성공하기를 바라는 마음에서 내린 선택이었고, 피할 수 없는 희생이었다.

어쩌면 소토의 말이 옳을지도 몰랐다. 사랑에 집착하는 것은 어리석은 짓인지도. 사랑을 한 접시 한 접시에 나름의 맛이 있는 음식처럼 받아들이지 않는 것 또한 어리석은 짓인지도 몰랐다. 마음에는 분명 한 사람 몫 이상의 자리가 있을 터였다.

그러나 지아는 쿠니에게 아들의 이름을 지어 달라는 부탁은 할 생각이었다. 이제 토토티카는 네 살, 사리를 깨우칠 나이였다. 지아로서는 바야흐로 자신의 입지를 다지는 동시에 장차 필연적으로 벌어질 궁내 정치에 대비할 때였다.

"티무는 어때?" 쿠니가 말했다.

"티무라면, '어진 통치자'?"

지아는 고전 아노어의 뜻을 떠올리며 물었다. 그러고는 그 이름을 곱씹어 보았다. 말할 것도 없이 위엄 있고 합당한 이름이었다. 콘피지의 시가 떠오르기도 했다.

어진 통치자는 다스리는 티를 내지 않고 다스린다.

그러나 지아가 바란 것은 조금 독특한 이름, 꾀주머니 아버지와 말괄량이 어머니의 아들이라는 느낌을 주는 이름이었다. 쿠니에게 이의를 제시하려던 찰나, 지아는 시의 다음 행을 떠올렸다.

어진 통치자는 자기 어머니를 존중하듯 백성을 존중한다.

지아의 입가에 웃음이 번졌다. 쿠니가 자신의 진심을 표현하기에 이보다 나은 방법이 또 있을까?

"완벽해. 오늘부터 토토*티카*는 티무 왕자라고 불러야겠어."

"우리 딸 이름도 같이 짓자." 쿠니는 웃으며 말했다. "아직 좀 어리지만, 내가 보기엔 오빠보다 더 영리하고 벌써 사리도 깨우친 것 같아. 이름은 세라가 어떨까? '슬픔을 해결하는 자'라는 뜻에서 말이야. 우리 딸도 우리처럼 희로애락과 흥망성쇠가 가득한 삶을 살겠지만, 그래도 슬픈 부분은 알아서 해결하고 웃음을 잃지 않을 거야. 엄마 아빠가 항상 그러려고 애쓰는 것처럼."

"당연하지. 그럼 라타*티카*는 세라 공주."

지아는 진심으로 기뻤다.

본섬으로 귀환한 마타를 맞이한 것은 그의 천하가 무너지기 직전이라는 보고였다. 신출귀몰하는 푸마 예무 때문에 코크루 어느 곳으로도 군량을 안전하게 수송할 수가 없었다. 쿠니는 주디 현에 거점을 마련했고, 소문에 따르면 금방이라도 사루자까지 쳐들어올 기세였다. 긴 마조티의 무용담에 기가 질린 마타의 병사들은 그 여자 원수가 아무것도 없는 허공에서 군대를 만들어 낸다고 믿기에 이르렀다.

마타는 낙담하지 않았다. 실은 그 소식을 듣고 반가워했다. 제국이 무너진 이후 이때껏, 마타는 삶이 지루하다고 느꼈다. 조금은 사는 재미가 없어졌다는 느낌도 들었다. 모크리는 호적수였지만 그 역시 훌륭하다고 하기에는 부족했다. 반면에 쿠니 가루는 전력을 다해 상대할 가치가 있는 적이었다.

전황이 암울해질수록 마타는 더욱 차분해졌다. 마타는 쿠니 또한 다른 모든 적과 똑같은 방식으로 무찌를 작정이었다. 압도적인 힘으로, 정정당당하게.

마타는 휘하의 병사들 가운데 최정예 기수 5000명을 선발하고 말 15,000마리를 징발했다.

마조티 원수는 리마를 정벌하러 북쪽으로 향하면서 다수군의 주력을 주디 현에 남겨 두었다. 주디 성 안은 병력 5만과 말 수만 마리가 머물기에는 너무 좁았기 때문에, 군대는 포린 평원에 진을 쳤다. 이는 탄노 나멘과 킨도 마라나가 늑대발섬을 공략할 때 결성한 연합군보다 더 큰 군대였다. 변함없이 세심하고 꼼꼼한 코노 엘루는 군량이 원활하게 공급되도록 만전을 기했다.

정오 무렵, 주디 현에 착륙한 정찰 비행함이 마타 진두가 기병 5000을 이끌고 이곳을 향해 질주하는 중이며, 이날 오후면 도착할 거라고 보고했다. 그러나 마타 진두의 주력 부대는 아직 늑대발섬에서 다 귀환하지 못한 채 이탄티 반도 북부의 노키다 해변에 발이 묶여 있었다. 마타가 이끄는 기병대 5000명은 사흘 동안 쉬지 않고 질주한 탓에 군마 상당수가 탈진하여 쓰러진 상태였다.

쿠니의 병사들은 성문 앞에 한 치도 흐트러짐 없이 정렬했다.

성벽 꼭대기에서 군대를 사열하던 쿠니는 문득 알아차렸다. 다수군 장병들에게서는 위명이 자자한 패왕과 마주한다는 불안감이 조금도 느껴지지 않았다.

보병대는 방진을 형성하고 그 전면에 창병을 배치하여 기병을 말에서 끌어내도록 했다. 방진의 양 측면에는 장궁을 든 궁수대가 정렬하여 기병대가 접근하기 한참 전에 화살 비를 퍼부을 준비를 했다. 보병대 양편에는 기병대가 포진하여 마타 진두의 퇴각로를 둘러싸 포위할 예정이었다.

쿠니 군대의 병력은 마타 측 공격군의 열 배였다.

"병사들에게 한 말씀 하시겠습니까?"

샌 카루코노가 물었다. 쿠니는 고개를 젓고 눈앞의 질서정연한 군대로부터 돌아섰다.

"무슨 고민이라도 있으십니까, 가루 공? 혹시 아군의 준비 태세가 부족하다고 생각하십니까?"

쿠니는 다시 고개를 가로저었다.

"그런데 표정이 영……. 외람된 말인 줄은 압니다만, 왠지 슬퍼 보이시는데요."

"지나간 시절이 생각나서. 그때가 더 좋았던 것 같아."

쿠니는 그 말을 끝으로 입을 다물었다.

이날은 저 용맹한 패왕이 마침내 무릎을 꿇을 날이었다.

이윽고 적들이 도착했다. 거대한 흙먼지 구름과 수천 마리 말 떼가 헐떡거리며 우는 소리가 점점 더 가까워졌다. 결사대 5000명, 마타 진두의 명령이라면 기꺼이 목숨을 바칠 그 병사들은, 추호도 망설이지 않고 직진했다. 그들이 돌격하는 곳은 쿠니 가루 군대가 만든 방어진의 정중앙, 보병 부대가 밀집한 지점이었다.

다수군 궁수대와 창병대는 적 기병대가 사정거리에 들어서자마자 공격을 개시했다. 호를 그리며 날아가는 발사체들이 구름처럼 해를 가리자 하늘이 일순 캄캄해졌다. 화살과 창은 대부분 표적에 명중했고, 기병대 일부는 말에서 떨어져 숨이 끊어진 채 꼼짝도 하지 않았다. 그러나 나머지 기병들은 갑옷을 뚫는 화살도 아랑곳하지 않고 계속 돌격했다.

질주하는 코크루군 기병대는 점점 더 가까워졌다. 말발굽 소리에 지축이 흔들렸다. 그러나 갑옷과 면갑을 착용한 기병들은 섬뜩할 정도로 차분했다. 투지에 들떠 함성을 지르는 자 한 명 없었다. 그들은 다수군 보병대 앞의 창병대가 빽빽하게 쳐든 날카로운 창날의 숲을 향해 거침없이 돌진했다. 창대 끝을 땅에 단단히 박고, 창끝을 앞쪽으로 기울여, 기수와 말이 달려오는 기세를 못 이기고 꼬치 신세가 되도록 준비한 그 숲을 향해.

안개에 감싸인 파사의 바위투성이 해안에 부서지는 파도처럼, 마타 진두의 기병대는 쿠니 가루 군대의 방진을 덮쳤다. 창에 찔려 죽어가는 말들의 비명이 대기를 가득 채웠다.

병사들이 말에서 우수수 떨어졌다. 그러나 뒤편의 기병들은 돌진을 멈추지 않았다. 오히려 더욱 속도를 높여 달려왔다. 개중에는 죽은 전우의 시신을 훌쩍 뛰어넘는 자도 있었고, 널브러진 시신을 디딤돌 삼아 무자비하게 밟으며 창으로 이루어진 벽을 돌파하는 자도 있었다. 창병대가 보병대와 함께 육박전을 벌이기 위해 창을 버리고 짧은 검을 뽑아들면서, 쿠니 군대의 진형은 중앙부가 천천히 뒤로 밀려났다.

쿠니 측 보병대는 양 측면 대열을 전개하여 흡사 고기소를 품은 밀가루 반죽처럼 적 기병대를 포위하기 시작했다. 쿠니 기병대는 마타 기병대의 마지막 잔당을 뒤쫓아 와서 포위망을 완성했다. 마타 진두는 이제 달아날 구멍이 없었다.

마타가 상대할 적군 병력은 아군의 열 배였다. 아무리 무용이 뛰어난 패왕이라 해도 이번만큼은 살아서 빠져나갈 수 없었다. 설령 마타의 기병대 한 명 한 명이 살육에 미친 전사라서 세 사람 몫의 힘으로 싸운다 할지라도, 결국에는 그들 모두 이날 이 전장에 뼈를 묻을 신세였다. 쿠니 군대의 병사들은 승리를 예감하며 기쁨의 함성을 질렀다.

그러나 코크루 기병대를 둘러싼 포위망 맨 앞에 있던 다수군 병사들은, 뭔가 이상하다는 낌새를 챘다. 포위망이 점점 좁아지는데도 말 등에 앉은 기병들이 전혀 반격하지 않아서였다. 검날이 한 번 번득였다. 코크루 기병 한 명이 땅으로 떨어졌다. 쓰러진 기병은 다수군 열 명이 검으로 찌르는데도 꿈쩍도 하지 않았다.

쿠니의 병사들이 주검에서 뽑은 검에는 피가 전혀 묻어 있지 않았다. 그들은 널브러진 주검을 뒤집어 보고서야 까닭을 알아차렸다. 그들이 싸운 적은 코크루군 기병이 아니라 짚과 천으로 만든 허수아비였다.

전장은 온통 혼란과 경악으로 물들었다.

해가 또다시 일순간 가려졌다. 쿠니의 병사들이 올려다본 하늘에는 코크루 깃발을 단 비행함 50척이 떠 있었다. 비행함대는 주디 현 상공을 선회하는 중이었고, 거기서 병사들이 뛰어내리고 있었다. 병사들은 머리 위에 커다란 비단을 둥그렇게 펼치고 느긋한 속도로 하강했다.

두 시간 전

마타가 인식하는 주위의 세계는 그저 흐릿할 뿐이었다. 세계라기보다는 빛과 소리의 불투명한 혼합물이었다. 이미 이틀 낮과 이틀 밤에 걸쳐 쉬지 않고 말을 달려 코크루의 드넓은 평원을 횡단했다. 그런데도 피로는 느껴지지 않았다. 오로지 눈앞의 좁다란 길을 눈으로 좇고, 안장 밑에서 불끈거리는 레피로아의 근육을 느끼고, 그 기세에 맞춰 자신의 몸을 움직이기만 하면 그만이었다. 마타는 주디 현에 도착할 터였다. 그리고 그곳에서 승리를 거머쥐든가, 싸우다 죽을 터였다. 다른 것은 전혀 중요하지 않았다. 마타의 삶은 그렇게 단순했다.

그러나 저 앞에 길을 막는 존재가 있었다. 고삐를 당기면서, 마타는 이틀 만에 처음으로 자신의 거대한 흑마를 천천히 멈춰 세웠다. 비행함 편대가 앞쪽 상공에 둥둥 떠 있었다. 그중 한 척이 길 한복판에 착륙하는가 싶더니 어느새 비행함 앞에 토룰루 페링이 서 있었다.

"키지산에 접근할 길이 막힌 이상 비행함에 부양 기체를 충전할 방법이 없습니다. 몇 척의 기체를 빼내서 나머지를 충전하면 모를까, 함대를 운용할 시간이 얼마 남지 않았습니다."

마타는 사정을 알겠다는 듯이 고개를 끄덕였다.

"나는 오늘 주디에서 승리할 작정이다."

"승산을 따지면 우리 군이 불리합니다. 하지만 승산을 반반으로 맞추는 방법이 있습니다."

마타는 페링이 들려주는 작전 계획에 귀를 기울였다. 그러고는 껄껄 웃었다. 그 작전의 대담성이, 조화로운 균형미가 마음에 들어서였다. 쿠니의 지저분한 술수와 달리 페링의 작전은 당당하고 결연하고 남자다웠다. 화려했다.

* * *

비행함에서 뛰어내려 수백 자 거리를 몇 초 만에 내려오는 동안, 마타는 이것이야말로 하늘을 나는 밍겐 수리의 기분이겠구나 하는 생각뿐이었다. 지상을 향하여 급강하하는 기분, 힘없는 먹잇감을 향하여.

그 순간 페링이 고안한 우산 모양 비단 기구가 마타의 등에서 펼쳐졌다. 요란한 *화라락* 소리와 함께 펴진 기구는 마타의 몸을 훑으며 빠르게 올라오는 공기를 잡아 가두었다. 마타는 느닷없이 위로 휙 당겨졌고, 이내 앞서보다 훨씬 느린 속도로 하강하기 시작했다.

지금의 나는 한 마리 밍겐 수리로구나.

고개를 들어 위를 보니 비단으로 만든 새하얀 원이 공기를 붙들고 부풀어 있었다. 고개를 숙여 아래를 보니 주디 현의 민가와 가지런한 거리와, 어안이 벙벙한 표정으로 이 신기한 광경을 올려다보는 사람들이 조그맣게 보였다.

마타는 껄껄 웃었다. 주디 방어군이 허수아비 미끼에 홀려 휘둘리는 사이에 마타는 주디의 하늘에서 살육을 시작할 참이었다. 마타는 전에도 똑같은 일을, 똑같은 곳에서 한 적이 있었다. 다만 이제는 아득히 오래전의 일인 것만 같았다. 그가 쿠니와 어깨를 나란히 하고 한편이 되어 싸운 그때는.

저 아래의 집이, 거리가, 사람들의 얼굴이 점점 더 커졌다. 마타는 나아로엔나를 뽑아들었다. 핏줄을 따라 맥동하는 투지가 느껴졌다.

마타는 우렁찬 함성을 내질렀다. 이번에는 오직 승리뿐이었다.

마타 진두가 하늘에서 펼친 기습 공격은 완벽하게 성공했다. 코크루군 병사들은 성으로 들어오는 길을 지키던 소부대 몇 개를 순식간에 제압하고 성벽을 차지하여 성 바깥의 다수군이 들어오지 못하도록 막았다.

성문이 봉쇄되자 바깥의 5만 다수군은 어찌할 바를 모른 채 성벽 주위를 빙빙 맴돌았고, 마타의 부하들은 그 틈을 타 성 안 곳곳에 불을 지르고 쿠니를 찾아다녔다. 전투연을 이용하여 가까스로 성 안으로 돌아온 다수군은 고작 수십 명이었다. 뮌 사크리와 샌 카루코노, 차마 주군을 저버릴 수 없었던 두 사람도 그 속에 끼어 있었다. 그러나 전황은 찻잔의 물로 불을 끄려고 달려드는 형국이었기에 다수군은 얼마 못 가 항복하고 말았다.

도사 대장과 뮌 사크리, 린 코다, 샌 카루코노는 이 비참한 소식을 전하기 위해 쿠니 가족이 머무는 현장 관저로 내달렸다.

"대왕, 주디 성은 함락당했습니다! 마타의 부하들이 곧 여기까지 들이닥칠 겁니다. 마조티 원수가 비상시에 대비해 연락용 비행정을 한 척 남겨 뒀습니다. 이륙 준비를 하고 정원에서 대기 중입니다. 어서 비행정에 오르십시오."

"제가 거리에 나가 최대한 시간을 끌어 보겠습니다."

도사 대장은 부하들을 데리고 관저를 나섰다.

쿠니는 정신없이 뛰어다니며 가솔을 모두 모았다. 그러나 연락용 비행정은 크기가 작아서 하인들은 남겨 두는 수밖에 없었다. 쿠니의 아버지 페소 가루와 쿠니, 지아, 두 아이, 리사나, 소토, 오소, 뮌, 린, 샌이 비행정에 올랐다. 비행정 내부는 움직이기는커녕 몸을 틀여유도 없었다.

비행정은 떠오를 기미가 보이지 않았다.

"사람이 너무 많습니다."

뮌이 말했다.

"마타는 이때껏 나를 건드리지 않고 가만히 뒀으니 앞으로도 해치지 않을 게다. 그리고 혹시라도 죽게 되면, 나는 고향인 이곳에서 죽고 싶구나."

페소 가루는 아들인 쿠니가 만류하는데도 불구하고 비행정에서 내렸다. 그러나 이륙할 기미는 여전히 보이지 않았다.

"부양 기체의 양을 확인했어야 하는데."

샌이 중얼거렸다. 바깥의 거리에서 검이 부딪히는 소리와 주디 백성들의 비명이 들려왔다. 마타의 부하들이 지척에 있었다.

샌과 린, 뮌이 함께 내렸다. 그런데도 비행정은 땅바닥에 붙어 꿈쩍도 하지 않았다.

소토가 다음으로 내렸다.

"마타는 저를 해치지 않을 겁니다. 걱정 마십시오."

지아와 오소 크린의 시선이 한순간 마주쳤다. 오소는 빙그레 웃으며 말없이 비행정에서 내렸다. 지아는 눈을 감았다. 가슴이 무너지는 기분을 느끼며.

언젠가 이런 날이 올 줄은 둘 다 알고 있었다. 마음속에 사랑의 자리가 하나 이상이라는 말은 사실인지도 몰랐다. 그러나 이런 세상에서 살아가는 한, 여자는 남자가 하지 않아도 될 선택을 해야 했다. 지아는 고개를 돌려 오소를 외면했다.

비행정은 조금씩 움직이다가 다시 땅에 내려앉았다.

리사나와 지아의 시선이 마주쳤다. 리사나는 몸을 돌려 쿠니에게 입을 맞추고 비행정을 나서려 했다. 이제 눈에 띄게 불룩해진 배 때문에 걷기조차 힘들어 보였다.

"아니, 안 돼. 동생은 쿠니랑 애들을 데리고 같이 가. 내가 소토랑 오소랑 같이 남을게. 난 마타를 상대하는 법이라면 이골이 났어. 그러니까 괜찮을 거야."

쿠니는 불안하고 안타까운 마음에 표정이 일그러졌다.

"안 돼, 그럴 순 없어. 둘 다 여기 있어. *내가* 남아서 마타랑 얘기해 볼게."

쿠니의 말에 모두가 반대했다. 뮌의 목소리가 가장 쩌렁쩌렁하게 울렸다.

"공이 탈출하지 못하면 모든 것이 헛수고로 끝납니다. 가루 공, 어서 가셔야 합니다. 탈출해서 저희를 구하시든가, 아니면 저희를 위해 복수해 주십시오."

쿠니는 지아를 돌아보았다. 다음으로 리사나를, 다시 지아를, 또다시 리사나를 돌아보았다. 그러다가 느닷없이 두 아이를 돌아보고 무릎을 꿇었다.

"티무, 그리고 세라." 쿠니는 여느 때와 달리 애칭 대신 정식 이름으로 아이들을 불렀다. "너희가 아버지를 위해 용감한 일을 해 줘야겠다, 알겠지?"

쿠니는 아이들을 안아 들고 탑승구로 가서 바깥에 있던 소토에게 받아 달라고 했다.

"당신 미쳤구나! 어떻게 애들을 두고 갈 생각을 해?"

"마타는 아이들을 해치진 않을 거야. 난 또다시 당신을 버리고 갈 순 없어, 무슨 일이 있어도. 당신이라는 사람은 두 번 다시 만날 수 없지만, 자식은 언제든 또 낳으면 돼."

"지아 부인 말씀이 옳습니다." 린 코다가 끼어들었다. "이건 미친 짓입니다."

린은 탑승구 문을 막고 아이들을 비행정 안으로 밀어 넣었다. 쿠니는 소토에게 어서 오라고 외치며 두 아이를 다시 내보내려 했고, 린은 또다시 아이들을 밀어 넣었다. 소토는 무덤덤한 표정으로 가만히 서서 지켜볼 뿐이었다.

"바보 같은 짓은 이 정도면 충분해."

지아는 쿠니를 비행정 안으로 힘껏 밀고 허리를 숙여 아이들에게 입을 맞추었다. 그런 다음 리사나를 돌아보았다.

"동생, 우리 애들을 부탁할게."

리사나는 고개를 끄덕였고, 지아는 비행정에서 성큼 내려섰다.

"엄마, 엄마!"

어머니를 찾으며 울부짖는 티무와 세라를 리사나가 꼭 끌어안는 사이, 쿠니는 아이들과 마찬가지로 눈물을 머금은 채 탑승구의 문을 닫았다.

이제 쿠니와 리사나와 두 아이의 체중만 부담하게 된 비행정은 천천히 하늘로 떠올랐다. 린 코다는 비행정에 미리 검은 천을 덮어 두었다. 하늘과 땅의 추격대 모두 밤하늘에 떠가는 비행정을 찾느라 애를 먹을 터였다. 비행정은 별빛 속의 조그만 점이 될 때까지 멈추지 않고 상승하다가, 북쪽으로 기수를 틀어 안전한 게피카 평원으로 향했다.

아주 잠깐, 지아는 자신이 언제나 그토록 강인한 사람으로 보이지는 않았으면 좋겠다는, 쿠니가 철석같이 믿을 만큼 앞가림을 잘하는 사람으로 보이지 않았으면 좋겠다는 생각이 들었다.

소토와 지아는 지상에 남은 무리의 한쪽에 나란히 섰다. 소토는 의미심장한 표정으로 지아를 보며 나직이 말했다.

"아까 마님과 바깥어른께서 함께 보여 주신 연극, 꽤 훌륭했습니다."

지아는 화가 나서 얼굴이 살짝 붉어졌다.

"무슨 소릴 하는 건지 모르겠군요."

소토는 어이가 없다는 듯 눈을 하늘로 향했다.

"바깥어른께서는 두 아내를 똑같이 사랑하는 척 연기하셨습니다, 심지어 자식들마저 버리려 할 정도로요. 자식을 제치고 아내를 구하려 할 남자는 드물다는 걸 감안하면, 두 부인에게서 점수를 따려고 그런 겁니다. 다라 백성들 사이에서도 미담으로 회자될 일이지요."

지아의 입가에 서글픈 미소가 번졌다.

"쿠니는 언제나 영리한 사람이니까요."

"영리해 봤자 어디 마님만 하겠습니까. 저와 함께 여기 남아서 아이들을 그 여자에게 맡김으로써, 마님께선 두 사람에게 똑같이 빚을 안기셨습니다. 그 여자는 언제까지나 마님께 목숨을 빚졌다고 생각할 테고, 바깥어른께서는 언제까지나 마님의 희생에 가책을 느끼실 겁니다. 장차 벌어질 궁중 암투를 위해 미리 주춧돌을 깔아 두신 셈이지요. 오늘의 투자는 훗날 백배가 되어 돌아올 겁니다."

"당신 말만 들으면 우리 부부 둘 다 계산적인 냉혈 인간 같군요. 그냥 사랑에서 우러난 행동으로 봐 줄 순 없나요?"

소토는 소리 내어 웃었다. 그리고 잠시 후, 지아도 멋쩍게 따라 웃었다. 솔직히 지아 스스로도 자신이 왜 그런 짓을 했는지 좀처럼 납득이 가지 않았다. 단지 권력 다툼에서 리사나보다 우위에 서려는 의도만 있었던 것은 아니지만, 그렇다고 순전히 이타적인 행동인 것도 아니었다. 때로는 어디까지가 연기이고 어디서부터가 진짜 자신인지 딱 부러지게 말하기가 힘들었다. 그러나 그 '진짜' 자신이란 평소의 연기가 모여서 만들어지는 것이 아니던가?

사랑이란 복잡한 것이라고, 지아는 인정할 수밖에 없었다.

"지금 제가 딱하게 여기는 건 그 리사나라는 아가씨뿐입니다. 자기 상대가 어떤 사람인지 까맣게 모르니까요."

두 사람의 즐거운 한때는 거리 쪽에서 병사들의 함성과 검이 부딪히는 소리가 들려오면서 막을 내렸다. 현장 관저의 대문이 활짝 열리더니, 피투성이가 된 도사 대장이 비틀비틀 안으로 들어섰다. 온몸에 화살이 박혀 고슴도치가 따로 없었다.

마타가 도착했다는 뜻이었다.

제47장

리루강 전선, 교착 상태

디무와 디무시

원수정 4년 9월

마타 진두가 주디 현을 기습하여 승리를 거두었다는 소식은 다라 제도 전역에 퍼져 금세 전설 수준으로 부풀려졌다.

"병사 한 명 한 명이 스무 명의 힘으로 싸운다는군. 그래서 패왕이 열 배가 넘는 적을 무찌를 수 있었던 거야."

"마타 진두는 피소웨오 신의 현신이야. 손만 한 번 까딱하면 하늘에서 병사들이 쏟아져서 명령을 받들어 싸운대."

"쿠니 가루한테 크루벤을 타고 다니는 재주가 있는지는 몰라도, 마타 진두라면 크루벤을 통구이로 만들어서 밥상에 올릴걸."

디무시까지 무사히 탈출한 후, 쿠니 가루는 지체 없이 마조티 원수를 호출했다.

"이제 어떻게 하면 좋겠습니까, 원수?"

"먼저 대왕이 잃으신 군대부터 재건해야지요."

쿠니는 그 말에 움찔했지만, 마조티 원수는 돌려 말하는 법을 모르는 위인이었다.

"주디 성이 함락된 후에 아군 병력은 대부분 게피카로 탈출한 모양입니다만, 분명 도중에 탈주한 병사가 적지 않을 겁니다. 지아 부인마저 포로로 잡히신 이상, 대왕께서 겪으신 굴욕을 딛고 군의 사기를 복구하려면 품이 꽤 들 겁니다. 그래도 예무 후작의 '선풍 기마대'가 여전히 코크루 영토에서 방해 공작을 펴고 있으니, 보급로를 확보하기 전까지는 패왕도 게피카를 침공하지 못할 겁니다."

"다른 티로 국가들의 동태는 어떻습니까?"

"대왕이 아니라 마타 쪽에 붙는 게 상책이라고 생각하는 곳이 많습니다. 하지만 세카 키모 공작은 흔들리는 낌새가 전혀 없습니다. 이미 아룰루기섬을 평정한 이상, 공작의 명줄은 누가 봐도 대왕의 승리에 달렸으니까요. 공작은 초승달섬과 에코피섬도 함께 점령하겠다며 출군을 허락해 달라고 요청했습니다. 둘 다 인구가 적은 섬이니 식은 죽 먹기일 겁니다."

"그렇게 하라고 전하십시오."

"세력이 너무 강해지면 공작이 독립을 선언할지도 모르는데, 걱정이 안 되십니까? 모크리가 늑대발섬에서 보여 준 선례가 있는데."

"마타의 약점은 남을 못 믿는 것입니다. 그러니 따르던 자들이 끝에 가서 배신하는 것도 당연하지요. 나는 같은 실수를 저지르기는 싫습니다."

마조티는 생각에 잠긴 표정으로 고개를 끄덕였다.

코크루와 다수는 리루강을 경계로 다시 대치 상태에 들어갔다.

마타는 주디에서 잡은 포로들을 디무로 데려왔다. 쿠니에게서 노다 미와 도루 솔로피를 넘겨받는 조건으로, 마타는 뮌 사크리와 린 코다, 샌 카루코노를 넘겨주기로 합의했다. 그러나 쿠니가 아무리 간청해도 쿠니의 식구들은 넘기려 하지 않았다.

마타는 자신이 누리는 심리적 우위를 철저히 이용하기로 마음먹었다. 커다란 평저선(平底船)을 타고서, 마타는 리루강 한복판으로 나아가 쿠니에게 그곳으로 와서 교섭에 응하라고 통보했다. 바닥이 평평한 그 배는 속도가 느리고 흘수선도 낮아서 매복을 걱정할 필요가 없었다.

쿠니도 평저선을 타고 강으로 나갔다. 각자 배의 상갑판에 격식을 차린 *미파 라리* 자세로 앉아서, 둘은 실낱같은 강물 위의 간격 너머로 서로를 마주 보았다.

"형제여."

마타의 입에서 나온 '형제'라는 말은 저주처럼 들렸다.

"주디에서 만나고 싶었다만, 너는 아무래도 나를 볼 낯이 없었던 것 같구나."

쿠니는 한숨을 쉬었다.

"형제여, 우리가 지금도 친구라면 얼마나 좋을까. 내가 먼저 판에 입성했을 때 네가 그토록 질투하고 분개하지 않았다면, 이 모든 일을 피할 수 있었을 텐데. 둘이서 함께 제국의 폐허 위에 나라를 새로 지을 수 있었을 텐데."

둘은 잠시 말없이 앉아 있었다. 어쩌면 이루어졌을지도 모르는 것들을 곰곰이 되씹으며.

"허나 일련의 사건들은 나의 예견이 옳았음을 입증했다. 너는 지금 내게 맞서 반란의 깃발을 들고 있지 않느냐."

마타의 말에 쿠니는 고개를 저었다.

"내가 맞서 싸우는 상대는 네가 아니라, 네가 대변하는 사상이야. 난 마피데레 황제의 꿈을 재현할 생각이야. 하지만 이번엔 제대로 할 거야. 넌 세상이 여러 티로 국가로 조각난 채 남아 있기를 바라지. 잘나신 귀족 나리들이 껍데기뿐인 무훈을 세울 수 있도록, 끝없는 전쟁으로 가득한 세상을. 나는 그 전쟁을 모두 끝내고 평범한 사람들에게 평화롭게 살아갈 기회를 주고 싶어. 마타, 내 앞을 막지 마. 패왕의 자리에서 물러나서 내게 천하의 옥새를 넘겨."

"넌 나와 똑같은 야망을 품고 있다. 다른 점은 네가 자신의 욕망을 거짓말로 포장했다는 것뿐이다. 네가 네 입에서 나오는 번지르르한 말을 진심으로 믿는다면, 나와 일대일 결투를 벌여 시시비비를 가리는 게 옳지 않으냐? 우리 둘의 싸움을 위해 목숨을 잃는 사람이 한 명도 없게 말이다. 너와 나, 그리고 검 두 자루가 우리 운명을 결정짓도록. 누가 이기든 승자는 자기 뜻에 따라 천하를 다시 그릴 것이다."

쿠니는 웃음을 터뜨렸다.

"내가 그런 수작에 넘어갈 사람이 아닌 건 너도 잘 알 텐데. 내 싸움 실력은 네 발끝에도 못 미치지만, 전쟁은 한 사람의 완력으로 이길 수 있는 게 아니야."

마타는 부하들에게 손짓을 했고, 이를 본 부하들은 배 안으로 들어가 커다란 도마를 들고 나왔다.

쿠니는 영문을 몰라 멀거니 바라볼 뿐이었다.

다시 배 안으로 들어간 마타의 부하들은 상어 한 마리를 통째로 삶을 만큼 커다란 솥을 들고 나왔다. 그들은 갑판에 야외 화덕을 설치하고 불을 붙이더니 솥에 물을 끓이기 시작했다.

쿠니는 가슴이 철렁 내려앉았다.

군인들은 다시 배 안으로 들어가더니 이번에는 식칼을 들고 나왔다. 그런데 칼이 어찌나 컸던지, 거인이 쓸 법한 도끼처럼 보였다. 혼자서는 두 손을 다 써야 휘두를 법한 크기였다.

쿠니는 자리에서 일어섰다. 마타에게 그만두라고 외치고 싶은 마음이 굴뚝같았다.

또다시 배 안으로 들어간 부하들이 마지막으로 들고 나온 것은 발가벗겨진 채 도축장의 돼지처럼 꽁꽁 묶인 남자였다. 쿠니는 그 남자가 아버지 페소 가루인 것을 알아보았다. 페소는 입에 재갈이 묶여 있었고, 겁에 질린 두 눈은 금방이라도 튀어나올 듯이 휘둥그렜다.

마타의 부하들은 페소를 도마 위에 올려놓았고, 웬 건장한 남자가 거대한 식칼을 사형 집행인처럼 머리 위로 치켜들었다.

"쿠니, 항복해라. 안 그러면 네 눈앞에서 네 아비를 요리해 먹어 주마."

쿠니는 머리끝까지 피가 치솟았다. 금방이라도 쓰러질 것만 같았다. 그러나 갑판 앞쪽의 난간을 붙잡고 서서, 표정에 드러난 감정을 모조리 지웠다. 마타의 위협이 어디까지 진심인지, 판단이 서지 않았다. 불량배로 살던 시절의 투전 노름과 똑같았다. 다만 이번에는, 잃을 것이 너무도 컸다.

"쿠니, 항복하면 네가 다수와 루이를 다스리도록 허락하마. 너의 부하들도 모두 내게 맞선 죄를 사면받을 것이다."

거짓말이야. 쿠니는 속으로 중얼거렸다. *마타는 배신을 제일 싫어해. 나도, 내 부하들 중 누구도 용서하지 않을 거야. 내가 항복하겠다고 하면 우린 모두 끝장이야.*

쿠니는 뒤로 물러나 편안한 *사크리도* 자세로 앉았다. 그러고는 껄껄 웃었다.

"어디 해 봐라, 마타. 요리해. 우리 아버지를 삶아 봐."

마타는 미심쩍은 듯 눈을 가늘게 떴다.

"뭐라고?"

"넌 나를 '형제'라고 불렀어. 그러니 내 아버지는 네 아버지이기도 해. 네가 오늘 이 자리에서 우리 둘의 아버지를 요리할 작정이라면 난 말리지 않을 거야. 다 먹지 말고 내 몫도 조금 남겨 놔. 나도 맛 좀 보고 싶으니까."

"네가 그러고도 아들이라고 할 수 있느냐?"

쿠니는 얼굴 근육과 혀와 목에 온 신경을 집중했다. *자, 연극을 시작해 볼까!*

"난 패왕인 너의 자리를 차지하기로 작정했어. 그런 내가 한 사람의 목숨을 살리려고 도중에 그만둘 것 같아? 난 지아가 네 수중에 있을 때에도 루이를 침공했어. 주디 성에서는 내 자식들도 기꺼이 버리려고 했고. 나를 깔보지 마, 위험하고 잔인하기로 치면 나도 너 못지않아. 나는 수도 없이 많은 사람의 죽음을 목격했어. 자, 빨리 해치워."

마타는 서글픈 눈으로 쿠니를 바라보았다. 이 처형장은 마타가 꾸민 시험이었고, 쿠니의 입에서 나온 말은 쿠니를 불신하기를 잘했다고 확인시켜 주는 증거였다. 쿠니는 소름 끼치도록 냉혹하고, 계산적이고, 부도덕한 인간이었다. *내가 정말로 자기 아버지를 죽여서 먹을 거라고 어떻게 단 한 순간이라도 믿을 수가 있단 말인가? 나를 그토록 비열한 인간으로 여기는 까닭은 단 하나, 쿠니 본인이 구제할 도리가 없을 만큼 타락한 인간이기 때문이다. 쿠니가 넘지 못할 선 같은 것은 세상에 없었다. 야망이 그를 집어삼켰기 때문이었다. 그런 인간을 한때나마 형제라고 불렀다니!*

사람의 마음을 들여다보기란 불가능한 법이지. 마타의 마음속에 남아 있던 마지막 희망의 빛은 그렇게 사그라졌다.

쿠니는 난간 너머로 몸을 내밀고 마타의 눈을 똑바로 보았다.

"아버지를 삶아! 삶아서 요리해라, 내가 언젠가 너를 그 솥에 처넣기 위해 이를 갈고 칼을 갈도록!"

마타는 고개를 저었다. 그는 이날 자신이 쿠니보다 도덕적으로 우월했던 것을 세상에 널리 알리고, 쿠니에게 불효막심한 아들이라는 수치를 겪게 할 작정이었다. 물론 쿠니에게 수치심이란 것이 남아 있을지는 의심스러웠지만. 쿠니의 문제는 늘 그것이었다. 명예를 눈곱만큼도 모르는 것.

마타는 불을 끄고 페소 가루를 풀어 주라고 명령했다.

"인간은 끝에 가서는 누구나 자신의 진짜 바닥을 드러내는 법이지. 너는 피도 눈물도 없는 불한당이다, 쿠니. 다라의 백성들도 너의 가면을 꿰뚫어 볼 것이다."

마타는 배를 돌려 디무로 향했다. 뒤에 남은 쿠니는 마타가 시야에서 사라질 때까지 기다렸다가, 허물어지듯 갑판에 주저앉았다. 옷은 온통 땀으로 젖어 축축했고, 가슴은 심장이 뜯겨 나간 것처럼 허전했다.

쿠니는 허풍으로 간신히 마타를 속여 넘겼지만, 단지 그 이유만으로 마타의 계책이 사람들에게 효과를 발휘하지 못한 것은 아니었다. 린 코다는 계책을 아군에 유리한 쪽으로 이용할 방법을 쿠니에게 즉시 제안했다.

"우리 쪽에 붙기로 한 티로 국가가 몇 군데 있습니다. 살짝 보험을 들어 둬서 나쁠 건 없겠지요. 또 각국의 왕자와 공주가 이곳에 머물면 저로서도 정보를 모으기가 쉬워질 겁니다."

쿠니는 쓴웃음을 지었다.

"어이구, 린. 너를 첩보 기관 수장으로 임명한 게 잘한 짓인지 슬슬 불안해지는데. 너 그동안 암흑가의 수법에 익숙한 인간들하고 너무 오래 어울린 것 같아."

"환한 길로 가든 캄캄한 길로 가든, 중요한 건 목적지에 도착하는 겁니다."

쿠니는 동맹국에 사신을 파견하여 그 나라 왕족의 안위가 염려된 다는 뜻을 전했다. 이는 각국의 왕족을 디무시로 보내는 것이 최선 일지도 모른다는 암시였다. 다수군이 든든하게 지켜 줄 수 있는 그 곳으로.

"가족들이 저와 함께 있으면 여러분은 저처럼 사랑하는 이의 안 위를 걱정하는 일 없이 계속 패왕과 싸울 수 있을 것입니다."

티로 국가의 왕들은 마지못해 쿠니에게 인질을 보냈다.

원수정 5년 3월

이후 리루강 일대는 비공식 휴전 상태에 들어갔다. 강 유역에 사 는 사람들은 언제 다시 불바다가 될지 모르는 위험 지대에서 삶을 꾸려가기 위해 안간힘을 썼다. 상선과 어선은 조심스레 강을 오르 내렸다. 통제 구역과 민간 선박이 안전하게 통행할 수 있는 구역을 설정하려면 양 진영이 교섭을 하는 수밖에 없었다. 쿠니와 마타는 이런 문제를 논의하고자 이따금 상대 진영에 사절단을 파견했다.

어느 날, 마타 진영의 사자가 디무시 항구에 도착했다. 사자를 영 접하러 나온 사람은 루안 지아였다.

"어서 오십시오, 환영합니다. 페링 공의 전갈을 가져오셨겠지요? 공께서는 잘 계십니까?"

이름이 루잉인 그 사자는 영문을 몰라 당황했다.

"폐링 공의 전갈이라니요?"

"아, 그렇지요. 그렇고말고요."

루안 지아는 루잉을 보며 의미심장하게 눈을 찡긋했다. 그러고는 루잉이 대동한 호위병 둘을 흘깃 쳐다보는 척했다.

"여기는 듣는 귀가 너무 많으니까요. 패왕께서는 기체 강녕하신지요?"

루잉은 루안이 방금 한 말을 속으로 거듭 곱씹어 보았다. *루안이 폐링 공 이야기를 왜 꺼낸 걸까? 나를 보고 이렇게 반가워하는 이유는 또 뭐지?*

루안은 디무시에서 으뜸가는 요릿집으로 루잉을 안내한 다음, 서른 가지 요리가 나오는 호화로운 정찬을 주문했다. 요리에 딸려 나온 젓가락은 상아로 깎아서 금으로 상감한 고급품이었다. 식사 시중을 드는 여급이 들어와 향로에 불을 붙이자 실내에 향기로운 연기가 자욱이 깔렸다.

"요즘은 향을 피워 놓고 다수 요리를 즐기는 것이 유행입니다. 입 안을 개운하게 해 주고 요리의 맛을 끌어내거든요."

식사는 몇 시간에 걸쳐 계속됐다. 루잉은 머리가 지끈거리고 졸음이 왔다. 한참이 흐른 후, 루잉을 수행하는 두 호위병은 똑바로 서 있기도 버거워 보였다.

"이 친구들 술을 너무 많이 마셨군요."

루안은 웃으며 말하더니 종업원을 불러 두 사람을 아래층의 내실로 데려가 잠자리를 펴 주라고 했다.

"자, 이제 저희뿐입니다. 폐링 공의 전언을 편히 들려주시지요."

"페링 공의 전언 같은 것은 없습니다." 루잉은 당황해서 말했다. "저는 패왕의 명을 받들어 강 상류인 키디마 지역의 어업권에 관해 상의하러 왔습니다만."

"토룰루 페링 공이 보내서 오신 게 아니란 말씀입니까?"

루안은 미심쩍은 표정으로 물었다.

"예."

루잉의 대답에 루안은 한숨을 쉬며 고개를 절레절레 흔들더니, 어이가 없다는 듯 눈을 위로 굴렸다. 그러고는 억지로 웃는 표정을 지어 보였다.

"이런, 제가 무슨 소리를 하는지 저도 모르겠군요. 아마 취했나 봅니다. 오늘 제 입에서 나온 얘기는 다 잊어주십시오. 제가 요즘 신경통 때문에 약을 먹는데…… 아무래도 그 약 때문에 머리가 어떻게 됐나 봅니다. 그럼 저는, 이만…… 먼저 일어서겠습니다."

루안은 자리에서 일어나 허둥지둥 아래층으로 내려갔다.

향로에서는 여전히 연기가 뭉게뭉게 피어올라 기기묘묘한 모양으로, 즉 늘었다 줄었다 하는 고리, 해파리처럼 움쩍대는 반구, 너울거리는 투명 거품 따위의 형태로 쉬지 않고 변했다. 그러나 방 안의 공기는 아까보다 맑아진 느낌이 들었고 루잉의 의식 또한 또렷해졌다. 루잉은 방금 벌어진 일을 거듭 또 거듭 생각한 끝에, 대담한 결론에 이르렀다. 그 결론은 안개 속에 꾸물거리는 무시무시한 형체와도 같았다. 그러나 루잉에게는 확실한 증거가 필요했다.

종업원이 루잉을 숙소로 안내했다. 언제쯤 쿠니 왕의 신하들을 만나 이곳에 온 용건에 관해 논의할 수 있느냐고 루잉이 묻자, 종업원은 자기들은 전혀 모르는 일이라고 대답했다.

이튿날, 이름이 다코 니르인 다수 정부의 말단 관리가 루잉을 만나러 왔다. 다코는 루잉을 무례하고 퉁명스럽게 대했고, 교섭은 지리멸렬하게 이어졌다. 점심때가 되자 다코는 루잉에게 동전 몇 닢을 건네며 거리의 노점에 가서 끼니를 해결하라고 했다.

"더 얘기해 봤자 뾰족한 수는 안 나올 것 같은데. 안 그렇소? 내가 오후에 바쁜 일이 있어서, 부두까지 배웅은 못 나가겠소. 조심해서 돌아가쇼."

다코는 그 말을 끝으로 사라졌다.

루안 지아는 리사나 부인과 '다코 니르'와 함께 창고에 숨어서, 패왕의 사절단이 탄 조각배가 부두에서 출발하는 광경을 창문 너머로 지켜보았다.

"리사나 부인의 기술은 참으로 비할 데 없이 훌륭하군요. 저자는 어제 부인께서 의도하신 환상에 고스란히 빠지고 말았습니다."

"과찬이세요. 그저 다관에서 보여 주는 묘기일 뿐인 걸요."

리사나는 고맙다는 뜻으로 루안에게 고개를 살짝 숙였다. 그러고는 린 코다를 돌아보며 빙긋이 웃었다.

"그나저나 정말 멋진 연기였어요! 아까는 표정이 얼마나 싸늘하던지, 저 사람 찻잔에 얼음이 짤랑거리는 소리가 들리는 것만 같지 뭐예요."

"다년간 갈고닦은 실력입니다. 제가 그런 표정을 하고 있으면 대왕을 알현하고 싶은 사람들이 뒷돈을 더 찔러주거든요."

린의 말에 루안은 못 말리겠다는 듯 고개를 저었고, 이내 세 사람 모두 폭소를 터뜨렸다.

루잉은 이날 받은 냉대와 전날 받았던 환대를 비교해 보았다. 전날은 쿠니 가루의 최측근인 군사 루안 지아가 직접 나와 루잉을 귀빈으로 대접했다. 루잉을 토룰루 페링의 밀사로 착각했기 때문이었다. 그런데 이날은 말단 관리가 교섭 상대로 나와 건방을 떨며 루잉을 멸시했다. 이는 루잉이 패왕의 사자인 것을 쿠니 가루의 부하들이 확실히 알았기 때문이었다. 그 사실이 무엇을 뜻하는지는 자명했다.

"패왕, 이 또한 쿠니 가루가 부리는 술수에 지나지 않습니다, 정녕 모르시겠습니까?"

벌벌 떠는 토룰루 페링을 바라보는 마타의 눈초리는 싸늘했다. 마타에게 페링은 언제나 미덥지 않은 부하였다.

페링은 전사(戰士)가 아니라 '군사(軍師)'였다. 천성부터가 속임수에 의지하는 쿠니 가루에게 끌리기 쉬운 부류였던 것이다. 페링은 오직 전장에서만 터득할 수 있는 숭고한 가치를 전혀 이해하지 못했다. 비록 묘책을 몇 가지 내놓기는 했지만, 평소에는 잔소리가 많고 걸핏하면 딴죽을 걸기도 했다. 마타는 페링이 비밀리에 쿠니 가루와 결탁하여 자신을 함정에 빠뜨리려 했다고 단박에 믿고 말았다.

"루안 지아는 그대의 전언을 기다리고 있었소. 내가 내리는 전투 지시를 고스란히 적어다 바칠 생각이었소? 우리 군의 지휘관들을 매수하려 했던 거요? 아예 내 목을 쟁반에 올려 쿠니에게 바칠 작정이었소?"

토룰루 페링은 두려워서가 아니라 화가 나서 부들부들 떨었다. 이날 이때껏 마타에게 충성을 다한 페링이었다. 마타가 더 영리하게, 교활한 쿠니 가루를 상대로 더 조심스럽게 싸우도록 조언을 아끼지 않았다. 그런데도 마타는 이토록 얕은 속임수에 넘어가고 말았다. 다섯 살배기도 훤히 꿰뚫어볼 속임수에.

"진정 저를 못 믿으시겠다면, 제 사의를 받아 주십시오. 저는 이만 낙향하겠습니다. 사루자 근교에 있는 선대의 농장에서 감자 농사라도 지을 생각입니다. 아군과 적군도 분간 못하는 주군을 섬길 수는 없는 노릇이니까요."

"허락하는 바이오. 고향으로 돌아가시오, 노인장."

토룰루 페링은 터벅터벅 길을 걸었다. 걷는 동안에도 머릿속은 혼돈의 도가니였고, 마음속은 풍랑이 이는 바다였다.

페링은 자신의 실패를 되씹으며 슬프고 분해서 어쩔 줄을 몰랐다. 그는 마타 진두에게 전략의 가치를 가르치는 데에 실패했다. 쿠니 가루가 얼마나 위험한지, 얼마나 교묘하게 남을 조종하는지를 마타에게 일깨워 주는 데에도 실패했다. 페링은 실패한 군사였다. 이날 이때껏 마타를 섬긴 끝에 페링이 얻은 것은 단 하나, '노인장'이라는 모멸뿐이었다.

그러나 페링은 실제로 노인이었고, 그래서 안락한 마차와 젊은 수행원들 없이 혼자 떠나는 고된 여행길에는 익숙지 않았다. 배도 아프고 더운 날씨에 어지럼증까지 났지만, 분노와 슬픔에 단단히 사로잡힌 나머지 잠깐 쉬면서 물을 마실 생각조차 떠오르지 않았다. 페링은 그렇게 계속 걸었다.

남녀 여럿이 곁을 지나쳐 후다닥 달려가며 페링에게 뒤를 돌아보라고, 어서 달아나라고 외쳤다.

"도적 떼가 몰려와요!"

페링의 귀에는 그들이 외치는 소리가 들리지 않았다. 그의 머릿속은 어쩌면 달라질 수도 있었을 지난날에 관한 생각으로 가득했다. *어리석은 마타여, 나라면 그대를 승리로 이끌 수 있다는 것을 알았어야 하거늘!*

다수군의 '선풍 기마대'가 길을 휩쓸고 돌진했다. 무심하게, 아무렇지도 않게, 지나가던 기수 한 명이 검을 슥 휘둘렀고, 이로써 페링은 스스로가 가엾다는 생각에서 벗어났다. 모든 고뇌에서 벗어났다. 페링의 머리는 허공 저편으로 날아갔다.

루안과 쿠니는 작전이 성공한 것을 기뻐하며 축배를 들었다.

"이제 마타한테 조언해 줄 사람은 아무도 없어."

쿠니는 그렇게 말하고 술잔을 기울였지만, 후회 때문에 마음이 영 편치 않았다. 유능한 군사였던 토룰루 페링은 위기의 순간에 반란군을 구원한 인물이었다. 그에게는 더 나은 결말을 맞을 자격이 있었다. 쿠니는 승리를 거머쥘 때까지 얼마나 많은 피를 흘려야 할지 몰라 불안해졌다. 목적이 반드시 수단을 정당화한다고 할 수 있을까?

쿠니는 신들이 명확한 답을 보여 주었으면 좋겠다고 생각했다.

"명확한 답 같은 것은 없습니다."

루안 지아가 말했다. 쿠니는 자신이 술잔을 기울이던 손을 멈추고 멍하니 있었던 것을 그제야 깨달았다. 쿠니는 피식 웃고 술을 마저 들이켰다.

루안은 말을 이었다.

"앞날을 미리 알면 선택의 여지 같은 것은 없습니다. 그 미래는 남이 쓴 책에 적힌 말이나 다름없으니까요. 우리는 그저 최선으로 여기는 것을 실행에 옮기면 됩니다. 어떻게든 다 잘될 거라고 믿으면서요."

"그래, 알아. 남들은 나한테 선견지명이 있다고 생각하지만, 나 또한 어둠 속을 더듬더듬 나아갈 뿐이니까."

"어쩌면 신들 또한 마찬가지일지도 모르지요."

제48장

마조티 원수, 작전을 시작하다

리마와 파사

원수정 5년 3월

코크루군과 다수군이 리루강 양안에서 팽팽하게 대치하는 동안, 루안 지아와 긴 마조티는 양측 군사력의 전략적 균형을 뒤흔들 작전을 쿠니 가루에게 건의했다.

북부의 파사, 그리고 새 왕이 들어선 리마는, 이때껏 다수와 코크루 사이에서 몇 번이나 편을 갈아타며 양측의 침공을 모면했다. 이는 누가 봐도 파사가 주도한 짓이었다. 최근 이 두 티로 국가는 나란히 마타를 지지한다고 선포했다. 근래 들어 쿠니가 뚜렷한 전과를 거두지 못한 탓이었다.

이는 다른 티로 국가들의 선례가 될지도 몰랐다.

고작 5000명이라는 적은 병력을 이끌고서, 마조티 원수는 디무시를 출발하여 리마에서 가까운 자틴만 해변을 향해 진군했다. 그곳에서 원수는 루안 지아에게 작별을 고했다. 루안은 변장을 하고서 홀로 조그만 낚싯배에 올랐다. 목적지는 안개에 휩싸인 도시 보아마, 바로 파사의 수도였다.

빽빽한 숲으로 둘러싸인 옛 리마의 영토에 마타 진두가 새로 세운 티로 국가는 무려 여섯 개였다. 1년에 걸친 전쟁 끝에 이들 새 티로 국가는 대부분 사라졌고, 이제 그들의 영토는 모조리 자토 루티가 지배했다. 자토는 지주 왕이 리마의 수도 나 시온의 왕궁에 처음 도착했을 때 왕의 교육을 맡은 이들 가운데 한 명이었다. 나중에 자토는 나멘의 군대 앞에서 목숨을 바쳐 나 시온을 지킨 지주 왕을 영원토록 기리고자 송시(頌詩)를 지었고, 이는 리마의 모든 어린이가 외우는 시가 되었다.

자토 루티는 두 번 되풀이되기 힘든 우연이 잇달아 일어난 끝에 권좌에 오를 수 있었다. 그는 뼛속까지 학자였고, 어지러운 현실 세계보다는 책 속의 단정한 세계를 더 좋아하는 성격이었다.

어린 시절 자토는 친구들과 어울려 노는 대신 고대 아노족의 시인 라 오지가 번호를 매겨 지은 격언시를 통째로 외웠다. 청년 시절에는 친구들과 술집을 돌아다니는 대신, 집에 들어앉아 고대 아노족의 도덕주의 사상가인 콘 피지가 이상(理想) 사회에 관하여 쓴 글의 주석서를 한 권도 빼놓지 않고 모조리 읽었다. 순수한 사상 탐구를 방해한다는 이유로 과거 시험을 경멸했던 자토는 돈벌이가 될 만한 일자리를 마다하고서, 리마의 원시림 속 깊숙이 들어가 손수 오두막집을 짓고 그곳에서 경전 공부를 했다. 서른 살 무렵에 이미 자토는 다라 제도를 통틀어 가장 고명한 고전 철학자의 반열에 올랐다. 하안의 명문 학당에서 공부한 적도 없이 탄 페위지나 뤼고 크루포 같은 이들과 어깨를 나란히 했던 것이다.

탄노 나멘은 나 시온을 함락한 후에 자토 루티의 목숨을 살려 주었다. 이후 자토는 사랑하는 조국 리마의 영토에 마타 진두가 세운 티로 국가 여럿의 수도를 전전하며 학생을 가르치고 강연을 했다.

신생 티로 국가들이 전쟁으로 하나둘 무너져 가는 동안, 새로 등장한 정복자는 반드시 자토 루티를 찾아 신정부가 콘 피지의 도덕주의를 표방하는 곳이라고 '지지'해 주기를 바랐다. 마음속 한구석에서는 자신이 선전 도구로 이용되는 것을 똑똑히 알면서도, 자토는 권력자들의 관심에 고마워했다. 그는 중요한 의견을 내놓는 사람처럼 대우받는 것이 흡족했다.

리마의 옛 영토에 마지막으로 남은 두 신생국은 이미 오래전부터 정해진 일인 양 전쟁에 돌입했다. 둘 중 어느 쪽도 상대를 복속시키지 못하자 양국의 군대는 리마 전역으로 뿔뿔이 흩어졌고, 백성들은 고통의 나날을 보냈다.

그러자 파사의 실루에 왕은 늘 그랬듯이 이번에도 리마의 내정에 간섭하기로 결심하고 나 시온에 군대를 파견했다. 이제 리마의 상황은 불에 기름을 끼얹은 격이었다.

민중이 또다시 타국의 무력 지배를 겪으면서 나 시온의 거리에는 분노와 절망이 넘쳐났다. 어느 날, 나 시온 학당의 학생들이 거리로 몰려나와 구호를 외쳤다. 실루에 왕은 파사 군대를 데리고 집으로 돌아가라고, 리마 영토의 두 왕은 전쟁을 멈추라고, 그리하여 백성들이 평화롭게 살아가도록 놔두라고.

전쟁 탓에 거래가 끊겨서 한가하던 상인과 전쟁 탓에 경작할 땅을 잃어서 한가하던 농민, 거기에 전쟁 탓에 일거리가 없어서 한가하던 노동자까지 학생 무리에 가담하면서, 성난 군중이 거리를 가득 메웠다. 학생들은 군중을 이끌고 나 시온 왕궁으로 향했다. 왕궁에서는 실루에 왕과 리마의 두 왕이 파견한 대사들이 교섭을 하는 중이었다.

학생들은 자토 루티를 어깨에 태우고 그를 지도자로 추대했다.

"스승님! 스승님! 콘 피지의 유서 깊은 덕목에 입각하여 나라를 세우는 것이 스승님의 오랜 숙원이지 않습니까. 바로 지금이 기회입니다!"

학생들은 왕궁 앞까지 나아가 구호를 외쳤고, 자토 루티는 뭐가 어떻게 된 건지 파악하기도 전에 이미 왕궁 앞의 가설 연단 위에 서서 분노한 수천 군중을 상대로 연설을 하고 있었다.

자토는 오랫동안 연구한 주제들, 즉 지배자가 피지배자에게 다해야 할 의무에 관하여, 절제와 존중과 정의와 먹을 권리에 관하여, 어째서 한 나라의 구성원 모두가 조화로운 관계를 맺어야 하는지에 관하여, 그리고 외국 군대의 내정 간섭이 부당한 이유에 관하여 상세히 설명했다.

자토의 연설에 새로운 내용은 전혀 없었고 말하는 방식 또한 특별한 구석이 없었지만, 그럼에도 군중은 함성을 외치고 박수를 보냈다. 자토는 그들의 목소리를 타고, 그들의 의지가 지닌 힘을 타고 하늘로 둥실 떠오르는 기분이 들었다. 그 감동에 응하기라도 하듯 자토의 어조는 더욱 강경해졌다. 그는 군중에게 왕궁을 무너뜨려 리마를 더 조화롭고 더 정의로운 나라로 만들자고 촉구했다.

실루에 왕과 두 대사는 왕궁에 틀어박혀 벌벌 떨었다. 그러나 실루에 왕의 교활한 눈은 기회를 놓치는 법이 없었다. 그는 리마 땅의 두 왕에게 정전에 합의하는 데서 그칠 것이 아니라 아예 왕좌에서 내려오라고, 그리하여 자토 루티를 통일된 리마의 새 왕으로 추대하라고 압력을 넣었다.

"민중의 목소리가 들리는구려."

실루에 왕은 분열된 리마의 두 왕에게 말했다.

"그들이 부르는 이름은 그대들 가운데 누구의 것도 아니요."

사실 실루에 왕은 보아마에 앉아서 조종할 꼭두각시로는 리마의 두 왕보다 일개 학자로서 통치 경험이 전혀 없는 자토가 더 만만할 거라고 생각했다. 이러한 속내 때문에 그는 파사군이 '리마 민중과 민중의 선택'을 지지할 준비가 되어 있노라고 명확히 밝혔다.

자토 루티는 그렇게 리마의 왕이 되었다.

마조티 원수는 세 차례에 걸쳐 자토 왕에게 항복하라고 요구했다. 다수군의 사자는 세 번 모두 항복을 거절당했고, 그때마다 자토 왕이 원수에게 보내는 구구절절한 서신을 들고 돌아왔다.

모든 티로 국가는 평등하고 어떤 나라도 다른 나라 위에 군림할 수 없음은 다라의 어린애들도 다 아는 사실인바. 절대무류(絶對無謬)이신

입법자 아루아노께서 정초(定礎)하시고 현자 콘 피지께서 증명하신 이 원칙을, 쿠니 왕은 어기었다. 이처럼 나라 간의 관계를 규율하는 도덕률을 위반한 쿠니 왕은 필히 패왕의 징벌을 받을진저.

악행은 여기서 그치지 않았으니, 쿠니 왕은 여자를 군인으로 삼고 남자들보다 높은 자리에 앉혔도다. 이는 오래전 콘 피지께서 그토록 공들여 설명하신 남녀 간의 조화로운 관계를 규율하는 도리에 위배되는바. 리마 국은 쿠니 왕이 속히 자신의 과오를 깨닫고 실수에 대해 사과하기를 바라노라. 다수 국이 명예를 되찾는 길은 오로지 그뿐일지니.

마조티는 어이가 없다는 듯 허공을 올려다보았다. 자토의 글은 아무도 읽지 않는 해묵은 책 속의 진부하고 시대착오적인 문구로 가득했다. 다른 사람이 썼다면 빈정대는 모욕으로 여길 법한 글이었지만, 마조티는 자토가 뼛속까지 진지한 것을 알아보았다. 그는 '나라 간의 관계를 규율하는 도덕률'이 존재한다고 진심으로 믿었다. 그 도덕률이란 힘센 나라가 힘없는 나라를 뜻대로 휘두르려고 강도의 논리를 성문화한 것에 지나지 않는다는 사실을, 자토는 꿰뚫어보지 못했다.

숲으로 뒤덮인 리마를 굽이굽이 돌아 행군하는 동안, 마조티의 군대는 어떠한 저항에도 마주치지 않았다. 리마의 나무꾼과 사냥꾼들은 쿠니 가루의 병사들이 저항하지 않는 민간인을 해치지 않는다는 소문을 이미 들었기 때문이었다. 마조티의 군대가 울창한 숲을 지나 남쪽으로 향하는 동안 내내, 리마의 백성들은 통나무집 문간에 가만히 서 있거나 오솔길 양편으로 비켜서서 다수군에게 길을 양보했다.

이따금 오솔길 한쪽에 서 있는 나무꾼이 다수군 병사를 보고 의미심장한 미소를 주고받는 광경이 목격되기도 했다.

전쟁은 거의 항상 귀족들의 이익을 위해 벌어졌기에, 민중이 겪는 고통을 줄이기 위해서라도 빨리 끝내는 것이 상책이었다. 쿠니 왕은 적어도 그 원칙만큼은 존중하는 인물로 보였다.

다수군은 폭이 50자쯤 되는 얕은 강 앞에 이르렀다. 계절은 바야흐로 봄, 지난겨울의 눈이 녹아 물이 불은 강은 수온이 차갑고 유속도 빨랐다. 건너편에 있는 리마 측 방어군이 마조티 원수의 눈에 들어왔다. 그런데 리마군은 물 바로 앞의 시냇가가 아니라 3리쯤 떨어진 곳에 서 있었다.

"왜 저렇게 먼 데다 진을 쳤을까요? 고지를 지키는 것 같지도 않습니다. 전술적으로 유리한 지점이 전혀 아닌데 말입니다."

마조티의 부관이 물었다. 마조티는 멀리서 펄럭이는 리마의 검은 깃발들을 바라보았다. 한복판의 깃발은 유독 커다랬고, 테두리가 금색이었다.

"자토 왕이 저기 있다. 그렇다면 리마군을 저렇게 괴상하게 배치한 것도 납득할 만하지. 콘 피지의 책에는 도하 중인 적군을 공격하는 것은 부도덕하다는 구절이 있다. 방어군은 공격군이 도하를 마치고 건너편에서 전열을 가다듬도록 충분히 거리를 둬야 한다면서. 그래야 정정당당하게 싸울 수 있다는 논리지."

"콘 피지가 전술도 논했단 말입니까?"

"그 늙은 사기꾼은 자기가 쥐뿔도 모르는 것들을 많이도 떠벌렸다. 허나 우리로서는 감사할 일이지. 자토는 콘 피지의 가르침이라면 뭐든 받드는 신실한 제자니까, 우리 군은 마음 놓고 강을 건너도 될 거다."

선발대 500명이 먼저 강을 건넌 다음, 혹시 모를 리마군의 공격에 대비하여 맞은편 물가에 방어선을 구축했다. 나머지 병력은 빠른 물살에 휩쓸려 떠내려가지 않도록 서로 팔짱을 끼고 의지하며 강을 건넜다. 한복판의 가장 깊은 곳은 물이 가슴까지 찼다. 본진의 주력이 아직 강 북쪽 기슭에 머무는 동안에, 또는 병력 대부분이 강을 건너는 동안에 적군이 마음을 고쳐먹고 돌격할지도 몰랐기에 다수군은 장교, 사병 할 것 없이 마음을 졸였다. 물속에서 공격당했다가는 꼼짝없이 떼죽음이었다.

그러나 마조티 원수의 말대로 자토 왕의 군대는 공격할 낌새도 없이 꼼짝도 하지 않고 서서, 적군이 강을 다 건널 때까지 지켜보기만 했다.

"세상에 이럴 수가."

부관이 중얼거리는 동안에도 다수군 병사들은 강가의 풀밭에 갑옷과 무기를 널어놓고 물기를 말렸다. 리마군은 여전히 꼼짝도 하지 않았다.

자토 왕을 둘러싼 장교들은 속이 타서 미칠 지경이었다.

"대왕, 당장 공격해야 합니다. 마조티의 군대가 강을 건너기 전에 쳐야 합니다."

"당치 않은 소리. 우리 군은 적군의 세 배가 넘는다. 게다가 마조티는 여자가 아닌가. 콘 피지께서 이르시길, 의(義)로 물든 군대는 부덕에 찌든 군대를 능히 이긴다 하셨다. 적군이 방어 태세도 갖추기 전에 공격해서야 어찌 의롭다 하겠는가?"

"대왕, 지금 공격해야 합니다, 적군이 무장을 마치면 늦습니다."

"그대는 우리 군의 이름에 먹칠을 할 작정인가? 순수한 마음의 군주이셨던 지주 왕께서 그대의 계략을 들으셨다면 뭐라 하셨겠는가? 아니 될 말이야, 우리는 기다린다. 게다가, 저 여자가 군대의 진형을 짜는 꼴을 보라! 콘 피지의 가르침에 따르면 강 근처에는 보병을 전개해서는 안 된다. 병사들의 등 뒤에 물이 있으면 기동할 공간이 없기 때문이다. 우리는 적에게 진을 펼 공간을 넉넉히 허락했거늘, 마조티는 제 부하들을 강기슭 바로 앞에 정렬시켰다.

저 여자가 콘 피지의 깊은 지혜가 담긴 책을 한 권이라도 읽었는지, 아니면 글을 읽을 수나 있는지 궁금할 지경이구나. 가엾도다, 다수의 남자들이여! 어리석은 아녀자의 지시를 따라 죽을 곳으로 걸어 들어오다니, 참으로 슬픈 숙명이로고!"

* * *

"마타 진두의 비결을 슬쩍할 생각이시군요. 아닙니까?"

부관이 마조티에게 물었다. 그러고는 바로 뒤편에 빽빽이 서 있는 병사들을 돌아보았다. 대열은 강변까지 길게 이어져 있었다. 후퇴할 곳은 없었다. 나아갈 길은 전진뿐이었다.

"내가 입버릇처럼 말하지 않았느냐, 이용할 수 있는 이점은 뭐든 이용해야 한다고."

긴 마조티의 목소리는 차분했다.

"마타 진두가 늑대발섬에서 내린 선택은 옳았다. 따라하지 못할 게 뭐냐? 이기지 못하면 죽는다고 여겨지는 곳에 아군을 배치하는 것은 훌륭한 전법이다. 너무 자주 쓰지만 않으면."

그들은 기다렸다. 그리고 마침내, 리마군이 다수군을 향해 움직이기 시작했다.

자토 왕의 병사들은 마조티의 병력 5000명을 모조리 강물에 쓸어 넣을 기세로 돌격했다. 그러나 마조티의 병사들은 한 치의 땅도 내주지 않고 버티며 대적하기 힘들 만큼 사납게 싸웠다.

전투는 오후 내내 이어졌지만, 강둑에 땅거미가 질 무렵에는 수가 적은 마조티의 군대가 절대적으로 우세했다.

마침내 자토 왕의 방어선이 무너지자 살아남은 리마군 병사들은 뿔뿔이 흩어져 숲속으로 달아났다.

마조티는 얼굴에 묻은 피를 닦으며 병사들과 승리를 자축했다. 마타 진두가 늑대발섬에서 거둔 것 같은 대승은 아니었지만, 주디성에서 치욕적인 패배를 겪은 마조티의 부하들에게는 확실한 승리였다.

한편 먼 북쪽에서는 루안 지아가 탄 조그만 낚싯배가 파사의 수도인 보아마의 항구에 다가가는 중이었다.

파사는 뾰족뾰족한 해안선과 험준한 고지대가 펼쳐진 북부는 인구 대다수가 목축업에, 깊은 계곡과 볕이 잘 드는 구릉지로 이루어진 남부는 인구 대다수가 과수업에 종사하는 나라였다. 풍요로운 파사는 온 다라에서 털이 가장 두툼한 양과 어깨가 가장 튼실한 소, 아삭아삭하고 달콤해서 한 입 베어 물면 입안에 햇살이 느껴지는 사과가 나는 땅이었다.

파사의 용맹한 전사들은 조국의 바위산만큼이나 억셌다. 그들은 고지대에서 기병보다 더 날렵하게 움직였고, 험한 바위투성이 지형과 늘 변덕스럽게 움직이는 안개를 이용하여 적을 함정에 빠뜨리는 데에 능숙했다. 파사의 전통 검술은 코크루의 검술과 달랐지만 매섭기로는 조금도 뒤지지 않았다. 파사 검술은 기습과 예측불허의 움직임, 빠른 발놀림을 강조했다.

지난날 파사를 침공해서 성공한 나라는 거의 없었다. 마피데레 황제는 암살과 모략 같은 수법에 의지해야 했고, 결국에는 순전히 수적 우세에 힘입어 수많은 자나군 병사들을 희생시킨 끝에 결사항전을 각오한 파사 방어군을 꺾을 수 있었다.

그런 파사를 또다시 침공하려면 값비싼 대가를 치러야 했다.

루안 지아는 쿠니나 긴이 다수군의 피를 대가로 그러한 위업을 되풀이하는 광경은 보고 싶지 않았고, 그래서 비밀리에 보아마를 찾았다. 탐욕스럽고 교활하고 모략에 능한 실루에 왕을 설득해서 항복을 끌어내기 위하여.

내가 할 수만 있다면.

보아마의 왕궁은 해변 바로 위, 대양과 마주한 절벽 위에 서 있었다. 정원과 주랑(柱廊)에 자욱이 깔린 안개 때문에 왕궁은 구름 위에 떠 있는 성처럼 보였다.

"쿠니 왕께서는 언제나 부하들을 관용으로 대하십니다."

루안은 그렇게 말을 시작했다.

"그분께서 인질 석방을 교섭할 때 휘하의 장수인 뮌 사크리와 샌 카루코노를 가족보다 먼저 돌려받으려 하셨다는 소문을 못 들으셨습니까? 세카 키모가 지금은 아룰루기와 초승달섬, 그리고 에코피 섬까지 세 섬을 다스리는 공작이 된 것을 모르십니까? 푸마 예무 후작이 쿠니 왕의 이름 아래 군수 물자 호송대를 습격하여 지금은 여느 티로 왕의 국고보다 더 호화로운 보물 창고를 소유하고 있다는 얘기, 못 들으셨습니까? 쿠니 왕께서는 충성을 다해 싸우는 이들에게 결코 소홀히 보답하지 않으십니다."

루안의 맞은편에 앉은 실루에 왕은 입에 넣은 굴을 천천히 우물거리며 듣기만 할 뿐, 말이 없었다. 안개를 통과한 희미한 햇빛 속에서 왕의 창백한 얼굴은 표정을 읽기가 힘들었고, 금빛 머리카락은 면사처럼 반짝였다.

루안은 말을 이었다.

"그러나 마타 진두는 오로지 변덕과 질시로 부하들을 대했습니다. 패왕이 푸마 예무의 작위와 봉토를 박탈했다는 소문을 못 들으셨습니까? 게피카를 지키지 못했다는 이유로 패왕이 노다 미와 도루 솔로피를 욕하고 멸시하고 조롱했다는, 그래서 결국에는 그 둘이 치욕을 못 견디고 패왕 곁을 떠났다는 얘기를 못 들으셨습니까?

패왕이 권위의 증거인 인장을 내주기가 아까워 망설인 것을, 자신을 위해 목숨을 걸었다가 불구가 된 부하들에게 재물을 나눠주기가 아까워 의기소침했던 것을 모르십니까? 마타 진두는 믿고 의지할 주군이 아닙니다.”

실루에 왕은 계속 입을 우물거리며 가만히 듣고 있다가, 이내 입속의 굴을 꿀꺽 삼켰다.

“세카와 푸마는 쿠니 왕을 위해 목숨을 걸고 싸우는 야만인들이다. 그렇다면 그들보다 더 교양이 있으되 죽기를 바라지는 않는 사람에게, 그대는 어떤 보상을 약속하겠는가?”

그래, 항복으로 얻는 이익은 다 챙기고 싶지만 위험은 조금도 부담하기 싫다, 이거지. 루안은 속으로 중얼거렸다. 그러고는 다시 입을 열었다.

마조티는 자토 왕 군대의 잔당을 추격하다가 또 다른 강가에 이르렀다. 앞서 건넌 강보다 폭이 더 좁은 강이었다. 자토 왕도 마침내 교훈을 얻은 모양이었다. 그는 마조티에게 강을 건널 틈을 주지 않으려고 강 남쪽 기슭에 바짝 붙어 방어진을 쳤다.

“우리가 저쪽으로 건너갈 수 없다면, 적이 이쪽으로 건너오게 하면 그만이다.”

마조티 원수는 그렇게 말하고는 병사 수백 명에게 울창한 숲을 통해 몰래 전진하라고 지시했다. 강 상류에 도착한 별동대는 아름드리나무를 베어 둑을 쌓아서 강물을 막았고, 이로써 커다란 저수지가 만들어졌다.

하류의 물살이 조금씩 느려져서 졸졸 흐르는 시내로 바뀌자 마조티의 군사들은 짐짓 겁먹은 시늉을 했다. 그들은 겁에 질려 어쩔 줄 모르는 척하며 밥 짓는 솥과 무기를 강가의 진땅에 팽개치고 일제히 퇴각했다.

자토 왕은 리마군에게 물을 건너 추격전을 시작하라고 명령했다.

"이는 분명 피소웨오 신과 지주 왕의 영령이 우리를 지켜주신다는 증거다! 그렇지 않으면 물살이 느닷없이 약해진 것을 어찌 설명하겠느냐? 보아라, 우리 의로운 군대를 피해 달아나는 다수 놈들의 꼬락서니를! 당장 물을 건너 침략자들을 응징하라!"

리마군 지휘관들은 함정일지도 모르니 군사의 절반은 뒤에 남겨두고 만일의 상황에 대비하자고 건의했다.

그러나 자토 왕은 코웃음을 쳤다.

"콘 피지께서 이르시길 무릇 승기를 잡으면 전력으로 추격하여 일말의 두려움도 없음을 보여 주라 하셨다. 의로운 군대는 신들의 가호를 받는 법, 모략을 두려워할 필요가 없느니라. 마조티가 의를 알고 전쟁의 규칙을 따른다면, 앞서 우리가 자비를 베풀었듯이 아군이 물을 건널 때까지 기다렸다가 공격하는 예를 갖출 것이다. 만일 마조티가 의를 몰라서 아군이 건너기도 전에 공격한다면, 적군은 반드시 질 것이다."

마조티는 리마군 병력 3분의 1은 이쪽 기슭으로 올라오고 3분의 1은 강바닥에 내려설 때까지 기다렸다. 그런 다음 나팔수를 시켜 상류에 있는 별동대에게 둑을 무너뜨리라는 신호를 보냈다. 느닷없이 밀려온 급류가 아직 강바닥에 있던 병사들과 남쪽 기슭에 있던 병사들을 쓸어가 버렸다. 뒤이어 마조티는 '퇴각'하던 다수군 병사들에게 반격 명령을 내렸다. 강을 건넌 리마군 병사들은 순식간에 포로 신세가 됐다.

자토 왕의 남은 병력은 겁에 질려 달아났고, 마조티는 다시 둑으로 강물을 막고 유유히 강을 건넜다.

"너는 전쟁의 규칙을 어겼다. 콘 피지의 책을 읽은 적이 있기는 하느냐?"

나 시온의 왕궁으로 끌려온 자토 왕은 마조티 원수 앞에 무릎을 꿇었지만, 목소리는 당당하기 그지없었다.

"치세에 관해서는 그 사람도 훌륭한 말을 몇 마디 남겼지요. 하지만 전쟁하는 법에 관해서라면 쥐뿔도 모르는 자입니다."

마조티의 말에 자토 왕은 슬픈 표정으로 고개를 저었다.

"전쟁의 규칙을 따르지 않으면 진정한 승리는 거둘 수 없는 법. 너는 결국 한낱 여자일 뿐, 더 큰 도리를 이해하지 못한다."

"옳은 말씀입니다."

마조티는 싱긋 웃으며 대꾸했다. 이 늙은 바보를 처형할 생각은 없었다. 마조티는 그를 죽이는 대신 디무시로 보냈다. 쿠니 가루가 보면 즐거워할 구경거리였으므로.

루안 지아는 긴 마조티를 만나러 나 시온에 도착했다.

둘은 왕궁의 수많은 방 가운데 한 칸을 차지하고 전략 회의 대신 다른 일에 몰두하며 밤을 보냈다.

이튿날 아침, 루안은 먼저 리마를 신속하게 정복한 마조티의 공을 칭찬한 다음, 파사의 실루에 왕이 항복에 동의한 사정을 설명했다.

"어쩌다가?"

"내가 잘 구슬렀지."

루안은 그렇게 말하고 껄껄 웃었지만, 마조티는 그 소식이 반갑지 않은 눈치였다. 마조티는 몸을 일으키고 앉아서 생각에 잠겼다.

"왜 그래?"

"난 리마에서 몇 달 동안이나 싸웠어. 이 땅을 완전히 정복하느라 부하 수백 명, 수천 명을 잃었고. 그런데 당신은 그저 번지르르한 말솜씨로 파사를 고스란히 접수했다, 이거지. 가루 공은 우리 둘 중 누구의 공이 더 크다고 여길까?"

"긴, 설마 진심으로 질투하는 건 아니지, 그렇지?"

마조티는 말이 없었다. 여자는 제아무리 안간힘을 써 봤자 결국 손가락 하나 까딱 않는 남자의 그늘에 가려지는 것만 같았다.

"긴, 나는 디무시로 귀환해서 가루 공을 보필해야 해. 당신이 보아마에 가서 정식으로 항복을 받은 다음, 실루에 왕이 내건 항복 조건대로 파사 방어를 맡아 주겠어?"

그 말에 긴 마조티는 고개를 끄덕였고, 두 사람은 입맞춤을 나눈 후에 각자의 목적지로 출발했다.

파사 사람들은 마조티 원수의 군대가 고지대를 행군하는 동안 조금도 저항하지 않았다. 그들은 실루에 왕의 명령에 따라 다수군을 동맹군, 즉 파사의 새 수호자로서 반갑게 맞았다.

실루에 왕은 보아마의 왕궁에서 성대한 연회를 열어 마조티를 환영했다. 환영 연회가 으레 그렇듯이, 귀빈에게 여흥을 제공할 목적으로 맨가슴을 드러낸 무희들이 등장했다. 실루에 왕은 음악이 흘러나오고서야 비로소 이 '특이한' 원수에게는 이런 식의 접대가 적절치 않을지도 모른다는 생각이 들었다.

그러나 마조티는 개의치 말라고 실루에 왕을 안심시켰다. 그러면서 여느 남자 귀빈과 다를 바 없이 무희들의 공연을 보며 즐거워했다. 실루에 왕은 마조티와 술잔을 부딪치며 같은 주군 아래 함께 일할 날이 기대된다고 말했다.

"실루에, 너의 죄를 자백하겠느냐?"

술에 취해 머리가 어질어질했던 실루에 왕은 원수의 말을 제대로 알아들었는지 확신이 서지 않았다.

"방금 뭐라 하셨소?"

"네놈이 쿠니 왕을 배신하려고 꾸민 음모 말이다."

마조티는 검을 뽑아 그 자리에서 실루에 왕의 목을 쳤다.

연회에 참석한 파사의 여러 대신과 장군이 충격에 빠져 멍하니 서 있는 동안, 마조티의 부하들은 왕궁을 재빨리 접수했다. 궁 바깥에서는 다수군 병사들이 이미 보아마의 성문과 항구를 장악한 후였다.

마조티는 연락용 고속 비행정을 디무시로 파견하여 다음과 같은 서신을 전했다.

파사를 평정했습니다. 항복 계획은 실루에가 루안 지아를 속이려고 준비한 음모였습니다. 실루에는 대왕을 배반하고 다시 마타 진두에게 붙을 속셈이었습니다. 그러나 소신은 음모가 실행되기 전에 미리 간파하고 그자를 반역죄로 처형했습니다.

살짝 죄책감이 들었지만, 전쟁에서는 승리가 곧 선(善)이었다. 상대가 적이든, 친구이든, 아니면 연인이든.

제49장

긴 마조티, 유혹에 흔들리다

보아마

원수정 5년 5월

파사와 리마를 함께 정복하고 항복한 병사 수만까지 거느리게 되면서, 마조티는 할 일이 산더미 같았다.

이제 백성들은 마조티를 '파사와 리마의 여왕'이라 불렀다. 마조티는 처음에는 그 칭호를 농담으로 여겼지만 이를 농담처럼 사용하는 이는 아무도 없었기에, 어느새 마조티도 스스로를 여왕으로 여기기에 이르렀다.

마조티는 새로 얻은 병사들을 군사 연습에 투입했고 유능한 인재는 진급시켰으며, 퇴역 군인들은 검술 교관을 맡도록 했다. 자신의 명령에 따라 다수를 위해 싸우다 죽은 군인들의 가족에게는 연금을 지급했다. 무기를 만드는 리마의 검공들에게는 세금을 감면해 주고 생산에 힘쓰도록 격려했는데, 이는 쿠니 가루에게서 배운 수법이었다. 또한 파사의 목장과 과수원을 시찰하며 백성들에게 안전하게 살 수 있도록 지켜 주겠노라고 약속했다.

여왕이란 멋진 자리였다. 모두가 그녀의 말에 귀를 기울였다.

쿠니는 잠시도 가만있지 못하고 이리저리 서성거렸다.

"긴은 보아마에게 잘 해내고 있습니다."

루안 지아가 말했다.

"하지만 그 '여왕'이라는 칭호는 어떻게 된 거지?"

"가루 공, 제가 긴에 대해 객관적으로 말할 수 없다는 건 공도 아실 겁니다. 다수군의 원수이면서 파사와 리마의 왕으로 행세하는 긴을 어떻게 처리할지는 공께서 결정하셔야 합니다."

"자네의 조언이 필요해, 루안."

"저는 공께 이래라저래라 할 처지가 아닙니다. 어둠 속에서 더듬더듬 길을 찾는 건 우리 모두 마찬가지니까요."

"자네랑 긴이 어둠 속에서 하는 일이 '더듬더듬 길 찾기'는 아닐 것 같은데."

쿠니는 슬며시 루안을 흘겨보았다. 루안 지아는 난들 알겠냐는 듯이 두 손을 펴 보였다.

"긴은 속내를 드러내는 법이 없습니다, 공께서도 아시다시피."

"패왕이 지금 내 처지였다면 당장 보아마로 쳐들어갔겠지."

"하지만 공께서는 마타 진두가 아니시잖습니까."

"그래도 이번 건에서는 마타의 선택이 옳을지도 모르겠는걸."

그때 리사나 부인이 방으로 들어왔다. 품에는 얼마 전에 태어난 아기가 안겨 있었다. 쿠니가 손을 내밀자 리사나는 그에게 아기를 건넸다. 티무와 세라는 어머니가 그리워서, 또 오랫동안 떨어져 지낸 아버지가 아직 낯설어서 여전히 쿠니 앞에서 쭈뼛거렸다. 그러다 보니 다수의 왕은 갓 태어난 아들에게 더욱 애정을 쏟았다. 아직 이름이 정해지지 않은 막내 왕자는 후도*티카*라는 애칭으로 불렸다.

"당신, 만약 긴이 남자였다면 어떻게 처분할지 대책이 떠올랐을 것 같아요?"

쿠니가 서성거리기를 멈추고 후도*티카*와 노는 사이에 리사나가 물었다. 쿠니는 그 질문을 곰곰이 되씹었다.

"아마도. 야심이 있는 남자를 부하로 거느리려면 가끔은 마음대로 하도록 놔두는 게 최선이야, 그가 나한테 도움이 되는 한은. 연이 얼마나 높이까지 올라가는지 알려면 실패를 끝까지 풀어야 하니까. 충성심을 이끌어내는 비결은 질투보다 신뢰일 때가 더 많은 법이지."

"마타 진두는 끝내 깨우치지 못한 교훈이지요."

루안 지아가 말했다.

"긴이 여자라는 사실 때문에 달라지는 게 뭐죠? 긴이 입버릇처럼 요구한 건 단 하나, 남자들하고 똑같은 규칙에 따라 일하게 해 달라는 거였어요."

리사나의 말에 쿠니는 고개를 끄덕였다.

"이번에도 당신이 내 머릿속의 안개를 걷어 줬군. 우린 모두 부족한 인간이지만, 부족하기 때문에 서로의 빈틈을 채워서 더 커다란 존재가 될 수 있는 거겠지. 루안, 긴에게 축하한다고 전해."

"그러면 리마와 파사의 국새를 이곳으로 보내야 하냐는 문의에
는 어떻게 답할까요?"

루안이 묻자 후도티카를 간지럽히던 쿠니는 귀찮다는 듯이 손을
내저었다.

"그 문의는 시험이야. 나를 떠보려는 거지. 긴한테 국새는 알아서
보관하고, 리마랑 파사나 잘 다스리라고 해."

긴 여왕의 호위병들이 하얀 망토를 걸친 대머리 걸인을 여왕 앞
으로 데려왔다.

"패왕과 관련된 중요한 정보가 있다고 합니다."

"그래, 나한테 할 말이 뭔가, 노인장?

"대왕 한 분께만 아뢰고 싶습니다만."

긴은 호위병들에게 물러가라고 손짓했다. 그러나 한 손은 책상
밑으로 들어가 믿음직한 원수검의 자루를 쥐었다.

"말하라."

"아주 가끔, 신들은 우리 인간에게 선물을 내립니다. 그러나 그
선물은 순수한 축복이 아닙니다. 신들 또한 우리 필멸자들과 마찬
가지로 자만하고 질투하기 때문이지요. 만약 신들이 내리는 선물을
거절하면 크나큰 불운이 뒤따르게 마련입니다."

긴은 너털웃음을 흘렸다.

"나는 디무시의 길거리에서 잔뼈가 굵은 몸이다. 너 같은 사기꾼
을 수없이 본 내가 그런 헛소리를 못 들어 봤겠느냐? 그래, 원하는

액수가 얼마냐? 헌데 내 운세는 말 안 해 줘도 된다."

"저는 한낱 점쟁이가 아닙니다."

긴은 눈앞의 걸인을 더 찬찬히 뜯어보았다. 꾀죄죄한 얼굴과 티끌 한 점 없이 새하얀 망토의 부조화가 눈에 띄었다. 실제로는 체중을 싣지 않고 짚은 시늉만 하는 지팡이도. 보아마의 왕궁 바깥에 자욱한 안개를 뚫고 창문으로 비쳐든 희미한 햇살 속에서, 걸인의 얼굴은 청년과 노년을 오가며 시시각각으로 변했다.

긴은 걸인에게 계속 이야기하라는 뜻으로 고개를 끄덕였다.

"대왕, 오늘날 다라 제도는 위대한 영웅 세 명의 발아래 제각각 나뉘어 있습니다. 서쪽은 쿠니 가루, 남쪽은 마타 진두, 그리고 북쪽은 대왕의 것입니다. 가루와 진두는 리루강을 따라 교착 상태에 빠져 상대편의 땅을 한 치도 빼앗지 못합니다. 만약 대왕께서 가루를 도우시면 진두는 패할 것입니다. 진두를 도우시면, 반대로 가루가 패합니다."

"꽤나 대담한 소리를 지껄이는구나."

"그런데 만약 대왕께서 어느 한쪽에 힘을 보태신다면, 그 도움을 받아서 이긴 자가 결국에는 대왕께 맞설 겁니다. 자고로 영웅이란 남에게 신세지기를 싫어하는 족속이기 때문입니다. 그러므로 둘 중 어느 쪽에도 가세하지 않는 것, 그것이야말로 대왕을 위한 최선의 길입니다. 지금 대왕은 파사와 리마의 영토를 소유하고 계십니다. 간과 늑대발섬까지 정복하지 못할 이유가 없지요. 거기까지 손에 넣으신 후에는 가루와 진두, 둘 다 대왕께 도와 달라고 애원하며 대왕의 환심을 사려고 안간힘을 쓸 겁니다. 그렇게 되면 대왕께서는 다라 제도를 통째로 차지할 기회를 얻으시는 겁니다. 그리하실 마음이 있기만 하다면, 말입니다."

긴의 머릿속에 다라 제도가 거대한 *퀴파* 판의 형상이 되어 떠올랐다. 격자 모양 판에 놓인 돌들의 전략적 형세는 걸인이 들려준 이야기와 일치했다.

"만약 그것이 대왕께서 바라시는 미래의 모습이라면, 지금 당장 독립을 선포하시고 쿠니 가루와 연을 끊으셔야 합니다. 대왕께서 누구에게도 속하지 않은 여성이자 다른 누구도 아닌 본인의 명령만을 따르는 여성임을 온 세상이 깨닫도록 말입니다."

긴은 자리 옆의 조그만 탁자 위에 놓인 파사와 리마의 국새를 돌아보았다. 그 곁에는 쿠니 가루가 보낸 축하 서신도 함께 놓여 있었다. *원수가 거둔 승리는 다라의 역사책에 영원토록 남을 것입니다.*

걸인은 더 이야기하려 했지만, 긴은 그를 제지했다.

"방금 네가 한 얘기는 조금 생각해 봐야겠다."

긴은 보아마에 있는 루피조 신전을 찾아갔다. 신전은 파사 동부의 루피조 폭포와 비슷하게 치료 효과가 있다고 알려진 온천 위에 세워져 있었다.

벽옥을 깎아 만든 치유의 신 루피조의 거대한 신상 앞에 서서, 긴은 기도를 올렸다.

"언젠가 제가 위험뿐인 길로 나아가려 한다고 판단하셨을 때, 당신은 저를 말리려 다수섬의 바닷가에 나타나셨습니다."

긴의 시선이 머문 곳은 신상의 어깨 위에 앉은 백옥 비둘기, 즉 루피조 신의 *파위*였다.

"말해 주십시오, 제게 가르쳐 주십시오. 무엇이 옳은 길입니까?"

긴은 말없이 기다렸다. 그러나 신상은 아무런 답도 주지 않았다.

신전을 나서는 길에, 긴은 온천수가 모이는 웅덩이에 손을 담갔다. 살갗이 벗겨질 것처럼 뜨거운 물이다 보니 오래 담그고 있을 수는 없었다. 그러나 긴은 물에 손을 넣은 채 꾹 버텼고, 살갗에 물집이 잡히기 시작한 후에야 비로소 손을 꺼냈다.

화상의 통증이 마음속의 낫지 않는 상처를 건드리며 함께 욱신거리는 것만 같았다. 그 상처는 팔다리가 잘린 아이들의 절규였고, 광신도 부부의 채찍질이었고, 무뢰한의 가랑이 밑을 기어갈 때 느꼈던 굴욕이었으며, 덩치가 작고 힘이 약하다는 이유로 끊임없이 공포와 위협을 견디며 살아야 했던 오랜 세월의 기억이었다. 긴은 주먹을 불끈 쥐었다. 그 상처 때문에 긴은 발버둥 쳐야 했고, 싸워야 했고, 실력을 뽐내야 했고, 성공해야만 했다. 안전하게 살기 위하여.

그러나 오로지 그것만이 세상의 전부일까?

신들은 말수가 없는 변덕쟁이라고, 긴은 생각했다. 다수섬을 떠나려던 자신을 바닷가 마을에서 붙잡아 주었던 그 의사가 간절히 보고 싶었다. 그의 멱살을 잡고 지금 듣고 싶은 말을 들려줄 때까지 흔들고 싶었다.

잠시 후, 긴은 마음을 추스르고 사원을 떠났다. 화상 입은 손을 조심스레 감싸고서.

자신의 길은 스스로 찾아야 했다. 늘 그랬던 것처럼.

"내가 보잘것없는 무명씨였던 시절에, 쿠니 왕께서는 나를 친구로 대해 주셨다."

"왕들 사이의 우정이란 주정뱅이의 약속 같은 것이지요."

걸인이 말했다. 그러나 긴은 들은 척도 하지 않았다.

"그분은 나와 같은 상에서 식사를 하시고 내가 탄 마차의 고삐를 손수 잡으셨다. 또한 나에게 자기 검을 내주셨고, 다른 여러 부하들을 제쳐 두고 나를 다수군의 원수로 임명하셨다. 콘 피지가 말하길, 남자는 자기 재능을 인정해 주는 위대한 주군을 만나면 마땅히 목숨을 바쳐야 한다고 했다. 여자라고 해서 다를 것은 없다. 나는 그분을 배신할 수 없다."

"콘 피지라니요, 그 고릿적 사기꾼의 말을 받들어 행동하실 작정입니까? 우리가 사는 세상은 검과 피가 지배하는 곳입니다, 번지르르한 이상이 아니라."

"만일 인간이 이상을 모조리 저버린다면 세상은 알맹이 없는 껍데기에 지나지 않을 것이다. 콘 피지는 전쟁에서 이기는 법에 관해서는 젬병이었다만, 도리를 지키며 사는 법에 관해서는 고수였다."

걸인은 고개를 절레절레 흔들며 왕궁을 떠났다.

* * *

푸마 예무가 남쪽의 코크루에서 마타 진두의 보급선을 쉬지 않고 끊어 놓는 동안, 마조티는 동쪽에서 차곡차곡 결실을 쌓아 갔다. 아직 패왕 진영에 붙어 있던 티로 국가들이 연전연패하면서, 마조티

402

는 마침내 위소티 산맥 동쪽의 땅을 모조리 정복했다. 늑대발섬과 예전 간의 영토였던 부유한 도시들도 예외가 아니었다.

세카 키모 역시 서쪽에서 비슷한 성공을 거두었다. 아룰루기섬과 초승달섬, 에코피섬은 세 곳 모두 세카의 수중에 떨어졌고, 기계 크루벤 함대가 지원하는 세카의 수군은 코크루 해안을 위협했다. 코크루군의 비행함대는 부양 기체가 바닥나서 결국에는 이륙도 못 할 지경에 이르렀다. 이에 쿠니 가루는 다수군 비행함대에 공습 명령을 내려 코크루의 도시 상공에서 화염 폭탄을 투하하거나, 마타 진두의 수많은 죄상을 비난하는 유인물을 뿌렸다.

마타 진두는 다라 전역을 오가며 이곳저곳의 불을 끄느라 여념이 없었다. 마타가 원정을 떠나면 쿠니의 병사들은 시시때때로 리루강을 건너 도발하다가, 마타가 귀환하면 재빨리 다시 강을 건너 귀환했다. 쿠니의 군대는 정면 승부로는 마타에 맞설 방법이 없었기에, 쿠니는 걸핏하면 모든 것을 버리고 디무시에서 탈출해야 했다.

지리멸렬한 대치 상태는 3년 동안 이어졌다.

제50장

국화, 화려하게 피다

코크루

원수정 8년 11월

마타의 군대는 마침내 식량이 바닥났다. 수년간 코크루 영토가 전화(戰禍)에 휩쓸린 데다 마타마저 국정을 등한시한 끝에 벌어진 참극이었다. 밤낮없이 군량 호송대를 습격한 푸마 예무도 한몫 거들었고, 세카 키모가 거느린 함대와 기계 크루벤이 코크루 항구를 봉쇄한 상황에서 해상 운송은 애초에 불가능했다.

코크루군 병사들은 나무뿌리를 캐먹고 숙영지에 직접 채소를 재배하며 버텼다. 마타가 아무리 사기를 북돋으려 애써 봤자 탈영병은 무서운 기세로 늘 뿐이었다.

마타는 날마다 직접 전투연을 타고 리루강 상공으로 올라갔다.

"쿠니 가루, 하늘로 올라와서 나와 싸우자!"

마타가 외쳤지만 쿠니는 묵묵부답이었다.

대답하는 대신, 쿠니는 비행함에 출격 명령을 내렸다. 마타의 관점에서 보면 이는 씨름 시합에 단검을 숨기고 참가하는 것만큼이나 비열한 짓이었다. 그러나 쿠니는 양심의 가책 따위에 얽매이는 사람이 아니었다.

비행함이 전투연에 가까워지자 비행함에 탄 병사가 하늘에 떠 있는 마타에게 화살을 발사했다.

병사들을 이끌고 전투연의 줄 감기 작업을 지휘하던 라소는 쿠니 가루의 배신행위에 저주를 퍼부었다. 판의 연회장에서 그자를 지켜주었던 것이 후회스러웠다. 패왕은 동등한 장수 간의 정정당당한 결투를 요청했건만 궁수대를 올려 보내다니, 비겁하기 짝이 없는 짓이었다. 쿠니 가루의 병사들이 어째서 저런 겁쟁이를 섬기는지 도무지 이해가 가지 않았다. 라소는 부하들에게 권양기를 돌려 전투연을 지상으로 내리라고 명령했다.

그러나 마타는 줄을 감는 병사들에게 멈추라고 외쳤다. 그런 다음 눈을 부릅뜨고 비행함 갑판에 있는 궁수들의 눈을 똑바로 노려보며 큰소리로 웃었다. 그렇게 웃다가 이내 긴 함성을 내질렀다. 고통에 울부짖는 늑대의 울음처럼 서글픈, 뭐라 형용하기 힘든 소리였다.

궁수들은 놀라서 움찔했고, 발사된 화살은 멀리 비껴 날아갔다. 그들은 홀로 창공 높이 날아오른 마타의 모습을 차마 똑바로 볼 수가 없었다.

"이 전쟁을 몇 년이나 더 계속해야 하는 거지? 몇 년을 더 기다려야 지아를 만날 수 있는 거야?"

쿠니가 물었다. 참모들도 이번만큼은 현명한 답을 내놓지 못했다. 심지어 루안 지아조차도.

쿠니는 영구적인 평화 협정의 조건을 논의하자고 제안했다.

다시 한번, 쿠니와 마타는 평저선을 타고 리루강 한복판에서 만났다. 둘은 서로를 보며 술잔을 들었다.

"이 전쟁을 계속하면 다라의 백성들만 괴로워질 뿐이야. 나는 코크루를 정복할 방법이 없고, 너는 코크루를 벗어날 방법이 없어. 천하를 반으로 나누기로 합의할 수는 없을까? 리루강과 소나루강 이남의 모든 땅은 영원토록 너의 영토로 하고, 나머지는 내 영토로 하는 거야."

쿠니의 말을 들은 마타는 즐거운 기색 없이 쿡쿡 웃었다.

"판에서 토룰루 페링의 말을 들었어야 했는데."

"우리가 걸어온 길은 돌아보면 둘 다 후회뿐이야. 난 너를 다시 형제로 부르고 싶어."

마타가 바라본 쿠니의 표정은 고통으로 가득했다. 마타의 가슴속에 연민 비슷한 감정이 울컥 솟구쳤다. 어쩌면 명예는 누구의 마음속에나 있는 것인지도 몰랐다. 어떤 사람은 그것을 남들보다 더 깊은 곳에 숨기고 있는지도 몰랐다.

마타는 쿠니를 향해 술잔을 들었다.

"알았다. 형제여."

       ***

   사루자로 귀환하는 마타 군대의 대열은 길고도 느렸다. 마타는 쿠니의 식구들을 석방했고, 푸마 예무에게도 노략질을 그만두면 게 피카로 무사히 돌아가도록 허락하겠노라고 약속했다. 마타의 부하들은 지쳤으면서도 흐뭇해 보였다. 전쟁이 드디어 끝났기 때문이었다.

   "패왕."

   라소 미로는 급히 말을 몰아 마타와 나란히 달렸다.

   "쿠니 가루는 전투에서 패왕을 이긴 적이 한 번도 없습니다. 우리는 그저 운이 없었을 뿐입니다."

   그 말에 마타 진두는 고개를 끄덕였다. 그러고는 레피로아의 목을 다독여 다시 달려 나갔다. 대열의 맨 앞으로, 혼자서.

   가루 일가의 상봉 장면에는 희비가 교차했다.

   "엄마!"

   이제 여덟 살이 된 티무와 일곱 살이 된 세라는 쿠니 앞에서 늘 어른스러운 모습을 보였다. 그러나 이제 둘은 리사나 곁을 떠나 정신없이 달려 지아의 품으로 뛰어들었다. 어린 후도티카는 아버지의 옷자락을 붙든 채로, 태어나서 처음 만나는 낯설고 당당한 큰어머니를 신기한 듯 바라보고 있었다.

   리사나는 *지리* 자세로 지아에게 절을 했다.

   "언니, 주디에서 헤어진 날 이후 지금껏, 저와 제 아들은 하루도 빼놓지 않고 언니의 은혜에 감사하며 기도했답니다. 이제 대왕께서 언니를 되찾으시고 다수의 백성들이 다시 왕비를 모시게 되었으니, 온 천하에 근심할 일이 없어졌네요."

지아는 고개를 끄덕여 답례했다. 입가에 쓴웃음이 걸려 있었다.

소토 부인도 지아와 함께 돌아왔다. 쿠니는 눈이 동그래졌다.

"피로 맺어진 가족이 있는가 하면, 애정 때문에 선택한 가족도 있는 법이지요."

소토의 말에 쿠니는 허리를 깊숙이 숙여 절을 했다.

"그렇게 말씀하시다니 영광입니다. 그럼 마타하고는 어찌할 생각이신지?"

"마타는 제가 사랑하는 조카입니다. 하지만 그 아이와 저는 가는 길이 달라도 너무 다릅니다."

오소 크린은 인질로 지내는 동안 더욱 야위었지만, 눈빛에서는 쿠니가 일찍이 보지 못한 힘이 느껴졌다. 티무와 세라는 지아에게 꼭 매달린 채로 '오소 삼촌'을 불러 댔고, 그 목소리에 깃든 다정함에 쿠니는 가슴이 미어지는 듯했다.

이윽고 쿠니는 참았던 숨을 토하며 빙그레 웃었다.

"오소, 너도 고생 많았지. 고맙다."

오소는 고개를 숙이고 물러나 소토와 함께 방을 나섰다. 리사나는 아이들을 데리고 함께 놀아 주러 갔다.

지아와 쿠니는 눈물로 얼룩진 얼굴을 맞대고 서로를 끌어안았다. 부부 사이의 온기는 서로를 안심시켰지만 한편으로는 미지근했고, 떨어져 지낸 오랜 세월 탓에 이제는 체취 또한 낯설었다. 언젠가 주디 현의 조그만 집을 따뜻하게 데워 주었던, 한때 사루자 근교의 바닷가 집을 뜨겁게 물들였던 그 열정의 불꽃을 되살리려면 시간이 걸릴 터였다.

"당신이 그렇게 희생해 준 덕분에 우리가 성공할 수 있었어."

"당신도 마찬가지야."

철군 준비를 위해 소지품을 챙기던 루안 지아의 귀에 책장 넘기는 소리가 들려왔다. 돌아보니 바스락거리는 소리를 낸 것은 바로 *기트레 위수*, 하안의 늙은 어부가 준 마법의 책이었다.

천막 안에 바람은 전혀 불지 않았다.

루안은 책 앞으로 다가갔다. 처음 보는, 아무것도 적히지 않은 쪽이 펼쳐져 있었다. 루안이 가만히 내려다보는 사이, 마치 바다에서 섬이 솟아오르듯이 색색의 표의 문자가 백지에 떠올랐다.

표의 문자로 적힌 글의 내용은 한 편의 옛날이야기였다.

오래전, 거대한 크루벤 두 마리가 바다의 패권을 놓고 다투었다. 한 마리는 파란색, 한 마리는 붉은색이었다. 그 거대한 철갑 고래 두 마리는 힘이 막상막하였기에 이레 동안 싸우고도 자웅을 가리지 못했다.

날마다, 해가 지고 기운이 다하면, 두 크루벤은 상호간의 약속에 따라 싸움을 멈추었다. 둘은 바다 밑에 있는 구덩이 양 끝에서 잠들었다. 날이 밝아 해가 떠오르면 다시 싸움을 시작했다.

이레째 되던 날 밤, 붉은 크루벤이 지친 몸을 막 뉘었을 때, 그 몸에 기생하던 빨판상어가 숙주에게 속삭였다. "끝장내 버려. 끝장내 버려.

녀석을 끝장내는 거야. 눈을 감고 깊은 잠에 빠져 있을 때, 너의 뿔로 그 놈의 심장을 꿰뚫으면 돼. 끝장내 버려. 끝장내 버려. 녀석을 끝장내는 거야."

"무슨 소릴 하는 거야?" 붉은 크루벤이 말했다. "그런 짓은 떳떳하지도 정의롭지도 않아. 나는 몇 날 며칠에 걸쳐 싸우는 사이에 그 친구를 존경하게 됐다고."

"나는 너한테 기생하는 몸이야." 빨판상어가 말을 이었다. "네가 식사를 마친 후에 네 입에서 흘러나오는 찌꺼기를 먹고 살아가는 신세지. 나는 오로지 네 힘에 의지해서 사해(四海)를 돌아다녔어. 네가 이기면 난 먹이도 더 먹을 수 있을 테고, 어쩌면 다른 물고기들한테 내 화려한 지느러미를 자랑하면서 으스댈 수도 있을 거야. 하지만 네가 지면, 나는 새로 빌붙을 다른 대어를 찾아 나서면 그만이야. 나는 너의 승리에서 이익을 얻지만, 너의 불명예를 함께 나누는 일은 없을 거야. 바다 친구들은 자기 부덕의 소치를 오로지 자신을 섬기고 조언했을 뿐인 조무래기에게 떠넘기는 대장 물고기를 좋게 기억해 주는 경우가 드물거든."

크루벤은 깜짝 놀랐다.

"그러니까 너는 어떤 위험도 감수하지 않고 나 혼자 모든 위험을 떠맡는다고 네 입으로 인정하는 거로군. 그렇다면 내가 왜 네 말을 들어야 하지?"

"왜냐면 나는 네 배에 붙어서 비천하게 살아가는 존재이기 때문이지. 내 임무는 너에게 양심의 소리를 들려주는 게 아니야. 네가 차마 품지 못하는 생각을 너 대신 품고, 차마 입 밖에 내지 못하는 계획을 너 대신 짜 주는 게 나의 임무야. 혹시 거대한 크루벤이 보이면 말이야, 철갑 비늘은 반짝거리고 가죽은 보드랍고, 불끈거리는 근육에는 활력이 넘치는 그 바다의 지배자가 눈에 띄면 말이지, 확신해도 좋아. 그 배 밑에 수없이 많은 빨판상어가 붙어서 찌꺼기를 게걸스럽게 먹어 치우고 있을 거라고. 빌붙어 사는 빨판상어가 제 몸 더럽히기를 꺼리면 숙주인 크루벤은 오래 살 수도, 승자가 될 수도 없어."

그리하여 붉은 크루벤은 빨판상어의 조언을 따른 끝에 사해의 지배자가 되었다.

루안 지아는 책을 덮고 쓰디쓴 웃음을 흘렸다. 이 빨판상어가 역사에 기억될 나의 모습일까?

뒤이어 달빛에 물든 긴펜의 폐허와 하안의 아이들이 부르던 노래가 떠올랐다. 아버지와 맺은 약속을 되새기며, 루안은 다시금 마음속에서 스멀스멀 고개를 드는 불안을 감지했다.

이상이 완벽하면 완벽할수록, 그 수단은 이상으로부터 점점 더 멀어지는 법.

쿠니의 군대는 디무시에서 철수하여 코고 옐루가 재건한 판으로 향했다. 쿠니의 식솔은 본진보다 앞서 출발했다. 평화 협정의 조건은 양측 모두 리루강을 경계로 200리 안에 군대를 주둔시키지 않는 것이었다.

"언제 공격을 개시할지 생각해 보셨습니까?"

왕이 타는 수레인 어가(御駕) 안에서 루안이 물었다. 쿠니 왕은 그해 가을걷이와 세금 징수에 관한 보고서를 읽으며 전쟁이 끝난 지금, 새로 얻은 광활한 영토를 어떻게 다스릴지 구상하는 중이었다. 생각해 보면 코고 옐루가 자나 제국의 문서고에서 챙겨 둔 그 오래된 기록들이 드디어 힘을 발휘하게 되었으니, 재상의 선견지명이 새삼 고마웠다. 그 생각에 잠겨 있던 왕은 루안 지아의 질문에 허를 찔렸다.

"공격이라니?"

루안은 무언가 각오한 듯 숨을 깊이 들이마셨다.

"이 평화 협정이 끝이라고 생각하지는 않으시겠지요, 설마?"

쿠니는 루안을 똑바로 보았다.

"전쟁은 이만하면 됐어. 마타하고 나, 우리 둘 중 누구도 상대를 이기지 못해. 나는 협정 문서에 인장을 찍었어. 다 끝난 얘기야."

"인장이란 종이에 찍힌 자국에 지나지 않습니다. 인장의 효력은 오로지 대왕이 거기에 얼마만큼의 힘을 부여하느냐에 달렸습니다. 코크루군은 군량이 바닥났을 뿐 아니라, 이제 코크루 전역에 뿔뿔이 흩어져 경계를 늦추고 있습니다. 반면에 아군은 코고가 힘써 준 덕분에 군량이 넉넉합니다. 지금이야말로 적군을 후방에서 공격하여 전력으로 무너뜨릴 절호의 기회입니다."

"그런 짓을 하면 나는 최악의 배신자로 역사에 기록될 거야. 나를 향한 마타의 비난은 돌에 새겨져 길이 남을 테고, 내가 한 짓은 그 비난이 사실이라는 증거가 되겠지. 자네는 나한테 전쟁의 규칙을 송두리째 부정하라고 조언하고 있어. 나한테는 티끌만큼의 명예도 남지 않을 거야."

"역사가 어떻게 판단할지는 일이 일어난 직후에는 확실히 알 수 없습니다. 지금 살아 있는 사람들은 대왕을 비난하겠지만, 그들의 후손이 훗날 대왕의 업적을 어떻게 볼지는 미리 알 수 있는 것이 아닙니다. 만일 대왕께서 지금 공격을 시작하여 이 전쟁을 끝내지 않으시면 살육은 멈추지 않을 것입니다. 10년 후, 아니면 20년 후에, 다수와 코크루는 또다시 전장에서 서로를 마주할 것입니다. 리루강은 또다시 피로 물들 것이며, 다라의 민중은 또다시 고통 속에 죽어갈 것입니다."

쿠니는 판의 백성들을 떠올렸다. 지난날 마타와 맺은 우정을 지키기 위해 생지옥에 버려둔 백성들이었다. 피로 물든 거리에 메아리치던 그들의 절규는 지금도 꿈속에서 쿠니를 괴롭혔다.

"대왕께서는 사사로운 명예 때문에, 명예라는 그 공허한 말 때문에 백성들의 목숨을 희생시킬 것입니다. 제가 보기에는 그것이야말로 가장 이기적인 짓입니다."

"자비를 베풀 여지는 없는 건가? 신들에게도 인간들에게도, 연민의 정 같은 것은 없단 말인가?"

"대왕, 적에게 베푸는 자비는 곧 벗에게 저지르는 악행입니다."

"루안, 그런 식의 논리야말로 모든 폭군이 양심의 가책을 덮을 때 쓰는 고약이자 붕대가 아닌가."

"긴 여왕이 입버릇처럼 말하길, 전장에 나서는 자는 이기기 위해 수단과 방법을 가리지 말아야 한다고 했습니다. 단검은 그저 날카롭기 때문에 잔악한 것이 아니며, 계략은 단지 효과적이기 때문에 사악한 것이 아닙니다. 그 가치는 오로지 휘두르는 사람에 달렸습니다. 제왕의 위엄이라는 것은 개인의 행동을 규율하는 도덕하고는 무관합니다."

쿠니는 대꾸하지 않았다.

"대왕께서 지금의 우위를 모조리 이용하지 않으시면, 신들은 그 실수 때문에 대왕을 벌할 것입니다."

쿠니는 손에 쥔 항복 문서가 묵직하게 느껴졌다. 백성들의 목숨은 그 문서보다 더 무거울까?

나는 내가 권력을 휘두르는 줄 알았는데. 쿠니는 속으로 생각했다. *어쩌면 권력이 나를 휘두르는지도 모르겠군.*

"뮌 사크리와 샌 카루코노를 소환하게."

체념의 한숨과 함께, 쿠니는 항복 문서를 갈가리 찢어 버렸다.

찢어진 종이 쪼가리는 어느새 바람에 날려 사라졌다. 입 밖에 나온 말이 망각 속으로 사라지듯이.

마타 진두는 쿠니 가루가 배신했다는 소식을 라나 키다에서 들었다. 포린 평원의 나지막한 산 근처에 자리 잡은, 성벽조차 없는 소읍이었다. 사루자까지는 아직 몇십 리를 더 가야 했다.

쿠니의 군대는 리루강을 건넜고, 세카 키모의 군대는 칸핀 해안에 상륙했다. 동쪽에서는 마조티의 군단이 위소티 산맥 남단의 구릉지에 펼쳐진 방어선을 돌파했다. 다수군 병력 5만과 동맹군으로 이루어진 포위망이 이제 마타를 노리고 점점 좁혀 들어왔다.

마타는 이미 군의 주력을 소부대로 나누어 코크루 전역의 주둔군 기지로 산개시킨 후였다. 마타 곁에 남은 병력은 기병 5000기가 전부였다.

"늑대발섬과 주디 성에서 싸울 때하고 똑같습니다." 라소 미로가 말했다. "적군의 수는 아군의 열 배가 넘지만, 그래도 우리가 이길 겁니다."

"아아, 내 형제여."

마타는 나지막이 중얼거렸다. 그러고는 손에 쥔 항복 문서를 북북 찢었다. 늦가을의 차가운 바람 속에 종이 쪼가리들이 나방처럼 팔락이며 흩어졌다.

다수군은 밀밭을 휘젓는 낫처럼 코크루 땅을 휩쓸었다. 때는 겨울, 그들이 탄 군마의 사나운 발굽 소리는 얼어붙은 대지의 방방곡곡까지 울려 퍼졌다. 코크루 주둔군이 철통같이 방어하는 도시를 우회하여 라나 키다를 향해 일직선으로 진격하면서, 쿠니 군대의 보급선은 울부짖는 질풍 속의 연줄처럼 기다랗게 늘어졌다.

마타는 라나 키다 인근의 작은 산 정상에 부대를 집결시켰다. 쿠니와 세카, 긴의 군대는 하나로 합세하여 나무통의 테처럼 산을 빈틈없이 둘러쌌다. 긴 마조티가 총사령관으로 임명되었다. 이번 전투야말로 긴이 남길 가장 큰 업적, 일생일대의 싸움이었다.

피소웨오산과 카나산이 동시에 분화하는가 싶더니, 살아 있는 자가 기억하는 한 가장 거친 눈보라가 전장을 휩쓸었다. 강풍은 매순간 방향을 바꾸었고 눈은 큼직한 뭉텅이가 되어 우박과 함께 쏟아졌다. 신들마저도 전쟁에 나선 모양이었다.

패왕은 밤낮을 가리지 않고 부하들에게 긴 마조티의 포위망을 돌파하라고 명령했지만, 마조티의 군대는 그때마다 마타의 병사들을 물리쳐 산으로 되돌려 보냈다. 쉬지 않고 퍼붓는 눈과 채찍처럼 불어 대는 강풍 탓에 비행함은 띄울 수가 없었고, 땅이 너무 단단히 얼어붙어서 목책 같은 방어 시설을 세울 구멍도 팔 수가 없었다. 마조티는 보병 부대에 의지하며 오로지 수적 우세만으로 마타 부대의 돌격을 저지했다.

마타가 퇴각하면 마조티는 다수군 돌격대를 연이어 산 위로 올려 보냈다. 돌격대는 번번이 격퇴당했고, 수많은 시체를 남긴 채 쫓겨 내려왔다. 그러나 마조티에게는 시체로 산을 쌓고도 남을 만한 병력이 있었다. 마조티는 마타의 병사들에게 쉬기는커녕 눈을 붙일 틈도 주지 않을 작정이었다. 그들의 힘을 남김없이 갉아먹을 작정이었다.

기온은 점점 더 내려갔다. 코크루군 병사들은 따뜻한 장갑과 외투를 지급받지 못했기에 얼어붙은 무기에 손바닥이 달라붙었다. 살갗이 벗겨진 병사들의 비명 소리가 산에 메아리쳤다. 그들은 얼어붙은 땅에 엎드려 휴식을 취했고, 맨손으로 눈을 퍼먹으며 고통스러운 허기를 달랬다. 며칠 동안 아무것도 먹지 못해 줄줄이 쓰러진 군마들은 병사들의 손에 도살당하여 고기로 바뀌었다.

그러나 코크루군 장병 누구도 항복하자는 말은 하지 않았다.

"이래선 안 됩니다, 원수. 병사를 너무 많이 잃잖습니까."

쿠니가 긴의 천막을 찾아가서 한 말이었다. 열흘 동안, 마타의 부하들은 산을 사수했다. 코크루군 기병 한 명이 말에서 떨어질 때마다 다수군 다섯 명이 죽어 나갔다.

"치밀한 작전을 사용해야 할 때가 있는가 하면, 수적 우세로 밀어붙여야 할 때도 있는 법입니다. 서둘러 패왕을 굴복시키지 못하면 코크루 전역의 군대가 그를 도우러 와서 아군의 보급선을 끊어 놓을 겁니다. 저의 전술은 야만적인지는 몰라도 효과는 있습니다. 코크루군은 벌써 며칠째 죽은 군마 말고는 아무것도 먹지 못했고, 병사들 태반이 부상을 입었습니다. 기세를 늦추지 말고 계속 이대로 몰아붙여야 합니다."

"하지만 마타의 부하들이 얼마나 충성스러운지는 내가 압니다. 그들은 죽어도 항복하지 않을 겁니다. 내가 마피데레 황제만큼이나 많은 과부와 고아를 남기면서까지 승리해야겠습니까? 우리가 이긴다고 해도 백성의 마음은 나를 떠날 것입니다."

긴은 한숨을 쉬었다. 쿠니의 선량한 본성은 군사 작전에서는 방해가 될 때도 있었지만, 한편으로는 긴이 그를 섬기는 이유이기도 했다.

"그럼 무슨 뾰족한 수라도 있습니까? 다시 정전 협정을 맺자고 하기는 힘들 텐데요."

"리사나가 자기한테 방법이 있답니다."

쿠니 뒤편의 그늘에서 리사나가 모습을 드러냈다.

지아와 아버지 페소 가루가 패왕에게 볼모로 붙잡혀 있는 동안, 쿠니는 리사나와 아이들을 위험한 전선에서 멀리 떨어진 긴펜으로 보내어 안전을 도모하려 했다. 피붙이를 또 잃었다가는 버틸 자신이 없어서였다. 그러나 리사나는 쿠니와 함께 최전선에 남겠다는 뜻을 굽히지 않았다.

"여군들에게도 대변인이 있어야 해요."

그것이 리사나가 남겠다고 한 이유였다. 긴 마조티가 창설한 여군 지원단은 다수군이 성장하는 데에 크게 기여했다. 다라 제도에 있는 다른 나라의 군대와 비교하면 다수군 병사들은 영양이 더 풍부한 식사를 배급받았고 정비가 더 잘된 갑옷과 무기를 사용했으며, 냉철한 머리와 숙련된 기술을 지닌 여군 병사들이 약초와 봉합용 바늘을 들고 달려와 준 덕분에 치명상을 입고도 살아남는 경우가 많았다.

그러나 전쟁이 길어지면서 긴은 야전에서 벌어지는 일과 자기 영지를 다스리는 데에 점점 더 몰두했고, 여군 지원단은 관심사에서 점차 멀어졌다. 공군에서 복무하는 여성들은 우수한 정예 요원으로 대접받은 반면 육군의 여성 지원단은 단순한 보조 인력으로 여겨졌다. 지원단의 지휘를 맡은 다수군 장교 가운데 일부는 권한을 남용하여 사병 급여를 횡령하거나 여군들의 고충을 무시했고, 심지어 여군을 육군의 일원이 아니라 병영에서 더부살이하는 무력한 존재로 취급하는 자도 있었다.

"저는 어머니와 함께 일하면서 제 손으로 생계를 꾸렸어요." 리사나의 말이었다. "그러니까 저라면 여군들이 목소리를 내도록 도울 수 있어요. 지위를 이용해서 일하도록 허락받지 못한다면, 왕의 둘째 부인이라는 제 지위가 무슨 소용이겠어요?"

"마조티 원수님, 저는 원대한 군사 전략은 아무것도 모르지만, 사람의 마음에 관해서라면 조금은 안답니다. 덤불처럼 복잡하게 얽힌 사람의 욕망을 들여다보고 거기서 빠져나올 길을 찾는 것이 저의 재능이거든요."

긴은 리사나의 지혜를 존중했지만 당장은 지치고 긴장한 상태였고, 리사나가 하는 말은 너무 두루뭉술했다.

"지금은 다관에서 써먹는 눈속임 마술을 공연할 때가 아닙니다."

"저런. 그런데 원수님, 여자들을 군대에 받아 주시기는 했지만, 여군을 진짜 군인으로 생각하신 적이 있기는 한가요?"

긴은 눈을 가늘게 뜨고 굳은 표정으로 리사나를 바라보았지만, 그러면서도 계속 이야기하라는 뜻으로 고개를 끄덕였다.

리사나가 설명하는 작전을 다 들은 후, 긴은 생각에 잠겼다. 쿠니와 리사나가 지켜보는 가운데 긴은 천막 안을 뱅뱅 맴돌았다. 한참후, 긴이 마침내 고개를 들었다.

"만약 이 작전이 실패하면, 마타의 부하들은 우리 군에 원한을 품고 더욱 사납게 저항할 겁니다. 하지만 시도해 볼 가치는 있습니다. 여군들한테는 대왕께서 직접 말씀해 주셔야겠습니다."

하늘 가득 눈발이 날리는 밤, 긴과 쿠니와 리사나는 어둠을 뚫고 말을 달려 여군 지원단의 야영지에 도착했다. 기상 명령을 받고 일어나 집합한 병사들은 말에 탄 세 사람을 보고 놀라서 눈이 동그래졌다. 여군들은 자기네 부대의 처우를 개선하려고 애써 준 리사나를 신뢰했다. 그러나 쿠니와 긴이 여군 야영지를 찾기는 이번이 처음이었다.

말을 박차로 살짝 차서 몇 걸음 앞으로 나선 다음, 쿠니는 입을 열었다. 목소리가 울부짖는 바람과 휘몰아치는 눈을 뚫고 병사들의 귀에 닿으려면 목청껏 외치는 수밖에 없었다.

"그대들 가운데 코크루 출신인 자가 누군가?"

수백 명이 손을 들었다.

"나는 그대들 가운데 반란과 뒤이어 벌어진 전쟁에서 남편과 아버지, 아들, 형제를 잃고 우리 군에 들어온 자가 많다는 것을 안다. 오늘 밤, 이 살육에 종지부를 찍을 기회가 우리 손에 들어왔다. 그러나 그대들이 도와주지 않으면 불가능한 일이다."

쿠니가 리사나의 작전을 설명하는 동안 여군들은 굳은 표정으로 귀를 기울였다.

"너희는 비무장 상태로 호위도 없이 마타의 군대를 상대해야 한다." 긴이 덧붙였다. "만약 적군이 너희를 위협으로 간주하거나 너희의 행동을 강요에 따른 것으로 착각하면, 이 작전은 실패한다. 적이 공격하면 아군은 너희를 제때 구출하지 못할 것이다. 너무 위험하거나 무모한 작전이라고 생각할지도 모르겠다만, 대왕과 나는 너희에게 나서라고 명령하지 않을 것이다. 자원하는 자만 받겠다."

한 명, 또 한 명, 눈발을 뚫고 앞으로 나선 코크루 출신 여군들이 왕과 후궁과 원수 앞에 빽빽한 대열을 이루었다.

이날 밤, 마조티는 공격 명령을 내리지 않았다. 오히려 마타 진두의 정찰대에 따르면 다수군은 2리 바깥으로 후퇴했고, 이로써 산자락을 둘러싸고 무인지대가 만들어졌다.

동트기 직전, 여자들의 목소리가 바람을 타고 날아와, 천막 안에서 자고 있던 마타를 깨웠다.

골짜기에 흩날리는 것 눈이런가?
아이들 얼굴에 흐르는 것 빗물이런가?
아아, 애달파라, 애달프고 애달파라

골짜기 바닥을 덮은 것 눈이 아니어라
아이들 얼굴을 씻는 것 빗물 아니어라
아아, 애달파라, 애달프고 애달파라

국화 꽃잎 떨어져 골짜기에 가득 깔리고
눈물방울 아이들 얼굴에 흥건히 흐르네
아아, 애달파라, 애달프고 애달파라

병사들은 떨어지는 국화처럼 쓰러져 죽었네
아아, 내 자식, 영영 전쟁터에서 못 돌아오네.

마타는 천막 앞에 우뚝 섰다. 눈발이 사납게 몸에 부딪쳤고, 얼굴은 이내 녹은 눈송이의 물기로 축축해졌다.

비탈을 달려 올라온 라소 미로가 말에서 구르듯 떨어져 마타 앞에 섰다.

"패왕, 정체를 알 수 없는 코크루 여자들이 산 중턱까지 올라와서 노래를 부르고 있습니다. 무장한 호위병은 안 보이지만, 다수군의 첩자들인지도 모릅니다.”

이제는 오래된 민요를 부르는 남자들의 목소리가 마타의 귀에 들려왔다. 코크루의 아이들은 누구나 아는 노래였다.

“노랫소리가 저리도 크다니, 이미 쿠니 쪽에 투항한 우리 병사가 저리도 많단 말이냐?”

“노래하는 자들은 포로가 아닙니다. 저들은…… 저들은 우리 진영의 병사들입니다.”

흠칫 놀라며, 마타는 주위의 조그만 천막들을 둘러보았다. 동트기 전의 어둠 속에서 사내들이 하나둘 일어나는 중이었다. 개중에는 눈물을 훔치는 자도 있었고, 노래를 따라 부르는 자도 있었다. 목놓아 우는 자도 있었다.

“저 여자들은 몇 시간째 쉬지도 않고 노래를 불렀습니다. 아군 지휘관이 밀랍으로 귀를 막으라고 지시했지만, 병사들은 따르지 않았습니다. 일부는 아예 저 여자들을 만나려고 산을 내려갔습니다. 고향 사람을 찾아서 식구들 소식을 물어보려고 말입니다.”

마타는 꼼짝 않고 서서 라소의 말을 듣기만 했다.

“공격 명령을 내릴까요? 쿠니 가루의 이…… 전술은, 경멸할 가치도 없습니다.”

마타는 고개를 저었다.

“상관없다. 쿠니는 이미 우리 병사들의 마음을 훔쳤다. 이제는 다 틀렸다.”

마타는 자기 천막으로 다시 들어갔다. 천막 안에는 미라가 앉아서 수를 놓고 있었다.

마타가 미라의 등 뒤로 다가가 내려다보니 검은 실 한 가닥만이 하얀 천 위를 누비고 있었다. 검은 실은 하얀 바탕에 비뚤배뚤한 선을 그리며 이쪽저쪽으로 나아갔지만, 돌파구는 보이지 않았다. 아무리 발버둥 쳐도, 아무리 교묘하게 피하려 해도, 자수틀의 둥그런 테두리는 검은 실을 우리에 갇힌 야수처럼 옭아맸다.

"미라, 음악을 연주해 주지 않겠는가? 저 노랫소리는 더 듣고 싶지 않다."

미라는 바늘과 실과 천을 내려놓고 야자 비파의 현을 퉁겼다. 패왕은 박자에 맞춰 손뼉을 치며 노래하기 시작했다.

내 힘은 산을 뽑을 만큼 강하고
내 기개는 바다를 덮을 만큼 넓거늘
신들이 나를 아끼지 않아
내 말은 어디로도 달리지 못하는구나
어찌하랴, 나의 미라여? 내가 어찌하랴?

눈물 한 줄기가 마타의 얼굴을 타고 흘러내렸고, 천막 바깥에 서 있는 병사들의 눈도 횃불의 불빛에 반짝였다. 라소는 손을 들어 눈물을 질끈 훔쳤다.

미라는 비파 타는 손을 멈추지 않았고, 이내 자신도 노래를 부르기 시작했다.

다수 남자들 우리 몸을 포위했고

코크루 노래 우리 마음을 무너뜨렸네
나의 대왕, 당신이 평범한 어부였다면
나 지금도 바닷가 농부의 딸이었다면.

미라는 손을 멈추었지만, 노래의 여운은 여전히 사라지지 않고 바깥에서 울부짖는 바람소리 위로 맴도는 것만 같았다.

마타가 입을 열었다.

"쿠니는 포로에게 관대하기로 유명하다. 명심하라, 적군에게 붙잡히면 내가 그대에게 몹시도 잔인하게 굴었다고, 터무니없이 가혹한 대우를 받았다고 말해야 한다. 쿠니가 그대를 잘 보살펴 줄 것이다."

"평생 동안, 당신은 모두가 결국에는 당신을 배신한다고 생각했죠. 하지만 사실이 아니에요. 그렇지 않아요."

미라의 목소리는 끝으로 갈수록 점점 작아졌다. 미라에게서 멀어지던 마타는 점점 작아지다가 속삭임으로 바뀌는 목소리를 듣고 돌아섰다. 마타가 달려가는 사이에 미라는 허물어지듯 쓰러졌다. 미라의 손은 뼈로 만든 가느다란 단검의 자루를 쥐고 있었다. 가슴에는 '크루벤의 가시'의 날이 깊숙이 박혀 있었다.

마타가 울부짖는 소리는 몇 리 바깥까지 퍼져 나갔다. 울음소리는 코크루 출신 남자와 여자가 부르는 노랫소리와 섞여 울려 퍼졌고, 그 소리를 들은 사람은 누구나 저도 모르게 부들부들 떨었다.

마타는 얼굴에 흐르는 뜨거운 눈물을 닦고 미라의 주검을 땅바닥에 살며시 내려놓았다.

"라소, 아직 나를 따르려는 자가 있거든 모두 집결시켜라. 포위진을 돌파한다."

늑대발섬 전투 때와 똑같다고, 라소는 생각했다. 코크루군 기병 800기는 한 무리의 늑대처럼 비탈을 달려 내려가 비상경보가 울리기도 전에 다수군 진영 한복판까지 질주했다. 부랴부랴 잠에서 깬 다수군 병사들이 기병대를 저지하기 위해 달려왔다.

라소는 익숙한 투지가 온몸으로 뻗어나가는 기분을 느꼈다. 이제 더는 추위도 두려움도 배고픔도 느껴지지 않았다. 절망은 사라지고 또다시 주군과 나란히, 온 다라 제도를 누빈 전사들 가운데 최강의 전사와 나란히 말을 달리는 즐거움이 절망의 빈자리를 순식간에 채웠다.

라소는 전에도 마타 진두와 나란히 달리면서 무적이라 불리던 킨도 마라나를 쳐부수지 않았던가? 한번은 마타와 나란히 하늘에서 뛰어내려 저 간교한 쿠니 가루를 잠든 채로 붙잡을 뻔하지 않았던가? 그가 휘두르는 '단순명쾌'는 마타 진두가 자신을 휘청거리게 한 유일한 강적의 손에서 거둔 검이 아니던가? *진짜 싸움은 아직 시작도 안 했어.*

앞으로, 오로지 앞으로, 코크루 기병 800기는 까맣게 몰려드는 다수군 병사들을 번개처럼 돌파했다. 그들은 종잇장으로 만든 문을 찢어발기는 공성추처럼 돌격했다. 뒤따르던 기병들이 하나둘 말에서 떨어지는 와중에도, 나아로엔나는 몰아치는 눈과 울부짖는 바람을 가르고 초승달처럼 번득이며, 감히 주인의 앞을 가로막는 자들을 낫에 잘린 잡초처럼 쓰러뜨렸다. 곁에 남은 부하들이 하나둘 줄어드는 동안에도 고레마우는 피소웨오 신의 주먹처럼 풀무질하며, 감히 주인 앞에서 무기를 쳐드는 자들을 망치에 으깨진 호두처럼 찍어 뭉갰다.

동틀 무렵, 마타는 마침내 포위진을 돌파했다. 주위에 남은 기병은 채 100기가 되지 않았다.

그들은 계속 달렸다. 남쪽을 향하여, 바다를 향하여. 몰아치는 눈 때문에 풍경은 어디를 보아도 똑같았고, 동서남북을 분간할 수 없었다. 마타는 길을 잃었다.

갈림길에서 멈춰 선 마타는 근처 농가의 문을 두드렸다.

"사루자로 가는 길이 어느 쪽인가?"

집 주인인 늙은 농부는 문간에 서 있는 거대한 남자를 올려다보았다. 이 낯선 거한이 누구인지는 두 번 생각할 필요가 없었다. 키와 체격, 눈동자가 두 개인 중동안이 곧 증거였다. 그런 남자는 세상에 마타 진두 한 명뿐이었다.

노인의 두 아들은 패왕이 일으킨 끝도 없는 전쟁에서 패왕을 위해 싸우다 죽었다. 노인은 무훈이니 명예니, 영광이니 용기니 하는 말들이 지긋지긋했다. 그저 두 아들이 살아 돌아오기만 바랄 뿐이었다. 들에서 땀 흘려 일하던 그 튼튼한 아들들이. 자기가 왜 죽어야 하는지도 몰랐던, 단지 그렇게 하는 것이 멋진 일이니 마땅히 그래야 한다는 남의 말을 믿었던 그 아들들이.

노인은 손을 뻗어 왼쪽을 가리켰다.

"저쪽입니다."

마타 진두는 고맙다는 말을 남기고 다시 거대한 흑마에 올라탔다. 부하들이 그 뒤를 따랐다.

노인은 잠시 문가에 우두커니 서 있었다. 이내 뒤쫓아 오는 다수군의 말발굽 소리가 들려왔다. 노인은 문을 닫고 상 위에 놓인 촛불을 껐다.

노인이 마타 진두에게 가르쳐 준 길은 늪지대로 이어졌다. 마타의 부하들 태반은 가슴팍까지 진흙에 빠진 말들이 힝힝거리며 우는 사이에 안장에서 뛰어내리는 수밖에 없었다.

마타는 왔던 발자국을 되짚어 늪에서 빠져나온 다음, 반대편 길로 질주했다. 이제 뒤따르는 부하는 스물여덟 기뿐이었다. 저 멀리 다수군 추격대가 든 횃불의 불빛이 보였다.

마타는 부하들을 이끌고 나지막한 언덕 위로 올라갔다.

"나는 말 위에서 십 년이라는 세월을 보냈다. 그동안 일흔 번이 넘게 전투를 치르면서 단 한 차례도 패하지 않았다. 내게 맞서 싸운 상대는 모두 내게 굴복하거나, 죽었다. 오늘 내가 달아나는 까닭은 싸우는 법을 모르기 때문이 아니다. 신들이 나를 시기했기 때문이다.

나는 기꺼이 죽을 것이다. 그러나 그 전에, 가슴이 후련하도록 한바탕 즐겁게 싸울 작정이다. 너희 모두는 이 먼 곳까지 나를 따라와 주었다. 이제 더는 따라오지 않아도 좋다. 가라, 가서 쿠니 가루에게 투항해라. 부디 무사하기를 빈다."

아무도, 꿈쩍도 하지 않았다.

"그렇다면 나를 믿어 주는 너희에게 감사하며, 코크루의 진짜 전사가 사는 법을 보여 주마. 쿠니 가루의 부하들은 이제 곧 우리를 포위할 것이다. 그러나 나는 적어도 놈들의 지휘관 한 명을 죽이고, 놈들의 깃발 한 개를 빼앗고, 놈들의 방어선을 무너뜨릴 것이다. 그때는 너희 모두 내가 실력이 부족해서가 아니라 운이 없어서 죽었음을 똑똑히 알 것이다."

다수군 추격대가 도착하여 언덕을 둘러쌌다. 마타 진두는 부하들을 쐐기꼴 모양으로 정렬시키고 스스로 선두에 섰다.

"돌격하라!"

그들은 날듯이 언덕을 달려 내려가 다수군의 밀집 대형을 꿰뚫었다. 돌격대의 직선 경로 끝에는 겁에 질려 눈이 휘둥그레진 다수군 지휘관이 있었다. 미처 물러설 틈도 주지 않고서, 마타는 나아로엔나를 단 한 번 휘둘러 지휘관을 어깨부터 배까지 두 쪽으로 갈라놓았다. 마타의 부하들은 환호했고 다수군 병사들은 바람에 흩날리는 눈송이처럼 뿔뿔이 흩어졌다.

마타 진두가 레피로아의 고삐를 질끈 당기자 그 거대한 흑마는 뒷다리로 버틴 채 훌쩍 일어섰다. 주위를 둘러싼 기병들 위로 우뚝 솟은 채, 마타는 전투의 시작을 알리는 함성을 우렁차게 내질렀다.

"하아아아아아앗!"

전장을 뒤덮고 퍼져 나가는 사자후가 고막을 두들기자 다수군 병사들은 놀라서 쥐 죽은 듯 고요해졌다. 마타 주위의 다수군은 늑대를 피해 물러나는 양 떼처럼 슬금슬금 뒷걸음질 쳤다. 누구도 감히 마타의 형형한 눈을 마주 보지 못했다.

마타는 껄껄 웃으며 다수군 대열의 기수(旗手) 가운데 한 명을 노리고 똑바로 질주했다. 겁에 질린 기수에게 손을 뻗어 펄럭이는 크루벤 깃발을 낚아챈 마타는 깃대를 부러뜨려 두 동강 냈다. 그런 다음 군기를 땅바닥에 내팽개쳤고, 레피로아는 기쁘게 그 기를 짓밟았다.

"만세! 만세!"

마타의 부하들은 한 목소리로 외쳤다.

그들은 다시 말을 달렸고, 겁에 질린 다수군 병사들은 코크루 결사대 앞에서 썰물처럼 갈라졌다.

남쪽을 향해 질주하는 동안 마타는 주위의 부하들을 세어 보았다. 스물여섯. 잃은 부하는 단 두 기뿐이었다.

"어떠냐?"

"예언하신 그대로였습니다, 패왕."

라소의 목소리에는 존경의 빛이 흘러넘쳤다.

기병들 모두 스스로가 신이 된 기분을 느꼈다.

마침내 그들 앞에 바다가 나타났다. 말에서 훌쩍 뛰어내린 마타는 근처의 쓰러져 가는 집 한 채에 눈길이 머물렀다. 그 집을 알아본 마타는 가슴이 쿵 내려앉는 느낌이 들었다. 지아가 사루자 근교에 살 적에 몇 년 동안 머물렀던 집, 언젠가 쿠니의 아들을 품에 안고 쿠니와 술잔을 기울였던 바로 그 집이었다.

마타 진두는 흐르는 눈물을 손으로 훔쳤다. 쿠루잉 마 도노테카

위 루키 네 오투. 고전 아노어 시에 나오는 구절이었다. 과거는 두 번 다시 돌아가지 못할 조국이런가.

라소가 곁에 다가왔다.

"근처 바닷가를 샅샅이 뒤졌습니다만, 배는 조그마한 낚싯배 한 척뿐입니다. 패왕, 어서 그 배에 올라 투노아로 출발하십시오. 저희는 뒤에 남아 쿠니 가루를 막겠습니다. 투노아는 작은 섬이지만 방어하기 쉽고, 진두 가의 이름을 소중히 기억하는 자도 많습니다. 그곳에서 새로 군대를 모아 돌아오셔서 저희의 복수를 해 주십시오."

마타는 꿈쩍도 하지 않았다. 생각에 잠긴 채, 퍼붓는 눈 속에 우두커니 서 있었다.

"패왕, 서두르셔야 합니다! 추격대가 지척까지 왔습니다!"

마타는 안장에서 훌쩍 뛰어내려 레피로아의 볼기를 갈겼다.

"가엾은 것. 너는 지금껏 오랜 세월 나를 섬겨 주었다. 그런 너의 최후를 차마 내 눈으로 지켜볼 수는 없다. 가라, 가서 숨어 살아라. 오래오래 살아야 한다."

그러나 레피로아는 떠나려 하지 않았다. 그 대신 마타 쪽으로 고개를 틀고 큰 소리로 푸륵거렸다. 커다란 콧구멍에서 뜨거운 콧김이 연기 기둥처럼 뿜어 나왔다. 마타를 바라보는 두 눈은 분노로 번들거렸다.

"미안하다, 오랜 벗이여. 나 스스로도 못할 일을 너에게 시키다니, 내가 잘못했다. 너는 정말로 나의 반쪽이구나. 죽을 때까지도."

마타는 돌아서서 부하들을 마주했다. 표정은 슬픔이 가득했다.

"숙부님을 따라 투노아를 떠나서 본섬으로 건너올 때, 장정 팔백 명이 나를 따라왔다. 그들의 가슴은 언젠가 영예를 누릴 꿈에 부풀어 있었다. 그런데 오늘, 만약 투노아로 돌아간다면, 나는 혼자서 귀향한다. 그들의 유골조차 챙기지 못한 채로. 내가 그들의 아버지를, 어머니를, 아내를, 누이를, 아이들을, 무슨 낯으로 보겠느냐? 나는 두 번 다시 고향으로 돌아갈 수 없다."

마타는 부하들과 나란히 바닷가에 서서, 레피로아 곁에 서서, 점점 더 가까워지는 다수군 추격대를 지켜보았다.

다피로 미로는 부하들을 재촉했다.

"돌격하라, 돌격, 돌격! 쿠니 왕께서는 누구든 마타 진두를 잡는 자에게 황금 1만 냥과 백작 작위를 하사한다 하셨다. 가라!"

횃불의 불빛 속에서, 빼곡하게 늘어선 다수군 병사들이 마타 진두와 부하 스물여섯 기를 반원형으로 둘러쌌다. 마타 일행의 등 뒤는 파도가 넘실거리는 바다였다.

마타의 부하들은 이미 말에서 내려 모래 위에 서 있었고, 말들은 반원형으로 늘어서서 저마다 주인 앞을 지키는 방벽이 되어 거친 숨을 내뿜었다. 눈 내리는 바닷가에 우뚝 선 병사들은 마지막 화살을 시위에 걸고 최후의 일전을 기다렸다.

마타가 말없이 손을 흔들자 부하들은 일제히 마지막 화살을 발사했다. 다수군 병사 스물여섯이 모래 위로 쓰러졌다. 반격의 화살은 훨씬 더 많이, 훨씬 더 오랫동안 쏟아졌다. 다수군 병사들이 활을 내렸을 때 마타의 부하는 두 명이 더 쓰러져 있었고, 서 있는 말은 한 마리도 없었다.

레피로아는 거대한 몸에 화살 수십 대가 박힌 채 모래톱에 누워 있었다. 비명 소리가 사람과 너무나 똑같았다. 주위의 다른 말은 대부분 숨이 끊어진 후였지만 몇 마리는 아직 애처로운 비명을 내질렀다.

횃불의 불빛 속에 젖은 눈을 번득이며, 마타는 레피로아에게 다가갔다. 마타가 주저 없이 팔을 크게 휘두르자 나아로엔나가 허공을 갈랐고, 레피로아의 머리는 몸통에서 분리되어 기다랗고 부드러운 호를 그리며 날아가 먼 바다로 떨어졌다. 마타의 부하들도 앞으로 나서서 아직 살아 있는 말 몇 마리의 숨을 깨끗이 끊어 주었다.

다시 고개를 들어 다수군 병사들을 바라보았을 때, 마타 진두의 눈은 물기 없이 형형하게 빛났다. 무기를 든 양손을 등 뒤로 돌린 채 우뚝 서 있는 그의 표정은 하등한 인간들을 향한 경멸의 빛으로 가득했다.

다수군 병사들은 검 자루를 고쳐 쥐고 창끝을 똑바로 겨눈 채로, 반원 모양 포위망을 점점 더 좁혔다. 한 걸음, 또 한 걸음, 그들은 마타 진두라는 전설을 향해 다가갔다.

"다피로 형!"

라소 미로가 외쳤다. 포위망 너머 횃불의 흔들리는 불빛 속에, 형의 얼굴이 보였다.

"다피로 형, 나야, 라소야!"

마타는 라소를 흘깃 돌아보았다.

"저기 있는 게 네 형이냐?"

라소는 고개를 끄덕였다.

"예. 형은 편을 잘못 골랐습니다. 명예라고는 털끝만큼도 모르는 주군을 섬기고 있지요."

"형제간에 무기를 들이대서야 되겠느냐. 너는 훌륭한 병사였다, 라소. 내가 아는 최고의 병사다. 너에게 마지막 선물을 주마. 내 목을 가져가서 백작이 돼라."

마타는 나아로엔나를 쳐들고 나지막이 중얼거렸다.

"조부님, 그리고 숙부님, 죄송합니다. 제 마음속에는 한 점의 의심도 없었습니다만, 그 정도로는 부족했나 봅니다."

재빨리 휘두른 일격으로, 마타는 자기 목의 동맥을 끊었다. 사방으로 솟구친 피가 눈 덮인 바닷가를 붉게 물들였다. 마타의 몸은 잠시 똑바로 서 있다가, 도끼에 잘린 아름드리 참나무처럼 쓰러졌다.

"라소, 안 돼!"

그러나 뒤늦은 외침이었다. 라소 미로는 주군을 따라 단순명쾌로 자기 목을 그었다. 주위의 동료들, 마타 진두의 다른 기병들 또한 육중한 거목처럼 쓰러져 갔다.

다수군 병사들은 마타 진두의 시신을 한 조각이라도 차지하여 상을 받으려고 정신없이 몰려들었다. 시신은 사지가 모조리 잘려나갔고, 결국 쿠니 가루는 마타 진두의 시신을 내민 병사 다섯 명에게 상을 나누어 내리는 수밖에 없었다.

* * *

마타 진두의 시신은 하나로 봉합되어 사루자 근교에 안장되었다.

쿠니 가루는 마타에게 '맹주', 즉 동등한 *티*로 가운데 으뜸가는 자에게 걸맞은 장례를 치러 주었다.

긴 마조티가 맨 먼저 추도사를 낭독했다.

"적이 강하면 강할수록 마타 진두의 투지는 더욱 거세게 타올랐습니다. 세력이 점점 약해지는 동안에도 그의 용기는 점점 더 강해졌고, 의지 또한 굳건해졌습니다. 그러나 승리의 기회가 눈앞에 나타났을 때, 그는 일말의 망설임 때문에 종종 주저하곤 했습니다. 자신과 어깨를 나란히 할 자가 없다고 믿었기에 그는 누구의 조언에도 귀 기울이지 않았고, 휘하의 장수들을 신뢰하지 않았습니다. 그는 정복했고, 군림했으며, 살아서 전설이 되었습니다. 그러나 민중의 마음은 이미 오래전에 그를 떠나고 말았습니다."

그러나 이날 이후 오래도록 사람들의 기억에 남은 것은 쿠니 가루가 바친 마지막 추도사였다.

"승리를 선언하고 오늘 이 자리에 선 사람은 나지만, 세대가 열 번 바뀐 후에 더 환하게 빛날 이름이 그대의 것일지 나의 것일지, 과연 누가 알 수 있을까? 그대는 나의 손에 제왕답게 명예로운 죽음을 맞았으나, 나는 죽는 날까지 내가 자격 있는 승자인지 의심하며 괴로워하겠지.

나는 주디 성에서 하늘 높이 날아올라 나멘을 물리친 그대의 모습을 보았고, 그대가 디무에서 무고한 백성들을 학살하는 광경도 똑똑히 목격했네. 나는 그대의 용기와 고결함과 충성심에 감탄했고, 그대의 냉혹함과 의심과 고집에 전율했네. 나는 그대가 사루자 근교에서 내 어린 아들을 품에 안고 있는 동안 웃었고, 그대가 무궁성을 불태우는 동안 울었네. 나는 세상을 자신이 바라는 모습대로 만들기 위해 헌신하는 자네의 마음을 이해했고, 그 세상이 우리 모두가 살고 싶어 하는 곳이 아니라는 것에 안타까워했네. 나는 그대가 나를 형제로 불러 주지 않으려 할 때 슬픔을 삼켰고, 라나 키다에서 그대를 배신해야 했을 때 또다시 슬픔을 삼킬 수밖에 없었네. 승리의 기회가 아득히 멀리 있을 적에 나는 그대를 내 친형제보다 더 가깝게 느꼈으나, 판에 입성한 후에 기뻐하며 함께 배를 채울 날은 결국 오지 않았네. 늑대발섬의 해변에서 주디 성의 하늘까지, 그대는 사람들의 마음에 결코 지울 수 없는 모습을 새겼지.

그대는 황금빛 폭풍으로 천하를 휩쓸었네. 내 형제여, 다라의 모든 섬에 그대 같은 이는 두 번 다시 나오지 않을 걸세."

쿠니는 직접 운구 행렬에 참가했다. 얼굴에는 재를 칠했고, 삼베로 지은 상복을 입었다. 그렇게 관을 메고 거리를 지나 마타의 마지막 쉼터에 도착했다. 그토록 서럽게 우는 쿠니의 모습은 일찍이 누구도 본 적이 없었다.

활짝 핀 국화가 사루자 거리를 가득 채웠다. 국화 향기가 어찌나 아찔하던지 새들마저 사루자의 하늘을 피해 날았다.

패왕의 시신이 땅속으로 내려지려 할 때, 장례 행렬 상공에 느닷없이 흰 까마귀 떼와 검은 까마귀 떼가 함께 모여들어 날갯짓 소리로 온 하늘을 가득 채웠다. 이내 까마귀 떼는 색깔에 따라 저절로 나뉘는 *퀴파* 돌처럼 둘로 갈라졌고, 뒤이어 밍겐 수리 한 무리가 장례 행렬을 노리고 급강하했다. 장지에 모인 귀족과 대신들은 패왕의 관을 무덤 옆에 버려둔 채 사방으로 달아났다.

뒤이어 무덤 자리 주위의 땅이 성난 바다처럼 들떠 갈라지더니 거대한 늑대가, 한 마리 한 마리가 사람 덩치의 네 배는 될 법한 괴물 늑대 한 무리가 땅속에서 나타났다. 늑대와 까마귀와 수리 떼는 다 함께 패왕의 관 주위로 모여 가지런히 줄을 맞춰 자리를 잡았다. 그 모습이 마치 행진에서 사열을 준비하는 호위병 대열 같았다.

사나운 폭풍이 불어 닥쳤다. 돌이 지면에 데굴데굴 구르고 나무가 뿌리째 뽑혀 나갔고, 자욱한 먼지구름이 사방을 뒤덮었다. 그 수라장 속에서 사물과 인간이 내는 모든 소리는 울부짖는 바람소리와 늑대들의 포효, 까마귀들이 깍깍대는 소리, 수리 떼의 째지듯 날카로운 울음소리가 함께 만든 바다에 파묻혀 들리지 않았다.

세상은 태초의 혼돈으로 돌아간 듯했고, 그 속에서 인간은 생각하는 것조차 불가능했다.

갑자기 모든 굉음과 광란이 멈추는가 싶더니, 파괴가 끝나고 고요해진 현장을 찬란한 햇살이 물들였다. 짐승들은 이미 자취를 감춘 후였고, 패왕의 시신도 함께 사라지고 없었다.

잠깐 동안의 폭풍을 피해 엎드려 있던 귀족과 대신들은 후들거리는 다리로 천천히 일어서서, 영문을 몰라 어리벙벙한 표정으로 주위를 두리번거렸다.

맨 먼저 정신을 차린 사람은 코고 옐루였다. 그는 충격에 빠져 할 말을 잊은 사람들에게 외쳤다.

"참으로 상서로운 징조입니다! 다라의 신들이 한데 모여 패왕을 천계로 데려갔습니다. 지상에 남은 우리는 조화롭고 평화로운 새 시대의 출발을 목도하고 있는 것입니다!"

정세 변화에 민감한 귀족 몇 명이 재빨리 코고의 말에 맞장구치며 쿠니 가루를 소리 높여 칭송했다. 다른 귀족들도 하나둘 눈치를 챘고, 이내 쿠니 왕을 칭송하는 목소리가 사방으로 파도처럼 퍼져 나갔다. 앞서 짐승들이 냈던 울음 소리만큼이나 귀에 거슬리는 소리였다.

쿠니는 코고를 바라보며 힘없이 웃었다. *신들의 뜻을 우리가 어떻게 알아?* 쿠니는 입 모양으로 말했다.

코고는 팔을 슥 휘둘러 군중을 가리켰다. *저들이 대왕의 뜻을 알면 그걸로 충분합니다.* 코고가 입 모양으로 한 말이었다.

가루 공은 사람들 쪽으로 돌아서서 고개를 끄덕였다. 천천히, 위엄 있게, 제왕답게.

제51장

대관식

다라

사해평치(四海平治) 원년 5월

하얀 여행용 망토를 걸친 대머리 걸인이 수수밭 사이로 굽이굽이 이어진 길을 걸어 내려왔다.

걸인은 민가가 고작 서른 채 남짓인 조그마한 마을에 들어섰다. 수수하고, 단출하고, 가난한 마을이었다. 주위를 두리번거리던 걸인은 적당히 한 집을 골라 문을 두드렸다. 문을 연 사람은 여덟 살쯤 되어 보이는 사내아이였다.

"낯선 이에게 죽 한 그릇 베풀지 않으시겠는가, 어린 도령?"

걸인의 말에 아이는 고개를 끄덕이고 안으로 들어가더니, 이내 따뜻한 죽 한 그릇을 들고 돌아왔다. 위에 달걀까지 한 개 깨서 올린 죽이었다.

"고맙네. 작년 농사는 좀 괜찮았나?"

소년은 영문을 모르겠다는 표정으로 걸인을 올려다보았다.

"내가 한동안 자리를 비웠거든. 본섬에 일이 있어서."

"아, 그러셨구나. 사투리를 보면 루이섬 분 같은데, 외지 사람이나 궁금해 할 걸 물어보셔서 이상하다 했어요. 아뇨, 작년 농사는 엉망이었어요. 키지 신이 성질이라도 부렸는지, 지난가을에 폭풍우가 루이섬을 온통 휩쓸었지 뭐예요."

그 말을 들은 걸인은 표정이 시무룩해졌다.

"그런데도 낯선 이에게 음식을 나누어 주다니, 참으로 상냥한 도령이로군. 부모님께서 화내실까 봐 걱정되지는 않나?"

아이는 깔깔 웃었다.

"걱정 안 하셔도 돼요. 쿠니 대왕하고 옐루 재상께서 게피카의 양곡을 실어오라고 분부하신 덕분에, 식량은 잔뜩 있어요."

"그럼 도령은 왕을 좋아하나? 왕은 자나 사람이 아닌데도?"

"이제 자나 이야기는 아무도 안 하는걸요."

"그래도 자네들 조국이 아닌가!"

아이는 고개를 저었다.

"여기는 루이인데요. 그냥 다라의 섬 중에 한 곳이에요."

다무 산맥 깊숙한 곳의 외딴 골짜기. 마치 안개 바다를 떠도는 선단처럼 구름층 위로 뾰족뾰족한 봉우리가 솟아 있는 이곳에, 필멸자들의 눈과 귀를 피해 다라의 신들이 다시 모였다.

과일과 불로불사의 신주(神酒), 야생 동물 고기로 차린 간소한 식사가 보드라운 풀밭 위에 펼쳐졌고, 신들은 그 주위에 눕거나 앉아 있었다.

모임을 주최한 루소와 라파와 루피조의 표정은 느긋하고 흐뭇해 보였다. 숫제 환하게 빛났다.

"흐뭇해하는 것도 당연하지. 너희가 총애하는 자가 이겼으니."

피소웨오의 말이었다. 루피조가 그를 만류했다.

"됐어, 그만해. 필멸자들에게 새 시대가 왔다는 말은 곧 우리 사이에도 새 시대가 열려야 한다는 뜻이야. 형제자매님들, 부디 함께 술잔을 기울이며 우리 사이의 불화를 치유해 보자고."

그렇게 말하고 나서 루피조는 벌꿀 술이 담긴 잔을 높이 들었다. 라파와 루소도 그 뒤를 따랐다.

"제가 입버릇처럼 말했잖아요, 싸우지 말고 함께 술잔을 기울이자고."

신들 가운데 막내인 투투티카도 동의하며 목이 긴 잔을 들었다.

"나는 필멸자들이 싸우든 말든 눈곱만큼도 관심 없어."

이렇게 말하며 히죽 웃은 신은 타주였다.

"그저 재미있게 굴기만 하면 그만이야. 마타 진두가 벌이는 전쟁은 구경하는 재미가 쏠쏠하더군. 아마 쿠니 가루가 평화를 유지하려고 안간힘을 쓰는 광경도 그 못지않게 흥미롭겠지."

타주는 그렇게 말하고는 역시 술잔을 들었다. 그러나 나머지 세 신, 피소웨오와 카나와 키지는, 굳은 표정으로 앉아 손가락도 까딱하지 않았다.

"흠, 슬슬 재미있어지는데. 여기까지 오길 잘했군."

타주는 다른 신들을 기다리지 않고 술을 들이켠 다음, 다시 술잔을 채웠다.

라파는 부루퉁한 세 신이 아무 대꾸도 하지 않자 자신의 쌍둥이 여신에게 집중했다.

"전쟁은 끝났어. 우리가 필멸자들보다 더 속 좁게 굴어서야 되겠어? 어서 잔을 들어, *카나티카*, 어떻게 거절할 수가 있어? 너의 반쪽인 내가 제안하는데?"

"그런 식은 말장난은 집어치워! 피소웨오와 함께 마타의 주검을 수습하러 갔을 때 네 말을 듣지 말았어야 했는데. 네가 그랬지. '아아, 자매여, 나와 키지도 같이 갈게. 필멸자들에게 우리 모두의 *파워*를 보여 주는 게 좋을 것 같아서 그래. 우리가 자기들을 얼마나 아끼는지 깨닫도록.'"

"내가 바란 건 정말로 그것뿐이었어! 이번 전쟁에서는 편을 갈라 싸웠을지언정, 결국 우린 다라 제도 전체의 신들이잖아."

"말 한번 번지르르하게 하는군." 피소웨오가 끼어들었다. "허나 그대는 카나와 나를 *이용*했어! 그대의 계략 때문에 우리가 쿠니 가루를 지지하는 모양새가 돼 버렸잖아!"

"키지를 잊으면 곤란하지." 카나가 피소웨오를 일깨워 주었다. "키지는 마타와 쿠니를 똑같이 미워했잖아. 그래서 라파의 계략 때문에 더 우스꽝스러운 꼴이 됐고."

두 신은 키지를 돌아보았지만, 바람을 다스리는 신 키지는 생각에 잠긴 표정으로 입을 다물고 있었다.

"그건 터무니없는 오해야, 카나. 필멸자들은 내가 우리 모두의 파

*位*로 펼친 한바탕 춤을 완전히 오해했어. 내 의도는 신들이 여전히 분열되어 있다는 인상을 주는 거였는데……"

"그래서 네 까마귀들과 내 까마귀들이 색깔에 따라 갈라졌군."

카나는 평소처럼 쌍둥이 자매의 말을 대신 맺었다.

"바로 그거야. 그래서 그다음엔 피소웨오의 늑대들한테 키지의 수리 떼를 보고 짖으라고 했던 거고. 키지가 마타를 용서했다고 필멸자들이 오해하면 곤란하니까. 마타 진두는 마피데레의 무덤을 파헤친 전적이……" 라파는 피소웨오가 발끈하는 기색을 보고 얼른 말을 덧붙였다. "있기는 하지만, 물론 다라 최강의 전사이기도 하지."

"하지만 네 계획은 수포로 돌아갔어." 피소웨오가 말했다. "코고옐루, 그자가 모든 것을 왜곡해서 우리 모두 쿠니 가루를 후원하려고 그 자리에 모인 것처럼 보이게 한 거야."

"그리고 필멸자들은 죄다 그 말에 속아 넘어갔어!" 카나가 한탄하듯 외쳤다. "인간들이란, 자기 머리로는 생각이란 걸 아예 못하나?"

"우리가 세심하게 보여 준 징조들이 고작 인간 하나 때문에 다라의 역사책에 곡해된 내용으로 남겠군." 피소웨오의 말이었다.

"어차피 필멸자들은 역사를 제대로 쓴 적이 없잖아요. 아아, 가엾은 나의 키코미." 투투티카의 파란 눈에 물기가 어렸다.

다른 신들은 침묵으로 존경을 표했다. 신들 모두 백성을 위해 자신의 전부를 희생한, 심지어 역사에 길이 남을 오명까지 뒤집어쓴 공주를 똑똑히 기억했기 때문이었다.

뒤이어 키지가 처음으로 입을 열었다.

"어린 누이여, 키코미는 지주가 리마를 사랑한 만큼, 또 나의 종 인 나멘이 자나를 사랑한 만큼 아무를 사랑했네. 내 마음 또한 그녀 를 기리며 눈물 흘리고 있어. 나와 함께 잔을 들겠나?"

키지는 투투티카를 향해 술잔을 들며 말을 이었다.

"제왕의 위엄을 위하여. 키코미에게는 어떤 왕관보다도, 어떤 필 멸자가 바치는 찬사보다도 그 말이 더 잘 어울릴 걸세."

투투티카는 잠시 망설이다 고개를 끄덕였고, 두 신은 함께 잔을 기울였다.

뒤이어 키지가 말했다.

"키코미와 지주와 나멘 못지않은 애국자들이 너무나 많이 목숨 을 잃었네."

피소웨오와 카나는 그 말에 흠칫 놀랐다. 신들을 통틀어 이번 전 쟁의 결과에 가장 분개할 신은 바로 키지였다. 자나 제국이 사라졌 기 때문이었다.

그러나 키지는 아랑곳하지 않고 말을 이어 갔다.

"시간은 원을 그리며 흐르는 법. 다라의 인간들은 처음 이 제도에 도착했을 때 하나였네. 여러 티로 국가로 나뉘기 전까지는 말일세. 허나 그 시절에도 생김새와 피부색은 갖가지였으니, 이는 아노족 또한 여러 종족이 합쳐져서 생겨났다는 증거일세. 이제 다라의 모 든 섬이 다시 하나가 되었으니, 인간들은 과거 저마다의 티로 국가 를 사랑한 만큼 다라 전체를 사랑할지도 모르네. 우리는 일찍이 온 다라의 신이 되겠노라 어머니께 약속하지 않았는가."

신들은 그 말을 곰곰이 생각했고, 그러는 사이에 피소웨오와 카나는 험악했던 표정을 풀었다.

"만약 필멸자들이 이미 우리가 화해했다고 믿는다면, 그 믿음을 현실로 바꾸어 주는 것도 나쁘지 않을 걸세. 자나 백성들이 공평하게 대우받는 한 나는 전쟁 이야기를 입에 담지 않을 작정이야. 허나 혹시라도 그 쿠니라는 자가 제 입으로 떠들던 것과 다른 인간으로 판명난다면, 나는 가만히 서서 지켜보지 않을 걸세."

"나도 마찬가지야." 피소웨오 신이 말했다.

"우리 가운데 누구도 가만있지 않을걸." 라파 여신과 카나 여신이 동시에 말했다.

그리하여 신들은 먹고 마시며 더 즐거운 화제로 이야기를 나누었고, 다 함께 투투티카 여신의 손님으로 아름다운 아룰루기섬에 가서 며칠간 머물기로 했다.

신들이 하나둘 일어서는 동안 루소와 라파는 형제들 뒤에 잠시 따로 남았다.

"가만히 보니까 다들 이야기하는 동안 그대 혼자 입을 꾹 다물고 있더군."

"유익한 말이 하나도 떠오르질 않았거든."

라파가 추궁하자 루소는 빙그레 웃으며 둘러댔다. 라파는 목소리를 낮추었다.

"교활한 형제여, *파위*를 모아서 춤판을 벌이자던 제안은 나쁘지 않았어. 하지만 필멸자들이 우리가 바란 것과 똑같이 '오해'하리라는 걸 어떻게 알았지?"

"나도 몰랐어. 우리가 보여 준 징조를 인간들이 오늘 그대의 설명과 똑같이 이해할 가능성도 있었거든. 필멸자들이란, 하여튼 예측할 수가 없으니까. 그래서 같이 일하기가 그렇게 힘든 거고." 루소는 잠시 입을 다물었다가 덧붙였다. "그래서 그만큼 재미있기도 하지만."

"그러니까 도박이었단 말이야?"

"그보다는 계산된 위기관리라고 표현하고 싶은걸. 순수한 도박은 내가 아니라 타주의 영역이니까."

"아무래도 그대는 산적 출신으로 왕이 된 어떤 인간을 너무 오랫동안 관찰한 것 같군."

신들의 목소리가 점점 멀어져 가는 사이, 민들레 씨 몇 개가 지나가는 산들바람에 실려 골짜기 위의 하늘에 날아들었다.

쿠니의 최측근 참모와 장군들은 주디 현에서 열린 회합에 참석하라는 초청장을 받았다. 몇 주 후면 새 황제의 대관식이 열릴 예정이었다. 그러나 당장은, 평화로운 세상을 관망하며 오랜 벗들과 회포를 푸는 것 말고는 할 일이 없었다.

코고 옐루가 루이섬에 드넓은 장원을 짓는다는 소문이 돌았다. 어찌나 호화롭고 광활하던지, 분명 다수의 국고를 야금야금 횡령하여 지었으리라는 추측이 분분했다.

소문을 들은 쿠니는 미간을 찌푸렸다. 이제 다수는 과거 어느 때보다도 더 코고에게 의지했다. 특히 패왕의 주검이 사라진 후에 재빨리 기지를 발휘하여 여론을 조작한 솜씨는 그야말로 천재적이었다. 쿠니는 이따금씩 코고가 재상 자리에 만족하지 못하면 어쩌나 하는 생각을 할 때도 있었지만…… 아무튼, 이렇게 된 이상 코고를 태평하게 내버려둘 수는 없었다.

쿠니는 차를 마시자며 코고를 불렀다.

"우리는 지금껏 민심을 얻으려고 갖은 노력을 다했어. 그런데 이제 승리를 거두었다고 해서 섣불리 민심이 떠날 짓을 저지르면 곤란하지 않을까."

쿠니의 말에 코고는 재빨리 사죄하며 용서를 빌었다. 그러나 무엇을 잘못하여 사죄하는지는 말하지 않았다. 쿠니는 껄껄 웃었다.

"자네한테 화내는 거 아니야, 코고. 물이 너무 맑으면 고기가 못 사는 것쯤은 나도 알아. 권력을 쥔 사람이라면 특권도 어느 정도 누릴 수 있어야지. 그래도 적당히 해 둬, 알았지?"

코고는 주군에게 감사의 예를 올렸다. 그가 얼마나 안절부절못했는지는 차도 다 마시지 못하고 물러간 것으로 미루어 짐작할 만했다.

백성들은 쿠니 가루가 실로 훌륭한 군주라고 수군거렸다.

루안 지아는 눈을 크게 뜨고 귀를 쫑긋 세운 채 긴펜의 거리를 거닐었다. 술집에서는 젊은 학자들이 열심히 철학을 논했고, 아이를 등에 업고 장을 보는 아낙들은 구구단이나 쉬운 아노어 고전을 암송했다. 오랫동안 폐쇄됐던 사립 학당은 커다란 대문이 활짝 열려 있었고, 안에서는 하인들이 강의실의 바닥을 쓸고 닦으며 신입생을 맞이할 준비에 여념이 없었다.

루안은 일족의 장원이 있었던 옛터에 도착했다. 사람의 손이 닿지 않아 여전히 폐허였지만, 돌무더기 이곳저곳에 들꽃이 피어 있었다. 민들레, 해란초, 분홍바늘꽃, 매발톱꽃, 치커리……

부서진 석재 사이에 무릎을 꿇고 앉으니 환한 햇살이 얼굴을 따스하게 비춰 주었다. 루안은 눈을 감고 가만히 소리에 집중했다. 온 사방에서 들려온 것은 평화의 소리였다.

다음으로 찾은 곳은 루소 신을 모시는 대신전이었다. 루안은 커다란 회랑에 운집한 참배객들을 피하여 신전 뒤편의 조그만 뜰로 향했다. 그곳에서 주위를 두리번거리다가 커다랗고 누르스름한 바위 한 개가 나무에 기대듯이 서 있는 것을 발견했다. 등껍데기 속에 머리를 감춘 거북처럼 생긴 바위였다.

루안은 그 바위 앞에 무릎을 꿇었다.

"스승님, 이제 저의 임무가 끝난 듯하여 이렇게 돌아왔습니다."

루안은 끈기 있게 기다렸다. 늙은 어부가, 그에게 지혜의 책 *기트레 위수*를 건네준 그 어부가, 다시 돌아오기를. 그러나 해가 기울고 달이 뜰 때까지도 인기척은 보이지 않았다.

등에 맨 봇짐 속에서 무언가 퍼덕거리는 느낌이 들었다. 루안은 보자기를 풀고 신비한 책을 꺼냈다. 책이 펼쳐지면서 책장이 저절로 넘어가기 시작했다. 오랜 세월에 걸쳐 적어 둔 글과 도형이 갈피갈피에 가득한 그 책은 루안의 지적 편력을 보여 주는 지도였다. 책은 이윽고 아무것도 적히지 않은 백지 부분의 맨 첫 장에서 멈추었다.

빛나는 사각 문자열 한 줄이 백지 위에 나타났다. *크루벤이 도약*

할 때, 현명한 빨판상어는 숙주의 몸을 떠나는 법. 임무를 완수했을 때, 현명한 하인은 주인 곁을 떠날지니.

루안은 어둠 속에 한참 동안 앉아 있다가, 책 앞의 땅바닥에 이마가 닿도록 절을 했다.

"감사합니다, 스승님."

책에 문장 한 줄이 더 나타났다. *너는 이 책의 내용을 이미 다 알고 있었느니라. 나는 그저 어디를 들추어야 할지 가리켰을 뿐.*

빛나던 문자열은 이내 어두워졌고, 루안 지아는 동이 틀 때까지 기다렸으나 빈 책장에는 더 이상 아무것도 나타나지 않았다.

교외에 있는 예전 부두 감독관의 무덤을 참배한 후, 긴 여왕은 디무시에 입성했다.

여왕은 루안 지아를 손님으로 동반하고 디무시에서 가장 호화로운 여관에 함께 머물렀다. 침실 바깥에서는 며칠 동안 그들의 모습이 보이지 않았다.

어느 날 아침, 두 사람은 말을 타고 성벽 바깥에 나가 바람을 쐬기로 했다. 긴은 여왕의 예복 대신 편안한 여성복을 입었고, 루안은 정식 관복 대신 학자가 입는 수수한 청삼을 걸쳤다. 둘은 여왕과 다라의 선임 군사(軍師)가 아니라 봄 소풍에 나서는 한 쌍의 연인 같았다. 고삐를 느슨하게 쥐고 말들이 걸음 닿는 대로 가도록 놔둔 채, 두 연인은 환한 햇살과 따뜻한 봄바람을 만끽했다.

"긴, 다음에 할 일이 뭔지 생각해 본 적 있어?"

"쿠니는 대관식이 끝난 후에 나를 게지라의 여왕으로 임명하겠다고 했어. 게지라는 리마와 파사보다 훨씬 비옥한 땅이야. 훌륭한 상이지."

루안에게서 대꾸가 없자 긴은 그가 있는 쪽을 돌아보았다. 루안의 미간에는 깊은 주름이 패어 있었다.

"왜 그래?"

루안은 천천히 말을 꺼냈다.

"하지만 그렇게 되면 군대를 파사와 리마에 남겨 두고 새 땅에서 처음부터 다시 시작해야 하잖아."

긴은 웃음을 터뜨렸다.

"나한텐 익숙한 일인걸, 뭐."

두 사람은 때마침 길가에 있던 사냥꾼 몇 명과 마주쳤다.

"기러기는 많이 잡았나요?"

긴이 물었다.

"지금은 철이 아닌 것 같구먼." 사냥꾼 한 명이 대답했다. "아침나절 내내 사냥을 했는데 자랑삼아 보여 줄 것도 없지 뭐야. 아무래도 가을까지 기다려야 할까 봐."

루안과 긴이 지켜보는 동안 사냥꾼들은 시무룩하게 낑낑대는 사냥개에게 목줄을 채웠고, 가을까지 창고에 처박아 놓을 활은 두꺼운 천으로 감쌌다. 그런 다음 두 사람에게 인사를 남기고 그곳을 떠났다.

"긴, 너는 다수군의 원수야. 하지만 이제 평화가 찾아왔어. 토끼를 다 잡고 기러기도 다 떨어뜨린 지금, 황제가 보기에 네가 저 사냥개나 활과 크게 다를 것 같아?"

긴은 눈을 가늘게 뜨고 미심쩍은 듯 루안을 바라보았다.

"쿠니가 나를 충성스러운 장교들한테서 떼어 놓으려고 간으로 보낸다는 거야?"

"그것도 한 가지 해석이 될 수 있지."

"하지만 쿠니는 내가 궁에 들어갈 때 검을 차도 좋다는 말까지 했어. 그건 뭔 사크리나 샌 카루코노처럼 나보다 훨씬 오래 쿠니를 섬긴 부하들조차 허락받지 못한 영예야. 내가 야심을 품었다고 의심한다면 왜 그런 말을 했겠어?"

"그래서 너는 그 영예를 사양했어?"

"당연히 받아들였지! 나는 그럴 자격이 있으니까."

긴의 말에 루안은 고개를 저었다.

"나는 쿠니가 무슨 생각을 하는지는 알지 못해. 하지만 권력이 친구를 보는 관점까지 바꿔 버린다는 것만은 확실히 알아. 코고는 누구보다 먼저 그걸 깨달았어, 그래서 쿠니의 의심을 누그러뜨리려고 일부러 부패한 척했던 거야. 코고가 용의주도하게 자신의 평판을 떨어뜨리지 않았다면, 쿠니는 그가 주군인 자신한테서 민심을 빼앗아가려 한다고 의심했을지도 몰라."

"마땅히 누려야 할 영광이 손에 들어왔을 때조차도 꼭 그렇게 최악의 상황을 생각해야겠어?"

"그렇게 하는 게 신중을 기하는 방법이니까. 권력자의 총애에 몸을 맡기는 건 돌풍 속에서 연을 타고 나는 것과 마찬가지야."

긴은 말이 빠른 걸음으로 걷도록 고삐를 당겼다.

"내 앞에서 신중함 같은 소리는 꺼내지도 마, 이래 봬도 칼날 위에서 평생을 보낸 몸이니까. 나는 병사들을 지휘하는 데 능하지만, 쿠니는 나 같은 장군들을 부리는 데 능한 사람이야. 내 야심은 위대한 군주를 섬기는 걸로 충분해."

"하지만 너는 너의 출세 길을 닦으려고 실루에를 죽였잖아. 너는 자신의 마음을 진정으로 이해할 수 있어? 또 남들이 네 속을 어떻게 보는지는, 알 수 있을 것 같아? 아직 길이 열려 있을 때 물러나지 않으면 언젠가 네 목숨을 지키기 위해 싸워야 할지도 몰라."

긴 마조티의 표정이 딱딱하게 굳었다.

"나는 한때 쿠니를 배신할 기회가 있었지만, 그 기회를 거부했어. 세상은 야만스러운 힘과 비정한 배신만 존재하는 곳이 아니야. 쿠니는 나를 두려워할 이유가 조금도 없어. 나 역시 쿠니를 두려워할 이유가 없고."

두 사람은 성으로 돌아가는 동안 한마디도 하지 않았다.

디무시에는 긴 마조티가 만나야 할 사람이 몇 명 더 있었다.

맨 먼저, 긴은 회색 족제비의 예전 패거리와 그들을 위해 불구가 되어 동냥에 나섰던 아이들의 행방부터 수소문했다.

이미 오래전에 와해된 범죄단의 구성원들을 찾기란 쉬운 일이 아니었으나, 디무시의 재판관과 치안관들은 쿠니 가루 휘하의 신진 귀족 가운데 가장 권세가 높은 긴 여왕의 비위를 맞추려고 안달했고, 마침내 찾아낸 무뢰한 대여섯 명을 쇠사슬로 묶어 대령했다.

"저희가 찾아낸 일당은 이게 답니다. 전쟁 중에는 도둑들도 버티기가 힘들어서 말입니다."

수석 재판관의 말이었다.

"아이들은?"

"그게……"

수석 재판관은 차마 긴의 눈을 똑바로 보지 못했다.

"필시 살아남지 못한 걸로 사료됩니다."

긴은 고개를 끄덕이고 먼 곳을 바라보았다.

긴은 그들의 손을 자르고 다리를 부러뜨리라고 지시했다.

"나를 봐라."

긴이 말했다. 축 늘어진 몸뚱이들을 병사들이 일으켜 세웠다. 이제 정신을 붙들고 있기조차 버거웠던 도둑들은 안간힘을 써서 고개를 들었다.

"이것이 너희가 이번 생에서 마지막으로 보는 얼굴일 것이다."

뒤이어 긴은 화로에 달군 부지깽이로 그자들의 눈을 뽑으라고 지시했다. 도둑들은 살이 지글거리는 소리를 들으며 비명을 질렀다.

"이건 내가 아니라 그 아이들을 위한 복수다."

긴은 도둑들의 고막도 뚫으라고 지시했다. 여생 동안 머릿속에서 메아리치는 자신들의 비명에 괴로워하라는 뜻이었다.

다음은 어릴 적 강가에서 도시락을 나누어 준 늙은 세탁부 아낙을 찾을 차례였다. 그 아낙을 찾기까지는 더 오랜 시간이 걸렸지만, 긴은 병사를 풀어 리루 강변의 여러 마을을 이 잡듯이 뒤져서 노파란 노파는 다 모은 끝에 마침내 그때 그 아낙을 찾아냈다.

여왕 앞에 불려 간 노파는 몸을 벌벌 떨었다. 긴은 노파에게 금화 1만 냥을 하사했다.

"할머니, 당신은 제가 아무것도 아니었을 때 제게 도움을 베푸셨습니다. 하지만 신들은 진정한 선행을 결코 잊지 않는 법이랍니다."

다음은 루피조 신을 섬기는 광신도 부부, 즉 마조티를 얌전한 처녀로 길들이려고 학대한 자들 차례였다.

긴은 그 부부에게 은화 50냥을 주었다.

"몇 개월 동안 나를 재워 주고 먹여 준 대가는 이거면 충분할 거다. 너희는 자선을 베풀려는 의도에서 그리했을 것이다. 허나 상처 받은 여자아이의 마음을 따뜻하게 감싸 주는 진정한 수고를 감당하기에는, 너희는 참을성이 없었다. 아마 다음번에는 더 잘할지도 모르지."

마지막으로, 긴은 부둣가의 그 건달을 찾아내 데려오게 했다. 언젠가 마조티를 가랑이 밑으로 기어가게 한 자였다.

건달은 두려움을 못 이겨 벌벌 떨었다. 회색 족제비의 옛 부하들이 어떤 꼴이 됐는지에 관한 소문은 이미 구석구석까지 퍼져 있었다. 푸들거리는 살덩어리나 다름없는 몰골로 바닥에 넙죽 엎드린 건달은 감히 입을 열 엄두도 내지 못했다.

긴은 그에게 자리에 앉아 마음 편히 있으라고 말했다.

"너는 일찍이 나를 모욕했다. 그러나 한편으로는, 크게 될 마음을 먹은 자는 사소한 모욕을 참아 넘기는 것이 중요하다는 교훈을 내게 가르쳐 주었다.

나는 한때 이 도시의 길거리를 떠돌던 부랑아였으나 이제는 왕이 되어 돌아왔다. 그런 내가 오로지 너에게 복수할 마음만 품는다면, 이때껏 아무것도 깨우치지 못했음을 나 스스로 입증하는 셈이 될 것이다.

　자, 함께 술잔을 들자."

* * *

　이날은 쿠니 가루가 자신의 원래 이름으로 불릴 마지막 날이었다. 이튿날이면 그는 라긴 황제로 등극할 예정이었고, '사해평치'라는 연호가 시행될 예정이었다. 마침내 화평성(和平城)으로 이름이 바뀐 판에는 새 궁전이 세워졌고, 정식으로 대관식이 열리면 새로운 예법을 발표하고 새 작위 또한 하사할 예정이었다. 코고 옐루는 이미 청원 문서를 한 무더기 쌓아 놓고 쿠니가 검토하기를 기다리는 중이었다. 다수 제국의 통치 방안과 백성의 삶을 개선할 방법이 담긴 문서들이었다.

　그러나 이날은, 오랜 벗들과 편안한 *게위파* 자세로 앉아 '주디 현의 쿠니 가루'가 되어 술잔을 기울일 작정이었다. 술은 물처럼 공짜로 제공될 터였고, 식사 예절 같은 것은 다들 잊어버릴 터였다. 이날은 무슨 말을 해도 용서받을 수 있는 날이었다.

　보병대 총사령관 뮌 사크리와 기병대 총사령관 샌 카루코노, 그리고 망원(望遠) 장관 린 코다는('망원 장관'은 '첩보국장'보다 더 듣기 좋다는 이유로 린이 직접 고안한 직함이었다.) 세카 키모 공작과 푸마 예무 후작을 연회장 구석의 탁자로 안내했다. 그 둘이서 시끌벅적한 술 마시기 대결을 벌여도 다른 빈객들에게 방해가 안 될 자리이기 때문이었다. 이따금 누가 술을 마셔야 하는지를 놓고 공작과 후작의 목소리가 너무 커지면 쿠니가 직접 가서 판정을 내려야 했다.

그들 곁의 탁자는 영혼석, 즉 살아서 이날을 보지 못하고 먼저 떠난 친구와 가족을 위해 빈 식기와 의자를 마련해 둔 자리였다. 나레, 후페, 무루, 라소, 도사 대장, 핀, 마타, 미라, 키코미…… 쿠니와 친구들은 이따금 그 탁자를 찾아 영령들에게 건배를 청했다. 비록 눈에는 물기가 어렸으나 그들의 말에는 기쁨이 넘쳤다. 죽은 이를 기리는 최선의 방법은 희망을 이야기하는 것이었기에.

축하연의 분위기에 드리운 유일한 그늘 한 점은 근위대장 다피로 미로가 보이지 않는다는 사실이었다. 다피로는 동생 라소의 유해와 함께 키에사 근교의 고향 마을로 돌아가 장례를 치르는 중이었고, 그곳에서 일 년 동안 머물며 동생을 추모하겠노라 다짐했다.

'빛나는 술동이'의 주인인 과부 와수는 요리와 술을 도맡아 내왔다. 이즈음 와수는 쿠니 가루의 애송이 시절을 궁금해 하는 방문객들 덕분에 사업이 번창한 틈을 타 술값을 크게 올려 받는 중이었다. 그러면서도 손님들이 쿠니의 과거에 관한 이런저런 소문이 사실이냐고 물으면 의미심장한 미소만 지으며 넘어갈 만큼은 눈치가 있었다. 심지어 와수의 주점에는 학자들을 위해 특별히 마련한 술까지 구비되어 있었다. 로잉 선생의 다른 제자들이 연 학당에서 공부하려는 학생들이 다라 제도 전역에서 모여들었기 때문이었다. 애석하게도 로잉 선생은 이미 타계한 후였지만, 황제의 동창생에게서 배우는 것 또한 어느 정도는 영예로운 일이 아니겠는가? 밀물이 들어오면 배라는 배는 모두 뜨는 법이었으므로.

단상 위, 쿠니와 두 아내가 앉은 탁자 바로 옆의 귀빈석은 쿠니의 아버지 페소 가루와 쿠니의 형 카도, 형수 테테, 그리고 지아의 부모인 길로 마티자와 루 마티자 부부의 자리였다. 마티자 부부의 웃는 얼굴은 살짝 어색해 보였지만 쿠니는 이미 관대한 기분에 젖어 있었고, 주디에 도착한 후에도 그들에게 딱딱하게 굴지 않았다(다만 연회가 시작할 때에는 빈 항아리를 일부러 요란하게 두들기고는, 그 소리에 얼굴이 새빨개진 형수를 보며 빙그레 웃었다.).

지아는 긴 마조티와 루안 지아, 코고 옐루와 함께 연거푸 축배를 들었다. 그들 셋은 새로 출범한 다수 제국에서 가장 중요한 인물들이었다. 지아는 둘째 부인인 리사나가 그들 곁에서 환심을 사는 동안 몇 년씩이나 자리를 비웠고, 그래서 잃어버린 시간을 만회하려고 애쓰는 듯했다.

소토 진두는 그런 지아를 바라보다가 리사나에게로 눈을 돌렸다. 쿠니 곁에 조용히 앉아 있는 리사나는 쿠니의 관심만으로 흡족해 보였다. 쿠니는 연회가 시작하기에 앞서 리사나의 아들, 즉 아명(兒名)이 후도*티카*인 막내 왕자 또한 사리를 깨우칠 나이가 되었으니 정식 이름을 '피로'라고 짓겠노라 선언했다. '손바닥 안의 진주'라는 뜻이었다.

그 이름에 숨은 모호한 암시는 아노어 고전에 조예가 깊은 소수의 사람들만이 눈치챘다. 코크루의 애국자였던 시인 루루센이 일찍이 왕자 탄생을 축하하며 쓴 시가 있었기 때문이었다.

아버지의 위업을 이어가는 아들은
위대한 왕의 손바닥 안에 있는 진주보다 귀하도다.

'어진 통치자'라는 뜻인 첫째 왕자 티무의 이름은 어머니를 향한 아들의 사랑을 암시했지만, 피로의 이름은 왕위 계승을 염두에 둔 쿠니의 의중을 나타내는 듯했다. 그 이름이 발표되었을 때 지아의 표정이 돌처럼 굳은 것은 당연한 일이었지만, 리사나는 아무것도 모르는 눈치였다.

이따금, 정원에서 뛰노는 아이들의 웃음소리가 연회장으로 날아들곤 했다.

소토는 한숨을 내쉬었다. 이제 리사나의 처지는 몹시도 곤란해졌건만, 정작 본인은 그 사실을 까맣게 몰랐다. 리사나는 쿠니의 총애만으로 충분하다고 생각했다. 황제의 처자식들 사이에서 벌어지는 암투가 얼마나 위험하고 복잡한지 조금도 이해하지 못했기 때문이다.

리사나가 야자 비파를 연주했다. 술에 취해 왠지 애달픈 표정을 짓고 있던 쿠니는 자신의 *쿠니킨*을 내려놓고 노래하기 시작했다.

바람 불어와, 구름이 하늘을 질주하고
나의 힘은 잔잔한 사해를 다스리네
이제 나는 고향에, 친구와 사랑하는 이들 곁에
이 얼마나 짧은 휴식인가, 얼마나 귀한 안락인가?

바깥의 하늘에는 민들레 씨가 한여름의 눈송이처럼 흩날렸다. 코고는 루안의 옆자리에 앉으며 물었다.

"듣자 하니 제국 학사(學士) 겸 상서(尙書) 직을 사양하셨다더군요. 그럼 앞으로 어쩌실 생각입니까?"

"아, 아직 마음을 안 정했습니다. 기계 크루벤 내부의 기관을 응용하여 철마(鐵馬)나 철우(鐵牛)를 만들어 볼까 하는 생각도 있습니다. 상인과 농부가 좋아할 테니까요. 어쩌면 기구를 타고 여러 섬을 돌며 더 상세한 지도를 만들 수도 있고요. 아니면 산속으로 돌아가 줄 없는 연을 완성할 수도 있지요."

"그래도 궁에 머물지는 않기로 결심하신 건가요?"

"크루벤과 함께 도약해야 할 때가 있는가 하면, 물러나야 할 때도 있는 법이니까요."

루안의 대답에 코고는 빙그레 웃을 뿐 더는 말이 없었다.

루안은 긴 마조티를 건너다보았다. 긴도 루안을 돌아보고 빙긋 웃으며 술잔을 들어 보였다. 루안은 긴의 눈에서 신뢰의 빛밖에 느끼지 못했지만, 쿠니의 노래를 들으면서는 자신도 모르게 등골이 오싹해졌다. *이제 사냥은 끝났구나.*

한숨을 내쉬며, 루안은 긴을 향해 자신의 잔을 들어 보이고 술을 들이켰다.

〈끝〉

지은이의 말

마타 진두가 읊은 시는 당(唐) 왕조 말기에 황소(黃巢)가 지은 『과거에 낙방한 후 국화에 부쳐(不第後賦菊)』를 고쳐 쓴 것이다. 황소의 사연은 이 책과 별 관련이 없지만, 공교롭게도 꽃과 정치가 얽힌 이야기이므로 여기에 간략히 소개코자 한다.

부유한 소금 밀매업자 집안의 아들이었던 황소는 당 왕조 시대 중국의 수도였던 장안(長安)에서 과거 시험에 낙방한 후에 국화에 바치는 이 시를 지었다. 당 조정이 아끼는 꽃은 모란이었기 때문에 국화를 칭송하는 것은 그 자체로 정치적 행동이었다.

서력 875년, 황소는 백성이 자연재해와 학정으로 신음하는 동안에도 호화로운 생활을 즐길 만큼 타락한 당 조정에 맞서 반란을 일으켰다. 5년 후, 황소의 군대는 장안을 함락하는 데에 성공한다. 현존하는 사료에 따르면 황소의 부하들은 양민을 닥치는 대로 학살하고 약탈했다고 한다. 당 왕조의 몰락을 앞당기기는 했지만, 난은 결국 실패로 끝나고 황소는 배반한 부하들에게 살해당했다.

황소의 시가 뜻하는 바는 지은이의 역사적 지위와 마찬가지로 언제나 논란의 대상이었다. 역사의 판단은 1000년이 흐른 지금도 결론에 이르지 못했으니, 어떤 의미에서 쿠니 가루와 참모들은 너무 낙관적이었는지도 모르겠다.

감사의 말

이 소설은 원고를 먼저 읽고 비평과 제안을 해 주신 다음 분들께 크나큰 은혜를 입었습니다. 아나톨리 벨릴로프스키, 마티 보너스, 다리오 치리엘로, 아네이아 레이, 존 P. 머피, 에리카 네이언, 에마 오즈번, 신디 폰, 케네스 스나이어, 알렉스 슈바츠먼, 루이스 웨스트. 그분들께는 아무리 감사해도 모자랄 겁니다. 작가라면 누구나 그분들처럼 통찰력 있고 너그러운 친구들을 가져야 마땅합니다.

이 책의 가능성을 믿고 책이 제 상상에 가까운 형태를 갖추도록 몇 년 동안이나 도와준 저의 편집자 조 몬티, 제 손의 원고를 낚아채 가서는 멋진 출판사를 구해 준(게다가 불안하고 예민했던 저의 질문들을 언제나 느긋하게 참아 준) 저작권 대리인 러스 갤런에게도 고맙다는 말을 전합니다. 사가 프레스 출판사와 사이먼 앤드 슈스터 출판사의 모든 직원은 협업을 즐거운 경험으로 만들어 주셨습니다. 신인 작가를 이끌고 책 만들기라는 긴 과정을 통과한 그분들의 인내심과 활력에 마음 깊이 감사합니다.

끝으로, 이 감사의 말에서 가장 큰 지분을 차지해야 할 사람은 제 아내 리사입니다. 리사는 제가 수없이 고쳐 쓴 원고를 읽고 의견을 말해 주었고, 천국과 지옥을 오가는 글쓰기 과정에서 제게 힘을 불어넣어 주려고 자기 삶의 큰 부분을 희생했습니다. 언젠가 제 두 딸이, 자기들이 아직 아기였을 때 아버지의 시간을 터무니없이 잡아먹은 이 책을 즐겁게 읽을 날이 오면 좋겠습니다.

옮긴이의 말

구글 번역의 시대인 오늘날, 번역학자들은 언어 조작의 기계적 측면으로부터 문화 행위로서의 번역으로 점점 더 관심을 옮기고 있다. 번역으로 중재하는 두 문화가 서로 극히 다를 경우에 번역자는 그 간극을 뛰어넘기 위해 두려움 없이, 큰 걸음을 내디뎌야 한다. 19세기와 20세기 초, 동아시아 전통 문학에는 대응하는 짝이 없었던 서양의 과학 소설을 일본과 중국에 들여오고자 한 번역가들도 그러한 상황도 처했다. 후대 번역가들과 너무나 상이했던 이들의 번역 스타일은 '호걸역(豪傑譯)' 이라고 불린다.*

이 책을 번역하기 한참 전, 사전 정보 없이 전자 파일로 된 원고를 처음 읽던 때가 기억난다. 편한 자세로 누워서 태블릿 피시를 배에 얹고 화면을 휙휙 넘기던 나는, 왠지 어디서 많이 본 이야기 같다는 생각에 차츰차츰 몸을 일으키다가, 어느 장면에 이르러서는 급기야 벌떡 일어나 이렇게 중얼거리고 말았다.

"아니 이것은…… 설마『초한지』……?"

그 어느 장면이란 물론 수궁령 피라가 황제 앞에 수사슴을 데리고 와 말이라고 우기는 장면이다. 머릿속에 '지록위마(指鹿爲馬)' 네 글자가 궁서체 볼드로 떠오르던 그 순간의 감동은 지금도 어제 일처럼 생생하다.

---

* io9.com에 게재된 켄 리우의 에세이「The 'Heroic Translators' Who Reinvented Classic Science Fiction In China」에서 인용.

그렇다. SF 판타지 단편집 『종이 동물원』으로 우리나라에 이름을 알린 켄 리우가 선보이는 첫 장편 소설 『제왕의 위엄』은, 판타지 소설의 형식으로 고쳐 쓴 『초한지』이다. 그는 도대체 무슨 생각으로, 사마천의 『사기』를 토대로 지난 2000년간 수많은 판본이 만들어져 『삼국지』와 함께 한자 문화권에서 가장 유명한 역사 소설이 된 『초한지』를, 판타지 소설로 고쳐 써서 미국에서 발표할 마음을 먹은 것일까?

그 답은 이 글의 서두에 인용한 낯선 단어 '호걸역'에 들어 있다. 서양의 과학 소설을 번역할 때 자기 나라의 문학 전통에서는 맞는 짝을 찾을 수 없어 호쾌하고 담대하게 옮기던 동아시아 호걸 번역가들의 시대는, 이미 오래전에 막을 내렸다. 서양의 사상과 관념이 아시아에 뿌리를 내리면서 굳이 호걸역을 할 필요가 없어졌고, 독자들 역시 호쾌한 번역보다는 엄밀한 번역을 선호하게 되었기 때문이다. 켄 리우는 이렇게 사라진 호걸역이라는 기예를 거꾸로, 오늘날 서양에서 되살리고자 했다. 그것도 문학적 관행의 수준을 넘어 이야기에 독창적인 분위기를 드리우는 은유로서 재창조하는 것이 리우의 목표였다. 더 나아가 리우는 자신이 만든 이 새로운 장르에 스스로 '실크펑크(silkpunk)'라는 이름까지 붙였다. 그리고 그 실크펑크의 시작을 알리는 작품이 바로 이 책, 『제왕의 위엄』이다.

동아시아 문학 전통에서는 서양의 『일리아드』나 『오디세이』, 『베오울프』와 맞먹을 만큼 역사가 유구한 항우와 유방의 천하 쟁패기를 영어로 다시 쓰면서, 켄 리우는 호걸역을 넘어선 '초(超)호걸역(super heroic translation)'을 지향했다. 이를 위해 리우가 택한 전술은 다음과 같다. 먼저 서양 문화 속에서 '아시아적 상징'에 드리워진 오리엔탈리즘과 식민주의라는 안개를 걷어 버리고자 이야기의 배경을 수많은 섬들로 이루어진 가상의 공간 '다라 제도'로 설정했다. 이곳은 피부색이 다양한 여러 인종이 서로 다른 언어와 문화 속에 살아가는 공간이다. 그런데 가상의 공간인 다라 제도의 사람들이 사용하는 공업 기술과 대나무, 종이, 비단, 쇠심줄 같은 재료를 이용한 발명품들은 (한국 사람이 보기에는) 어째선지 굉장히 익숙하다. 이처럼 리우는 표면상으로는 현대 세계와 비슷한 다양성이 존재하는 가상의 공간에 (동아시아 독자에게는 익숙하지만) 서양 독자에게는 낯선 기술과 도구를 펼쳐놓음으로써 경이감을 이끌어내고, 비단과 대나무가 상징하는 이야기 속의 미학에 실크펑크라는 이름을 붙였다 (스팀펑크(steampunk)나 사이버펑크(cyberpunk) 같은 SF의 하위 장르와 마찬가지로 현상 유지가 아니라 전복과 변혁을 지향하는 작풍이라는 점에서 '펑크'는 더없이 잘 어울리는 이름이라 하겠다.).

이렇게 애초에 서양 독자들을 대상으로 창조한 실크 펑크라는 장르가 과연 동아시아 문화권인 한국의 독자들에게는 어떻게 다가올까? 한미한 시골의 논두렁 깡패 출신으로 친구들과 힘을 합쳐 만인 지상의 자리인 황제에까지 오른 유방의 이야기는, 중국을 넘어 동아시아 무협 소설의 원형이라 해도 과장이 아니다. 그동안 수없이 많은 판본으로 개작된 고전의 최신 버전을, 심지어 최근에는 KBS 라디오 드라마 「와이파이 초한지」로까지 각색된 이야기를, 오늘날 한국 독자들은 어떻게 받아들일까?

내 생각에 한국 독자들은 서양 독자들과 반대로 '익숙한 등장인물들이 보여 주는 현대적인 면모'를 매력으로 느낄 듯싶다. 이 책을 읽다 보면 어디선가 들어본 이름들이 자꾸만 머릿속에 떠오르는 신기한 경험을 하게 된다. 쿠니 가루는 유방, 마타 진두는 항우, 지아 마티자는 여치, 코고 옐루는 소하, 뮌 사크리는 번쾌, 루안 지아는 장량…… 그리고 이야기 속에서 쿠니가 느낀 것만큼이나 큰 충격을 읽는 이에게도 선사하는 긴 마조티, 바로 한신까지. 이들은 고전의 서사를 따라가되 선택의 순간에 마주칠 때마다 '인생은 모름지기 실험이다'라는 진언(眞言)을 따르며 저마다 현대(한국사회)의 기준에서도 급진적인 면모를 보여 준다(성벽에 올라 '성인지 감수성'에 관해 부하들에게 일장연설을 하는 유방을 상상해 본 적 있는가?). 특히 조금은 점잖은 어조로 진행되던 상권이 끝나고 하권에 이르면 예상 밖의 인물들이 예상 밖의 활약에 나서면서 이야기의 속도가 급격히 빨라지는데, 이 점 또한 고전을 현대적으로 재창조하기 위한 노력의 일환이라 하겠다. 그러므로 이 책을 다 읽은 독자라면 오랜만에 『초한지』를 다시 들춰 원전의 이야기와 어떻게 달라졌는지 확인해 보는 것도 좋겠고, 『초한지』를 아직 안 읽어 본 독자라면 이 기회에 원전은 어떤 내용인지 처음으로 발견해 보는 것도 좋겠다. 더 나아가 책 속의 장면들을 떠올리며 파부침주(破釜沈舟), 배수진(背水陣), 법삼장(法三章), 과하지욕(袴下之辱), 금의야행(錦衣夜行), 사면초가(四面楚歌), 토사구팽(兎死狗烹)…… 그리고 무엇보다도 한자 문화권의 역사를 통틀어 가장 찬란하게 빛나는 여덟 자 문장 '왕후장상 영유종호(王侯將相 寧有種乎)'까지, 별 하나에 아름다운 말 한마디씩 불러 보면 이야기의 여운은 더욱 길어질 것이다.

쿠니 가루는 황제가 되었지만, 그가 세운 민들레 왕조의 이야기는 여기서 끝나지 않는다. 3부작으로 예정된 「민들레 왕조기」의 2부 『폭풍의 벽(The Wall Of Storms)』에서, 쿠니가 통일한 다라 제도는 바다 건너 먼 대륙에서 찾아온 대군에 침략당한다(중국사에 관심이 많은 독자라면 이미 짐작했을 텐데, 이 대군은 한(漢)고조 유방이 세운 제국을 괴롭힌 그 유목 민족을 모델로 한 것이 맞다.). 2부 『폭풍의 벽』은 1부 『제왕의 위엄』을 능가할 만큼 폭발하는 액션과 흥미진진한 이야기가 잔뜩 기다리고 있으니 기대하셔도 좋다.

글을 마무리하기 전에 제목에 관하여 한마디 남겨야 할 것 같다. 첫 단편집 『종이 동물원』의 표제작 제목을 테네시 윌리엄스의 희곡 『유리 동물원(The Glass Menagerie)』에서 따왔듯이, 켄 리우는 첫 장편 소설인 이 책의 제목 역시 문학 작품에서 따왔다. 원제인 'the grace of kings'는 윌리엄 셰익스피어의 희곡 『헨리 5세』의 2막 서두에 나오는 구절로서, 적국인 프랑스와 내통한 신하 셋이 역모를 실행하기로 마음먹으면 '왕들의 귀감'인 헨리 5세는 프랑스로 건너가기 전에 살해당하고 말리라는 부분에 등장한다. 출전에 충실하게 옮겼다면 한국어판 제목 역시 '제왕(諸王)의 귀감'이 되었겠지만 'grace'는 문맥에 따라 '기품'이나 '품위' 또는 '우아함'을 뜻하며, 복음성가 「나 같은 죄인 살리신(Amazing Grace)」으로 잘 알려졌다시피 '은혜'나 '은총'이라는 뜻도 있다. 책을 읽다 보면 천하를 제패하려는 등장인물들, 특히 쿠니 가루가 제왕(帝王)의 위엄이란 무엇인가를 놓고 고뇌하는 장면이 자주 등장하는데, 이야기가 진행되면서 쿠니가 생각하는 제왕의 위엄은 조금씩 다른 형태를 띠어 간다. 쿠니가 마지막에 도달한 결론이 무엇인지, 또 전쟁이 끝난 후 한자리에 모인 신들이 만장일치로 인정한 '필멸자 왕들 가운데 가장 위엄 있는 왕'이 누구인지 생각해 보면, 한국어판의 제목은 지은이가 지향하는 초호걸역에 미칠 정도는 아닐 것이다.

한국어판 『제왕의 위엄』은 2015년 미국의 사가 프레스 출판사에서 펴낸 하드커버판 『The Grace of Kings』를 저본으로 삼고 한시(漢詩) 및 서예와 관련된 부분은 중국에서 펴낸 간체자 중국어판 『蒲公英王朝: 七王之战』(江苏风凰文艺出版社, 2018)을 참조했다. 이 책이 완성되기까지 애써 주신 모든 분께 지은이를 대신하여 감사드린다.

2019년 3월

장성주

옮긴이 | 장성주

고려대학교 동양사학과를 졸업하고 출판 편집자를 거쳐 지금은 번역자로 활동 중이다. 우리
말로 옮긴 책에 『종이 동물원』, 『모나 리자 오버드라이브』, 『별도 없는 한밤에』, 「다크 타워」
시리즈, 『산산조각 난 신』, 『인기 없는 에세이』, 『버트런드 러셀의 자유로 가는 길』, 『오컬
트, 마술과 마법』, 『좀비 서바이벌 가이드』, 『언더 더 돔』, 『워킹 데드』, 『아돌프에게 고한다』,
『표류교실』 등이 있다.

민들레 왕조 연대기 1

제왕의 위엄(하)

1판 1쇄 찍음 2019년 3월 14일
1판 1쇄 펴냄 2019년 3월 21일

지은이 | 켄 리우
옮긴이 | 장성주
발행인 | 박근섭
편집인 | 김준혁
펴낸곳 | 황금가지

출판등록 | 2009. 10. 8 (제2009-000273호)
주소 | 06027 서울 강남구 도산대로 1길 62 강남출판문화센터 5층
전화 | 영업부 515-2000 편집부 3446-8774 팩시밀리 515-2007
홈페이지 | www.goldenbough.co.kr

도서 파본 등의 이유로 반송이 필요할 경우에는 구매처에서 교환하시고
출판사 교환이 필요할 경우에는 아래 주소로 반송 사유를 적어 도서와 함께 보내주세요.
06027 서울 강남구 도산대로 1길 62 강남출판문화센터 6층 민음인 마케팅부

한국어판 ⓒ ㈜민음인, 2019. Printed in Seoul, Korea
ISBN 979-11-5888-470-3 04840
ISBN 979-11-5888-471-0 04840 (set)

㈜민음인은 민음사 출판 그룹의 자회사입니다.
황금가지는 ㈜민음인의 픽션 전문 출간 브랜드입니다.